BÜNDNER ALPTRAUM

Philipp Gurt wurde 1968 als siebtes von acht Kindern in eine Bergbauernfamilie in Graubünden geboren. Er wuchs in verschiedenen Kinderheimen auf. Früh begann er mit dem Schreiben. Etliche seiner Bücher wurden bisher veröffentlicht, darunter auch mehrere CH-Bestseller. 2017 erhielt er den Schweizer Autorenpreis. Er lebt in Chur im Kanton Graubünden. www.philipp-gurt.ch

PHILIPP GURT

BÜNDNER ALPTRAUM

Kriminalroman

emons:

Bibliografische Information der Deutschen Nationalbibliothek
Die Deutsche Nationalbibliothek verzeichnet diese Publikation in der Deutschen Nationalbibliografie; detaillierte bibliografische Daten sind im Internet über http://dnb.d-nb.de abrufbar.

FSC
MIX
Papier aus verantwortungsvollen Quellen
FSC® C083411

Umschlagmotiv: mauritius images/Sebastian Frölich
Umschlaggestaltung: Nina Schäfer, nach einem Konzept von Leonardo Magrelli und Nina Schäfer
Umsetzung: Tobias Doetsch
Gestaltung Innenteil: César Satz & Grafik GmbH, Köln
Lektorat: Irène Kost, Biel/Bienne (CH)
Druck und Bindung: CPI – Clausen & Bosse, Leck
Printed in Germany 2020
ISBN 978-3-7408-0787-0
Originalausgabe

Für dich, my love – du weisst schon …

Um den Einsamen schleichen Gespenster.

Jean Paul (1763–1825)

1

Die Weite der baumlosen Moorlandschaft der Alp Nurdagn lag verhüllt in dichte Nebelschwaden. In der Windstille hingen sie auch weiter oben fest, um die kronengleich erhabenen, schroff gezackten Felswände der über dreitausend Meter hohen Grauhörner, als stünde die Zeit still. Diffuses Licht füllte an diesem vorletzten Spätnachmittag im August die triefend nassen Alpweiden, in denen das Vieh dem Wetter trotzend gelassen weidete – dunkle, kantige Tierkörper, als wären es Findlinge, die sich hin und wieder unmerklich verrückten, standen in der Landschaft verteilt. Nur das unrhythmische Geläut der grossen und kleinen Schellen, wenn sie ihre schweren Grinder auf und ab bewegten, um schnaubend zu grasen, klang hell und dunkel mitsamt dem Rauschen der vielen vom Nebel verschluckten Bäche aus diesem hervor.

Bei dieser Wetterlage waren längst alle Himmelsrichtungen verloren gegangen, nur das Oben und Unten blieb. Sogar jene, die sich in diesen Bergen auskannten, als wäre es ihr Hosensack, und um die Gesetzmässigkeiten Bescheid wussten, die sich mit zunehmender Höhenlage veränderten, kamen an solchen Tagen schon mal vom Weg ab – auch dann, wenn sie sich an markanten Steinen, einem schiefen Zaunpfahl, einer kleinen Senke oder an einem der Bachläufe zu orientieren versuchten.

Gion Duschletta zwängte sich mühsam hinters Steuer seines alten weinroten Subaru Justy, der vor dem von der Sonne dunkel gegerbten Stalltor stand, dessen Holz durch die Nässe nun schwarz wirkte.

Nach dem zu ruppigen Anfahren, das ihm einen zünftigen Zwick im Kreuz bescherte, griff er nach der blauen Melkkappe auf seinem Kopf und richtete diese. Aus dem alten Kassettenradio ertönten die Bündner Spitzbueba mit einem lüpfigen Ländler.

Das auf eintausendfünfhundert Metern gelegene und nur noch zwanzig Seelen zählende Casti verliess er um kurz nach siebzehn Uhr. Bald verschluckte der Nebel die wenigen Häuser hinter ihm, die sich in der Nähe der Felswand einer Horde Schafe gleich scharten, als bedrohe ein Raubtier selbige.

Das einen Steinwurf oberhalb gelegene Kirchlein, das mittig auf dem schmalen, nasenähnlichen Felsvorsprung über dem Abgrund thronte und in dem er einst seine Brida geheiratet hatte, war seit seiner Kindheit nie mehr an einem Sonntag gefüllt gewesen – nicht mal an Beerdigungen. Die wenigen harthölzernen dunkelbraunen Bankreihen darin leerten sich von Jahr zu Jahr, als fiele hin und wieder einer der Kirchgänger nach einem der Gottesdienste ins nahe Tobel, dass ihn der Fundogn mit seinem kalten Wasser hinfortriss.

Während Duschletta auf der schmalen Alpstrasse und bei zunehmend schlechterer Sicht zur Alp Nurdagn hochfuhr, hörte er in Gedanken nochmals die Stimme von Bettina Stenlizer, einer der jungen deutschen Frauen, die sich zum Ziel gesetzt hatten, den Alpsommer als Sennerinnen hier oben zu verbringen. Er selbst war zu alt dafür, nicht nur, weil ihn das verreckte Kreuz seit Jahren plagte. Sein Sohn wie seine Tochter wohnten im Unterland und liessen sich nur noch zu den Festtagen und am Todestag ihrer Mutter hier oben blicken. Im letzteren Fall legten sie eine Handvoll Blumen auf das schmale Grab mit dem Holzkreuz und der kleinen weissen Madonna darunter. Zum Bergheuen waren sie früher regelmässig hochgefahren, bis er vor acht Jahren den Hof wegen Nachfolgermangels aufgeben musste, und das nach so vielen Generationen, die weiss Gott alles andere als rosige Zeiten durchgestanden hatten.

Was ihm neben der grossen Enttäuschung und den schönen Erinnerungen der Alpzeit geblieben war, das war die Alp selbst, doch gutes Personal zur Bewirtschaftung zu finden war fast so schwierig, wie für einen Fremden sich hier oben in diesem Nebelgrau zurechtzufinden.

Gion Duschletta ging auf die fünfundsiebzig zu, und seit

er denken konnte, war er jeden Sommer auf der Alp gewesen, hatte dort oben seine ersten Schritte gemacht. Siebenundsechzig Sommer hatte er als Hirt oder später als Senn auf Nurdagn zugebracht, bis er vor wenigen Jahren den Platz räumen musste, um festzustellen, dass sich fast niemand darum riss, den Sommer dort oben mit Arbeit zu verbringen. Und diese Arbeit konnte man heute, wo nur noch Mutterkühe und Galtvieh aufgetrieben wurden, nicht vergleichen mit früher.

Trotzdem hatte er lange mit sich gehadert, die Alp diesen drei Berlinerinnen anvertrauen zu müssen, wenn auch nur probehalber für diesen einen Sommer. Als die jungen Frauen am Ende des Vorstellungstages in seiner Stube hockten und mit leuchtenden Augen und nicht immer in lupenreinem Hochdeutsch ihn von sich zu überzeugen versuchten, verstanden sie ihn nicht immer und er sich am Ende auch nicht, wenn auch aus unterschiedlichen Gründen. «In Herrgotts Namen halt», hatte er sich plötzlich sagen hören. Schlechter als der faule Vorarlberger Alois Gabernig, der sich im letzten Jahr bestimmt keinen Buckel vom Krampfen geholt hatte, konnten die drei zusammen auch nicht werden, beruhigte er sich in den Tagen nach seinem Entscheid, den er aus dem Mut der Verzweiflung ausgesprochen haben musste.

Als die drei deutschen Mädels vor drei Monaten der frühen Hitze wegen das Vieh bereits Anfang Juni auf die unteren Weiden getrieben hatten, hob dabei manch einer der Einheimischen misstrauisch die Augenbrauen. Dennoch halfen sie wacker beim Auftrieb mit, nicht aber ohne hin und wieder in ihrer rätoromanischen Muttersprache etwas darüber loszuwerden. *«Ma, lein mirar co ei vegn.»*

Nun ja, die Zeit würde es weisen, wie's käme. Immerhin, wacker zu Fuss waren die drei und flott anzusehen gewiss auch, doch vor allem waren sie beseelt von ihrer Aufgabe, fand Duschletta, und das war sicherlich das Wesentliche.

Er selbst war in den ersten drei Wochen täglich am Berg gewesen, hatte ihnen alles gezeigt und zugeschafft, was sein alter Buckel noch hergab, dass ihm das verreckte Kreuz fast schlaflose Nächte bescherte, als nächtigte er auf einem spitzigen Stein. Zu seinem Erstaunen hatten die drei schnell gelernt, das Älplerleben Tag für Tag zu meistern, und das mehr als nur recht. Es waren tatsächlich kschaffigi Frauen, deren Wille ihren Weg ebnete, erkannte Duschletta jeden Tag mehr. Hingegen an das kschpässiga, freundliche hochdeutsche «Grüziwohl, Gion» musste er sich gewöhnen, ebenso daran, dass auf seiner Alp mit der kleinen Gastwirtschaft Berliner Dialekt geredet wurde, sodass so manchem deutschen Touristen bei der Begrüssung die Kinnlade herunterhing, der mit einheimischen Bündnern gerechnet hatte und in einer Mischung aus Schwyzerdütsch und Berliner Schnauze angesprochen wurde. «Grüziwohl. Wat darf's denn sein, juter Mann? Röschti mit Bockwurst und ein Bierchen oder wat Süsses und Kaffee?»

Nun ja, hatte er sich sagen müssen, die Zeiten ändern sich halt laufend. Die Alpzeiten wie vor dreissig Jahren und davor würden nie wiederkommen. Das schmerzte ihn, dass er gar nicht lange nachhirnen mochte.

Seine Gedanken kehrten deshalb schnell wieder zu dem Anruf von vor einer Viertelstunde zurück, als sein altes schwarzes Haustelefon nicht aufhören wollte mit Schellen und ihn so vom Kanapee aufgescheucht hatte wie der lose Laden vor dem Fenster, der die letzte Nacht so heftig im Wind hin- und hergeschlagen hatte, dass er ihn schlaftrunken verankern musste.

Bettina war am Telefon gewesen, hatte zu seiner Verwunderung in Angst davon geredet, dass sie von einer Art Berggeist verfolgt worden sei und sich im dicken Nebel verirrt habe – sie glaubte, irgendwo im Gebiet von Vallatscha zu stecken. Fast wäre sie auf ihrer Flucht über eine der Felswände zu Tode gestürzt, sie brauche sofort seine Hilfe, hatte es angstvoll und etwas atemlos aus dem schweren Hörer getönt.

Duschletta war zwar besorgt gewesen, und das hatte einen triftigen Grund, doch nicht in Aufruhr geraten, denn er glaubte, eine andere Ursache zu erkennen, und alte Geister sollte man tunlichst ruhen lassen. Der Berg konnte bei solchem Wetter manchen Menschen gewiss Angst einjagen und die Phantasie anregen wie ein Kräuterschnaps einen trägen Magen. Sowieso erst recht jetzt, wo das grosse Zelt auf der einzig halbwegs ebenen Wiese neben dem Dorf stand, in dem der Theaterverein von Andeer dieses «Sännatuntschi» aufführte, dass es schwach Beseelte gruseln liess. Auch deshalb rief er nicht den Polizeiposten Thusis an. Er wollte zuerst mit Bettina reden, doch zuvor musste er sie finden, was nicht schwierig sein sollte. Sein Vater selig hatte es ihm vor Jahrzenten bereits beigebracht.

***

Eine Stunde zuvor

Bettina, die braunhaarige Berlinerin, hielt den Stecken in ihrer schwieligen Rechten, als wäre er ein Pilgerstab, während sie, in Jeanslatzhose und schweren Bergschuhen, den Weidezaun am östlichen Ende weiter abschritt, damit sie nicht nochmals das Vieh suchen musste, das sie tags zuvor einen ganzen Tag Arbeit gekostet hatte. Doch schlimmer war die Angst dabei gewesen, eines der Tiere abgestürzt zu finden, was zum Glück nicht der Fall gewesen war. Auf ihrem speckigen Älplerhut perlten silbrig glänzende Tröpfchen, ihre Wangen waren von der Anstrengung gerötet, eine gewisse Anspannung stand in ihren harten Gesichtszügen geschrieben, ihr Atem wölkte sich rhythmisch im Nebelgrau.

Sie beeilte sich, um mit dem Zäunen fertig zu werden, da dichterer Nebel aufzog. Bei jedem Schlag auf einen der Holzpfähle verschluckte die Umgebung das matte gleichmässige «Dock». Den schweren Schlägel, den sie dazu brauchte, erhob sie wöchentlich schwungvoller. Doch deswegen war die Vierundzwanzigjährige nicht auf dem Berg.

Schwerer als jede Arbeit wog das dunkle Joch, das seit Jahren auf ihren Schultern lastete. Egal, wohin sie ging und was sie tat – es war da. Meist vergass sie es zwar, doch latent fühlte sie es in jeder Körperzelle, in der die Botschaft mitsummte –

Zelle für Zelle –, Abermilliarden, die sie als Ganzes takteten. Es war ein so furchtbares Geheimnis, dass sie sich nicht traute, jemandem davon zu erzählen. Hier oben schon gar nicht, denn dann würde sofort alles kaputtgehen. Und dennoch war sie nur deshalb auf dieser Alp, denn die Hoffnung stirbt zuletzt, erst recht, wenn das Licht am Ende des Tunnels, dem man entgegenläuft, sich als Zug entpuppt.

Besorgt blickte sie, bevor sie den letzten armdicken Zaunpfahl einschlug, auf den immer dichter werdenden Nebel, der, so schien es ihr, sie von allen Seiten zunehmend einschloss, als bestünde er aus einer Horde Geister, die sie lautlos einkreisten, um sie zu verwirren.

Seit sie zu denken vermochte, hatte die Mutter sie vor den Geistern dieser Welt gewarnt, vor allem dann, wenn die Sonne ihr heilendes Licht nicht auf einen entseelten Menschen fallen lassen konnte, und das galt für die grosse Mehrheit. Die Mutter hatte es ihr, als sie Kind war, so oft erzählt, während sie ihr aus dem bebilderten Buch vorlas, dass die Abbildungen dieser schattenhaften, nebulösen Geisterdarstellungen von damals nun lebensecht vor ihrem inneren Auge erschienen. Sie sah auch die Bilder der Erlösung, auf welche Mutter genauso viel Wert bei ihren Erzählungen gelegt hatte, doch erst nachdem sie ausführlich die Geisterwelt zum Leben erweckt hatte. Ein goldgelber Schein leuchtete über die Doppelseite, die ein Mädchen mit buntem Rock und blondem geflochtenen Haarkranz zeigte. Es kniete barfuss vor einem Baum. Sein Blick war in die Krone gerichtet, über der ein goldenes Dreieck thronte, aus dessen Mitte ein strahlendes Auge herniederblickte, als wäre es soeben aus dem Himmelblau erschienen – die Farben satt, als könnte die Darstellung im Dunkeln noch betrachtet werden.

Bettina schüttelte den Kopf, um die Vergangenheit loszuwerden, flüsterte leise ein Gebet, während sie den letzten der beiden dicken Drähte mit der Zange zurechtkluppte, den sie zuvor ordentlich gespannt hatte, so wie es der alte Bauer Duschletta ihr mehrmals geduldig gezeigt hatte. Noch immer ihre Lippen bewegend, steckte sie Hammer und Zange in die umgehängte Ledertasche und schulterte den Schlägel, als sie sich auf den Rückweg machte, der bei diesem Wetter mindestens eine Stunde dauern würde.

Sie war noch keine zehn Minuten gegangen, als die diffuse Angst sie weiter beschlich. Sie hätte diesem Gedanken zuvor keinen so grossen Freiraum gewähren dürfen, dass der Stachel nun derart anwuchs, schimpfte sie sich. Alle Dämonen einigte nämlich das eine: Sie zeigten sich mit Vorliebe dann, wenn ihr Wirt wehrlos schien oder unachtsam. Deshalb versuchte sie, ihre Aufmerksamkeit nach aussen zu lenken, doch ihre Augen fanden nichts, an dem sie sich hätte orientieren, gar festhalten können, und der Nebel wurde so dicht, dass er beinahe ihre Lunge reizte.

Sie wusste, Frauke und Hanna waren am heutigen Tag mit dem Jeep unten im Tal, machten den Grosseinkauf in Chur, damit die Tagesgäste, die bei schönem Wetter zuhauf auf ihre Alp wanderten, auf der steinernen Terrasse mit dem einmaligen Bergpanorama bewirtet werden konnten und so nötiges Geld einbrachten.

Bettina kramte das iPhone aus der Tasche, um ihren Standort festzustellen, so wie es die beiden ihr gezeigt hatten. Es kratzte an ihrem Stolz, doch die Notlage erforderte es. Sie wusste, hier oben war Empfang Glücksache, und so war es auch: Es funktionierte nur der Kompass, doch kein Ortungsdienst. Deshalb suchten ihre Augen nach den mittlerweile etwas vertrauten Merkmalen auf ihrem Weg. Vergebens. Die Sicht betrug nunmehr keine zehn Meter. Sie blieb orientierungslos eingeschlossen in der Landschaft und ging in die Richtung, von der sie annahm, dass Nurdagn in dieser lag.

Regen setzte ein. Kalter Spätsommerregen, der die Vorboten des Herbstes in sich trug. Bestimmt hinterlässt der auf den Zacken der Grauhörner eine weisse Haube, dachte Bettina, um ihrer Gedanken Herr zu werden, zog dabei den Jackenkragen enger und stierte vor sich hin.

Wo befand sie sich?

Jedes Rinnsal oder Bächlein, das gurgelnd durch die Weiden floss, schien auszusehen wie das zuvor und das nachfolgende.

Mit Gion war sie anfangs Sommer, bereits am zweiten Tag nach ihrer Ankunft, hier im dichten Nebel unterwegs gewesen, da lag noch Schnee. Sogar er, der diese Gegend seit Kindheitstagen kannte, als gehörte er wie die Felsen dazu, hatte sich um zweihundert Höhenmeter vertan, hatte sie mit Erstaunen festgestellt, als sie unterhalb der Alp Nurdagn herausgetreten waren und zu dieser hochsteigen mussten. Er aber hatte darüber nur gelacht und einen Stumpen angezündet. «Säb git's halt, Maitli, miar sind jo in da Bärga.»

Nach einer halben Stunde glaubte sie, sie sei im Kreis gelaufen, was unmöglich war, denn jedes noch so kleine Gewässer floss von links nach rechts an ihr vorbei ins Tal. Ungeachtet dessen fiel ihr ein dicker verwitterter Zaunpfahl auf. Sie war sich sicher, hier war sie vor wenigen Minuten vorbeigegangen. Sie zwang sich weiterzugehen, Schritt um Schritt in die Nebelwand, als sie wenige Minuten später erschrocken aufschrie. Ein grosser Stein, einem Altar ähnlich, lag vor ihr: eine Lache Blut in dessen Mitte.

Irritiert blieb sie stehen und flüsterte angstvoll ein weiteres Gebet, während sie sich langsam um die eigene Achse drehte, als befürchtete sie, dass Hände aus der weissen Wand sie ergreifen wollten, um sie auf den Stein herniederzuzwingen. Mit zitternder Hand zog sie ihr Handy aus der Seitentasche ihrer Latzhose. Kein Empfang. Sie wusste nicht, was sie tun sollte. Plötzlich schien ihr der sonst so beruhigend auf sie wirkende Klang der Schellen weit fort zu sein.

Das Zeichen?

Stimmte es also doch, was ihre Mutter ihr prophezeit hatte?

Bettina hörte wenige Meter neben sich, wie ein Stein auf einen anderen schlug, was ihren Gedankengang abrupt durchbrach. Ihr Herz schlug noch schneller, ein Schwall heisser Angst fuhr ihr in die Glieder, lähmte ihre Beine. Ihr Blick versuchte das Grau wie Nadelstiche zu durchbohren, als erneut, diesmal hinter ihr, wieder ein Stein auf einen anderen schlug.

Sie riss sich drehend zurück, die Augen weit aufgerissen, als stünde sie in pechschwarzer Nacht und suchte nach einem Funken Licht. Mit zusammengepressten Lippen schüttelte sie den Kopf und zischte sich zu: «Hör auf! Diese Dämonen erweckst nur du zum Leben. Also sei still!»

Als sich ihre letzte Silbe Flüstern im leise rauschenden Regen aufgelöst hatte, nahm sie einen tiefen Atemzug kühler Bergluft, um sich zu beruhigen, als sich aus dem Nichts wahnhafte Umrisse einer dunklen Gestalt formten, die, wie aus der Türe einer anderen Welt kommend, auf den Altarstein vor ihr ins Blut trat. Eine seltsame Kreatur: ein Mann oder eine Frau aus Stroh und in Sennenkleidung, der oder die einen ledernen Schlapphut auf dem Kopf trug. Ein stechender Geruch lag plötzlich in der Luft, als Bettina in einer Mischung aus Panik und Fassungslosigkeit die Figur anstarrte, deren grüne Augen sie fixierten, als sei sie ein wildes Tier.

Ehe sie etwas sagen konnte oder zu einer Handlung fähig gewesen wäre, erhob die Gestalt die Linke gen Himmel, mit der sie ein langes Messer umklammerte. In diesem Moment stülpte sich Bettinas Vergangenheit ihr restlos über – sie liess wie gelähmt den schweren Schlägel fallen, dass er dumpf auf dem vollgesogenen Boden aufschlug, ihr Schrei blieb dabei lautlos im Halse stecken. Dann, als hätte jemand sie aus ihrer Starre befreit, begann sie zu flüchten, ihren Angreifer hörte sie dicht hinter sich. Sie glaubte dessen warmen, stinkenden Atem an ihrem Nacken zu fühlen, als dessen seltsam grelle Stimme den tauben Nebel wie die Farbe Gelb durchschnitt. Die Schreie und die unverständlichen Worte hallten aus allen Richtungen auf sie ein, als wären sie ein gedämpftes Echo, während Bettina weiter und zunehmend kopfloser davonstürmte. Dabei glitt sie auf dem nassen kurzen Gras immer wieder aus oder stolperte über einen der vielen Steine und schlitterte schmerzhaft zu Boden, raffte sich hoch, als sie sich in letzter Sekunde vor einer Felswand auffangen konnte. Um Haaresbreite wäre sie über die Kante gefallen. Fassungslos fiel nur ihr panischer Blick mit einigen faustgrossen Steinen in die Tiefe, während ihre Hände sich am bemoosten felsigen Untergrund festkrallten, dass ihre Knöchel weiss wurden. Der dicke Nebel verhüllte das Darunter, als ende ein Hinunterfallen in einer Wolkendecke.

Verkrampft kroch sie auf allen vieren vom Abgrund weg, unter ihren Füssen löste sich weiteres Geröll. Die seltsamen Schreie waren verstummt. Hinter einem Felsen verkroch sie sich, kauerte sich zusammen und verharrte wie ein zu Stein gewordener Fötus.

Wo die Gestalt jetzt war, wusste sie nicht. Sie hörte nur noch ihren eigenen stürmischen Atem, der kaum zu bändigen war, und das gehetzte Pochen ihres Herzschlages, welcher im Takt die Armee der Angst in ihr weiter aufmarschieren liess.

Als sie sich allen Widerständen zum Trotz etwas beruhigte, vernahm sie das leise Summen der Bäche, gemischt mit dem Regen, der Fäden gleich aus dem Grau über ihr fiel. Zitternd, mit blutig aufgeschürften Händen, zog sie ihr Handy aus der Hosentasche, das zum Glück heil geblieben war. Kein Empfang.

Fast hätte sie es aus Wut und Verzweiflung mit einem Schrei fortgeworfen. Sie musste sich zurückhalten – es war nicht ihres, es gehörte zur Alp, denn sie selbst hatte noch nie so ein Ding besessen.

Vorsichtig stolperte sie in gebührendem Abstand zur Felskante dem steinernen Band entlang, das sie zu erkennen glaubte. Falls sie sich tatsächlich im Gebiet von Vallatscha befand, würde sie so in Richtung Alp hochlaufen und zwangsläufig den einzigen Bach, den Fundogn, erreichen, dem sie dann nur weiter berghoch folgen müsste bis zur kleinen Brücke mittig der beiden Alphütten. Doch der schliefrige Boden liess sie immer wieder ausrutschen. Plötzlich fiel sie ins Grau eines langen abschüssigen Weidehangs, dass es sie mehrmals überschlug und ihr eine tiefe Platzwunde an der Stirn bescherte. Mit letzter Kraft fing sie sich auf und schaffte es irgendwie hinunter zum Fusse des dort ansteigenden Felsbandes.

Orientierungslose Minuten später fand sie endlich eine Stelle, an der das Handy ihr minimalen Empfang anzeigte. Sie atmete einige Male tief ein, bevor sie mit zitternden Händen die Nummer von Gion Duschletta wählte und ihn erst nach mehrmaligem Verbindungsabbruch und bangem Läuten endlich zu Hause erreichte.

***

Duschletta fuhr weiter zur Alp hoch. Diese Bettina, das hatte er aus ihrer Stimme gehört, hatte sich nicht gehen lassen, auch wenn ihre Angst geradezu fühlbar aus dem Hörer gekrochen war.

Er hatte nach dem kurzen, hektischen Gespräch aufgelegt und aus der Schublade der alten Kommode den Knochen genommen, nur widerwillig, wie immer, wenn er glaubte, ein Natel dabeihaben zu müssen. Und nun spähten seine alten, wässrig braunen Augen noch angestrengter in den diesigen Tag, um sein Fahrzeug auf der schmalen Strasse zu halten.

Kurz vor der Baumgrenze führte diese durch Wald. Die Nebelschwaden hatten sich in den Baumkronen der Lärchen und Tannen verfangen, als wären sie aus Watte. Der hellgrüne üppige Farn stand triefend am Wegrand. Aus dem moosigen Boden stach eine Gruppe leuchtend roter Fliegenpilze hervor, der dunkelbraune Waldboden schien schwer vom Regen. Fast nicht zu glauben, dachte er bei dem Anblick, dass die letzten Wochen derart heiss gewesen waren, dass die Hitzeperiode nicht hatte enden wollen und Wasser überall so knapp wurde wie seit Menschengedenken nicht. Bevor der Regen vor zwei Wochen endlich kam, waren die Weiden zundertrocken gewesen und gelblich verfärbt, als wüchse Stroh. Per Armeehelikopter wurde auf manche Alp das flüssige Gold fürs Vieh hochgeflogen, ja sogar Futter mit landwirtschaftlichen Gefährten hochgebracht – und nun das.

Er starrte weiter gebannt auf den Weg vor sich, denn man konnte sich nie sicher sein, ob nicht ein talwärts fahrendes

Fahrzeug plötzlich aus dem Nichts auf einen zufuhr, als ginge eine unsichtbare Türe auf.

Bei Dumagns und Tgavugl tauchte schemenhaft nur die Handvoll Holzhäuser auf, die in direkter Nähe zur Bergstrasse im Hang standen. Die fahrzeugbreite Strasse schien ihm heute besonders schmal zu sein, als er die letzten Nadelbäume hinter sich liess, die in dieser Höhe nur noch vereinzelt den Weg säumten, der in langen Bahnen und wenigen Spitzkehren durch die baumlose Weite zur ersten Alp, der Curtginatsch, führte. An manchen Tagen, wenn der Sommerhimmel von weissen Schönwetterwolken durchzogen war und die Sonne in Lichtkegeln hindurch die Grösse der Landschaft in verschiedenartiges Licht eintauchte, kamen die Schönheit, die Erhabenheit des Naturparks Beverin besonders zum Vorschein und weckten bei ihm Heimatgefühle, vor allem solche, die er mit seiner Kindheit verband.

Auf über zweitausendzweihundert Metern tauchte endlich die höchstgelegene Kuhalp Graubündens auf – die Curtginatsch. Die Temperatur war bestimmt auf unter zehn Grad gefallen, spürte Duschletta, als er das Fahrerfenster etwas herunterkurbelte, da die Windschutzscheibe beschlagen war und die Frontscheibenlüftung schon seit über drei Jahren nicht mehr funktionierte. Langsam fuhr er auf dem von Pfützen durchsetzten Naturweg an der Hütte und den Nebengebäuden vorbei. Sie schienen verlassen.

In der trichterförmigen Senke zwischen den beiden Alphütten, die in Sichtweite nur einen halben Kilometer voneinander entfernt lagen, floss der Fundogn. Dick angeschwollen schoss er an diesem Spätnachmittag kraftvoll, sich schier überstürzend ins Tal, um sich dort in den Hinterrhein zu ergiessen. Duschletta überquerte die kleine, gedrungene Brücke aus Beton, die sich gegen den übermächtigen Berg stemmte.

In dem Moment, in dem er sein Auto auf dem verwaisten Kiesparkplatz abgestellt hatte – der grüne Jeep der Sennerinnen war fort, wie Bettina gesagt hatte –, klingelte sein Natel. Bettina war dran. «Gion. Nu mach ma hinne. Wo steckste? Ick hab keen Bock mehr, will mal schnell 'nen Abjang machen», bat sie, sodass Duschletta nicht alles verstand. Zudem war die Verbindung schlecht.

«Bettina, keine Sorge, ich bin jetzt auf der Alp. Ich habe das Nebelhorn dabei. Wart kurz und sag mir, ob du was hörst.»

Seiner Rückenschmerzen wegen stieg er umständlich aus seinem Subaru, lief einige Schritte zum Abhang hin, blähte seine Backen und stiess ins Horn, dass ein tiefer, langer Ton ertönte, als führe ein Schiff durchs bergige Nebelmeer.

«Ja, Gion, ick höre dich, aber es hört sich an, als klänge der janze Nebel.»

«Bettina, ich laufe jetzt Richtung Vallatscha runter, und je näher ich komme, desto besser wirst du mich orten. Und du läufst derweil bergwärts. Verstanden?»

Die teils abschüssige Alpweide war rutschig, Duschletta musste auf seine alten Knochen Obacht geben. Sein gutes Schuhwerk und die jahrzehntelange Erfahrung halfen ihm, sich sicher zu bewegen. Die Sicht betrug meist nur wenige Meter, kein Wunder, war die Grossstädterin in Angst, dachte er.

Regelmässig stiess er ins Horn und lotste Bettina so in seine Nähe, bis sie plötzlich vor ihm auftauchte. Die fleischige Platzwunde an ihrer Stirn liess sie im ersten Moment erschreckend verletzt aussehen. Das Blut hatte sich mit dem Regen im Gesicht bis zum Hals hinunter verteilt. Sie war wohl mehrmals gestürzt. Ein Stein schien ihr vom Herzen zu fallen, als Duschletta in seiner gewohnt ruhigen Art vor ihr stand.

«Au wacka, dit is 'n Ding, Gion. Da stiefelste durch de janze Botanik, und dank so einem Kuhhorn wirste jefunden», versuchte sie ihre Angst zu überspielen, doch ihre Augen konnten nicht verbergen, welche Gefühle ihr Innerstes beherrschten.

In der Küche der Alp wusch sich Bettina eine halbe Stunde später schmerzerfüllt ihr Gesicht am Schüttstein und zog sich in ihrer beengten Kammer trockene Sachen über, während Duschletta Kaffee kochte.

«Das muss ein Doktor ansehen. Ich nehm dich nach dem Kaffee mit ins Tal», entschied er in väterlichem Ton, als er die Wunde im Licht der Lampe über dem Küchentisch begutachtete, über den ein weiss-rot kariertes Plastiktischtuch gespannt war.

«Und wer melkt dann die Linda und die Bruna?» Sie deutete auf ihre Uhr. «Es ist an der Zeit. Und ausserdem, Gion, du weisst ja: Ich kann nicht zu einem Arzt, nicht wegen so was.»

Er goss Kaffee in die beiden Tassen, reichte ihr eine und warf zwei Würfelzucker in die seine. «Lass mich das mit dem Arzt regeln. Der ist froh um Alpkäse.»

«Bist du sicher? Und der stellt keine Fragen?»

Gion nickte. «Ich kenne ihn schon sehr lange. Das wird keine Probleme für dich geben. Ganz sicher nicht. Und die Kühe melke ich. Sind sie schon im Stall?»

«Danke, Gion. Ja, ich habe die beiden schon vor dem Zäunen von der kleinen umzäunten Weide hinter der Alp in den Stall geführt. Ich dachte noch, es könnte mit dem Wetter zeitlich eng werden heute.»

Er goss warme Milch aus dem Pfännlein vom Herd in ihre Tasse, sie rührte mit dem Teelöffel um, dass dieser hell am Rand aufschlug.

«Dann trink du in Ruhe deinen Kaffee und erhole dich etwas, ich melke die beiden», entschied er und goss kalte Milch aus einem Krug in seine Tasse. Nach wenigen Schlucken verschwand er, wegen der Kreuzschmerzen nach vorn gebeugt, aus der aus Stein erbauten Alphütte, über deren Türe der deutsche Name in dicken weissen Buchstaben stand: «NURDEIN».

***

Auf dem Weg hinunter ins Tal schwieg Bettina und blickte nachdenklich durch die dreckige, noch immer etwas beschlagene Windschutzscheibe in den verregneten Nachmittag. Die Bündner Spitzbueba ertönten – an diese Ländlermusik würde sie sich bestimmt ebenso wenig gewöhnen wie Gion daran, dass sie an den warmen Sommerabenden ihr Didgeridoo auf der Alp spielte anstelle des gewohnten Alphorns oder Schwyzerörgelis.

Sie fror, als frässe eine innere Kälte sie auf, dass Gion auf das auf dem Rücksitz liegende blaue Sännakuttali mit den Edelweiss-, Alpenrosen- und Enzianmotiven deutete. Zugleich schaltete er die Heizung höher. Warmer Geruch von trockenem Heu und Karrenschmiere zog aus dem unrund laufenden Lüfter.

Der Hausarzt in Andeer hatte die Wunde mit sieben Stichen schnell genäht und fachgerecht verbunden. Sie sei somit fast wieder wie neu, hatte er Bettina mit einem aufmunternden Lächeln gesagt, bevor die sich von der Liege erhob.

Kaum sassen sie wieder bei Duschletta im Subaru, versicherte sie sich bei ihm, dass keine Polizei eingeschaltet würde. Beim Vom-Berg-Runterfahren hatte sie ihm im Detail den Vorfall geschildert, doch er war wie immer die Ruhe selbst geblieben, fand sie.

Seine Antwort auf ihre Schilderung: «Bettina, deswegen kommt mit Sicherheit keine Hundestaffel auf den Berg – die Geschichte hört sich etwas gar verrückt an, was du nicht bestreiten kannst. Also mach dir keine Sorgen, es bleibt unter uns, sonst werden wir beide schnell zum Gespött.» Er hatte am Stumpen gezogen und das Fahrerfenster einen Spalt heruntergekurbelt. «Ich erzähl dir dazu noch was. Früher, in der Zeit, in der ich ein Bub gewesen bin, da hatte mir meine Nonna an langen Winterabenden so manch schaurig-schöne Geschichte erzählt. Von wilden Berggeistern und armen Seelen, die nie wieder das Tal gefunden hatten und bis zum heutigen Tag in den Nebelnächten umherirren müssen. Auch von den Irrlichtern, die in pechschwarzen Nächten die Verirrten über die Felswände zu locken versuchten, wusste sie zu berichten, dass, nachdem meine Mamma am Abend meine Kammer mit einem ‹Buna notg› verlassen hatte, ich aus Angst die Bettdecke bis übers Kinn zog.» Er lachte, dass seine vom Stumpenrauchen gelben Zähne sichtbar wurden. «Also, lass uns das Ganze vergessen, dann kommt auch keine Polizei auf den Berg, denn es hört sich doch sehr nach einem Sännatuntschi an. Bei Erwähnung dieser Alpsaga und in diesem Zusammenhang steht sonst schnell ein Nervendoktor vor der Alphütte.»

Letzteres Argument und dass sie mit den beiden anderen Berlinerinnen, die sich auf dem Rückweg von Chur befanden, wie sie ihr am Handy sagten, gemeinsam auf die Alp hochfahren konnte, beruhigte Bettina. Deshalb sass sie eine halbe Stunde später mit Frauke und Hanna im grünen Jeep – auf dem Weg hoch zur Alp Nurdagn.

Zu dritt sassen sie zwei Stunden später am grobhölzernen Küchentisch. Bettina wollte das Gericht aus der Heimat, das aus Eisbein – einer vorgepökelten gekochten Schweinshaxe – mit Sauerkraut und Erbspüree bestand, heute nicht recht schmecken, dabei hatten sich die drei seit Tagen auf das Abendessen gefreut. Und sie war auffallend still.

Draussen wehte der Regen in Windböen an die Hütte und jagte die Nebelschleier um die schroffen Berggipfel. Das Licht über dem Tisch flackerte mehrmals gegen zweiundzwanzig Uhr, dass die blonde Frauke eine Kerze anzündete, damit sie nicht wieder im Stockdunkeln erst nach einem Handy und dann nach den Zündhölzern suchen mussten.

Bettina sass die Angst noch immer in allen Knochen, ihr Kopf schmerzte, dass sie eine Brausetablette in ein Glas Wasser fallen liess und zusah, wie sich diese tanzend darin auflöste, so wie es der Schmerz danach gefälligst auch tun sollte, hoffte sie dabei.

Ihre beiden Freundinnen, die sich im Gegensatz zu Bettina schon lange kannten, versuchten ihr mit mässigem Erfolg Zuspruch zu schenken.

Kennengelernt hatte Bettina die beiden in Berlin-Mitte – im «House of Small Wonder», einem Szenelokal. Darin hatte sie einen Aushang entdeckt mit dem bezeichnenden Titel «Berliner Berge». Eine Hanna und eine Frauke waren die Verfasserinnen gewesen, wie sie erfuhr. Die beiden suchten noch eine dritte Frau im Bunde, um gemeinsam eine Alp irgendwo in den Bergen einen Sommer lang zu bewirtschaften. Das schien ihr mehr als nur ein Riesenzufall zu sein. Nach zwei Treffen glaubten alle, die Chemie stimme, um über diese Wochen gemeinsam auszukommen. Es lag aber in der Natur der Sache, dass Bettina von Beginn weg nicht ehrlich zu den beiden sein konnte, die wären ansonsten niemals mitgekommen – zumindest glaubte sie dies zu wissen und schwieg bis heute und würde es auch weiter tun müssen. Doch sie hatte die Geister am Berg geweckt; schneller und furchterregender, als ihr lieb gewesen war, zeigten sie sich nun.

Bettina verbarg an dem Abend ihre dunklen Gefühle, so gut es ging. Ihre Gedanken drehten sich aber weiter, und es machte ihr Angst. Sie waren zwar zu dritt hier oben, aber nicht mehr allein. Sie waren gekommen und würden von allein nicht wieder gehen.

Frauke und Hanna versuchten ihrerseits, sie zu beruhigen mit Sprüchen, dass drei Berlinerinnen gewiss mit jeder Strohpuppe fertigwerden würden, dafür gebe es ja Feuer oder den schweren Schürhaken vom gusseisernen Herd, der schon viele Jahre auf dem Buckel habe und bestimmt etwas Bewegung brauche. «Ick zieh der de Hammelbeene lang, oder es gibt wat uff'n Deez.» Frauke deutete einen Schlag an.

Verhaltenes Lachen folgte. Bettina glaubte aus deren Blicken zu erkennen, dass sie das Ganze nicht wirklich einordnen konnten, sogar eine Spur von Lächerlichkeit schwang mit, was sie verstehen konnte, denn die beiden wussten nicht, was sie wusste.

Viel später als gewohnt, erst gegen Mitternacht, kroch Bettina erschöpft in ihrer Kammer unter die Decke. Der heisse Kräutertee hatte weder Ruhe noch Ordnung in ihr Innerstes gebracht. Ein Blick aus dem Fenster verriet ihr, dass der Sturm noch immer durchs Hochtal jagte. Nur der Regen hatte etwas nachgelassen, der Dachkännel gurgelte leiser.

Einen Schlüssel für die einfache Holztüre ihrer Kammer

gab es nicht, darum schob sie die kleine Kommode an die Türe – deren Geräusch beim Verschieben würde sie mit Sicherheit aufschrecken. Heimlich, ohne dass es Frauke und Hanna wissen sollten, hatte sie zuvor die Axt unter dem Vordach des Stalls geholt. Dabei bekam sie den Eindruck nicht los, als würden aus der Dunkelheit Augen auf die Hütte gerichtet – Augen, die in der Finsternis sehen und abwarten konnten.

2

Das Zelt auf der Wiese neben Casti hatte sich am Abend gegen einundzwanzig Uhr nur bis zur Hälfte gefüllt, als das Stück «Sännatuntschi reloaded» seine Premiere feierte. Da es schon wieder regnete, konnte die Aussenbühne mit der Bergkulisse im Hintergrund nicht bespielt werden. Der Licht- und Tonmann der kleinen Theatertruppe hatte das Zelt innen so verwandelt, dass das Publikum in der hereinsickernden Dämmerung stimmungsvoll ins Stück gezogen wurde.

Das Sännatuntschi personifizierte im ersten Teil eine Femme fatale im pinken Anzug, mit schwarzer Krawatte und nach hinten gegeltem Kurzhaarschnitt. Metaphorisch zog sie den Anlegern an der Börse die Haut vom Leib, nachdem sie alle Nachteile einer Frau im Beruf hatte durchlaufen müssen und nicht weiter als sexuelles Objekt angesehen werden wollte, dabei wuchs ihre Oberweite grotesk an. Aus einer Metamorphose ging das klassische Sännatuntschi hervor – eine Strohpuppe mit einer auf den Rücken gebundenen Matratze. Ein Sinnbild dafür, dass sie jederzeit den Sennen sexuell zur Verfügung zu stehen hatte, die sie aus Langweile an den langen Abenden in der Alphütte erschaffen hatten.

«Die Geister, die ich rief …», ertönte eine verzerrte Stimme mit Nachhall zeitlich versetzt aus jedem Lautsprecher.

Zusehends wandelte sich die Strohpuppe zu einer nymphomanen Bedrohung und sog ihre Wirte aus wie eine Fledermaus ein Schwein im Stall, während es schläft. Noch bevor zum Ende hin die beiden Figuren sich vereinten und die Haut des einen Sennen wie einen Kokon über sich aufspannen konnten, um sich darunter in eine Art höheres antisexuelles Wesen zu verwandeln, stürzte eine durchnässte, von Dreck übersäte Frau ins Zelt. Sie stolperte über den roten Teppich des Mittelganges und brach zwischen den Zuschauerreihen zusammen.

Erst dachten die Gäste, es handle sich um einen gar gelungenen Teil des Stückes, zumal die Frau schrie, bevor sie nach Atem ringend zu Boden ging: «Een Mörderwesen ist auf dem Berg – ick globe, die Frauke ist mausetot.»

Erst als auf der Bühne die beiden Sännatuntschis, die noch mitten im Vereinigungsprozess steckten, der Frau zu Hilfe eilten, da sonst niemand Anstalten dazu machte, und vor ihr niederknieten, begriffen die Anwesenden die Tragik des Moments. Gerede brandete los, Hände wurden verwundert vor aufgerissene Münder gehalten, und eine Frau rief, ob ein Arzt unter den Gästen sei.

Das Stück war abrupt zu Ende, die Zuschauer verliessen im rötlichen Zwielicht das Zelt, während bei der Kantonspolizei Graubünden ein Notruf einging.

Von Thusis kommend, jagten ein Rettungs- und ein Streifenwagen durch die Nacht und trafen fünfundzwanzig Minuten später fast gleichzeitig ein. Die Blaulichter warfen ihre grell blinkenden Schweife über die Szenerie hinweg, dass die Pfützen verzerrt spiegelten – der Regen war stärker geworden.

Die achtundzwanzigjährige Hanna war völlig erschöpft und wies zahlreiche Verletzungen auf. Jemand hatte eine Decke um sie gelegt. Zitternd sass sie mit angezogenen Beinen auf dem Bretterboden des Zeltes, als die Rettungssanitäterinnen vor ihr hinknieten und den Notfallkoffer öffneten.

Nach der Erstversorgung und der Entwarnung, dass sie sich keine schweren Verletzungen zugezogen hatte und ihr Kreislauf stabil sei, wurde sie von Kantonspolizist Aldo Casutt befragt, der sie mehrmals darum bitten musste, auf Hochdeutsch zu antworten.

«Wat soll ick sagen? Die Frauke und ick hatten wie jeden Abend die beiden Kühe jemolken und sassen danach beim Abendessen, als etwas aussen an die Hütte schlug und seltsam kreischende Geräusche von sich gab», brachte sie hektisch heraus.

«Nur langsam. Sie sind hier in Sicherheit. Ich weiss, Sie sind aufgeregt. Wo haben Sie die Kühe gemolken?» Casutt versuchte ihr mit seiner tiefen, warmen Stimme etwas Halt zu geben.

«Auf Nurdagn. Der Alp da oben.» Sie erzählte bruchstückhaft, was Bettina am Vortag widerfahren war, und fuhr fort: «Wegen dem Geräusch schauten wir deshalb gemeinsam draussen nach, als aus der Dunkelheit heraus diese Gestalt auf uns loskam.» Sie strich ihre klitschnassen blonden Haare aus dem Gesicht. «Schreiend vor Angst versuchten wir, zurück in die Hütte zu flüchten, doch wie durch Zauberei stand dieses Sännatuntschi plötzlich in der Stube, ehe wir einen Gegenstand zu fassen kriegten, um uns zu wehren. Wir rannten panisch nach draussen, und da war es auch wieder.» In Hannas Augen stand Ratlosigkeit. «Wie war das möglich? So schnell kann niemand sein.»

Casutt reichte ihr ein Taschentuch, damit sie sich schnäuzen konnte, und liess ihr Zeit, um sich zu sammeln.

«Wir flüchteten Richtung Stall, und auch da stand es bereits, als hätte es seelenruhig nur auf uns gewartet – immer das lange Messer in der erhobenen Hand. Also rannten wir blindlings in die Nacht, ohne richtige Schuhe oder Jacke, geschweige denn ein Telefon, und das bei diesem Nebel.» Sie senkte den Kopf und atmete angespannt aus, als täte ihr der Brustkorb weh. «Dabei verloren wir uns aus den Augen.» Sie begann zu schluchzen, dass eine der Sanitäterinnen ihr die Hand auf die Schulter legte und Casutt neben ihr in die Knie ging.

Hanna brauchte mehrere Minuten, ehe sie mit Unterbrechungen weiterreden konnte. «Erst hörte ich Frauke noch irgendwo aus dem Pechschwarz der Nacht in der Nähe laut atmen, dann meinen Namen in grosser Angst rufen ... Ich rief zurück, wohl im Wissen, dass der Verfolger mich so orten konnte. Doch anscheinend klebte die seltsame Gestalt ihr so dicht auf den Fersen, denn Frauke schrie auf, als hätte die Gestalt sie soeben erwischt ...» Hanna brauchte erneut Zeit, um sich zu sammeln. «Ich blieb stehen, stierte und horchte ins Schwarz. Rief so laut nach ihr, dass ich selbst fast erschrak. Noch einmal rief sie meinen Namen. Nicht mehr so laut, als fehle ihr die Kraft oder der Atem dazu, dann folgte der Schrei, der … der noch immer in meinen …» Sie hielt sich mit den flachen Händen die Ohren zu.

Casutt, dem die Zweifel an diesem seltsamen Verfolger ins Gesicht geschrieben standen, liess ihr Zeit, bevor er nachhakte. «Was für ein Schrei? Was, glauben Sie, ist da passiert?»

Hanna blieb wortlos sitzen, die Hände offen neben sich gelegt, als brauchte sie diese nicht mehr oder sei im Begriff, eine Yogaübung zu beginnen. «Der Schrei … während sie die Felswand runterfiel, gefolgt vom dumpfen Aufschlagen ihres Körpers. Das ist passiert», murmelte sie, den Blick dabei ins Leere gerichtet.

Casutt, der grauhaarige Beamte, der eine angenehme Ruhe, gemischt mit Autorität, ausstrahlte, nickte. «Tut mir sehr leid, das muss furchtbar für Sie gewesen sein.»

«Wissen Sie, die Nacht war schwarz wie Pech. Ich konnte nicht mal meine Füsse sehen. Der Nebel und der Regen hatten jedes Licht verschluckt – was hätte ich tun sollen? Es fühlt sich an, als hätte ich sie im Stich gelassen.»

«Machen Sie sich bitte keine Vorwürfe. Das war eine schlimme Ausnahmesituation», versuchte Casutt sie weiter zu beruhigen, und nun legte er ihr väterlich seine Hand auf die Schulter.

«Hätten wir uns beim Fliehen doch nur an den Händen gehalten, wir hätten uns nicht verloren. Doch alles ging so schnell und …» Sie hielt den Kopf plötzlich schief, während sie weiter zu Boden starrte.

«Im Nachhinein ist es immer einfacher, anders zu handeln.» Casutt schaltete sein Funkgerät leiser, da mehrere Meldungen hintereinander eingingen, welche sein Dienstkollege, der im Hintergrund neben dem Zelt stand, beantwortete. «Und Sie haben es hierhin geschafft, um Alarm zu schlagen. Das ist sehr wichtig.»

«Was hätte ich denn sonst tun sollen, als weiterzurennen? Der Schrei dauerte zu lange, da wird jede Hilfe zu spät kommen, das weiss ich. Deshalb lief ich in völliger Dunkelheit talwärts, ohne eine Ahnung zu haben, wo ich überhaupt war. Als der Nebel sich endlich lichtete und nur noch der Regen blieb, sah ich das rot schimmernde Zelt neben Casti und schleppte mich mit letzter Kraft hierher.»

«Das haben Sie richtig gemacht. Gibt es sonst noch was Wichtiges, das wir wissen müssten?» Casutt hatte derweil in sein Notizbuch geschrieben.

«Nein, die Bettina ist immerhin in Sicherheit.»

«Das ist die, welche gestern flüchten musste?» Casutt blätterte die kleinen Seiten raschelnd zweimal zurück und fand den Namen. «Ja, richtig, hier habe ich's notiert: Bettina Stenlizer.»

Hanna nickte, ihren Blick noch immer abgewendet. «Bettina hatte eine schlechte Nacht durchstanden, ich meine, wer kann's ihr schon verdenken? Jetzt, wo ich weiss, von was sie gejagt worden ist, verstehe ich ihr Verhalten von gestern erst so richtig. Sie wollte deswegen heute im Tal übernachten und hat den Berg bereits am Morgen verlassen. Der Gion Duschletta hatte ihr eine Bleibe zum Schlafen vermittelt. Soviel ich weiss, damit sie sich einige Tage vom Schrecken erholen kann. Nun ja, es kam anders», fügte sie sarkastisch an. «Wir hätten ihr gestern Abend besser Glauben schenken und die Alp gemeinsam verlassen sollen, bis klar ist, was dort oben geschieht.»

Casutt erhob sich und bedankte sich für diese erste und, wie er betonte, so wichtige Aussage und ging zu seinem Kollegen.

Die Sanitäterinnen bestanden darauf, Hanna ins Spital Thusis zu bringen, um die Verletzungen zu verarzten und für einen genaueren Check.

Während der Krankenwagen mit Hanna langsam die Bergstrasse talwärts fuhr – die Lichter der kleinen Orte schimmerten verschwommen weit unterhalb –, fuhr Casutt mit seinem Kollegen den Berg hoch. Per Funk hatte die Einsatzzentrale in Chur die Bergrettung aufgeboten, um die vermisste Frauke Lohmeyer zu finden. Einen Rettungshelikopter mit Wärmebildkamera und Nachtsichtgerät hatten sie ebenfalls angefordert. Wer konnte schon wissen, wie es wirklich um sie stand? Womöglich lebte sie doch noch.

Vor dem dunkelrot erleuchteten Zelt hatten sich trotz des Regens Grüppchen mit je einer Handvoll Leute gebildet, die unter dem Vordach und im Partyzelt weiter über den Vorfall redeten, nachdem der Krankenwagen und die Streife abgezogen waren. Obwohl die heisse Gerstensuppe und die Tabletts mit den noblen Häppchen für den anschliessenden Apéro bestimmt gewesen waren, wurde das Essen jetzt an die wenigen Herumstehenden verteilt. Einige griffen so herzhaft zu, als sprächen sie beim Kauen über die Dramatik eines verlorenen Fussball-WM-Spiels in der Verlängerung. Nur den beiden Schauspielerinnen und dem deutschen Regisseur Helmut Loher schien der Appetit vergangen zu sein. Loher, den man zweifelsohne für einen ganz in Schwarz gekleideten Dorfpfarrer hätte halten können, hätte nicht seine dicke grellgrüne Hornbrille den künstlerischen Ausdruck seiner Körperlichkeit materialisiert, schien völlig abwesend zu sein.

Einzig ein freischaffender Journalist, der wie ein aufgescheuchter Gockel herumflatterte und alle um eine Kopflänge überragte, war der Presseeinladung zur Premiere gefolgt. Überall hinterliess der Dürre mit seinen zuvor noch weissen Sneakers seine übergrossen Schuhabdrücke im pflotschigen Boden. Er berichtete für den «Schamser Boten» – ein Gratislokalblatt, das alle zwei Wochen in überschaubarer Auflage erschien. Aufdringlich hatte er Fotos geschossen, als das Drama am Berg für die flüchtende Hanna im Zelt ein vorläufiges Ende nahm, als witterte er die Story seines Lebens.

Die Polizeipatrouille mit Casutt am Steuer erreichte Nurdagn. Der nasse Kies auf dem Vorplatz knirschte unter den Rädern, als der Polizeiwagen zum Stehen kam. Gespenstisch lag die Hütte verlassen da – die Türe stand offen, ein mattgelber Schein fiel auf den Vorplatz, und in den Pfützen bildeten die Regentropfen kleine Kreise. Aus dem nahen Stall ertönte das tiefe Muhen einer Kuh, als würde diese die Polizisten rufen. Casutt und sein Kollege meldeten ihren Standort per Funk an die Zentrale, dann schalteten sie das Blaulicht ein, das die

Umgebung in blinkende blau-schwarze Schatten warf, und stiegen aus.

Sie richteten je mit der linken Hand die grellen Lichtkegel auf die Umgebung und die drei unterschiedlich grossen Gebäude aus – in den rechten hielten sie die Dienstwaffen im Anschlag und begannen mit der Durchsuchung. Um nicht zu viele Spuren zu verfälschen, taten sie dies vorsichtig, bewegten sich möglichst nah an einer Wand entlang und fassten die Türfallen nur mit Handschuhen an.

Die Alphütte war leer, der noch gedeckte Küchentisch sah aus, als wäre er mitten im Abendessen verlassen worden – so wie Hanna es berichtet hatte.

Seltsam mutete es die beiden Beamten an, als sie mit Taschenlampen und den Waffen im Anschlag den Kuhstall betraten und dabei von beiden Kühen verwundert angestarrt wurden. Das Schnauben und der Geruch der beiden warmen Tierkörper erfüllten die Luft im sonst leeren Stall. Niemand war in diesem zu finden, auch nicht im Dachstock, in dem ein wenig Heu und Strohballen gelagert wurden. Vor den Gebäuden suchten sie anschliessend mit einem Nachtsichtgerät die Umgebung ab. Nur weit oben in den Alpwiesen des Hochmoors leuchtete hell das Vieh auf. Von einem Menschen weit und breit keine Spur.

Mehr konnten die beiden in diesem Moment nicht tun. Sie stiegen deshalb wieder in den Wagen, um den Lagebericht per Funk an die Einsatzzentrale durchzugeben, als sich hinter der Alphütte eine Gestalt im blauen Blinklicht kurz abzeichnete, doch beim nächsten Lichtwurf wie ausgeknipst verschwunden war.

Sofort stiegen die beiden Beamten aus, nicht ohne der Zentrale kurz durchgegeben zu haben, dass sie die Verfolgung einer verdächtigen Person aufnehmen würden.

In geringem seitlichem Abstand zueinander, um sich gegenseitig Schutz zu bieten, liefen sie ins Dunkel, dorthin, wo die Gestalt verschwunden war. Ihre Lichtkegel schweiften hin und her und in die Ferne, als sie eine Gestalt einfingen, die in Windeseile den Berghang Richtung Felsband hochlief.

«Halt, Polizei!», brüllte Casutt durch die Nacht, in der das Blaulicht noch immer seine Kreise warf, während die beiden Taschenlampen die Alpweiden vor ihnen in künstliches Licht tauchten, dass die Geländekonturen flache Schatten warfen.

Die dunkle Gestalt rannte weiter, als hätte sie nichts gehört, die beiden Polizisten hinterher. Casutt entschloss sich, einen Warnschuss abzugeben, womöglich schüchterte dies den Flüchtenden ein, der nächste Schuss könnte ja treffen. Die Gestalt rannte unbeirrt die Weide bergwärts, und das mit einer unglaublichen Kraft und Schnelligkeit. Der Abstand vergrösserte sich zusehends. Es hatte keinen Zweck, und im Zwielicht einen Schuss auf die Beine abzufeuern wäre zu riskant – sie brachen die Verfolgung keuchend ab, gingen zur Alp zurück, Casutt erstattete Rapport.

Keine fünf Minuten später vernahmen sie aus der Ferne das leise Klopfen der Rotoren des von der Einsatzzentrale angeforderten Rettungshelikopters, das stetig anschwoll.

Ein sechsköpfiges Team der Bergrettung mit einem Suchhund war in der Zwischenzeit bei Casti angekommen und wartete auf seinen Einsatzbefehl. Sobald die Wärmebildauswertung des Suchhubschraubers die Position der Vermissten mitgeteilt hatte, würden sie sich unverzüglich ins Zielgebiet aufmachen, vermeldete die Zentrale.

In Schleifen flog der Helikopter das Hochtal ab – vor allem den Felsbändern entlang. Im Cockpit waren helle Flecken auf dem Monitor der Wärmebildkamera zu erkennen – die zerstreute Herde Kühe mit ihren Kälbern und dem Galtvieh. Nach wenigen Flugminuten sichtete die Crew überraschend schnell einen etwas weniger hellen Punkt, der sich bewegungslos am Fusse einer Felswand befand, und informierte per Funk die Einsatzleitung. In Anbetracht des Wetters und der Nähe zur Felswand war ein Näherherangehen mit dem Hubschrauber nicht ratsam und eine Bergung per Langseil trotz Windstille nicht möglich, deshalb schwenkten sie nach der Positionsdurchgabe ab.

Die Bergretter machten sich auf den Weg. Angeführt von

einem erfahrenen Alpinisten aus der Region, fuhren sie mit drei Quads so weit als möglich die Bergstrasse hoch und erreichten nach einem knapp einstündigen Fussmarsch das entsprechende Felsband. Ohne den Suchhund einsetzen zu müssen, fanden sie auf Anhieb die Gesuchte.

Im Lichtkegel ihrer starken Stirnlampen stiessen sie auf die Leiche von Frauke Lohmeyer. Sie lag seltsam verdreht neben einem grossen Stein im mageren Weideland. Der wieder stärker werdende Regen prasselte im Widerschein der grellen Lampen der Toten auf ihr käsebleiches Gesicht, auf dem ihr klitschnasses blondes Haar in Strähnen klebte. Nicht ein Tropfen Blut war zu erkennen, doch ihr Anblick liess keinen Zweifel an ihrem Tod aufkommen. Der Notarzt, der sich ebenfalls mit im Team befand, stellte diesen fest.

Wie von der Einsatzleitung angeordnet, wurde auf die Forensik der Kantonspolizei Graubünden gewartet, wenngleich bei diesem Regen beim Fundort nicht allzu viel an verwertbaren Spuren zu erwarten war. Bis diese eintraf, wurde eine wetterfeste Plastikplane über die Tote gelegt und mit Heringen im Boden verankert. Die Bergretter zogen sich anschliessend einige Meter unter einen Felsvorsprung zurück, der etwas Schutz bot.

Der Anruf der Einsatzzentrale erreichte die Rechtsmedizinerin Dr. Kaspezky auf ihrem Piketthandy der Kantonspolizei um dreiundzwanzig Uhr null drei, während sie zu Hause im schwarzen Ledersessel sass und Chopin hörte und dabei eine ihrer drei Katzen auf dem Schoss streichelte. Liebevoll hob sie Milou von sich weg, um aufzustehen.

Kaspezky traf zweieinhalb Stunden später, gegen halb zwei Uhr, ein. In strömendem Regen und dichten Nebelschwaden erschien sie im Schlepptau eines Bergführers und mit einem ihrer Mitarbeiter der Forensik, der einen voll bepackten Rucksack trug und ob des nächtlichen Einsatzes alles andere als erfreut war.

«Die Nacht ist schwarz wie in einem Kuhbauch bei Leermond», sagte Kaspezky, während das Minimalequipment aufgestellt wurde, um den Fundort zu erfassen.

Kaspezky, die nicht viele Worte brauchte und kaum Mimik zeigte, ging sachlich und strategisch vor. Die beiden zusammensteckbaren LED-Strahler warfen blendendes Licht auf die Leiche, dass der Fundort gespenstisch grell in der Nacht erstrahlte. Ein grosser schwarzer Schirm wurde aufgespannt, unter dem sie die Situation fotografisch festhielt.

Mit weissen Handschuhen untersuchte sie die Leiche, beschirmt von ihrem Mitarbeiter, und sprach mechanisch in ein Diktafon, bevor sie mit einer Spritze mehrere Röhrchen Blut aus dem leblosen Körper zog, die danach beschriftet in einer Kühlbox verschwanden. Mit einer starken Taschenlampe suchte sie anschliessend die nahe Umgebung ab. Das kaltnasse Wetter schien ihr unter der wetterfesten Mammutjacke, aus deren hochgezogener Kapuze nur ihr bleiches, maskenhaftes Gesicht mit der spitzen Nase herauslugte, nichts anhaben zu können.

Der Regen summte, vereinzelt war eine der Kuhschellen zu hören, als hätte sich deren Klang in der Unwirklichkeit dieser Nacht verirrt. Sonst war es still, während Kaspezky, die fast akzentfrei Hochdeutsch sprach, abseits stehen blieb, als könnte sie in diesem Moment das Tal bei Sonnenschein überblicken.

Aus dem leisen Summen des Regens war plötzlich ein lautes Prasseln geworden, das von dem schwarzen Leichensack, in dem nun die Tote lag, verstärkt wurde.

Mehr konnte Kaspezky in Anbetracht des Fundorts, des Wetters und der Uhrzeit nicht tun. Sie ordnete den Abzug an. So gesehen hätte man sie gar nicht aufbieten müssen, fand sie. Die auf den Meter genaue GPS-Position hatte sie per Satellitenempfänger erfasst, den Fundort mit Markierungsband quadratisch abgesperrt, um sich bei Tageslicht ein genaueres Bild machen zu können, falls überhaupt nötig.

Wegen des Nebels konnte der Helikopter die Leiche auch nicht hundert Meter weiter von der Felswand entfernt bergen, wie die Crew dies vom Stützpunkt aus der Einsatzzentrale mitteilte. Deshalb brachte die Bergrettung die Tote mittels einer speziellen einrädrigen Trage zum nächstgelegenen Alpweg, dahin, wo ein Fahrzeug die Leiche ins Tal transportierte und dort an den von Kaspezky angeforderten Leichenwagen übergab, der das Opfer in die forensische Abteilung des Kantonsspitals nach Chur überführte.

Gion Duschletta war noch vor Mitternacht nach Nurdagn hochgefahren, nachdem er durch die Polizei zu Hause telefonisch alarmiert worden war, und überbrachte den angeforderten Zweitschlüssel, dass die Beamten die Türe zur Hütte verschliessen konnten, damit das Spurenbild nicht verfälscht wurde. Wo der eigentliche Schlüssel hingekommen war, wusste auch er nicht.

Als er auf der Alp ankam, waren die uniformierten Beamten soeben dabei, das rot-weisse Band mit der Beschriftung «Polizei-Absperrung» um die Alphütte, den Stall und das Nebengebäude zu spannen. Fassungslos, als stecke er in einem Traum fest, sah er seine Alp eingetaucht in das blinkende Blaulicht.

Trotz des Dramas, das sich mitten in der Nacht abspielte, kamen ihm sofort die beiden Kühe in den Sinn. Er informierte Casutt, dass diese gewöhnlich um halb sechs gemolken wurden und er deshalb dann in den Stall müsse. Nach Funkkontakt mit der Einsatzzentrale teilte Casutt ihm mit, dass er frühestens um halb sieben Uhr in den Stall könne, da die Spurensicherung und jemand von der Alpinpolizei ab sechs Uhr auf Platz seien und als Erstes den Stall sichern würden. Früher gehe dies nicht, und die Kühe müssten sich an diesem Morgen ausnahmsweise gedulden.

Wenn es nicht anders gehe, akzeptierte Duschletta achselzuckend und setzte sich, nach einem letzten Blick auf seine Alp, wieder in sein Auto.

In Gedanken versunken, als sässe er in einem Alptraum fest, fuhr er talwärts, vorbei an der in Dunkelheit gehüllten Alp Curtginatsch. Leise klangen die Bündner Spitzbueba aus dem alten Kassettengerät. Es war das zweite Mal in seinem

Leben, dass er diese Musik nicht hören mochte. Er schaltete das Gerät aus. Eine seltsame Unruhe erfasste ihn.

Der Regen peitschte in Schüben auf die Windschutzscheibe, als schüttete ein erzürnter Berggeist diesen kübelweise auf ihn hernieder, als ihn vor Tgavugl plötzlich die reflektierenden Augen eines Hirsches mitten auf dem schmalen Weg anstarrten, dass er heftig aufs Bremspedal treten musste. Erstarrt blickte das stattliche Tier ihn an. Duschletta konnte seinen Blick nicht von dem Geschöpf abwenden, das zwischen den Scheibenwischerintervallen vor ihm verharrte, denn vor ihm stand ein weisser Hirsch! Die Legenden über dieses Tier kannte er seit Kindheitstagen, doch niemals hätte er es für möglich gehalten, selbst eines zu sehen – das seine Mutter das «Einhorn der Berge» genannt hatte. Gebannt versuchte er, den weissen Hirsch zwischen den Scheibenwischintervallen zu erfassen, das Unglaubliche fest in seine Sinne einfliessen zu lassen. Fast dünkte es ihn, als läge in dessen majestätischem Blick das Wissen um das himmeltraurige Verbrechen, die menschliche Schande am Berg, die jedem Tier doch fremd war. Gleichzeitig nahm der Anblick des Tieres ihm seine Kraft und den Lebensmut, bevor es mit einem kräftigen Satz während eines Wischs der Scheibenwischer entschwunden war, dass die Scheinwerfer nur noch einen hellen Korridor über den verwaisten, gespenstisch anmutenden Weg warfen.

Von der Begegnung seltsam berührt, starrte er in die gelblichen Lichtkegel vor ihm – sah den Regen darin glitzernd aufleuchten, die Scheibenwischer schoben mechanisch aufsurrend weiter das Wasser schwallweise zur Seite. Neue Tropfen klatschten auf, verflossen wie die zuvor, als schmolzen sie auf der Scheibe.

Während er weiter talwärts fuhr und den Anblick des weissen Hirsches noch immer vor seinem inneren Auge sah, überkamen ihn Schauer, als wäre er krank. Die Legende besagte nämlich, dass nur derjenige, welcher reinen Herzens war, unbeschadet dessen Anblick überstehen würde.

In Casti angekommen, nicht ein einziges Licht schimmerte

aus dem Tal hoch zum kleinen Dorf, machte er sich auf den kurzen Weg zum Kirchlein hinauf.

Die dicke Eingangstüre war wie immer unverschlossen. Gebeugt trat er ein, als wäre der Rahmen zu niedrig. Die schwere Holztüre wurde vom Türspanner ins Schloss gezogen, dass das Einschnappen erschreckend laut die bedächtige Stille im Innern durchbrach. Der unterschwellig muffige Geruch von alten Singbüchern und Weihrauch umgab ihn. Neben dem Altar brannten dunkelrot einige der batteriebetriebenen Totenlichtlein. Seine nassen Schuhe hinterliessen Abdrücke. Mit zitternden Händen, als fröre er, nahm er aus dem hölzernen Gestell eine Kerze, bekreuzigte sich und zündete sie mit seinem Feuerzeug an.

Er kniete sich in die vorderste Bankreihe. Die flackernde Kerze liess gespenstische Schatten tanzen. Duschletta faltete seine von der Arbeit gezeichneten Hände zum Gebet. «Gegrüsst seist du, Maria, voll der Gnade, der Herr ist mit dir. Du bist gebenedeit unter den Frauen, und gebenedeit sei die Frucht deines Leibes, Jesus Christus. Heilige Maria, Muttergottes, bitte für uns Sünder. Jetzt und in der Stunde unseres Todes. Amen. – Ich erflehe dich um Gnade meiner Sünden, für die Schuld am Verbrechen am Berg. Ich habe den heiligen weissen Hirsch gesehen …»

Das Kreuz tat ihm weh, als er sich auf den Händen abstützend erhob und leise weinend die Türe hinter sich ins Schloss fallen liess. Er ging nicht die wenigen Meter nach Casti zurück, seine Schritte führten ihn geradewegs zum äussersten Punkt des nasenähnlichen Felsvorsprunges.

Das Gras war nass, der Boden rutschig, der Nebel hatte sich an einer Stelle gelichtet – er sah schemenhaft glitzernde Lichter im Tal. Die kleine Glocke hinter ihm schlug hell drei Uhr. Er blickte auf Zillis hinunter und rechts nach Andeer, schliesslich dahin, wo die Rofflaschlucht in etwa lag, dort, wo Bettina jetzt war. Er fühlte seit Langem wieder diese alte Schuld, die nun wie eine dicke Narbe aufgebrochen war. Das Blut von damals klebte an seinen Händen und liess sich nicht abwaschen.

3

Um halb fünf Uhr surrte Giulia de Medicis Handy auf dem Boden neben dem Bett. Arkon, ihr Belgischer Schäferhund, erhob sich von seinem Platz im Wohnzimmer und stiess die angelehnte Schlafzimmertüre mit seiner kräftigen schwarzen Schnauze auf, während Giulia schlaftrunken mit der Hand nach dem Telefon tastete.

«De Medici», meldete sie sich, drehte sich dabei zurück auf den Rücken und strich sich ihr pechschwarzes Haar aus dem Gesicht.

«Dr. Kaspezky spricht. Tut mir leid um die frühe Störung, Frau de Medici. Wir haben einen Fall auf dem Tisch, und ich möchte Sie kurz darüber informieren. Wir brauchen jemanden von der Alpinpolizei.»

Giulia brauchte nie lange, um richtig wach zu werden. Die einunddreissigjährige Offizierin der Graubündner Kantonspolizei setzte sich mit dem Rücken an die Bettwand gelehnt auf und zog ein Bein an. «Null Problem. Deshalb habe ich ja Pikett. Was gibt's denn?» Sie gähnte verhalten.

Kaspezky informierte sie monoton über den Fall und erkundigte sich, ob Giulia gegen halb sieben auf der Alp sein wolle, um bei der Spurensicherung dabei sein zu können – denn dort habe das Verbrechen seinen Anfang genommen.

Giulia hatte sie in den letzten Fällen jeweils darum gebeten, möglichst zeitnah einen Tatort oder Fundort begutachten zu können. Diese Orte sprachen eine eigene Sprache, fand Giulia. Eine schlimme, eine gewaltdominierende Sprache, die laut, herrisch, verherrlichend, skurril und mitunter obszön sein konnte oder geheimnisvoll und leise wie ein Dornröschenschloss.

Natürlich überliess sie Dr. Kaspezky die forensische Untersuchung, darin, so fand Giulia, war diese die Beste weit und breit, hörte sie doch im Gewaltchaos oft sogar den Herzschlag eines Schmetterlings heraus, denn gar nicht selten lag genau in solch Unscheinbarem der Schlüssel hinter einer bestialischen Tat.

Als begeisterte Sportkletterin und ambitionierte Bergtourengängerin kannte Giulia das von Kaspezky erwähnte Gebiet gut. Ein befreundetes Ehepaar besass am Schamserberg eine Hütte, in der sie öfters zu Gast war. Daher wusste sie, dass sie eineinviertel Stunden Fahrzeit einrechnen musste. Giulia blickte auf ihre metallene Certina, die Herrenuhr, die sie von ihrem Vater Lorenzo geschenkt bekommen hatte. «Danke für die Information, Frau Kaspezky, ich werde kurz vor halb sieben Uhr vor Ort sein. Ich nehme an, der Pikett-Staatsanwalt ist bereits informiert?»

«Ist sie, Frau Bezzola hat Dienst. Da Sie, Frau de Medici, im Moment als Offizierin die ranghöchste Beamtin sind, wäre es sinnvoll, sich mit ihr kurzzuschliessen.»

Giulia legte auf und rief die Pikettnummer an, um das weitere Vorgehen mit Staatsanwältin Bezzola abzusprechen. Da es sich sicher um einen sogenannten AGT, einen «aussergewöhnlichen Todesfall», handelte, würde von Amts wegen eine Untersuchung von dieser eingeleitet. Das war schon mal klar, alles Weitere musste aufgrund der Tatortbesichtigung entschieden werden.

Giulia legte auf, streichelte Arkon über seinen Kopf, den er seitlich über die Bettkante gelegt hatte, als wäre er zu schwer, um ihn zu halten. Sie blickte in seine wachen, freundlichen Augen und schickte ihn wieder zurück auf seinen Platz im Wohnzimmer, während sie aufstand.

Auf dem Weg ins Bad band sie das eine Handlänge über ihre Schultern reichende Haar zu einem Pferdeschwanz zusammen. Gähnend ging sie barfuss, in Panty und Shirt gekleidet, in die Küche und machte sich einen Kaffee, dabei rief sie die Online-Version der «Südostschweiz» auf und überflog deren Inhalt, während sie ihren Kaffee trank. Sie öffnete das Küchenfenster. Erstaunlich kühle Luft strömte ein, auch dafür, dass es bereits der 1. September war. Der Regen hatte aufgehört. Um diese

Zeit war es noch dunkel, doch gen Osten war ein heller Streifen auszumachen.

Sie schlüpfte in eine legere Jeans und zog sich ein tailliertes Hemd über, so wie immer, wenn sie Dienst hatte. Sorgfältig band sie das Holster um und steckte ihre Waffe, die sie gesichert zu Hause verwahrte, darin ein. Auf ihren Kopf setzte sie ein dunkelblaues Baseballcap mit der gelben Aufschrift «Polizei».

Kurz nach fünf Uhr sass sie in ihrem weissen Audi Q5, Arkon hatte sich im Heck in seiner Hundebox zusammengerollt.

Giulia konnte nicht benennen, wieso, aber die Strecke Richtung San Bernardino war ihre Lieblingsroute, und das schon seit Jahren. So freute sie sich auch in der Stille dieser frühen Morgenstunde hochzufahren – mit leiser Radiomusik im Hintergrund.

Zwischen der Viamala- und Rofflaschlucht, während sie bei Zillis den Schamserberg hochfuhr, hellte sich der Himmel weiter auf, welcher der vergangenen Tage wegen einen Hauch Herbst in sich trug. Wenige Schönwetterwolken bauschten sich zur frühen Morgenstunde über dem schmalen Tal und den umsäumenden Bergkämmen. Einige der westlichen Gipfel waren bereits in Sonnenschein getüncht.

Giulia war eine Viertelstunde früher als gedacht losgefahren und hielt an einer geeigneten Stelle, von der aus ihr Blick frei über die bergige Hochmoorlandschaft gleiten konnte. Hinter ihr erhob sich im weichen Licht der mächtige Piz Beverin, vor ihr, am Ende des Tals, begannen die sich aus dem Nebel schälenden markanten Felsen der Grauhörner im Morgenrot zu leuchten, als glühte der Fels. Vereinzelt hingen die Schwaden im Hochtal fest, als wären sie von der abziehenden Schlechtwetterfront vergessen worden. Sie lagen träge in den Flanken und unterhalb der Felswände – leuchtend weisser oder glühorangegelber Hauch.

Giulia trug Trekkingschuhe und lief mit Arkon in der Kühle des Morgens durch die Alpweiden. Dann blieb sie stehen.

Sie blickte sich langsam um.

Stille.

Dann geschah es – das Wunder, das sie schon oft gesehen und von dem sie doch nie genug bekommen würde: Die Sonnenstrahlen, die über einen Bergkamm kamen, legten sich erst sanft, dann zusehends kraftvoller auf die vom Regen nassen Alpweiden und die Moorlandschaft. Ein gleissendes Lichterblumenmeer aus zigtausend Wassertröpfchen liess bald die Ebenen erstrahlen, unter ihr das im Schatten erwachende Tal.

Auf Giulias gebräuntem Gesicht lag sanft die Morgensonne, das Licht der Berge. «Komm, Arkon, lauf, mein Freund. Lauf!», rief sie ihrem treuen Begleiter zu und begann, durch die Weite zu gehen, immer schneller, dann lief sie los, als gäbe es keine Zäune mehr in dieser Welt. Arkon tollte freudig bergauf und bergab, mal hinter ihr her, mal voraus und bellte aufgeregt. Giulia lief weiter und weiter durch das Funkeln und Strahlen, als wäre sie ein Kind, das einem Regenbogen entgegenläuft, um diesen zu berühren.

Ihre Jeans hatte sich am Saum dunkel gefärbt, als sie ausser Atem und freudestrahlend eine Viertelstunde später beim Wagen ankam. Mit einem Handtuch trocknete sie Arkon, der sich übermütig im nassen Gras getrollt hatte, bevor er etwas widerwillig in seine Box sprang.

Sechs Uhr zwanzig zeigte die Uhr, als Giulia auf dem Vorplatz von Nurdagn vorfuhr. Der weisse Bus der Forensik und der schwarze Škoda Kombi von Kaspezky standen bereits dort. Ebenso der Streifenwagen der Kantonspolizei Thusis.

Giulia wartete hinter dem Absperrband, bis Kaspezky vom Stall herkam und sie in Empfang nehmen würde, da sie nicht wissen konnte, welche Bereiche bereits gesichert worden waren. Sie erhielt blaue Überzieher für die Schuhe und folgte Kaspezky zum Stall, in dem ein alter Bauer zwischen zwei Kühen hockte und molk, als wäre es ein ganz gewöhnlicher Morgen. Um ihn herum wurden Lampen abgebaut und Markierungsmaterial zusammengepackt.

«Darf ich vorstellen? Linda und Bruna und Herr Gion

Duschletta, dem die Alp gehört und welcher sie an die Opfer verpachtet hat.» Wie immer verzog die puppenhaft wirkende Kaspezky keine Miene, als seien ihr Gefühlsregungen fremd oder als hätte sie es mit Botox übertrieben.

«Allegra, Herr Duschletta – Giulia de Medici. Ich bin die zuständige Ermittlerin der Kantonspolizei Graubünden.» Giulia hob ihre Hand in Richtung des Bauern, der soeben den Schwanz von Linda ins Gesicht geschlagen bekam, dass er seine blaue Melkkappe richten musste.

«Allegra, Frau de Medici. Ich bin gleich fertig mit Melken.» Er drehte sich schnell ab, denn der nächste Schlag kam bereits, dass er aufstand und den Schwanz aufzäumte.

«Wieso haben die nur zwei Milchkühe hier im Stall? Hat doch noch viel Platz für andere Viecher. Sie als Bündnerin wissen dies sicher», wandte sich Kaspezky leise an Giulia, als wolle sie sich mit der Frage nicht vor dem Bauern blossstellen.

«Bündnerin ja und nein. Ich wurde in Genua geboren, doch ich lebte nur vier Jahre dort, danach zog meine Familie hierher. Mein Vater führte ein Hotel im Engadin, und nun sind sie wieder als Hoteliers in Genua. Also ich bin zwar hier aufgewachsen und fühle mich als Bündnerin, aber eben, das Meer höre ich auch manchmal mitten in den Bergen rauschen.»

Kaspezky hörte mit regungsloser Miene zu, ihre spitze, für das schmale Gesicht zu grosse Nase Giulia zugerichtet.

«Aber zu Ihrer Frage: Das ist eine Mutterkuhalp, die säugen mit ihrer Milch ihre Kälber auf der Weide – so wie von der Natur vorgesehen. Die Milch dieser beiden hier ist nur für den Eigenbedarf des Alppersonals und für das bisschen Käse und Butter gedacht, das sie für die Alpwirtschaft hier oben herstellen. Das bekommen die Tagesgäste aufgetischt», klärte Giulia sie auf. «Curtginatsch, die vordere Alp, das ist eine Kuhalp. Viel Arbeit für den Senn und die Hirten. Jeden Tag zweimal die Tiere melken und die Milch verarbeiten – das ist streng.»

Kaspezky nickte, während sich im Türrahmen hinter ihnen die dunkle Silhouette von Wachtmeister Casutt im Gegenlicht der Morgensonne abzeichnete. «Frau de Medici», machte er sich bemerkbar, «hier ist übrigens das Protokoll der Vernehmung des überlebenden Opfers von gestern Abend, dieser Hanna Steinemann. Habe es extra für Sie vom Server ausgedruckt, damit Sie es im Zusammenhang mit dem Geschehen hier oben nachvollziehen können. Die Frau liegt im Moment im Regionalspital Thusis. Nichts Gravierendes, aber sie steht unter Beobachtung.» Er kam heran und drückte ihr die Papiere in die Hand.

Giulia trat etwas näher an eines der verschmutzten Stallfenster, durch das die Sonne einen gedämpften Kegel Licht warf, in dem viele Staubpartikel tanzten. Aufmerksam las sie die Aussage durch, während einige Fliegen lästig um ihren Kopf schwirrten und eine der beiden Kühe tief aufmuhte.

«Das heisst», Giulia liess die Blätter sinken und wandte sich Kaspezky und Casutt zu, «der Angreifer war vor der Hütte aufgetaucht und hatte die beiden mit Geräuschen nach draussen gelockt und mit ihnen dann eine Art Katz-und-Maus-Spiel veranstaltet.» Sie blätterte auf eine der nächsten Seiten. «Was mich stutzig macht: Hier steht, dass wie durch Zauberei der Angreifer, eine Art Sännatuntschi, an mehreren Stellen gleichzeitig gewesen sein soll – Haus, Stall und draussen?» Giulia legte ihre Stirn in Falten.

«Tja», Casutt machte eine Handbewegung, als könne er nichts dafür, «so hat sie es ausgesagt. Und tags zuvor, also vorgestern, am späten Donnerstagnachmittag, ist Bettina Stenlizer bereits Ähnliches widerfahren – während des Zäunens im stockdicken Nebel. So zumindest hat sie es Duschletta berichtet.» Er deutete mit dem Kopf zum melkenden Bauern.

«Und wo befindet sich diese Bettina Stenlizer im Moment?», hakte Giulia nach.

«Im Gasthaus und Pension zur Rofflaschlucht. Aus Angst war sie gestern Morgen dahin gegangen. Aber fragen Sie den Duschletta, wenn er mit Melken fertig ist.»

Für Giulia hörte sich dies alles ziemlich verworren an. Berggeister, ein Sännatuntschi, das wie durch Zauberei fast zeitgleich den Sennerinnen an verschiedenen Orten aufgelauert haben sollte? Sie ertappte sich dabei, dass sie dachte, dass solche Hirngespinste nur von auswärtigen Unterländern ins Leben gerufen werden konnten. Die Zeiten, in denen die Einheimischen an Berggeister und Ähnliches geglaubt hatten, waren Jahrzehnte vorbei – spätestens seit das Internet auch in den abgelegensten Talschaften Einzug gehalten hatte, dessen war sie sich sicher. Früher, als in den langen, dunklen Wintermonaten gewisse Ortschaften und Höfe von der Aussenwelt abgeschnitten und Mensch und Tier auf Gedeih und Verderb den Naturgewalten ausgeliefert waren, da wurden solche Sagen von Generation zu Generation weitergegeben. Die Alten erzählten am warmen Kachelofen sitzend den Jüngeren manch ausgeschmückte Geschichte und konnten sich damit deren Aufmerksamkeit sicher sein, zum Beispiel wenn sie vom mordenden Sännatuntschi erzählten, das in den abgelegenen Alpen sein Unwesen trieb. So hatte Giulia dies in der Schule in Chur gelernt.

«Frau de Medici», Kaspezky riss sie aus den Gedanken, «wir werden alsbald anhand des Spurenbildes herausfinden, wer so alles um die Alp gegeistert ist. Gewiss können einem einige Menschen auf den Geist gehen, jedoch von Geistern halte ich so viel wie von nassen Socken. Der Regen hat übrigens neben seinen vielen Nachteilen für uns Forensiker auch einen Vorteil. Der Boden ist weich, Schuhabdrücke sind hervorragend zu erkennen. Was ich bereits sagen kann: Der vom überlebenden Opfer beschriebene Angreifer, dieser seltsame Strohmensch, hat während seiner Verfolgung der beiden Frauen so einiges an Stroh verloren.» Sie zeigte durchs Stallfenster auf den dunklen Boden vor der Hütte, der im Sonnenlicht deutlich Konturen warf und auf dem Strohreste hell zu erkennen waren.

Duschletta leerte in dem Moment den zweiten und damit letzten Eimer Milch in eine kleine Tanse, tätschelte die beiden Kühe und schob einige Heugabeln Futter in den alten hölzernen Trog vor ihnen. Den Melkstuhl noch immer umgebunden, hob er die Hand als Zeichen, dass Giulia ihn befragen konnte.

Kaspezky verliess derweil den Stall, um mit ihrem Team

den Rest des Tatorts zu untersuchen – erst die Umgebung, dann die Hütte und das Nebengebäude, auf dessen Terrasse die Gäste bewirtet wurden.

Giulia setzte sich im Stallinnern auf einen Scheitbock, Duschletta, der den Melkstuhl nun abgebunden hatte, auf den Futtertrog daneben.

«Ganz ehrlich gesagt, Frau de Medici, ich habe vorgestern gedacht, mit der Bettina ist die Phantasie durchgegangen, dass sie bald mit dem Vogelkäfig einen Liter Brot kaufen geht. Wissen Sie, wegen des Theaterstücks, das sie tags zuvor als Vorpremiere mit den beiden anderen besucht hatte», erklärte er den Zusammenhang und weshalb er die Polizei nicht eingeschaltet hatte. «Sie hat mir erzählt, dass auf einem markanten flachen Stein viel Blut gewesen sei. Das hat sich alles etwas verwirrt angehört. Ich bin gestern extra dahin, doch da war rein gar nichts zu sehen gewesen.»

Giulia, die nur das dem Zufall überliess, was diesem auch zustand, wollte jedes Detail wissen und nahm auch dieses Gespräch wie alle Einvernahmen auf ein Diktafon auf. So erfuhr sie die Namen der drei Sennerinnen und die Umstände, wie es zur Anstellung gekommen war.

Bei der ganzen Geschichte dachte sie auch an einen gar schlechten Streich Einheimischer, um die «Berliner Weiber» etwas aufzumischen. Möglich, und wenn dem so wäre, würde sie bald in einer der Beizen im Ort etwas dazu aufschnappen. Alkohol hatte schon viele Geheimnisse ans Licht getragen, und in den Beizen machte so etwas mit Sicherheit eher früher als später die Runde, denn jemand würde die Klappe nicht halten können, das war so sicher wie das Oben und Unten in dieser Region.

Vom alten Bauern erfuhr sie auch vom Zerwürfnis mit dem letztjährigen Hirten, dem Alois Gabernig. Der Vorarlberger, der in Schimpf und Schande und mit mehr als nur einer Faust im Hosensack kurz vor Ende der Alpabfahrt von ihm zum Teufel gejagt worden war und dabei böse Drohungen ausgesprochen hatte. Sie notierte sich dessen Namen und unter welcher Adresse er zu finden sein sollte. Mehr wusste Duschletta nicht zu sagen. Er sah müde aus, fand Giulia, und sein Gang, wie er in gebeugter Haltung zuvor die Kessel mit Milch in die Tanse geleert hatte, tat schon beim Hinschauen weh.

Sie trat mit ihm gemeinsam vor den Stall in die Morgensonne. Hinter ihnen muhte wiederholt lautstark eine der Kühe, als wollte sie rufen, dass sie schon längst auf der Alpweide grasen könnte, anstatt das Futter aus dem Trog fressen zu müssen, als sei ein gar garstiger Wintereinbruch über die Alp hereingebrochen.

Die Sonne vertrieb die letzten hartnäckigen Nebelschleier aus den Bergflanken. Das Vieh graste gemächlich im Glockengeläut seiner Schellen in der Weite der Landschaft. Die aufgewärmte Luft war geschwängert vom Duft der Alpweiden, gemischt mit Kuhdung. In der Eintracht dieser sonnenhellen Landschaft war nur schwer zu glauben, was hier nur wenige Stunden zuvor in schwarzer Regennacht geschehen war.

Das alte Sony Ericsson von Bauer Duschletta klingelte. Mit seinen klobigen Fingern bekundete er Mühe, den kleinen grünen Knopf für die Annahme des Gesprächs zu drücken, stellte Giulia fest.

Duschletta verzog sich während des Gesprächs in eine Ecke und kam nach wenigen Minuten wieder zu Giulia zurück. Er berichtete ihr: «Das war Annalies Cantieni, meine Schwägerin, die seit Jahrzehnten das Gasthaus Rofflaschlucht direkt am Ausgang selbiger führt. Sie hat soeben ihren achtunddreissigjährigen Sohn Gian-Reto zu uns hochgeschickt, der früher in den Sommern öfters als Hirt mitgearbeitet hat und den Alpbetrieb daher bestens kennt. Ich wüsste sonst nicht, wie ich das hier oben allein stemmen könnte. Meine verstorbene Frau Brida war übrigens seine Tante. Und sobald Bettina auf ist, es ist ja erst kurz vor sieben in der Früh, wird Annalies ihr schonend das Übel beibringen. Ich habe ihr schon vor über einer Stunde vom Unheil am Berg berichtet.»

Giulia dankte und ging hinüber zur Alphütte. Sie stellte sich hinter die Polizeiabsperrung, blickte interessiert ins Innere und sah den Forensikern bei deren Arbeit zu, wie diese alles fotografisch festhielten, gelb nummerierte Markierungstäfelchen da und dort platzierten, auch an Stellen, wo mit blossem Auge der Grund nicht zu erkennen war.

Kaspezky, obwohl sie keine Stunde Schlaf gefunden hatte, wie sie Giulia auf deren Frage geantwortet hatte, da die Zeit für die Rückfahrt in der Nacht nach Chur zu knapp gewesen sei, hatte etwas in ihrem schwarzen Škoda gedöst, bis die Verstärkung im Morgengrauen angerückt kam. Giulia fand, dass ihr rein gar nichts anzumerken war, so konzentriert und regelrecht in einer Art Passion widmete diese sich jedem noch so unscheinbaren Detail.

Der neue 3D-Scanner wurde soeben mit wenigen Handgriffen platziert und hielt jeden Raum fest. DNA-Proben wurden an verschiedenen Stellen entnommen und eingetütet – ein eingespieltes Programm.

Giulia hatte zwischenzeitlich Arkon aus der Box geholt und neben dem Stall im Schatten auf Platz gesetzt. Sie wusste, egal was geschehen würde, ausser er sähe, dass jemand sie angriff, würde er dort verharren, was immer auch um ihn herum geschah.

Um halb elf Uhr, nach fast fünf Stunden, war die Arbeit der Forensiker erledigt – Alphütte und Nebengebäude zum Betreten wieder freigegeben, wie Kaspezky Giulia mitteilte, die weiter alles beobachtet hatte. In diesem Moment kehrte Gian-Reto Cantieni zurück, der, wie von seiner Mutter angekündigt, kurz nach sieben eingetroffen war und sich nach Absprache mit Duschletta zu einem längeren Rundgang durch die Weiden aufgemacht hatte.

Giulia sah, wie Duschletta daran war, das Frühstück auf dem alten Holztisch vor der Hütte aufzutischen: Milchkaffee, Polenta, Brot, Käse und Salsiz, denn bis jetzt hatte keiner von ihnen etwas gegessen, und ihre Mägen hingen wie leere Ledersäcke in den Bäuchen. Giulia ging ihm zur Hand und setzte sich danach auch an den Tisch.

Alle langten herzhaft zu, ausser Kaspezky, die, wie Giulia feststellte, in der Sonne sass, einen schwarzen Kaffee vor sich hatte und ihren Sonnenhut aus Stroh aufsetzte, der besser zu einem Strandurlaub an der Côte d'Azur gepasst hätte. Nach wenigen Minuten platzierte sie sich mit ihrer auffallend blassen Haut in den Schatten des Calanda-Bräu-Schirms, dessen gelbliche Farbe ausgebleicht war. Duschletta verschwand in der Alphütte und kam mit Früchten zurück, welche die beiden Berlinerinnen wohl vorgestern in Chur gekauft hatten. Den Gesichtsausdruck von Kaspezky als Lächeln zu bezeichnen wäre übertrieben gewesen, aber ein Anflug, einem Hauch einer freudigen Erregung gleich, war wahrnehmbar gewesen, als er den Teller vor sie hinstellte, fand Giulia. Sie musste schmunzeln. Sie selbst langte zu, was immer auf dem Tisch landete. Ausser beim Fleisch, da wollte sie sicher sein, dass es aus artgerechter Haltung stammte.

Während des Essens an dem von der Sonne erwärmten Holztisch warf Giulia die Frage gegenüber Duschletta auf, wann sie denn mit dieser Bettina sprechen könne. Noch habe er nichts von seiner Schwägerin gehört, bekam sie zur Antwort. Duschletta, der eine grosse Portion Polenta vor sich stehen hatte, legte kauend den Löffel beiseite und suchte angestrengt in seinem historisch anmutenden Natel die Nummer des Gasthauses zur Rofflaschlucht und streckte Giulia sein Natel hin.

Giulia unterbrach ihr Essen und wählte die Nummer auf ihrem Handy.

«Gasthaus zur Rofflaschlucht, Cantieni.»

«Giulia de Medici, ich habe Ihre Nummer von Gion Duschletta bekommen. Ich bin eine Ermittlerin der Kantonspolizei Graubünden.»

«Ja, was kann ich für Sie tun?» Die Stimme hatte einen sanften Klang.

Giulia fragte nach Bettina Stenlizer.

«Wissen Sie, Frau de Medici, im Laufe des Morgens habe ich mehrmals vergebens an die Türe von Bettina geklopft, doch diese gab keine Antwort.»

«Denken Sie, sie ist schon früh losgezogen?»

«Das dachte ich erst auch. Doch mit Sicherheit ist sie noch im Zimmer, denn ihre Schuhe stehen vor der Türe.»

«Sind Sie sich da sicher?»

«Ja, bestimmt, und darum ist das Ganze schon ein wenig komisch.»

«Und Sie haben so laut geklopft, dass es auch jemand hören würde, der noch angetrunken wäre?» Giulia konnte sich gut vorstellen, dass Stenlizer am Abend zuvor, der Anspannung wegen, getrunken hatte.

«Nicht nur angetrunken, auch Tote hätte ich geweckt. Erst vor zehn Minuten habe ich an die Türe so gepoltert, da holt man normalerweise auch ein gehörloses Murmeltier aus dem Winterschlaf, doch die Bettina hat keinen Wank im Innern gemacht.»

«Okay, ich fahre gleich los. Ich glaube, da stimmt was nicht. Ich schätze, in einer Dreiviertelstunde bin ich unten im Gasthaus. Falls Bettina Stenlizer in der Zwischenzeit das Zimmer verlässt, soll sie bitte auf mich warten.»

Giulia gab ihr ihre Handynummer durch, legte auf und verdrückte ihren letzten Bissen Zmorgen, ehe sie sich mit dem Kaffee im Glas an den kleinen Tisch von Kaspezky setzte. Sie wollte sich kurz mit ihr absprechen, als Gian-Reto sich von allen verabschiedete. Er lächelte dabei Giulia zu. Sie fand ihn sympathisch und sportlich gebaut – ein schöner Mann mit einem tollen Lächeln und kräftigen Armen. Mit Sicherheit war auch der öfters in den Bergen unterwegs. Sie tat so, als hätte sie das Lächeln nicht auf sie bezogen wahrgenommen, und verkniff sich ihrerseits ein zu offensichtliches. Sie hatte bereits beim Essen die einen Tick zu lange an ihr haftenden Blicke von ihm bemerkt, auch wenn er ihr diese dezent und respektvoll zukommen liess. Doch sie war hier bei einer Ermittlung, und das zählte in erster und einziger Linie.

Kaspezky versprach Giulia so schnell als möglich erste Daten zur Tatortauswertung zu übermitteln, sobald diese vorlägen. Mit Sicherheit werde Hartmann, der Chef der Kriminalpolizei, in den nächsten Stunden eine Soko einberufen und somit eine elektronische Datenablage schaffen, darin seien dann die Berichte zeitnah zu finden – wie immer.

Giulia kannte Kaspezky, die maskenhaft wirkende Rechtsmedizinerin vom Kantonsspital, schon zwei Jahre. Sie stammte aus Polen und hatte in den USA eine der besten Forensik-Ausbildungen absolviert. Deshalb war sie auch in einem kleinen Pensum bei der Kantonspolizei angestellt. Sie hielt alle auf Abstand und ihr Privatleben unter Verschluss, als wäre es der Abschusscode für die Atomwaffen der USA. So blieb Giulia auch weiterhin mit ihr per Sie. Immerhin, sie durfte sie seit ihrem letzten gemeinsamen Fall nur mit «Frau Kaspezky» ansprechen – alle anderen mussten den Doktortitel voranstellen. Ungeachtet deren seltsamen Spezialeffekte, über welche auch Giulia reichlich verfügte, wenngleich auch andere – Kaspezkys Arbeit schätzte sie. Sie war hochintelligent, und ihre Verlässlichkeit schaffte Vertrauen. Ausserdem kam Kaspezky mit Giulias Ungeduld klar und war wie sie selbst Tag und Nacht während eines Falles online.

In der Mittagssonne fuhr Giulia hinunter nach Zillis, dann knappe zwei Kilometer in südlicher Richtung der alten, kurvenreichen Kantonsstrasse folgend zum Gasthaus und Pension zur Rofflaschlucht, welches direkt an der Strasse am Ausgang der Schlucht in einer Kurve lag.

Annalies Cantieni, eine grauhaarige ältere Dame, die in ihrer umgebundenen Schoss und mit den warmen Augen, welche viele Lachfältchen umspielten, wie eine gute Hausmutter wirkte, stand hinter dem dunkelbraunen Buffet des kleinen Restaurants, als Giulia eintrat. Es roch nach Kaffee, altem Mauerwerk und Gebäck.

Giulia zückte ihren Ausweis, denn sie trug nur ihre Jeans und eine dünne hellblaue Mammut-Jacke über ihrem Hemd, die ihr Holster verdeckte. Ihr mit «Polizei» beschriftetes Cap hatte sie abgenommen – nichts deutete darauf hin, dass sie in diesem Fall die Chefermittlerin der Kantonspolizei Graubünden war.

Trotz Sonnenschein lag das Innere des alten Gasthauses im Dämmerlicht. Bestimmt war dies einerseits den kleinen Fenstern des gedrungenen Steinbaus und den dicken Vorhängen geschuldet und andererseits den schweren dunklen Möbeln und alten Teppichen. Ausserdem war das Gebäude, ausser zur Strasse hin, von vielen Bäumen umschlossen, und es schien, als zöge die direkt angrenzende Schlucht das Licht ab. Alles mutete an, als wäre die Zeit vor einigen Jahrzehnten stehen geblieben.

Annalies Cantieni führte Giulia ins dritte Stockwerk, den Dachstock. Die abgestandene Luft roch muffig, der Gang war beengend und fensterlos dämmrig, nur kleine verschnörkelte Deckenlampen spendeten gedämpft gelbes Licht. Der Holzboden, mit alten, dünnen Spannteppichen ausgelegt, knarrte bei jedem zweiten Schritt. Vor der Türe mit der Nummer sechs blieb Cantieni stehen. Sie war wie erwartet verschlossen, als Giulia nach erfolglosem Klopfen die Türfalle hinunterdrückte.

Nachdem Giulia wiederholt mit der Faust an die Türe gehämmert hatte, dass aus einem Zimmer nebenan ein älterer Herr in weisser Rippunterwäsche verwundert in den Flur blickte, spähte sie durchs grosse Schlüsselloch ins Innere: Der Schlüssel steckte, und auf dem grünen Teppichboden erkannte sie vage eine dunkle Pfütze unweit der Türe.

Das einzige Fenster im Innern, so liess sie es sich von Frau Cantieni sagen, zeigte zur Schlucht, deren Rauschen latent bis ins Innere zu hören war. Das sei immer so mit dem Rauschen, antwortete Cantieni auf Giulias Frage, die sich nicht sicher war, ob das Fenster im Inneren richtig verschlossen war, doch nach dem vielen Regen kämpfte sich der Hinterrhein erst recht aufbäumend durch die Schlucht.

Giulia spähte weiter angestrengt durch das Schlüsselloch der alten Türe. Die Fensterläden waren geschlossen, erkannte sie, und liessen nur spärlich das Licht von draussen einsickern. Sie drückte ihr Ohr ans Türblatt – Stille. Da Bettina Stenlizer gemäss Duschletta über kein eigenes Handy verfügte und das einzige, welches zur Alp gehörte, oben zurückgelassen hatte, konnte Giulia auch nicht versuchen, sie anzurufen.

Da auch mit dem Zweitschlüssel die Türe nicht geöffnet werden konnte, innen steckte der andere, holte Cantieni beim Gartenwerkzeug ein rostfarbenes Stemmeisen, während Giulia vor der Türe wartete. Unter den angespannten Gesichtszügen von Cantieni hebelte sie das Schloss mit nur einem Ruck gezielt aus – die alte Türe schwang krachend zur Seite, und Annalies Cantieni sank fast gleichzeitig zu Boden, als hätte ihr jemand die alten Beine weggezogen.

***

Kaspezky hatte auf der Alp Nurdagn zusammengeräumt und mit ihrem Dienstkollegen alles ordentlich im Bus der Forensik verstaut. Sie blieb im Schatten des Vordaches des Stalles stehen und ging in Gedanken nochmals das Spurenbild durch, das sich ihr im ersten Moment eröffnet hatte. Vor allem die Abdrücke der schweren Schuhe des Täters warfen Fragen bei ihr auf. Da stimmte etwas nicht, das hatte sie im Gefühl. Die grafische Darstellung der Spurenübersicht am Computer würde mit Sicherheit mehr Klarheit bringen.

Sie befand sich auf der Fahrt ins Tal, als der Anruf von Giulia sie erreichte. Stirnrunzelnd nahm sie die Informationen zur Kenntnis und fuhr auf direktem Wege zum Gasthaus Rofflaschlucht, wo Giulia sie erwartete.

***

Im dritten Stock stand Giulia noch immer vor der offenen Zimmertüre, hielt die anderen Pensionsgäste auf Abstand und wartete auf Kaspezky. Zuvor hatte sie, nachdem sie Cantieni hinter sich zusammensacken gehört hatte, als wäre ein Sack Mehl umgefallen, dieser aufgeholfen und sie in ein wenige Schritte entferntes freies Zimmer geführt, wo diese sich hinlegte.

Der Anblick durch die offene Zimmertüre war tatsächlich verstörend gewesen, fand auch Giulia, die schon viel Schlimmes in ihrem Beruf gesehen hatte: Mitten im Zimmer hing eine Frauenleiche – es handelte sich zweifelsohne um die junge deutsche Bettina Stenlizer, wie Frau Cantieni ihr, kaum hatte sie sich hingelegt, bestätigt hatte.

Giulia wartete im Flur und behielt den Tatort im Auge.

Kaspezky trat nach wenigen Minuten von hinten seitlich neben Giulia, die deren gedämpfte Schritte auf dem alten Teppich und das Knarzen des Holzbodens darunter wahrgenommen hatte und sich zu ihr hindrehte.

Kaspezky blieb vor der Türe stehen, betrachtete regungslos die Erhängte, deren aufgedunsenes Gesicht wirkte, als wäre es ein Gemälde in einem Museum.

Als erlebten die beiden Frauen ein gemeinsames Déjà-vu, fuhr dieselbe Streife mit denselben Beamten vor das alte Gasthaus, der weisse Kastenwagen der Forensik hielt nur Minuten später.

Wieder wurden rot-weisse Absperrbänder gezogen. Kaspezky und ihr Mitarbeiter schlüpften in ihre weissen Overalls, der 3D-Scanner wurde als Erstes im Zimmer postiert. Da die Erhängte mit Sicherheit tot war, wie Giulia anhand der Totenflecken sofort erkannt hatte, blieb diese vorerst hängen.

Giulia sah dem erneut ruhigen und konzentrierten Arbeiten von Kaspezky minutenlang zu, deren spitze Nase sie wie ein Kompass durchs Zimmer lotste. Deren Tun wirkte auf seltsame Weise beruhigend auf Giulia, da es etwas Andächtiges, etwas Zeremonielles ausstrahlte. Fragen bestürmten sie dabei, wie immer, wenn sie sich an einem Fund- oder Tatort befand.

Die Lache am Boden war, wie Giulia vermutetet hatte, Urin, der nach dem Tod abgeflossen war. Die dunkel eingenässte Jeans-Latzhose der Toten hatte es ihr verraten, ein Teststreifen bestätigte dies der Form halber.

Was verdammt noch mal war hier im Val Schams los? Zwei Tote in einer Nacht, dazu eine geschockte Überlebende, dachte Giulia und sah zu, wie sich Kaspezky neben der Leiche zu etwas bückte.

Als hätte Giulia diese Fragen laut herausposaunt, stand

plötzlich Oliver Prevost hinter ihr. Der Freischaffende oder, wie böse Zungen im Tal behaupteten, der Schmierfink des Schamser Käseblattes hatte sich Zugang zum Gebäude verschafft. Casutt hatte Giulia vorgewarnt, nachdem er diesen gestern beim Zelt in die Schranken hatte weisen müssen.

«Wie sind Sie an den Absperrungen und dem Posten vorbeigekommen?», wollte Giulia von dem Lulatsch wissen, den sie aufgrund der Beschreibung von Casutt sofort erkannt hatte. Doch Prevost lächelte nur vielsagend und säuselte: «Berufsgeheimnis, schöne Frau. Aber sag mir doch, wer du bist.»

Sie erkannte es an seinem Blick. Männer, wie er einer war, liessen sich sofort von ihrem Äusseren blenden. Reduzierten sie dabei auf die sportliche Schwarzhaarige mit entsprechender Figur und dem schönen Gesicht, das zu einer italienischen Miss gepasst hätte. Doch dieser Traum verblasste oder platzte jäh, wenn sie Klartext sprach und ihren Dienstausweis zückte, so wie sie es nun tat, denn in ihrer Stimme schwang ihre ausgeprägte Persönlichkeit mit.

Sie zügelte sich, um nicht zu resolut vorzugehen, nahm ihn dennoch verbal sofort in den Schwitzkasten. Ihre Stimmlage, ihre Körpersprache liessen ihm keinen Spielraum mehr für eine Anmache. Gemässigt gab er deshalb zur Antwort: «Ich bin durch die Waschküche gekommen, durch die Türe, die hinten raus und direkt durch den Keller ins Treppenhaus führt», entschuldigte er sich und wechselte auf per Sie.

Giulia trat energisch einen Schritt an ihn heran. Mit ihren ein Meter achtundsiebzig war sie zwar einen ganzen Kopf kleiner als der schlaksige Journalist, schnappte ihm aber selbstsicher den Fotoapparat aus der Hand, denn sie hatte als leitende Ermittlerin im Fall dafür zu sorgen, dass solch traurige Tatortfotos nicht in den Revolverblättern und in den Online-Ausgaben erschienen, und schon gar nicht, bevor die Angehörigen informiert werden konnten.

Deshalb fackelte sie nicht lange, entfernte unter den Augen des überrumpelten Prevost die Chipkarte und steckte sie in eine der engen Gesässtaschen ihrer Jeans. Prevost protestierte halbherzig in seiner für einen Mann lachhaft fiependen Stimme, dass dies ein Tatbestand sei. Giulia entgegnete ihm streng, dass er soeben eine Straftat begangen habe, eine Polizeisperre missachtet, dazu Hausfriedensbruch begangen habe, da der Eingang nicht für die Öffentlichkeit bestimmt sei. Sie habe in dem Fall also nicht mehr als Beweismaterial beschlagnahmt. Prevost insistierte, dass er sich höchstpersönlich bei Hartmann, dem Chef der Kriminalpolizei, den er persönlich und sehr gut kenne, beklagen und eine Dienstaufsichtsbeschwerde an den zuständigen Regierungsrat einreichen werde. «Denn wo leben wir denn?», fügte er in verletztem Stolz an. Behinderung des freien Journalismus sei dies, Zustände wie in China oder ihrem Aussehen entsprechend eher Mafiamethoden aus Kalabrien, steigerte er sich in eine Schimpftirade.

Kaspezky, die sich derweil in ihrem Overall sorgsam im Zimmer bewegte, drehte sich langsam zur Türe, direkt ins Sichtfeld von Prevost. «Seien Sie still. Noch ein Wort, und ich lasse Sie sofort festnehmen und erstatte Anzeige wegen Behinderung der Justiz und Fremdenfeindlichkeit. Verschwinden Sie von diesem Tatort, bevor Sie noch mehr Spuren gefährden. Jetzt!» Sie drohte ihm in ruhigem Ton, ohne dass sich ihre Mimik auch nur etwas verzog. Prevost öffnete den Mund, ohne dabei einen Ton zu sagen. Kleinlaut verschwand er im Treppenhaus.

Giulia hob anerkennend den Daumen Richtung Kaspezky, die dies sachlich nickend zur Kenntnis nahm, als hätte Giulia ihr die Uhrzeit gesagt.

Giulia blickte nun ungestört am Türrahmen stehend in das Zimmer: Bettina Stenlizer schien auf den ersten Blick freiwillig aus dem Leben geschieden zu sein. Sie hing mittig an dem dunklen Querbalken des Dachstuhles, die ins Leere baumelnden Füsse in Brusthöhe. Sie hing so hoch, dass klar war, warum die kleine Bockleiter am Boden lag. Das Zimmer war von innen abgeschlossen gewesen, das Fenster und die Fensterläden korrekt verschlossen, das Brausen aus der Schlucht wehte nur schwallweise, mal laut, mal leise, in den Raum.

Doch was genau war hier geschehen, warum und wann?, fragte sich Giulia sofort.

Wieso hatte sich die junge Frau das Leben genommen?

Giulia stand weiterhin vor der aufgebrochenen Türe, trug neben den blauen Überstülpern auch weisse Handschuhe. Sie war wie Kaspezky und sämtliche Beamte, die sich an Tatorten aufhielten, in einer DNA-Datenbank registriert, falls irrtümlich Spuren von ihr mit in die Proben kämen. Dennoch hiess es, möglichst keine Spuren zu verfälschen, keine eigene DNA zu streuen, und das war gar nicht immer so einfach.

Ihr Handy läutete. Erich Hartmann, ihr Chef, war dran. Er hält auch nicht immer viel vom Dienstweg, dachte Giulia, denn sie hätte nächstens den Einsatzleiter über den Stand informiert, der seinerseits Hartmann die neusten Fakten zusammengefasst zu rapportieren hatte.

Giulia tat dies nun selbst: zwei Tote, dazu eine Leichtverletzte im Spital Thusis – es würde keine zwei Stunden mehr dauern, dann stand das Geschehene online auf einer der Boulevard-Titelseiten, schloss sie ihre Ausführungen und erwähnte, dass sich ein Journalist gestern Abend und heute herumgetrieben habe und dass es deshalb dringlich sei, die Angehörigen schnellstmöglich zu informieren. «Man stelle sich vor, die erfahren das zuerst aus der Presse», fügte sie mahnend an.

Hartmann, so fand sie, hatte einmal mehr schlechte Laune. Sie schob die Gedanken über ihr permanent angespanntes Zusammenarbeiten zur Seite.

Hartmann brummte: «Clalüna von der Einsatzzentrale ist ja daran, die Angehörigen im Fall der zu Tode gestürzten Frauke Lohmeyer in Deutschland zu ermitteln, und steht deshalb in Kontakt mit den Kollegen in Berlin. Ausserdem kommt Verstärkung in der Person von Sigron zu dir hoch.» Und nach einem Tick einer zu langen Pause, als warte er auf eine Antwort von Giulia, schloss er mit einem Unterton: «Giulia, handle dir keine Reibereien ein und halt mich auf dem Laufenden.»

Giulia überlegte deswegen einen Moment, ob Prevost Hartmann bereits telefonisch informiert hatte und sie deshalb ein weiteres Mal das Gegrunze von ihm über sich ergehen lassen musste. Gut, dass Sigron bald eintrifft, dachte sie beim Verlassen des Gasthauses, denn im Moment konnte sie nicht mehr tun. Frau Cantieni würde sie später befragen, wenn die alte Dame sich etwas vom Schock erholt hatte.

Sie liess Arkon aus dem Wagen, den sie im Schatten der grossen Rosskastanien abgestellt hatte, und ging einige Schritte in dem Wissen, dass die Umgebung bestimmt durchkämmt werden musste. Sie fand genug abseits einen Platz am Flussufer, an dem sich Arkon im Wasser austoben konnte. Sie liess ihn eine halbe Stunde gewähren, ehe Sigron anrief – er sei soeben auf den Vorplatz gefahren.

Der grosse, kräftige Fahnder stand vor seinem dunklen BMW, als Giulia vom Schluchtausgang den Anstieg hochkam, von dem aus man direkt auf den smaragdgrünen Hinterrhein blicken konnte, der sich an dieser Stelle in einen kleinen, schmalen, von Bergflanken umfassten See ergoss.

«Gut bist du da, Sigron.» Sie mochte ihn wegen seiner ruhigen Art und seiner Besonnenheit, die manchmal rechtzeitig ihrem Temperament etwas Einhalt geboten. Womöglich funktionierten sie als Team deshalb seit vier Jahren so gut – und weil er sie nicht verändern wollte.

«Üble Sache. Hartmann hat mich informiert.» Sigron streichelte dabei Arkon liebevoll über dessen nassen Kopf.

«Schlimm, zwei junge deutsche Frauen sind tot, und eine liegt im Spital.» Giulia öffnete die Heckklappe ihres Wagens und holte ein Handtuch heraus, um Arkon trocken zu reiben.

«Und jetzt, sag ich dir, wird das Ganze auch noch mysteriös.»

«Ja?» Giulia schob die dunkle Sonnenbrille hoch und fixierte ihn mit den Augen, die Klarheit, aber auch etwas Kühles, Distanziertes ausstrahlten.

«Heute ist der 1. September», begann Sigron.

«Ja und weiter?»

«Exakt heute vor zwölf Jahren kam wahrscheinlich eine

junge Deutsche auf dem Gebiet von Nurdagn zu Tode – auf ebendieser Alp.»

«Wahrscheinlich?»

«Zumindest wurde sie bis heute nicht gefunden, aber auch keine Leiche – lange galt sie deshalb als vermisst, nach zehn Jahren wurde sie in Deutschland für tot erklärt.»

«Ach was?» Giulia presste ihre Lippen kurz zusammen. «Und wieso wahrscheinlich tot? Ich meine, was gab es an Spuren, dass man dies annahm?»

«Blut von ihr wurde gefunden, viel Blut auf einem grossen Stein, die vermeintliche Tatwaffe auch, doch nie ihre Leiche. Ohne Leiche keine Tote. Auch wenn viel dafürspricht, dass sie gewaltsam ums Leben gekommen ist, gilt sie aus Polizeisicht nur als verschollen. Und es wird noch sonderbarer.»

«Was denn?» Giulias Interesse war längst geweckt.

«Hartmann hat mich beim Hochfahren dahingehend informiert, dass es sich bei der Verschwundenen von damals ebenfalls um eine Berlinerin handelt, die heute exakt zwölf Jahre älter wäre als die Tote hier. Beide wurden an einem 12. Mai geboren. Dieser Duschletta hat die Personalien der drei Berlinerinnen gestern Nacht gegenüber Casutt angegeben, der diese aufgenommen hatte.»

Giulia öffnete erstaunt ihren Mund und zurrte dabei ihren Pferdeschwanz zurecht. «Echt jetzt? Was für Zufälle – oder eben nicht.»

«Damals geschah etwas Seltsames am Berg. Diese damals ebenfalls vierundzwanzigjährige Silke Kornbach, so hiess sie, verschwand spurlos, und trotz gross angelegter Suchaktion blieb sie unauffindbar.» Sigron verschränkte seine Arme.

Giulia dachte öfters bei seinem kraftstrotzenden Anblick, dass es kaum zu glauben war, was für ein friedliebender Mensch im Körper dieser Kampfmaschine steckte. Nicht auszudenken, wenn ein Idiotenhirn diesen regieren würde.

Giulia spürte eine innere Aufregung in sich hochsteigen, als sie die Fakten hörte. Jedes Verbrechen war eines zu viel, aber dies könnte genau so ein Fall werden, wie sie ihn sich «wünschte».

Sigron sagte: «Hartmann hat mir diese Informationen für dich durchgegeben, damit du gleich Bescheid weisst und dies auch in diesem erweiterten Zusammenhang, wie er betonte, betrachten kannst. Zufälle oder nicht, es wird sich zeigen. Im Hansahof werden auf jeden Fall bereits die alten Akten bereitliegen, wenn wir zurück sind.»

Giulia schossen wie immer viele Fragen und Verbindungen all der Informationen durch den Kopf, die sie erhalten hatte. Wieso hatte Duschletta ihr nichts von dem alten Fall erzählt? Der musste mit Sicherheit davon wissen – es war ja seine Alp gewesen und war es noch immer. Dass zwölf Jahre nach dem Verschwinden dieser Silke am selben Ort wieder ein Verbrechen und auch an Berlinerinnen geschah, konnte nicht bloss Zufall sein. Wahrscheinlicher war, dass etwas mit der neuen Tat seinen geplant negativen Tiefpunkt erreicht hatte. Als hätte jemand die Lebensweichen der jungen Frauen so gestellt, dass das unvermeidliche Ende hier und jetzt stattfinden musste – die Kollision mehrerer Leben, als hätte jemand Regie geführt, um endlich etwas zu Ende zu führen.

Giulia und Sigron betraten gemeinsam das Gasthaus. Ein Dutzend Beamte waren mittlerweile in zwei dunkelblauen Bussen angerückt und durchsuchten mit Stöcken und Metalldetektoren die Umgebung: die Büsche, den Wald bis hinab zu dem kleinen See und zur Schlucht, durch die ein Steg für Touristen führte, sogar unter einem der Wasserfälle hindurch.

Annalies Cantieni, die auch Eigentümerin des Gasthauses war, schien sich etwas erholt zu haben, als Giulia und Sigron sich im kleinen Speisesaal setzten, dessen Wände aus dunklem, altem Holz getäfert waren, an denen Bilder des historischen Gasthauses und der Rofflaschlucht hingen.

Mit einem starken Kaffee in der Hand setzte sich Cantieni zu ihnen und erklärte, noch immer etwas blass um die Nase, dass Gion Duschletta gestern gegen neun Uhr am Morgen angerufen habe, um ein Zimmer für einige Tage zu mieten, eben für diese Bettina. Über den Grund für die kurzfristige

Buchung habe er im Detail nicht mehr gesagt, als dass sie ein ungutes Erlebnis auf der Alp durchgestanden habe und etwas Zeit brauche, um sich von dem Ganzen zu erholen, gab sie auf Giulias Nachfragen Antwort. Duschletta lasse übrigens alle, die sich für eine Anstellung auf der Alp interessierten und die wegen langer Anfahrt in der Gegend übernachten mussten, bei ihr unterbringen. So auch der letztjährige Hirte, dieser österreichische Hallodri, und ebenfalls diese drei deutschen Mädels.

Auch an die vor zwölf Jahren Verschwundene könne sie sich erinnern, gab sie auf Giulias Frage Antwort. «Wissen Sie, als diese junge Deutsche damals spurlos verschwand, ist die Polizei mit Suchhunden gekommen. Ein Hubschrauber hat zudem das Gebiet weiträumig abgeflogen, bis in die Dämmerung hinein. Gleichzeitig suchten Dutzende Frauen und Männer der Bergwacht das Gebiet zu Fuss ab, darunter auch mein Sohn, der Gian-Reto, den ich heute Morgen auf Nurdagn geschickt habe, um den Alpbetrieb zu führen, bis klar ist, wie es weitergeht. Gion Duschlettas verstorbene Frau war meine Schwester, müssen Sie wissen.»

«Ja, das hat mir Herr Duschletta berichtet. Er scheint sehr dankbar zu sein, hilft nun Ihr Sohn oben mit. Und, wissen Sie mehr über die Suche von damals?», fragte Giulia.

Cantieni zuckte mit den Schultern. «Leider waren alle Anstrengungen umsonst. Die Vermisste blieb verschwunden. Noch Tage danach sind weitere Suchtrupps losgezogen, doch auch die sind nur mit leeren Händen zurückgekehrt. Es war eine traurige Zeit, und der Berg behielt das Geheimnis für sich.»

«Ihr Sohn war demnach bei der Suche damals dabei. Gut zu wissen, ich werde ihn in diesem Fall dazu befragen können. Damals, nach dem Verschwinden oder auch zuvor, gab es da Gerüchte im Tal über die junge Deutsche?» Giulia kontrollierte, ob ihr Aufnahmegerät das Gespräch auch tatsächlich aufnahm.

«Gerüchte gibt es doch immer in so einem Tal. Doch vor

allem als die beiden Verdächtigen verhaftet worden sind, ging's so richtig los. Da kursierten fast stündlich neue Geschichten.»

«Ja?»

«Einer der beiden kommt aus Wergenstein – der Schreiner im Dorf. Der andere, ein junger Einheimischer, stammt aus Mathon, das weiter oben im Berg liegt. Ein strammer Kerl, der damals als Hirte auf der Alp Curtginatsch arbeitete und nun seit einigen Jahren als Senn der Tätschmeister ist. Aber das wissen Sie von der Polizei bestimmt schon alles.» Cantieni legte mit den letzten Worten ihre von Altersflecken gespickten Hände in die glatt gestrichene Schürze und senkte den Kopf mit dem silbergrauen Haar, das ihr etwas Würdevolles verlieh.

«Haben Sie die Vermisste damals persönlich gesehen, gar mit ihr gesprochen?»

«Frau de Medici, ich bin öfters auf Nurdagn gewesen. Deshalb bin ich ihr wenige Male begegnet.»

«Und was war sie für eine, falls Sie dies nach so kurzen Begegnungen und nach so vielen Jahren noch sagen können?»

Cantieni schien nach den richtigen Worten zu suchen. «Eine stille Blume, leicht verschüchtert und von knabenhafter Statur. Aber irgendwie auch zäh und zurückhaltend freundlich, und sie hatte die schönsten blauen Augen, die ich je gesehen habe.»

Sigron räusperte sich kurz. «Und diese Bettina, wann genau ist sie gestern hier eingetroffen?»

Cantieni wandte sich ihm zu. «Das hingegen kann ich Ihnen genau sagen. Um kurz nach zehn Uhr. Gion hat sie hergebracht, und wir haben gemeinsam einen Kaffee getrunken, als die Nachrichten von SRF I liefen. Danach habe ich ihr die Kammer gezeigt.»

«Und was für einen Eindruck hatten Sie von ihr? Wie war ihr Verhalten?»

«Angespannt. In ihrem Blick lag etwas Gehetztes, Getriebenes. Sie schien Angst zu haben. Aber Gion hat mich ja vorgewarnt, und daher haute es mich nicht aus den Socken. Doch dass dies so enden würde …» Sie schüttelte fassungslos den Kopf.

«Aber gesagt oder angedeutet hat sie nichts? Ich meine, womöglich als Sie sie auf ihr Zimmer begleitet haben?»

«Nein, ausser dass sie sich anständig bedankt hat, hat sie nichts gesagt, und ich habe nicht nachgefragt, da Gion mir ja angedeutet hatte, dass was passiert sei. Danach sah ich sie nur noch kurz beim Abendessen hier im Speisesaal. Dahinten an den kleinen Tisch hatte sie sich gesetzt und etwas gegessen», sie deutete auf einen Zweiertisch im dunklen Eck, «bevor sie dann auf ihr Zimmer ging. Mehr habe ich nicht von ihr mitbekommen.»

«Sind Ihnen andere Gäste speziell aufgefallen? Hat sie mit jemandem geredet, oder hat sich sonst jemand auffällig verhalten?»

Giulia bemerkte das kurze Zögern von Frau Cantieni, das diese sogleich zu überspielen versuchte. «Wir haben immer allerlei Gäste. Touristen, die von überallher kommen, um die Schlucht zu sehen. Wissen Sie, es ist für die ein grosses Erlebnis, diese auf dem Steg zu begehen. Gian-Reto war am Nachmittag da und eine Serviertochter, die Rosa, als ich einkaufen war. Sonst fiel mir niemand auf.»

Giulia deutete Sigron mit einer nur ihnen beiden vertrauten Geste an, dass sie die Befragung in dem Moment nicht weiterführen wollte. Alle jetzt wichtigen Fragen waren ihrer Meinung nach gestellt worden. Sie würde später nachfassen. Erst musste sie sich in den alten Fall einarbeiten, um überhaupt neue stellen zu können. Klar war, was auch immer damals geschehen war, es hatte Spuren im Tal und bei den Menschen hinterlassen, und die galt es auch nach zwölf Jahren zu finden.

Bevor Giulia das Gasthaus verliess, ging sie nochmals das Stiegenhaus hoch, zum Zimmer mit der Toten. Sigron folgte ihr.

Kaspezky war mittlerweile mit einem vierköpfigen Team konzentriert bei der Arbeit. Giulia wusste, sie würde so bald wie möglich Fakten liefern, denn Kaspezky war nicht eine, die solche leichtfertig rausgab – sie arbeitete exakt nach ihren

Grundsätzen, und dies benötigte entsprechend Zeit, was wiederum jedes Mal Giulias Geduld strapazierte.

Sie drehte sich zu Giulia und Sigron hin. «Frau de Medici.»

«Ja?»

«Hören Sie, das war Mord. Das kann ich jetzt schon sagen.»

«Wie ist das möglich? Das Zimmer war von innen geschlossen, alle Fenster zu. Da kam niemand rein oder raus. Wieso sind Sie sich da so sicher?»

«Kommen Sie vorsichtig herein, stellen Sie sich mit Sigron hierhin.» Sie deutete auf eine Stelle am Boden. «Verdunkelung, bitte.»

Einer ihrer Mitarbeiter schloss die aufgebrochene Türe, so gut es ging, und schob das dicke schwarze Tuch, das an einem stabilen Rahmen auf Rädern stand, ganz ans Fenster. Kaspezky schaltete ein Gerät ein, dessen Lüfter ziemlich laut surrten.

«Schauen Sie jetzt genau hin.» Sie leuchtete mit einer Speziallampe auf die Handgelenke der Erhängten – eine Art Reliefreifenmuster war zu erkennen. «Sehen Sie? Die Frau wurde vor ihrem Tod gefesselt und erst nach ihrem Ableben von diesen befreit. So konnten Flüssigkeits- und die Gewebeverdrängung nicht mehr zur Gänze aufgefüllt werden, was aber fürs normale Auge unsichtbar geblieben wäre.» Sie schaltete die Lampe aus und blickte die beiden an. «Wie der Täter das hier alles angestellt hat, das wiederum ist eure Sache. Sie kennen mich, ich lehne mich nicht aus dem Fenster. Aber in diesem Fall kann ich jetzt schon sagen, der Frau wurden die Fesselungen erst nach dem Tod abgenommen. Sie wurde ermordet.»

Giulia blickte Sigron etwas ratlos an. Diese Erkenntnis passte irgendwie zum gesamten mysteriösen Fall.

Mit einem letzten nachdenklichen Blick auf die Erhängte und nachdem Sigron sich selbst ein Bild des Tatorts gemacht hatte, verliessen die beiden das steinerne Gebäude.

4

Zwanzig Minuten später, am Empfang des Regionalspitals Thusis, streckte Giulia ihren Dienstausweis der rundlichen Frau hinter dem Schalter entgegen, die soeben einen weiteren Anruf entgegennahm, ehe sie sich Giulias Anliegen anhörte.

Mit Erstaunen vernahmen die beiden Ermittler, dass Hanna Steinemann vor einer halben Stunde auf ihr Drängen hin entlassen worden war. Wohin sie ging und wer sie abgeholt hatte, war nicht bekannt. Giulia wusste, auf ihrem Handy wäre sie nicht zu erreichen, denn das hatte sie gestern Abend bei ihrer Flucht in der Alphütte liegen gelassen, und es war nun im Besitz der Forensik, um eventuell Spuren darauf zu finden. Duschletta, das wusste Giulia von ihm, hatte dem Nachtportier Anziehsachen und das Nötigste für Hanna in aller Herrgottsfrühe abgegeben. Dies, noch bevor er die beiden Kühe auf Nurdagn gemolken hatte.

Giulia wählte auf dem Parkplatz stehend die Nummer von Duschletta, den sie ermahnt hatte, das Telefon in den nächsten Tagen zwecks dringlicher Fragen auf sich zu tragen. Der Alte hob nicht ab. Sie versuchte es nach wenigen Minuten erneut und hätte fast aufgelegt, als Duschletta doch noch abhob.

«Nein, Frau de Medici, ich habe nichts von Hanna gehört, und sie hat mir auch nichts davon gesagt, dass sie das Spital verlassen will. Aber mit Sicherheit wird die nie und nimmer allein auf Nurdagn hochgefahren sein, auch wenn dieses im Vergleich zu den letzten Tagen im freundlichsten Sonnenschein liegt», mutmasste Duschletta zum Schluss.

«Da mögen Sie recht haben», pflichtete Giulia bei. Dennoch, eine Auswärtige konnte nicht so einfach bei jemand Drittem unterschlüpfen, sowieso nicht, wenn diese den ersten Alpsommer auf Nurdagn verbrachte und kaum Leute kannte, geschweige denn über ein Beziehungsnetz verfügte, überlegte sie. Mit grosser Wahrscheinlichkeit hatte die junge Deutsche den Heimweg angetreten.

Giulia deutete während des Telefonats Sigron mit einer Handbewegung an, dass sie auf dem Parkplatz eine Überwachungskamera entdeckt hatte.

Eine halbe Stunde später, nachdem sie den jungen IT-Spezialisten des Spitals aus seinem freien Wochenende geklingelt hatten, erhielten sie Zugriff auf die Bilder. Gemäss Austrittsprotokoll suchte dieser den dazu passenden zeitlichen Ausschnitt, der zeigte, wie Hanna Steinemann, die einen Plastiksack in der rechten Hand trug, durch den Haupteingang ging und in einen Wagen mit deutschen Kennzeichen stieg. Giulia liess sich davon einen Printscreen ausdrucken.

Um kurz vor halb fünf, Giulia stand bereits mehr als zwölf Stunden im Einsatz, rief sie auf dem Weg nach Chur die Nummer in Deutschland an, welche Duschletta ihr am Morgen auf der Alp ausgehändigt hatte. Diese gehörte zu der WG, die von den drei Frauen gemeinsam bewohnt worden war. Niemand hob ab. Giulia war klar gewesen, so schnell wäre Hanna mit dem Wagen nicht schon in Berlin angekommen, doch wer sagte, dass nur die drei Frauen die WG gebildet hatten?

Giulia betrat ohne sichtbare Ermüdungserscheinungen den zweiten Stock des Hansahofs, in dem die Fahndung Chur untergebracht war, und setzte sich an ihren Schreibtisch in dem Zweierbüro, das sie mit Sigron teilte.

Sie zog den Chip, den sie aus dem Fotoapparat des Journalisten entnommen hatte, aus der Gesässtasche und versuchte die Daten am Laptop zu lesen. Vergebens, diese waren passwortgeschützt. Sie kopierte die Dateien und übermittelte sie via sichere Verbindung an einen ihr bekannten IT-Profi der Bundespolizei, der sich auf solches spezialisiert hatte – dies mit der Bitte, raschestmöglich Einblick in die Daten zu erhalten.

Sie rief Hartmann an, der nur fünf Minuten Fahrzeit entfernt im Kommando der Kantonspolizei sass und ihr soeben eine Mail geschickt hatte. Die Medien hatten Wind von der

Sache bekommen. Online war eine fette, aufreissende Schlagzeile zu lesen: «Wieder Älplerinnen im Val Schams tot – war es ein Sännatuntschi?» Giulia klickte die Seite genervt weg, deren Link Hartmann kommentarlos geschickt hatte. Die Pressesprecherin der Kantonspolizei, Charlotte Peretti, würde gegen Abend eine schriftliche Medienmitteilung kommunizieren, erfuhr sie unter anderem von Hartmann. Viel Neues hatte sie ihm nicht zu berichten, ausser dass Hanna Steinemann das Land bestimmt bereits verlassen hatte, ohne dass sie Hannas Rolle im Ganzen hätte erfragen können.

Während sie mit Hartmann telefonierte, betrat eine junge Polizeiaspirantin ihr Büro, zeigte dabei mit einer Geste fragend an, ob sie Arkon für seinen Auslauf mitnehmen solle, wie sie es schon öfters getan hatte. Giulia nickte dankend, ihr war es recht und ausserdem bewusst, dass jeder im Hansahof wusste, dass sie im Ermittlungsfieber alles um sich herum vernachlässigte – Kritiker wie ihr Chef hatten sie deswegen schon offen als Egoistin bezeichnet, die sich zwanghaft in ihre Fälle reinkniete, und sie allesamt hatten recht. Das wusste Giulia schon länger, und irgendwann war es nicht mehr von der Hand zu weisen gewesen. Und doch oder, wie sie behauptete, genau deswegen hatte Hartmann sie vor drei Jahren zur Chefermittlerin befördert, und das auch mit dem Segen des vor einem halben Jahr abgetretenen Kommandanten Bucher.

Nun, jede Medaille hat auch eine Kehrseite, betitelte Giulia selbst ihre Art, und dass sie ihr Gesamtpaket deswegen nicht ändern wolle und somit auch nicht könne, hatte sie entschieden, und damit basta. Sie fand es zudem ihre Sache, wenn sie privat Opfer bringen musste. Ein schmerzhafter Prozess, der aber genauso ins Bild passte wie die Tatsache, dass sie sich dagegen nie wirklich aufgelehnt hatte, nicht mal, als sie die erst vor einem Jahr wiederbelebte Beziehung mit ihrem norwegischen Freund ein zweites Mal – und diesmal bestimmt für immer – aufgrund ihres Verhaltens in den Sand gesetzt hatte.

Ein grosser schöner Scherbenhaufen voller Erinnerungen war vor einigen Monaten zurückgeblieben – die Discokugel war in tausend Stücke zersprungen. Das tat zwar weh, doch das, was Erkki ihr beim Gehen auf der Türschwelle gesagt hatte, schwang viel tiefer mit – denn es war die Wahrheit.

«Giulia, wenn unser Scherbenhaufen die Puzzlestücke zur Lösung eines deiner Fälle wären, hättest du jedes einzelne am Boden sorgsam aufgehoben, es begutachtet und trotz noch so vieler Entbehrungen zu einem Ganzen zusammengefügt. Ich liebe dich noch immer, doch so lässt es sich nicht zusammenleben.» Dann hatte er ohne sichtbare Verbitterung die braune Segeltasche über die breiten Schultern geworfen und war im Treppenhaus verschwunden. Sie hörte noch immer das alte, sperrige Schloss der schweren Holztüre am Eingang unten ins Schloss fallen.

«Verdammte Scheisse!», hatte sie in der aufkommenden Stille geflüstert. Ein Schmerz spannte sich seither wie die Flügel des Trauervogels in ihr aus. Sie hatte ihm wehgetan, sich wehgetan, und das Bittere daran war, sie wusste, er war der Gute, er hatte recht. Und sie? Sie konnte und wollte es nicht ändern, denn das war ihr Leben, und sie liebte das, was sie tat, mehr als das, was sie deswegen verlor, und das war für ihr Umfeld frustrierend und paradoxerweise manchmal auch für sie. Als sie mit Erkki im letzten Jahr einige Tage in Genua im Familienhotel am Strand verbrachte, da hatte ihr Vater sie beim Abschied wie immer umarmt und ihr ins Ohr geflüstert: «*Amore mio*, gib auf dich acht, der Erkki ist ein Guter.»

Sie wischte mit dem Aufschlagen der Akten des alten Falls von vor zwölf Jahren die Erinnerungen an Erkki beiseite, der weiter als Bergführer in Graubünden unterwegs und nach dem abrupten Auszug bei einem Freund eingezogen war, bis er eine eigene Bleibe gefunden hatte. Immerhin, so konnte sie ihm Arkon abgeben – er war ihrer beider Hund, auch wenn sie ihn zum Polizeihund ausgebildet hatte.

5

1. September vor zwölf Jahren

Der Morgen schälte das Nebelgrau aus der Nacht, das sich träge regte wie ein müdes Gespenst, welches sich kraftlos zwischen die grossen Felsen auf dem Moor niedergelegt hatte. Niesel fiel so fein, als wäre es kalter Hauch, der sich einem nassen Vorhang gleich herniedersenkte. Das Vieh hatte sich während des heftigen Gewitters der letzten Nacht auf die unteren Weiden zurückgezogen, weg von den krachenden Felswänden der Grauhörner, welche die Donnerschläge, das Zerbersten der schwarzen Wolkenberge im grellen Lichtblitzgewitter widergehallt hatten, als donnere die Felswand zu Tale. Die alten, erfahrenen Tiere blieben angespannt ruhig, suchten zielstrebig das Weite. Einige der jungen gerieten jedoch in Panik, jagten aufbockend im Aufbäumen des erzürnten Himmels blindlings durch die Hochmoorlandschaft, dass ihre Schellen Sturm läuteten. Blau-weisse Blitze durchzuckten den Himmel, liessen alles bruchstückhaft im grellen Licht erstarren, das Donnergrollen erschütterte den Boden, und als der Regen im Pechschwarz in so rauen Mengen fiel, dass der Bach aufschäumend, bedrohlich fauchend und mit dumpfem polterndem Steingeschiebe zu Tale schoss, brachen sie südöstlich durch den Zaun. Mehrere tote Tierkörper lagen deshalb zerschmettert unterhalb der Felswand bei Vallatscha.

Gegen Morgen war es unheimlich still geworden, das Unwetter hatte sich grollend ins Domleschg verschoben und richtete am Heinzenberg erhebliche Schäden an, als schwerer Hagel dazukam.

Im bleichen Schein dieses ersten Herbstmorgens schälte sich auf zweitausendvierhundert Metern eine zerbrechliche Gestalt aus dem diffusen Licht. Dürr und zart wie ein Vogelmenschlein in weissem Kleid lag sie rücklings auf einem flachen Stein unweit der Anhöhe zum Lai Grand, in dessen sonst smaragdgrünem Wasser sich an klaren Tagen die Grauhörner spiegelten. Nicht so an diesem Morgen. Grau und regungslos lag er da wie flüssig gewordener Stein. Nur seine drei Abflüsse quollen vom vielen Wasser gleichmässig über.

Einem Opfertier gleich lag die junge Frau rücklings auf dem kniehohen und einem Altar ähnlich geformten Stein in einer Lache Blut. Ihre Augenlider flatterten wie gefangene Schmetterlinge gen Himmel, als läge nur noch in ihnen das bisschen Restleben, das am Verlöschen war. Eine kräftige dunkle Gestalt mit Hut zeichnete sich im Hintergrund ab. Mit bedächtigem Gang schritt sie durch den durchweichten Boden zum See hoch und warf ein langes Messer in den Lai Grand – mitten in die dunkle Flut. Dann kehrte die Gestalt langsam zurück – hin zur Sterbenden. Mit ihren starken Armen hob sie den federleichten Körper auf, Blut tropfte, und trug das Vogelmenschlein der Felskrone folgend weg. Ihre schlaffen Gliedmassen hingen herunter wie ihr weisses Gewand, als trüge sie das Hochzeitskleid des Todes. Der Saum wurde dunkel vor Schmutz, während sich die beiden schemenhaft im Einheitsgrau dieses ersten Morgenlichts in der Weite allmählich auflösten, als wären sie nebulöse Berggeister.

Zurück blieb die Stille und Einsamkeit der Berge. Leises Schellengeläut von den unteren Weiden drang empor. Eine Nebelkrähe zog um die Grauhörner. Ihr krächzender Schrei blieb nicht ungehört.

6

Giulia hasste Aktenstudium. Eine Stunde bereits las sie sich über die Akten gebeugt durch die Protokolle von damals. Viel an Papier gab es dazu nicht, fand sie überrascht. Zudem schienen die verfassten Informationen lückenhaft zu sein, und je mehr sie sich darin vertiefte, desto mehr Fragen ergaben sich. Wieso der Fall damals nach nur wenigen Monaten ad acta gelegt worden war, war ihr schleierhaft, dazu stand auch nichts.

Zusammenfassend gab's nicht viel: Der fünfundzwanzigjährige Alphirt Samuel Hassler hatte um sieben Uhr sechsundvierzig am Morgen des 1. September vor zwölf Jahren die Polizei alarmiert. Dies, nachdem er wegen des schweren Gewitters, das in der Nacht zuvor im Gebiet niedergegangen war, seit halb sechs unterwegs gewesen war. Auf seinem Rundgang war er erst auf die toten Tiere und dann auf den altarähnlichen Stein gestossen und hatte das viele Blut gesehen. Als er daneben auch die Schuhe von Silke Kornbach, der Hirtin von Nurdagn, entdeckt hatte, ebenfalls voller Blut, hatte er an Ort und Stelle den Notruf wählen wollen. Nirgends fand er Empfang, auch nicht auf der Alp, zu der er zurückgerannt war. Erst als er mit seinem Jeep eine Viertelstunde talwärts gefahren war, konnte er die Polizei alarmieren, hiess es weiter.

Gemäss Protokoll rückte sofort ein Hundeführer der Alpinpolizei samt Begleitteam aus Chur auf die Alp aus. Die Bergrettung wurde gleichzeitig aufgeboten. Die Spur des Opfers, welche der Bluthund, seines Zeichens der beste, der damals im Einsatz stand, aufgenommen hatte, verlor sich überraschend schnell. Mit grosser Sicherheit aufgrund der vielen kleinen Bäche, die Hochwasser führten und Teile der ebenen Moorlandschaft knöcheltief überschwemmt hatten, hiess es ein wenig lapidar im Kommentar. Vier Suchtrupps der Bergrettung suchten in zugeteilten Abschnitten das Gebiet samt Bergflanken ab, bis hoch in die Gipfelregionen, in denen in der Nacht zuvor Schnee gefallen war, weshalb darin Spuren zu sehen gewesen seien. Unterstützt wurden sie dabei von einem Polizeihubschrauber.

Die DNA-Analyse des Blutes brachte innert kurzer Zeit immerhin Klarheit darüber, was allseits bereits vermutet worden war – es handelte sich beim Opfer um die erst vierundzwanzigjährige Silke Kornbach aus Berlin, der auch die Schuhe am Tatort zugeordnet werden konnten.

Am nächsten Tag wurde von Polizeitauchern das Messer im Lai Grand gefunden und in den folgenden Analysen als Tatwaffe identifiziert – minimalste Blutspuren auf der Schneide bestätigten dies. Zudem fanden sich partielle Fingerabdrücke auf dem Schaft und der Klinge. Diese stammten einerseits vom Opfer selbst, andererseits vom Schreiner Hansmartin Cadotsch aus Wergenstein, der wegen eines früheren Gewaltdelikts bereits in der Polizeidatenbank registriert war. Erst bestritt dieser, dass er zur fraglichen Zeit auf der Curtginatsch gewesen war. Doch auch wenn kaum Empfang auf der Alp vorhanden war, so belegte das Bewegungsprotokoll seiner Handydaten, dass er zur fraglichen Zeit oben gewesen sein musste. In der weiteren Vernehmung gab er zu, gemeinsam mit dem Hirten Hassler in der Hütte gewesen zu sein, doch keinen Kontakt zu der Vermissten gehabt zu haben – Letzteres stellte sich wiederum als Lüge heraus.

Auch Hassler wurde mehrmals befragt. Beide verstrickten sich dabei zunehmend in Widersprüche und wurden als dringend der Tat verdächtig in Untersuchungshaft gesetzt, zumal an dem ledernen Uhrband des Schreiners Blutspuren des Opfers nachgewiesen werden konnten.

Auf die Frage, woher denn seine Fingerabdrücke auf der Tatwaffe stammten, gab Cadotsch zu, dass Silke an dem Abend mit ihnen beiden in der Hütte gewesen sei. Gemäss Protokoll: «Das Messer hat am Abend in der Küche der Alp Curtginatsch gelegen, und ich habe damit Brot geschnitten für den Znacht, es gab Fondue – es ist ja schliesslich mein Messer, das ich dem Samuel Hassler hochgebracht habe, da der Schaft seines alten kaputtgegangen war. Silke muss meines am Abend vor ihrem Verschwinden mitgenommen haben, als sie bei uns gewesen war. Womöglich fühlte sie sich anderweitig bedroht», gab er an, als er nach dem Grund gefragt wurde.

Weiter behauptete er, dass die Hirten von Nurdagn und Curtginatsch öfters gegenseitig auf einen kurzen Schwatz vorbeikämen. «Zu Kaffee oder Wein, etwas Käse und Brot oder bloss auch zu musikalischer Gesellschaft fanden wir uns zusammen. Der Hassler spielte nämlich saugut Schwyzerörgeli. So auch an dem Abend vor dem Verschwinden der Silke. Zu dritt sind wir in dem Sauwetter verhockt, besoffen dazu, und zwar allesamt, und das khörig. Deshalb habe ich beim Hassler in der Curtginatsch übernachtet und bin erst am nächsten Morgen nach Wergenstein runtergefahren. Da waren die beiden anderen schon nicht mehr in der Hütte gewesen, was mich aber auch nicht erstaunt hat, da ich bis nach acht Uhr geschlafen habe, und das wie ein Stock.»

Wann und wohin die Hirtin in der fraglichen Nacht gegangen sei, was mit ihr passiert sei, wisse er beim besten Willen nicht. Wie auch? Er sei sternhagelvoll gewesen. Er wisse ausserdem auch nicht, woher die Blutreste an seinem Lederarmband stammen könnten, schloss er seine Angaben dazu.

Sein Anwalt hingegen, der auch den jungen Hirten Hassler verteidigte, brachte in der Voruntersuchung die These ins Spiel, dass sich Silke Kornbach möglicherweise eine Hand aufgeschlagen hatte – beim Zäunen sei ihr das schon öfters passiert, und sie hatte dies gegenüber den beiden Verdächtigen auch geäussert. So sei es gut möglich, dass sie diese Blutspuren sonst wo verteilt hatte.

Ohne eine Leiche und weitere Beweise musste die Staatsanwaltschaft die beiden aus der Haft entlassen – trotz weiter bestehenden dringenden Tatverdachts.

Giulia warf einen Blick in die Akte des Schreiners: Hansmartin Cadotsch, Jahrgang 1967 – geschieden, kinderlos. Er war um die vierzig, als damals im September die Tat geschah. Vier Jahre vor dem Verschwinden der Silke Kornbach war er aufgrund einer schweren Körperverletzung gegenüber einer Prostituierten in der Oberen Au in Chur verhaftet worden. Er war bei seiner Tat sehr brutal vorgegangen. Auf der Rossbodenstrasse, auf der die Prostituierten bekanntlich auf den Strich gingen, war er mit einer Südamerikanerin schnell handelseinig geworden. In ihrem nahe abgestellten Wohnwagen hielt er ihr nach dem Sex ein Messer an die Kehle, schlug sie und nahm ihr alles Geld ab. Gefesselt liess er sie zurück.

Meist zeigten Frauen aus dem Milieu solche Taten nicht an, wie Giulia wusste, da ihre Aufenthaltspapiere nicht immer in Ordnung waren oder sie den Kontakt zur Polizei generell scheuten. Doch diese Frau liess die Tat nicht auf sich beruhen und erstattete sofort Anzeige. Der Fall wäre auch nicht so schnell aufgeklärt worden, hätte nicht Markutt, der spätere und erste Ermittlerpartner von Giulia, minutiös jede Aufnahme der Kameras der ansässigen Gewerbebetriebe im fraglichen Zeitraum gesichtet. Da Cadotsch zu seinem Pech auf dem Vorplatz einer Garage gewendet hatte, der mittels Kamera überwacht wurde, fing diese seine Autonummer ein, und er war somit kontrolliert. Das Opfer erkannte ihn sogleich auf dem Foto.

Samuel Hassler war hingegen polizeilich gesehen ein unbeschriebenes Blatt. Seine landwirtschaftliche Lehre hatte der Problemschüler geschmissen und hielt sich seither als Handlanger und Hirte, später als Senn über Wasser. Den Winter hindurch verdiente er an einem Skilift am Heinzenberg etwas Geld. In Mathon bewohnte er mit seiner Grossmutter, die ihn allein grossgezogen hatte, ein in die Jahre gekommenes Haus mit einem kleinen landwirtschaftlichen Betrieb, hiess es in den Akten. Das Polizeifoto zeigte den damals fünfundzwanzigjährigen jungen Mann mit dunklem Haar und einer auffallenden Narbe, die quer über die Stirn verlief.

Giulia schüttelte unwillig den Kopf, dass ihr Pferdeschwanz wie ein Springseil hüpfte. Wenn das tatsächlich alle Akten zu dem Fall von damals waren, dann fragte sie sich erneut, warum nicht mehr unternommen worden war, um den oder die Täter zu ermitteln. Wie konnte ein Ermittler eine solch schludrige Akte bei einem solchen Kapitalverbrechen anlegen? Der damals verantwortliche Fahnder, Marcel Strebel, war kurz nach der Schliessung der Akte aus dem Polizeidienst ausgetreten, mehr wusste sie dazu nicht.

In Gedanken versunken nahm sie das schmale Bündel Papier und ging zu Sigrons Schreibtisch, der seitlich versetzt vor ihr stand.

«Das hier, Sigron, das nenne ich Arbeitsverweigerung.» Dabei knallte sie die Akte vor ihm auf den Schreibtisch, als hätte er dies verbrochen, und stemmte die Hände in ihre Taille.

Sigron, der etwas ungelenk auf seiner Tastatur tippte, blickte fragend hoch. «Was ist los?»

«Ach komm. Der damalige Ermittler hat den Fall nach wenigen Monaten ad acta gelegt, und das mit dem Einverständnis des involvierten Staatsanwalts. Sag, hast du unseren Ermittler gekannt, diesen Marcel Strebel?»

«Kurz. Ich bin erst Monate, bevor der gekündigt hatte, in das Korps eingetreten. Ein kleiner, schleichender Typ mit einem dicken Muttermal über der Lippe. Wie er fachlich und charakterlich war … Keine Ahnung, dafür kannte ich ihn nicht gut genug. Aber dass der vom einen auf den anderen Tag nach seiner Kündigung weg war, muss ja seine Gründe gehabt haben – und bestimmt nicht wegen einer Überqualifikation.»

Giulia schwieg, den Blick dabei über den Kopf von Sigron hinweg gerichtet auf das einzige Bild im Raum, das den Piz Bernina zeigte. «Na gut, ich gehe dem mal nach. Sag, weisst du etwas darüber, ob im aktuellen Fall die Familienangehörigen der beiden Toten in Deutschland bereits informiert wurden oder nicht? Ich habe im Moment nicht mal eine Kopie der Ausweise, geschweige denn die Adressen der Angehörigen. Einzig die von der WG, aber da nimmt niemand das Telefon ab, damit ich diese Hanna kurz befragen könnte.» Sie blickte auf ihre Armbanduhr, die sie rechts trug. «Ich meine, es ist bald Abend. Die Angehörigen haben ein Recht –»

«Ich weiss es nicht», unterbrach Sigron sie in ruhigem Ton.

«Frag Hartmann oder Charlotte, denn die müsste es auch wissen, wie sonst könnte sie die Presse mit Daten füttern?»

Giulia setzte sich vor Sigron seitlich auf dessen Schreibtisch und nahm seinen Telefonhörer. Sie wählte die Nummer von Hartmann.

«Erich, Giulia hier. Hör mal, ich sitze hier mit Sigron zusammen, und ich frage mich, ob die Opferfamilien informiert worden sind. Hast du Neuigkeiten für mich?»

«Ich hätte euch beide sowieso gleich angerufen. Es gibt neue Fakten, und wir stehen vor einem Rätsel.»

«Einem Rätsel?» Giulia verdrehte vielsagend die Augen in Richtung Sigron. «Erich, ich nehm dich auf laut.» Sie drückte die Freisprechtaste.

«Konkret: Vor zwei Stunden sind die Angehörigen der zu Tode gestürzten Frauke Lohmeyer von einer deutschen Polizeipsychologin informiert worden, dies in Absprache mit unserem Einsatzleiter», tönte Hartmanns tiefe Stimme aus dem Lautsprecher.

«Okay.» Giulia sog ihre beiden Lippen ein bisschen ein, etwas, das sie unbewusst manchmal dann tat, wenn sie ungeduldig abwarten musste.

«Was diese Bettina Stenlizer betrifft, stehen wir vor einem Rätsel», fuhr Hartmann fort.

«Und das wäre?» Giulia beugte sich über den Telefonapparat, als hörte sie so besser.

«Diese Frau gibt es nicht», folgte kurz und trocken die Antwort von Hartmann.

«Was?», tönte es unisono von Giulia und Sigron.

«Ja, so habe ich auch reagiert. Unsere deutschen Kollegen haben uns versichert, dass sie keinerlei Daten zu der Toten haben. Und sicherheitshalber haben wir es auch in Österreich und bei Interpol versucht. Nichts. Es gibt keine Person unter diesem Namen.»

Giulia stand auf, verschränkte ihre Arme und überlegte kurz. «Das heisst konkret, die Frau ist unter falscher Identität in die Schweiz gereist, und das wird seinen triftigen Grund haben.»

«Das wird wohl so sein», tönte es aus dem Lautsprecher.

«Was ist mit den Fingerabdrücken, die wir von ihr haben? Schon damit versucht?»

«Selbstverständlich. Frau Dr. Kaspezky hat uns diese umgehend zur Identifizierung zugestellt – nirgends registriert. Und bevor du fragst: Sobald das DNA-Profil vorliegt, werden wir es auch damit versuchen. Im Moment stellt sich die Sachlage wie folgt dar: Hanna Steinemann, die heute vorzeitig das Spital Thusis verlassen hat, konnte von uns ausfindig gemacht werden. Sie ist vor einer knappen Stunde in Berlin angekommen und steht dir für Fragen zur Verfügung. Die Familie bittet aber in Anbetracht der Umstände darum, dass du erst morgen anrufst – sie sei fix und fertig, haben die Eltern ausrichten lassen.»

«Kein Problem. Gut zu wissen. Aber es ist natürlich wichtig, dass ich so schnell wie möglich diese Hanna Steinemann befragen kann, denn die drei haben zusammen in einer WG gewohnt. Ich meine, das könnte Rückschlüsse auf die wahre Identität dieser Stenlizer geben oder sonst etwas ans Tageslicht bringen.»

«Giulia.» Hartmanns Ton wurde ruppig. «Ist uns doch völlig klar. Aber vergiss nicht, was die gestern mitgemacht hat, und die weiss ja noch nichts vom Tod dieser Stenlizer Bettina. Wir müssen warten – du musst warten.»

Giulia sagte nichts. Sie hatte gelernt, wenigstens manchmal zu schweigen und dafür einen langsamen, für Aussenstehende nicht wahrnehmbaren Atemzug zu nehmen. Zu oft schon war sie mit Hartmann zusammengekracht, und die neue Kommandantin würde ihr mit Sicherheit nicht den Rücken stärken.

«Also ihr beiden, nochmals zur Zusammenfassung: Von Fraukes Zu-Tode-Stürzen haben deren Eltern erfahren – somit ist die Familie informiert. Die wollen so schnell als möglich den Leichnam nach Hause überführen. Gemäss Dr. Kaspezky, die Gewebematerial, Haar und eine Blutprobe entnommen hat, ist dieser ab Montag dazu freigegeben. Im Falle der Identitätsklärung von Bettina Stenlizer sind die deutschen Kollegen am Fall dran.»

«Erich, die ist mit grosser Wahrscheinlichkeit eine Berlinerin», unterbrach Giulia ihn.

«Wieso?»

«Habe ich doch schon gesagt, und es steht in den Akten.»

«Du meinst, wegen dem Dialekt?»

«Genau, denn gemäss den Aussagen des Bauern Duschletta haben die drei untereinander alle Berlinerisch geredet. Habt ihr das so weitergeleitet?»

«Muss ich nachsehen ... was wollte ich noch sagen?» Hartmann schwieg einige Sekunden. «Ach ja, das Foto der Erhängten hilft uns diesbezüglich leider nicht weiter, die Gesichtszüge sind aufgrund der Strangulierung zu unkenntlich. Aber», und dieses «Aber» betonte er so, dass Giulia wusste, dass sie ihn ausreden lassen sollte, «wenn du, Giulia, morgen mit dieser Steinemann telefonierst, frag nach deren privatem Handycode oder ob sie Fotos von der Toten hat, und lass dir dann von der Forensik eine Kopie der Handydaten geben. Dr. Kaspezky hat das Gerät in ihrer Abteilung verwahrt. Ihr könnt anschliessend ja gemeinsam die Daten sichten. Und nehmt euch auch das Handy der Alp vor.»

«Werde ich machen. Den Duschletta muss ich übrigens nochmals einvernehmen. Ich meine, der hat mit Sicherheit Arbeitsverträge erstellt und Arbeitsbewilligungen einholen müssen und deswegen Ausweiskopien erhalten. Dann hätten wir ja Fotos von allen dreien. Ich frage mich nur, was diese Bettina oder wie sie in Wirklichkeit heissen mag, für einen Ausweis vorgelegt hat. Ich muss mich zuerst darum kümmern, denn das könnte uns doch bei der Identitätsklärung einen Schritt weiterbringen, auch wenn wir jetzt schon wissen, dass der Ausweis dieser Stenlizer gefälscht sein muss.»

«Du meinst, wegen den Passbildern?»

«Ja.»

«Tu das und gib die Informationen intern an folgende Nummer durch.» Er nannte ihr die Nummer. «Wir haben eine Soko gegründet mit dem Namen ‹Bergfrieden›. Du wirst die leitende Ermittlerin sein, und da ich weiss, wie sehr du die Administration liebst, nimmt dir das einmal mehr meine Assistentin ab, die administrativ die Soko betreut und alle Neuigkeiten an den Verteiler verschickt.»

Giulia nickte, als könnte Hartmann sie sehen. «Danke. Und einen guten Namen habt ihr auch gewählt.»

«Noch was, ihr beiden. Da Sigron die nächsten vier Wochen seinen lang geplanten USA-Aufenthalt mit Familie antritt, wird Nadia Caminada an seiner Stelle dich, Giulia, unterstützen.»

Einige Sekunden verstrichen, ohne dass einer der drei was sagte, ehe Hartmann weiterfuhr. «Giulia? Sie ist eine hervorragende Ermittlerin. Ihr müsst euch endlich mal zusammenraufen. Ich weiss, ihr habt das Heu nicht auf der gleichen Bühne. Doch nun ist es Zeit – nimm das als Befehl auf. Verstanden?»

Seit vor einem halben Jahr die ebenfalls einunddreissigjährige Ermittlerin, die von der Zürcher Kantonspolizei wieder in die Heimat zurückgekehrt war, im Dienst war, gab's Spannungen zwischen ihnen beiden. Die neue Kommandantin Regula Stehr, die in Zürich den gleichen Job wie Hartmann hier innehatte, brachte Nadia Caminada sozusagen mit. Giulia musste zugeben, die Blondine war gehörig auf Zack und verstand sich mit allen gut. Vor allem war sie aber ihrer Meinung nach ausschliesslich der Linie von Hartmann treu. Die beiden verstanden sich ausgesprochen gut. Seit sie hier war, hatte Giulia ihn noch nie so oft in Sitzungen lächeln gesehen. Er hatte es tatsächlich geschafft, in einer Kaffeepause nur über den Laufsport zu reden, da Nadia am Wochenende zuvor in Österreich bei einem zweitklassigen Rennen Dritte geworden war.

«Erich, das wird nicht gut ausgehen.» Giulias Ton war gereizt. «Lass mich das dort oben allein machen, und wenn ich nicht weiterkomme, dann von mir aus. Ich brauche, wennschon, dennschon, Sigron.»

«Ich habe Nadia schon gebrieft.»

«Das ist mir egal. Der Fall scheint komplex zu sein, und da ist Reibungsverlust nicht das, was hilfreich ist», konterte Giulia.

Sigron machte mit beiden Händen eine beruhigende Geste in ihre Richtung und flüsterte ihr zu: «Lass es gut sein, das schaffst du schon.»

Giulias Augen blitzten wütend. Sie war sich sicher, das war eine erneute Quittung von Hartmann auf ihr angespanntes Arbeitsverhältnis.

«Dann sag doch, wer wäre dir denn angenehm? Du bist rein von deinem Erfolg gesehen unbestritten, aber eben …»

Alle schwiegen wieder, und alle wussten, wovon er redete. «Ich sag dir was, Giulia. Du denkst wahrscheinlich, ich lege dir Steine in den Weg. Dem ist nicht so. Aber der Fall wird ein Brocken werden. Das fühle ich. Sigron und du, ihr seid ein eingespieltes Team und erfolgreich – zweifellos. Aber gib Nadia eine Chance. Auch sie machte bisher hervorragende Arbeit, und du stehst nicht mit ihr in einem Wettkampf. Wir sind eine Organisation, trotz mehrerer Teams oder gerade deswegen.»

Doch genau dieses «Wettkampfgefühl» spürte Giulia, und sie nervte sich darüber. Die Frau war attraktiv, supersportlich, hatte ein gewinnbringendes Auftreten und ging ebenfalls zielgerichtet ihren Weg. Sie glaubte, eine blonde Kopie von sich zu erkennen, auch mit Pferdeschwanz, aber ohne, und das war das, wobei sie sich an die Wand gedrückt fühlte, solch ausgeprägte Ecken und Kanten. Giulias «Spezialeffekte» brachten ihr immer wieder Ärger ein, doch Nadia Caminada war seit dem ersten Tag unbestritten beliebt, Türen schienen mit deren Lächeln von allein aufzugehen. Auch Sigron fand sie toll. Zudem war sie die Enkelin des schon fast legendenbehafteten Landjägers Walter Caminada, der in den vierziger bis in die sechziger Jahre hinein die grossen Fälle Graubündens löste. Von ihm und seinem Ermittlerkameraden Marugg hing im Polizeimuseum ein grosses Porträt, und sein Dienstrevolver war ausgestellt.

«Giulia?» Hartmanns tiefe Stimme holte sie aus ihren Gedanken. «Das ist ein Befehl.» Damit war das Gespräch beendet.

Giulia blieb einen Moment im Büro stehen, als wäre Hartmann noch in der Leitung.

«Kaffee?» Giulia lief bei ihrer an Sigron gerichteten Frage aus dem Büro, als hätte sie die Kröte geschluckt.

«Giulia?» Sigron stand auf, dass sie auf der Türschwelle stehen blieb. «Ich denke, es ist Zeit, für heute Schluss zu machen. Es ist schon nach neunzehn Uhr. Duschletta kannst du morgen befragen, sobald du die Informationen dieser Hanna Steinemann hast. Und dass diese Stenlizer mit falscher Identität auf Nurdagn kam, wird mit Sicherheit eine Geschichte für sich sein. Die hat bestimmt den alten Bauern mal locker vom Hocker getäuscht – und wahrscheinlich nicht nur ihn.»

Giulia wusste, er hatte recht, doch die neuen Erkenntnisse waren aufregend, ihre Neugierde, ihr Ermittlungsfieber brannte lichterloh, sie wollte handeln, jetzt erst recht.

«Und noch was. Das bekommst du schon auf die Reihe. Diese Nadia ist keine Ungrade, glaub mir einfach, das ist eine Gute. Nicht alle sind so direkt wie du und können ihre Meinung so ungeschönt dem Gegenüber sagen und derart standhaft vertreten wie du – und das ist auch gut so. Stell dir vor, alle wären so wie ich oder so wie du. Stell dir vor, wie es für Nadia ist – sie kehrt von Zürich in ihre Heimatstadt zurück und hat so eine Offizierin wie dich vor der Sonne. Dazu steht sie im Schatten ihres Nenis. Ich meine, was dieser Landjäger Caminada erreicht hat … Verstehst du? Auch die muss leben, und auch du wirfst Schatten – und einen nicht zu kleinen. Die ist gefordert.»

«Ja, komm schon. Der wird doch überall der rote Teppich ausgerollt, und das nervt mich.»

«Stimmt sogar. Aber hast du dich mal gefragt, warum?»

Giulia schwieg.

«Damit die nicht neben deinen Geschützen untergeht. Du bist zwar ein feinfühliges Alphaweibchen – aber Alphaweibchen bleibt Alphaweibchen. Schau, ich bewundere dich ja auch, wie du zu hundert Prozent und konsequent deinen Weg gehst. Du kennst nur alles oder nichts, und solche Menschen braucht es. Aber es braucht auch die anderen. Und ich habe den Eindruck, dass du Mühe hast, dass auch Nadia eine ist, die alles gibt, Vollgas, aber in ihrer Art nicht so ‹auffallend›, sondern sie versucht im Konsens, Lösungen zu erzielen. Sie braucht im Gegensatz zu dir andere Menschen nah um sich – eingebettet in ein Team, das sie trägt. Du bist eine Kriegerin – ganz ehrlich, und das meine ich nicht böse. Du kennst mich ja mittlerweile.»

Giulia legte viel Wert auf Sigrons Meinung. Er war so etwas wie ein zweiter Bruder für sie geworden, und so liess sie seine Kritik auch zu.

«Und dazu kommt, dass auch sie attraktiv ist und dazu noch blond.»

«Was soll das heissen? Ich habe nichts gegen Blondinen.» Giulia verschränkte die Arme.

«Führe mich nicht aufs Glatteis. Aber du weisst, wir haben tolle Kolleginnen, die ihren Dienst pflichtbewusst tun –»

«Jaja, ich weiss, worauf du hinauswillst. Wachtmeister Battaglia hat es mal während einer feuchtfröhlichen Runde unter nur männlichen Kollegen spontan auf den Punkt gebracht, wie auch mir zu Ohren gekommen ist. Nadia und ich seien die Einzigen im Kommando, die keine Schnauzhaare trügen.» Sie lachte, Sigron auch.

«Typisch Battaglia. Zum Glück arbeitet der im Fahrzeugpark und bereitet unsere Wagen auf. Ich hätte es anders gesagt. Die anderen Beamtinnen machen genauso ihren Job wie du und ich, und das Aussehen sollte keine Rolle spielen. Ihr beide stecht aber aus der Masse heraus, nicht nur im Dienst. Doch ich bin sicher, eine jede Beamtin hier hat ihren Reiz und ihre Qualitäten. Mir ist noch keine negativ aufgefallen.» Sigron lehnte sich im Stuhl zurück.

«Na ja, ich glaube einfach, das Auge arbeitet mit. Ob bei Mann oder Frau. Und mich stört, dass diese Nadia so quasi alles serviert bekommt, und das seit dem ersten Tag. Ich musste mir alles erarbeiten. Weisst du noch, zu Beginn wurde ich nur auf mein Äusseres reduziert, die sportliche Schwarzhaarige, die ausser Schönheit nichts zu bieten hat. Dabei habe ich mich nicht so wie diese Nadia aufgebrezelt. Tue ich ja bis heute nicht im Dienst.»

«Ja, stimmt, aber du hast ja damals schnell mal Tabula rasa gemacht und es allen gezeigt. Darum ist es auch dein Erfolg, dass eine blonde Kopie von dir es nun einfacher hat.»

«Lassen wir das. Ganz ehrlich, ich nerve mich ja selbst, dass es mich nervt. Ich kann eben nicht so schnell aus meiner Haut raus.»

«Nützt doch die doppelte Frauenpower, und womöglich bin ich dir nach den Ferien zu lahm.» Er lachte. «Mit Nadia kannst du sicher bald über Dinge reden, die du mir nicht mal im Traum sagen würdest.»

Giulia holte schmunzelnd zwei Pappbecher Kaffee aus der kleinen Küche, in der sie auch schnell ein Fertigmenü in der Mikrowelle aufwärmen konnte, reichte einen Sigron und setzte sich hinter ihren Schreibtisch, als freudewedelnd Arkon auf sie zukam, der von seinem Auslauf zurückgekehrt war.

Giulia verabschiedete sich wenig später von Sigron und wünschte ihm tolle vier Wochen Ferien bei den Verwandten seiner Frau in den USA.

In der Pizzeria «Oldtimer» am nördlichen Stadtrand kaufte Giulia eine Pizza mit Meeresfrüchten zum Mitnehmen und setzte sich damit auf die Terrasse ihrer Mietwohnung, die sich im fünften Stock eines altehrwürdigen Hauses und in bester Hanglage im Lürlibadquartier befand. Noch immer war es ihr ein Rätsel, warum sie diese zu einem bezahlbaren Preis bekommen hatte.

Die Sonne stand tief. Der mächtige Calanda, dessen Schatten zunehmend wuchs, warf diesen bereits über die Talsohle herüber. Das Zwischenhoch an diesem Tag war sich bereits wieder am Verabschieden, wie ihr ein Blick in südliche Richtung verriet. Wolken zogen von Süden her ins Churer Rheintal, schoben sich ineinander und umhüllten die Berge des Bündner Oberlandes. Die tief geworfenen Sonnenstrahlen liessen die Wolken von unten her aufglimmen, als hätten sie sich entzündet. Das ganze Tal lag in unwirklich rötlich gelbem Schein, der auch ihr Gesicht getüncht hatte. In Gedanken versunken und appetitlos biss Giulia in ihre Pizza und blickte mit zugekniffenen Augen in die untergehende Sonne. Arkon hatte sich nach dem gierigen Verschlingen seiner Ration neben ihr auf seine Decke gelegt und schlief entspannt. Sie fragte sich, warum der alte Duschletta nichts von dem Fall vor zwölf Jahren erwähnt hatte und warum er selbst nicht in den Akten zu finden war, denn mit Sicherheit war auch er zum Fall befragt worden.

Giulia versuchte das letzte aufflammende Licht an diesem Abend trotz dieser Gedanken zu geniessen. Warmer Südwind kam auf und liess Strähnen ihres glänzenden Haares wehen. Sie schob ihre Sonnenbrille vor die Augen und steckte sich die Kopfhörer ihres iPhones in die Ohren und hörte so lange Musik, bis ein kühler Hauch in der Luft lag und die Sonne schon längst hinter den westlichen Bergen verschwunden war und nur noch hoch hinter ihr die Flanken des Montalins und der roten Platte samt Fürhörnli aufleuchten liess. Sie musste eingedöst sein.

In ihrem eigens hergerichteten Ermittlungsraum, in dem eine Magnettafel montiert hing, fing sie an, Stichworte zum bisher Erfahrenen aufzuschreiben und Fragen aufzulisten – versuchte, Verbindungslinien zu ziehen. Zuvor hatte sie geduscht und eine ihrer Lieblingsjogginghosen angezogen, die so bequem zu tragen war, wie sie aussah, darüber einen legeren blauen Kapuzenpulli mit einem Emblem der Yale University und dem Schriftzug «Lux et Veritas» darunter.

Gegen dreiundzwanzig Uhr trank sie wie sonst nur in der kalten Jahreszeit üblich eine heisse Schokolade, bevor sie im Bett im «Leben der Wünsche» las. Doch so spät endete es meist darin, dass sie nach mehreren Seiten immer wieder einnickte und den Fernseher im Schlafzimmer einschaltete, um durch die Nachrichten der Schweiz zu zappen. So auch heute. Noch gab es keine TV-Berichte zum Fall. Das würde sich morgen mit Sicherheit ändern. Das wusste sie aus Erfahrung. Sie cremte ihre Hände ein, ein allabendliches Ritual, und legte sich schlafen. Noch immer hatte sie sich nicht an das grosse Bett für sich allein gewöhnt und schlief weiterhin auf der rechten

Seite. Fragen tauchten auf: Wie ging es Erkki? Wo war er im Moment? Und mit Sicherheit würde sie mit Nadia Caminada aneinandergeraten, wenn sie ihre verbale Inkontinenz nicht unter Kontrolle kriegte, was, seit sie sprechen gelernt hatte, noch nie der Fall gewesen war.

7

Am Morgen trug der Himmel etwas Blau zwischen den Wolkenfeldern, denn der Föhn wehte noch schwach. Giulia wusste, sie konnte nicht vor elf Uhr Familie Steinemann in Berlin anrufen, deshalb entschied sie kurzfristig, Duschletta zu befragen. Der war wie wahrscheinlich alle Bauern bestimmt schon früh auf den Beinen.

Im Domleschg setzte der Regen ein, kaum fuhr sie aus dem Isla-Bella-Tunnel, mit Blick durchs schmale Tal, an dessen Ende der Piz Beverin wie ein Wächter thronte. Ein müdes Donnergrollen rollte lustlos durch den Himmel, als wisse das Wetter nicht so recht, was mit diesem Sonntagmorgen anzufangen sei. Auf den Strassen war kaum Verkehr, Giulia kam zügig voran, hing ihren Gedanken nach und hörte Silbermond. Ihr Handy klingelte. «Nadia Caminada» leuchtete als Name auf. Sie liess den Anruf ins Leere laufen. Wenn etwas Wichtiges wäre, würde die es nochmals versuchen. Wahrscheinlicher war, dass sie Präsenz markieren wollte, was den Fall betraf.

Duschletta war nicht auf seinem kleinen Bauernhof, als Giulia an seiner Türe in Casti klingelte. Der weinrote Subaru Justy stand nicht auf dem Vorplatz des Stalles, und Duschlettas Handy war ausgeschaltet. Sie fuhr deshalb den Alpweg hoch. Sie hatte damit gerechnet, dass er auf Nurdagn war, jemand musste ja nun die Arbeit der Berlinerinnen machen, und bestimmt war dieser Gian-Reto dankbar, wenn Duschletta ihn etwas unterstützte.

Nurdagn erreichte sie im strömenden Regen. Sogar dem Vieh schien das schon wieder nasse Wetter etwas auszumachen. Lustlos standen die Mutterkühe mit ihren Kälbern und das Galtvieh draussen und blickten mit ihren schönen grossen Augen gelangweilt über die Alpweiden.

Rauch kräuselte aus dem Kamin der steinernen Alphütte und verbreitete den angenehmen Geruch von verbranntem

Holz, den Giulia mit ihrem eigenen Maiensäss in Verbindung brachte, das weit hinten im Schanfigg lag.

Als sie an die halb offene Holztüre klopfte, rief Duschletta: «Herein», als habe er Besuch erwartet.

Er sass allein am Tisch, hatte eine grosse Tasse Milchkaffee vor sich stehen und ass mit einem Löffel Polenta aus einer gusseisernen Pfanne. Müde und erschöpft sah er aus.

«Herr Duschletta, wir müssen reden.»

Er blickte sie gedankenverloren an.

«Sie erinnern sich? Giulia de Medici, Kantonspolizei.» Sie ertappte sich dabei, wie sie sich nach Gian-Reto umsah. Arkon, der neben Giulia stand, beäugte die Situation konzentriert.

Duschletta nickte, als wäre ihm der Fünfer gefallen, und zeigte kauend auf einen der freien Stühle, auf denen sonst die Berlinerinnen gehockt seien, wie er in seltsamem Tonfall erwähnte.

«Also, wo drückt der Schuh?» Er spülte den letzten Bissen mit einem Schluck Milchkaffee herunter und strich sich über den grauen Schnauz hinunter zum Bart.

Giulia fiel auf, dass sie die gleiche rote Tasse mit den grossen weissen Punkten darauf auch in ihrem Maiensäss besass, welche Duschletta nun in seinen kräftigen Händen hielt.

«Sagen Sie es mir, Herr Duschletta.» Dabei legte sie ihre Hände gefaltet vor sich auf den Tisch.

Er schwieg, schaute in die Leere der Hütte, als hätte er ihre Antwort nicht gehört. Etwas war mit ihm passiert. Mit der plötzlichen Mehrarbeit hier oben war dies nicht zu erklären, fand Giulia.

«Muss ich Ihnen tatsächlich auf die Sprünge helfen?» Sie fixierte seine ihr zugedrehte Gesichtshälfte, in dem Wissen, dass er ihren Blick auch so wahrnahm.

Duschletta atmete hörbar aus, drehte sich langsam ihr zu. «Gestern auf den Tag genau vor zwölf Jahren war's passiert …» Er verfiel wieder in eine Starre des Schweigens, bei der schwer abzuschätzen war, wie lange sie dauern würde. Er schien sich schwerzutun.

Giulia nickte. «Sie sagen es. Traurig und verrückt zugleich, wenn man beides in Verbindung zueinander setzt.» Auch sie schwieg einen Moment. In Vernehmungen hatte sie ihre Ungeduld im Griff, da sie wusste, dass in manchen Situationen Stille schnellere Ergebnisse lieferte als permanenter Druck. Beides beherrschte sie. Und hier, so fühlte sie, brauchte es beides – Geduld und etwas Druck zur rechten Zeit. «Herr Duschletta. Los, helfen Sie mir. Das geschah damals auch nicht grundlos, genauso wenig wie das Gestrige. Was wissen Sie darüber?» Giulias Blick wich nicht mehr aus dem von Falten durchzogenen gebräunten Gesicht mit dem weissen Bart, der einen Schnitt vertragen hätte.

Duschletta fuhr sich mit der Linken über seine Stirnglatze. «Es war ein furchtbarer Tag gewesen. Ein Freitag. Ich erinnere mich noch so genau, als wäre es ebenfalls erst gestern gewesen.»

Giulia erkannte an seinem Blick, wie er in die Vergangenheit einsank. «Ein Unwetter brach in der Nacht über der Region nieder und brachte Sturm und Hagel über die Felder, als wären es die Vorboten des Bösen gewesen.» Er zündete sich einen Stumpen an und paffte den Qualm in den Lampenschirm, der nicht mittig über dem Tisch hing.

«Bestimmt kannten Sie diese Silke.» Giulia wusste dies aus dem Protokoll von Aussagen Dritter, wollte aber noch nicht alle Karten auf den Tisch legen. «Wie war sie so?», fragte Giulia weiter, ohne die Antwort auf die Frage zuvor abzuwarten.

«Natürlich kannte ich sie. Wo kämen wir denn auch hin, wenn ich das nicht mehr wüsste. Ein armes Maitli war sie gewesen. Ein wirklich armes, armes Maitli.»

«Sie meinen, wegen dem Unglück, das ihr widerfahren ist?»

«Nein, nicht deswegen allein, das war schliesslich ihr trauriger Abgang. Als Häufchen Elend stand sie eines Frühlingsabends in jenem Jahr in der Dämmerung an meiner Türe und bat meine Frau um eine Bleibe. Brida lebte da noch. Die erbarmte sich ihrer sofort und richtete ihr eine Kammer her, als wäre es für unsere Tochter gewesen. Ich hingegen war misstrauisch, was diese Deutsche von uns wollte.»

«Aus welchem Grund?»

«Der Grund? Reicht es denn nicht, dass die bei wildfremden Leuten an einem Abend an der Türe läutet und eine Bleibe will, um misstrauisch zu werden?»

«Wieso erbarmte sich Ihre Frau dennoch? Ich nehme nicht an, dass Sie jede Person aufnehmen würden, die um Hilfe ersucht. Oder irre ich mich? Also, was war los mit dem jungen Ding?»

Duschletta fuhr sich nachdenklich durch seinen Bart. Seine Augen schienen die Bilder von damals zu sehen. «Sie war mager, ja dünn wie Papier, zerbrechlich wie ein Vogel und hatte grosse blaue Augen – verängstigte Augen. Brida, wie sie halt war, tischte ihr eine Gerstensuppe und etwas Maluns auf. Die Kleine ass, als hätte sie irgendwo ein Loch, bevor sie danach müde in ihrer Kammer ins Bett sank und mehrere Tage mehr schlief, als dass sie wach gewesen wäre.»

«Das war eine sehr grosszügige Geste – ohne zu fragen, wer sie war oder woher sie kam», wandte Giulia ein.

«Meine Frau pflegte zu sagen: Wenn jemand in Not ist, dann muss man helfen, Fragen stellen geht später ja auch noch. Uns beiden war bewusst, das Mädchen war am Rande seiner körperlichen und geistigen Kräfte. Sie hätten es sehen sollen, dann würden Sie verstehen. Wie ein ausgewrungener Lumpen kam es mir vor. Noch am selben Abend – und an den drei folgenden auch – richtete Brida Fürbitten zur Maria Muttergottes im Kirchlein ob Casti und entzündete täglich eine Kerze.»

«Wie ging's weiter mit der jungen Frau?»

«Brida hatte sie sofort unter ihre Gluckenflügel genommen. Die Kleine kam in den nächsten Wochen immer mehr auf die Beine, auch wenn sie ein Sprenzali blieb, obwohl sie reinhaute wie ein Holzknecht. Sie war volljährig, wie sie behauptete, und wir zweifelten nicht daran, also hatten wir keine Pflicht, ihren Aufenthalt wem auch immer zu melden, und so blieb sie bei uns.»

«War sie denn nie kurz fort? Im Tal unten?»

«Nein, sie verliess die Alp nicht eine Sekunde, seit sie diese betreten hatte. Eben bis zu diesem zweitletzten Tag – diesem Freitag, dem 1. September vor zwölf Jahren, als das Unfassbare geschah.» Er strich mit seinen kräftigen, braun gegerbten Händen über sein gesamtes Gesicht, als müsse er Müdigkeit vertreiben. Seine blassbraunen Augen bekamen einen wässrigen Glanz. Giulia schien es, dass er den Tränen nahe war.

«Und was gab diese junge Frau in diesen Wochen von sich preis? Ich meine, die hockte doch nicht die ganze Zeit auf ihrem Mundwerk?»

«Doch, genau das hat sie getan. Von ihr erfuhren wir fast nichts. Aber durch ihre Alpträume.»

«Bitte erzählen Sie mir mehr darüber.» Giulia hatte vor der ersten Frage ihr kleines Aufnahmegerät am Tisch eingeschaltet und hörte gespannt zu.

«Es ging meist um ein Auge, das sie anscheinend verfolgte.»

«Ach was? Ein Auge? Ist ja seltsam.»

«Sie redete laut im Schlaf, manchmal zuckte sie dabei wie eine Besessene, und wenn sie hochschreckte, verschwitzt und wirr, noch in dem Traum gefangen, brauchte es einen Moment, bis ihre Augen aufklarten, als kehrte sie aus einer anderen Welt zurück. Egal wie viel Geborgenheit Brida in ihrem grenzenlosen Mutterinstinkt ihr schenkte, mehr vertraute sie uns nicht an.»

«Wie war sie im Umgang?»

«Ach, die Silke war eine Stille mit traurigen Augen und gehetztem Blick, die uns keinen Wunsch abschlagen konnte. So schmächtig sie war, so erstaunlich zäh konnte sie zupacken. Ein regelrechtes Energiebündel und stets hilfsbereit, aber zu allen zurückhaltend freundlich – und sie liebte das Alpleben sehr. Ganz oben, am Fusse der Grauhörner, war ihr Lieblingsplatz. Sie sass an den warmen Sommerabenden bis in die Dämmerung hinein am Lai Grand und blickte auf das in der Weite der Landschaft grasende Vieh. Erst wenn's dunkel war, kam sie in der Alphütte unten an und ass an diesem Tisch hier ihren Znacht, so wie die drei Berlinerinnen es bis vorgestern auch taten.»

Nach dieser Antwort herrschte Schweigen in der Alphütte, als sässen sie im Wartezimmer eines Hausarztes.

Giulia blickte sich um. Zweifelsfrei sah man hier und dort unverkennbar die Spuren des Frauenhaushaltes. Seltsamerweise fand sie, dass Duschletta so am Tisch hockend gar verloren wirkte.

«Wer war damals während des Sommers alles hier oben?»

«Das waren hauptsächlich Brida, die Silke und ich.»

«Und was wissen Sie über die Verdächtigen von damals? Können Sie mir Ihre Meinung dazu sagen?» Giulia blickte Duschletta über den sommerlichen Blumenstrauss hinweg an, der mittig auf dem Tisch stand und am Welken war.

«Kann ich, aber ich muss zeitig einen Rundgang machen. Wenn Sie also das Wetter nicht scheuen, dann kommen Sie halt mit.»

Giulia schnappte sich aus dem Wagen ihre Regenjacke. Duschletta war in seiner leicht gebeugten Haltung bereits vorausgegangen und verschwand beinahe im Nebel, als Giulia ihn noch rechtzeitig einholte. «Also, was wissen Sie über die beiden Verdächtigen?»

Duschletta, der nun einen grossen, speckigen Lederhut trug, den er beim Rausgehen vom Haken neben der Haustüre genommen hatte, schüttelte den Kopf und zog an seinem Stumpen, bevor er sich einmal mehr durch den grauen Bart strich. «Justitia war nicht nur blind, sie musste vor allem taub gewesen sein. Ich bin sicher, die beiden haben sie umgebracht.»

«Das ist starker Tobak. Und wieso glauben Sie das?»

«Schauen Sie, Frau de Medici. Silke sprach nicht viel. Und wenn, dann auf Berlinerisch, dass ich schon damals nicht mal die Hälfte verstand. Aber sie hat mir als Hirtin gut zugedient, und so lernt man sich auch etwas kennen.» Er schwieg, bis sie einen weiteren zu Tale trollenden Wildbach überquert hatten. Sie mussten dabei achtgeben, die Steine, über die sie balancierten, waren glitschig. «Nun ja, ich habe die Annährungsversuche der beiden Glünggis beobachtet. Der damalige Hirt von Curtginatsch glaubte unterhalb der Grauhörner ausser Sichtweite anderer zu sein – ich aber hatte meinen Feldstecher angesetzt gehabt, wie so oft, wenn ich das Vieh in der Ferne beobachtete, und sah, wie er Silke bedrängte, wie sie zurückwich und er ihr trotzdem an die Wäsche ging.»

«Und wie hat die Silke reagiert?»

«Erst ging sie einige Schritte zurück, doch dann blieb sie wie eine Statue stehen, dass der Hirt sie über den Kleidern begrapschte. Da sie keinerlei Regung zeigte, schien es diesen zu irritieren, er verpasste ihr eine Ohrfeige und ging dann weg.»

«Und Sie? Was taten Sie?»

«Was glauben Sie denn? Ich habe ihm den Weg zur Curtginatsch-Alp abgeschnitten und dem saufrechen Kerl mit der Axt einen roten Scheitel gezogen. Das ist passiert.» Er war stehen geblieben bei diesen Worten und blickte Giulia direkt ins Gesicht, dass sie seine erzürnten Augen sah.

«Also, Sie haben ihm eine zünftige Tracht Prügel erteilt.»

«Ja, im Sinne des Dorfmetzgers – darf es auch etwas mehr sein?» Seine Augen trugen nun etwas Trauriges in sich. «Wissen Sie, das Elendige war, dass danach der Schreiner Cadotsch und der Hassler, diese Schweinehunde, nicht davon abgelassen hatten, sie auf eine niederträchtige Art zu piesacken. Sie plagten das arme Maitli regelrecht, wo sie konnten – und, na ja, ich hätte die beiden gerne mit meinem Jagdstutzer erschossen, das gebe ich offen zu.» Er sog vergebens an seinem im Regen erloschenen Stumpen. «Es war ein verrecktes Katz-und-Maus-Spiel geworden, und die Kleine hatte sich im Leben nie gelernt zu wehren, das war schon mal sicher.»

«Waren Sie das damals, der der Polizei den Tipp gegeben hat, damit wir die beiden verhaften konnten?»

«Das weiss ich nicht, ob meine Aussage der Ausschlag dafür war. Als man mich, und das ziemlich rassig, wegen Einvernahme wegen des Verschwindens der Silke auf den Polizeiposten in Thusis vorlud, hatte ich alles ausgesagt, was ich wusste. Was ihr damit gemacht habt, das müsst ihr besser wissen als ich.»

«Das war Kollege Strebel gewesen.» Giulia spielte ihm somit den Namen zu, um seine Reaktion zu sehen.

«Mag sein. So ein grauhaariger Mann halt, der sich nicht gerade ins Zeug gelegt hat, schien es mir.»

«Wie meinen Sie?»

«Ich musste mehrmals selbst nachfragen, wie der Stand ist. Jedes Mal, wenn er versprochen hatte, sich zu melden, passierte rein gar nichts, sodass man das Gefühl bekam, dass ihn der ganze Fall nicht interessierte oder dass er die Ermittlungen gar verschleppte.»

Giulia konnte Duschletta nicht auf die Nase binden, dass bis jetzt keine Akten zu seinen Einvernahmen aufgetaucht waren, keine Aussage vermerkt worden war.

Es war Zeit, das Thema zu wechseln, entschied sie deshalb. «Dass die drei Sennerinnen wie Silke aus Berlin stammten, hat Sie das denn nicht nachdenklich gemacht?»

Duschletta blieb wieder stehen und stützte sich mit beiden Händen an seinem Holzstecken ab. «Ob Sie mir das glauben oder nicht – nein.»

«Ach, kommen Sie, Herr Duschletta. Das nehme ich Ihnen so nicht ab.» Giulias Gesicht zeigte offen Misstrauen, sodass der alte Bauer präzisierte.

«Gut, Sie haben irgendwie recht. Wahrscheinlich wollte ich es verdrängen. Nachdenklich wurde ich schon, weil mir Silke in den Sinn kam, als die drei jungen Frauen sich vorstellten.»

«Und ich gehe davon aus, dass es Arbeitsverträge gibt? Ich würde mir diese gerne ansehen, vor allem auch die Ausweiskopien.»

«Hören Sie, Frau de Medici. Ich hab's nicht so mit dem Schriftlichen.»

«Das heisst?»

«Ich benutze nur Arbeitsvertragsvorlagen, die haben mir auch sie ausgefüllt. Da drin stehen der Lohn und die Dauer, und das ist alles. Sie wissen schon. Aber offiziell habe ich nur zwei der drei Frauen eingestellt.»

«So?» Giulia tat erstaunt, sie wusste mit Sicherheit, welcher Vertrag fehlte.

«Na ja, die drei haben mir erzählt, dass Bettina einen gewalttätigen Freund in Berlin hatte und daher untertauchen musste, wenigstens einen Sommer lang, bis sie in Berlin alles geregelt hatte. Sie baten mich deshalb eindringlich, sie schwarz zu beschäftigen und auch so zu bezahlen. So, jetzt wissen Sie es», erklärte er sich und machte keine Anstalten weiterzugehen.

«Somit haben Sie sich nie einen Ausweis zeigen lassen, ihre Identität überprüft?»

«Richtig. Ich hatte den dreien auch so geglaubt. Und ausserdem bekam ich von Hanna und Frauke alle Personalien.»

«Haben Sie deshalb die Polizei am Donnerstagabend nicht eingeschaltet, als sie von Bettina zu Hilfe gerufen wurden?»

«Ja und nein. Ich war mir sicher, der Bettina war die Phantasie durchgegangen. Kann passieren am Berg bei Nebel und wenn man glaubt, der böse Freund verfolgt einen, dann erst recht.»

«Aber gemäss Hanna, die am nächsten Abend nach ihrer Flucht beim Zelt in Casti von Wachtmeister Casutt befragt wurde, hatte Bettina auch Ihnen gesagt, dass sie an dem Stein, Sie wissen schon, auf dem damals das Blut und die Schuhe von Silke gefunden wurden, viel Blut gesehen habe. Sie haben mir schon davon erzählt, aber nicht im Zusammenhang mit der Tat von damals – dass es derselbe Stein war. Das macht mich stutzig. Da hätten bei Ihnen doch alle Alarmglocken schellen müssen.»

Duschletta schwieg, der Regen fiel stärker, der Nebel wurde dichter. «Um ehrlich zu sein – ich wollte nicht, dass man den Fall von damals deswegen nochmals zum Leben erweckt und weil ich diese Bettina schwarz beschäftigt habe. Ausserdem habe ich den Stein aufgesucht, und da war kein Blut. Weiss der Geier, was Bettina gesehen hat, aber mit Sicherheit war da kein Blut dran. Und vor allem wollte ich endlich Ruhe von der Vergangenheit. Die Schuldgefühle haben mich über die Jahre hinweg fast aufgefressen.» Er stockte und steckte sich den erloschenen Stumpen in den anderen Mundwinkel.

«Schuldgefühle – weswegen denn?» Giulias Stimme klang sanfter.

«Ich fühlte mich verantwortlich für Silke, die wie vom Erdboden verschluckt auf diese mysteriöse Weise auf meiner Alp verschwunden und nie mehr aufgetaucht ist. Und nun geschieht auf den Tag genau zwölf Jahre danach wieder ein Verbrechen – wieder an Berlinerinnen, wieder am Berg ... und dann kommen die alten Fragen hoch.»

Giulia sah, wie er bei diesen Worten verkrampft seinen Stecken umklammerte.

«Zufall? Oder glauben Sie, die Taten hängen irgendwie zusammen?» Giulias Tonlage schien ihn zu irritieren, wie sie an seiner Reaktion ablesen konnte.

«Meine Güte, was weiss ich denn schon? Ich bin doch kein Polizist.»

Als Giulia keine Regung zeigte, räusperte sich Duschletta. «Zufälle heissen nicht umsonst Zufälle. So makaber sich das nun anhört, mein Vater hat mir vor vielen Jahren erzählt, dass ihm seine Lieblingskuh bei Vallatscha am Nationalfeiertag über die Felsen gestürzt sei. Ihr Kalb stand noch immer in der Nähe der Felskante, als er das tote Muttertier entdeckte. Jahre später, ebenfalls an einem 1. August, stürzte eine weitere Kuh in den Abgrund, an exakt derselben Stelle – es war das überlebende Kalb von damals.»

Natürlich verstand Giulia, was er damit sagen wollte. Selten ist selten, und häufig ist häufig, und Zufälle können auch gehäuft auftreten. Das wusste sie alles längst, seit sie die Polizeischule absolviert hatte. Zufälle waren keinem logischen Prinzip unterworfen. Was ihr Duschletta da erzählte, hörte sich ihrer Meinung aber mehr nach Alpenlatein an, bestimmt über die Jahre hinweg so ausgeschmückt, damit dem Erzähler am Stammtisch die Neugierde der Zuhörer gewiss war. Wie würde Kripochef Hartmann sagen: Das schleckt nun mal keine Geiss weg.

Giulia fragte sich einmal mehr: Was war der Grund, warum Silke Kornbach damals auf den Schamserberg gekommen war?

Sie musste vor etwas geflohen sein, wenn das stimmte, was Duschletta über die Art und Weise ihrer Ankunft gesagt hatte. Giulia würde morgen versuchen, mit deren Eltern Kontakt aufzunehmen, um mehr über Silke zu erfahren.

Weitere Fragen bestürmten sie, während die beiden im strömenden Regen inmitten der Alpweiden standen, als hätten sie den Weg verloren. Der dichte Nebel war fast unmerklich vom Tal aufgezogen.

Giulia blickte sich um, Duschletta erkannte dies. «Noch ist der Nebel nicht so stockdicht. Ich meine, im Vergleich zu dem Tag, als Bettina das erste Mal verfolgt wurde und ich ihr bei Vallatscha zu Hilfe eilte.»

«Ja, ich stell mir das schwierig vor, und das kann einem gewiss Angst machen.» Giulia verschwieg, dass sie ein besonderes Gespür für die Berge hatte. Bergkameraden behaupteten sogar, dass sie einen sechsten Sinn, den Bergsinn, habe, denn schon manches Mal war sie es gewesen, die die Gruppe bei einem Wetterumsturz sicher angeführt hatte.

Deshalb war es für sie kein Problem, den kurzen Weg zur Alp allein zurückzufinden. Arkon lief treu neben ihr her.

8

«Es ist doch zwölf Jahre her.» Mit diesen beschwichtigenden Worten, die auch in ihrer Stimmlage abfärbten, stellte Angela eine Tasse vor Francesco auf den Tisch und blickte sich um. Am Nebentisch sass niemand, dennoch senkte sie ihre Stimme erneut. «Glaub mir», sie strich ihm liebevoll über das dichte schwarze Haar, «niemand wird herausfinden, was wir damals getan haben. Niemand.» Ihr Blick schwenkte dabei wieder über die kleine Terrasse des Berggasthauses und hinaus auf die sanften Wiesen im einsamen Tal, das sich vor ihr nur wenige hundert Meter in die Länge zog, bevor die umschliessenden Berge den Blick aufs Dahinter verwehrten.

Die Abendsonne warf die letzten Strahlen von den Dolomiten her auf die üppigen Matten und tauchte die gemischte Gästeschar in weiches Licht. Würziger Duft von gebratenem Huhn und Risotto wehte aus der Küche, in die Francesco gleich zurückmusste. Nachdenklich trank er seinen Espresso, Unsicherheit spiegelte sich auf seinen angespannten Gesichtszügen. «Und wenn sie uns dennoch auf die Spur kommen?»

«Glaub mir, Tote sprechen nicht. Wir haben sie sterben lassen, vergiss das nie. Sie. Ist. Tot! Du brauchst keine Angst mehr zu haben. Lass die Geister endlich ruhen. Wir alle haben damals die Spuren so gut verfälscht, dass es unmöglich sein wird, uns zu finden.»

Francesco Montanari blickte gedankenverloren in seinen Kaffee, als könnte er darin seine Zukunft lesen. «Aber wenn sie es finden? Ich hätte es niemals verlieren dürfen, hätte es dem Feuer überlassen sollen.»

Angela gab ihm keine Antwort, denn sie hatte ihm diese schon tausendmal gegeben, nur glauben, das sagte sie ihm dabei auch immer wieder, müsse er es irgendwann selbst.

«Angela, ich weiss, du hast ja recht. Entschuldige. Das Grübeln kommt sicher daher, dass es nun genau zwölf Jahre her ist. Und weisst du, es ist schwer zu erklären. Ich weiss ja, ich musste damit anderen Menschen sehr wehtun – doch wo kein Grab ist, wie soll da deren Trauer endlich ein Ende finden?»

«Du denkst dabei wieder an Heike?» Angela schob ihren Zweier Roten zur Seite.

«Natürlich, wie könnte ich sie jemals vergessen? Sie ist und bleibt meine Schwester.» Er kämpfte sichtbar mit den Tränen und seiner brüchigen Stimme. «Ich würde es ihr so gerne sagen. Ihr den Schmerz nehmen oder zumindest lindern, weisst du.» Er blickte von Angela weg.

«Hast du diesen Furz noch immer nicht aus deinem Kopf bekommen? Willst du damit alles riskieren, was du, was wir in zwölf langen, harten Jahren gemeinsam aufgebaut haben?»

Francesco schwieg.

«Sie würden dich finden, ich sag's dir, und das würde Heike alles andere als gefallen.» Angela blickte ihn streng an. In ihren Augen funkelte Zorn. «Und du glaubst ja nicht ernsthaft, dass Heike das alles so mir nichts, dir nichts verstehen könnte? Vergiss nicht, aus welcher Welt ihr beide kommt.»

Schweigen.

Francesco sah demonstrativ zu den Gästen hin, zu den entfernt stehenden Tischen.

«Eben. Also, denk doch nach. Dir blieb keine andere Wahl, als diesen Weg zu gehen, und manche Wege fordern unglaubliche Opfer – nicht nur von einem selbst.»

«Doch.» Francesco richtete sich auf wie ein Schiff, das, von einer Welle angehoben, sich ein letztes Mal vor dem Sinken aufbäumt. «Doch, ich hätte einen anderen Weg gehen können. Ich hätte sie nicht zurücklassen sollen. Vor allem nicht, nachdem ich es ihr gesagt hatte.» Er vergrub sein Gesicht in den Händen. «Sie war danach wochenlang durcheinander und hat sich an mich geklammert wie eine Ertrinkende an ein Floss», tönte es leise unter seinen feingliedrigen Finger hervor.

Nun schwieg Angela. Sie wusste, er hatte irgendwie recht, auch wenn es ein Ding der Unmöglichkeit gewesen wäre. Es war damals keine Zeit dafür geblieben, und dann hatte sich das grosse Tor der Vergangenheit geschlossen – für immer.

Unzählige Male hatten sie diese Diskussion in den letzten Jahren geführt, vor allem in den letzten drei, und jedes Mal ergebnislos in dem Sinne, dass Francesco das Ganze endlich hätte ablegen können.

Sie sah zu, wie er sich erhob, als trüge er seine Last sichtbar auf seinen schmalen Schultern, bevor er in der Küche verschwand.

9

Giulia fuhr im strömenden Regen nach Chur zurück. Noch immer war wenig los auf den Strassen. Bestimmt hockten die Leute an diesem trüben Sonntag zu Hause und hofften, dass der Himmel am Nachmittag für einen Spaziergang aufriss, um die müden Glieder nach einem zu üppigen Mittagessen zu bewegen.

Zu Hause zog sie ihre vom durchweichten Boden schmutzigen Schuhe aus, als Nadia Caminada erneut anrief, als hätte sie ihr Heimkommen bemerkt.

«De Medici», meldete sich Giulia, auf einem Bein balancierend, und zog dabei den anderen Schuh aus.

«Hallo, Giulia, hier ist Nadia. Hast du einen Moment?»

Giulia verschwand in ihrem privaten Ermittlungszimmer.

«Ist es dringend? Eigentlich wollte ich soeben eine telefonische Vernehmung durchführen. Wo brennt's denn?»

«Erich hat mir gestern eine Kopie der Aktenlage auf mein Pult gelegt, und ich bin diese durchgegangen. Sigron ist ja in den Ferien … Na ja, wir sollten uns absprechen.»

«Hast du was Konkretes, das du loswerden willst, was uns im Fall weiterbringt?»

«Giulia, hör mal. Ich weiss, du hast dir unsere Zusammenarbeit in diesem Fall nicht ausgesucht – so wie ich übrigens auch nicht. Findest du nicht, dass es Zeit ist, dass wir uns zusammensetzen und uns erst mal kennenlernen? Ich finde es schade, dass du mich, seit ich vor einem halben Jahr hier angefangen habe, aussen vor lässt. Was ist los?»

«Weisst du, man muss ja nicht mit jedermann das Heu auf der gleichen Bühne haben. Und ganz ehrlich, ich habe weder die Zeit noch die Lust, das jetzt mit dir am Telefon zu bereden. Fakt ist, Hartmann hat dich mir, wieso auch immer, in dem Fall zur Seite gestellt. Ich sag's dir offen und ehrlich: Ich hätte es vorgezogen, den Fall allein zu bearbeiten. Aber wir können uns morgen zusammensetzen und eine Strategie festlegen.»

«Okay, das hört sich wunderbar an. Und was kann ich bis morgen tun?»

«Hast du heute nicht frei?»

«Doch, du doch auch.»

«Dann lass den Sonntag Sonntag sein. Wir müssen uns erst zusammensetzen. Ich werde heute auch nur noch zwei Anrufe erledigen.»

Giulia hielt nach dem Gespräch einen Moment inne. Sie konnte verstehen, dass Nadia Caminada beliebt war. Ihre Stimme war sympathisch, sie lachte oft und hatte Charme, der sicher nicht nur den Männern gefiel. Aber Giulia sah in dem Ganzen mehr Schein als Sein. Nicht dass sie nicht selbst auch ihre Reize, ihren Charme dann und wann gezielt einsetzte. Ein schönes Gesicht und ein toller Hintern haben noch keiner intelligenten Frau geschadet, hatte ihre Mutter ihr gesagt, als Giulia als Achtzehnjährige ihre körperlichen Reize austestete. «Wie du deine Zähne zeigen kannst, das müssen wir dir ja nicht zeigen», hatte Mamma mit einem Lächeln angefügt.

Giulia war bewusst, Nadia unterschied sich vor allem in einem wesentlichen Punkt: Sie konnte sich jeder Situation so angepasst verhalten, dass ihr niemand an den Karren fahren konnte, und kam dennoch an ihr Ziel. Das beherrschte Giulia nicht. Sie wusste, sie war schwarz-weiss im Denken und Handeln, alles oder nichts, dafür aber einhundert Prozent. Für das Schwammige, dafür konnte und wollte sie keine Energie verschwenden.

Sie schob diese Gedanken zur Seite und wählte die Nummer der Steinemanns, denn es war schon kurz vor Mittag.

Hanna nahm den Anruf selbst entgegen. Sie erklärte Giulia hörbar mitgenommen, dass ihr alles zu viel geworden sei, der Todesschrei von Frauke in der Dunkelheit, ihrer beider Flucht und das, was Bettina tags zuvor durchgemacht hatte.

Giulia hielt sie zu Beginn des Gesprächs bewusst im Unwissen über den schrecklichen Tod von Bettina Stenlizer oder wer auch immer diese war. Stattdessen wollte sie wissen, seit wann Hanna Bettina kannte und wie lange sie zusammenwohnten.

Am Zögern von Hanna leitete sie ab, dass etwas nicht stimmte. Sie durfte aber nur vorsichtig Druck aufbauen.

«Hanna, Sie wissen schon, wir brauchen jetzt alle Tatsachen auf dem Tisch. Nur so können wir schnell ermitteln, was hinter alldem steckt. Also, was wissen Sie über Bettina?»

«Ehrlich gesagt, fast nichts. Sie hat sich auf eine Anzeige hin gemeldet, die Frauke und ich in einer Kneipe in Berlin ausgehängt hatten. Wir trafen uns daraufhin und wurden uns schnell einig.»

«Inwiefern und von was für einer Anzeige sprechen Sie da?»

«Dass wir als Sennerinnen einen Sommer auf einer Alp verbringen wollten. Eine Auszeit sozusagen. Doch wo diese sein könnte, wussten wir da noch nicht, bis uns Bettina überraschend schnell Nurdagn vorschlug.»

«Und dann habt ihr dieses gemeinsam angeschaut und den Zuschlag erhalten? Oder wie ging das vor sich?»

«Ja, genauso war es. Wir verbrachten zwei Tage dort, wohnten im Gasthaus zur Rofflaschlucht und liessen uns alles zeigen.»

«Und wie lange habt ihr drei zuvor in einer WG zusammengewohnt?»

Einen Moment herrschte wieder Stille, dass Giulia nachhakte. «Hanna?»

«Ja, ich bin noch da. Es war so: Nur Frauke und ich lebten in der kleinen Wohnung. Wir waren ein Paar. Es war gar keine WG. Bettina bat uns, da sie in grossen privaten Problemen stecke, dass sie bei den Vertragsangaben unsere Adresse ebenfalls verwenden dürfe, und so kam uns die Idee mit der WG.»

«Hatte sie erklärt, was für private Probleme es waren?» Giulia blickte dabei aus dem Fenster aufs verregnete Chur unter ihr. Sie hatte bereits durch Duschletta von dem gewalttätigen Freund erfahren und wollte wissen, ob Hanna das Gleiche sagte.

«Sie hatte einen gewalttätigen Freund, vor dem sie fliehen musste. Sie hätten sie sehen sollen. Über und über mit blauen Flecken war sie übersät. Der hatte sie übel verprügelt. Mehr sagte sie nicht, denn sie redete ja nie viel, und wir wollten sie nicht mit Fragen piesacken. War ja so schon arg genug.»

«Das kann ich verstehen. Hat sie noch mehr aus ihrem privaten Umfeld erzählt, oder ist Ihnen sonst was zu Ohren gekommen?»

«Nein, gar nichts. Ausser vielleicht, dass sie kein Handy besass – und das heutzutage. Ich meine, da steckt ja das halbe Leben drin. Ach ja, und dass sie nicht mit uns gemeinsam in die Schweiz einreisen wollte, obwohl sie kein Auto besass, wie sie uns gesagt hat.»

Giulia konnte sich den Grund denken. Für den Grenzübertritt hätte diese Bettina, falls sie denn kontrolliert worden wäre, ihren Ausweis mit der wahren Identität vorzeigen müssen, und das ging vor den beiden anderen ja nicht, dann wäre sie aufgeflogen.

«Haben Sie ein Foto von Bettina? Ich meine, auf Ihrem Handy oder sonst wo?»

«Ja, das habe ich. Wir haben in der ersten Woche ein Selfie unterhalb der Grauhörner gemacht. Ich habe ihr aber versprechen müssen, es niemandem weiterzugeben. Ich habe es auf meiner Dropbox gespeichert und kann es Ihnen mailen. Mein Handy habe ich ja in der Schweiz zurückgelassen.»

Giulia gab ihre Mailadresse bekannt und bat gleichzeitig um den Zugangscode von Hannas Handy, den diese anstaltslos herausrückte.

Giulia erfuhr von Hanna nicht viel mehr, als dass Bettina die körperlich Robusteste der drei gewesen war, wacker gearbeitet hatte und auch sonst zu keinem Problem Anlass gegeben habe. Sie waren zu dritt ein wirklich gutes Gespann gewesen und hätten sich keinen Ärger eingehandelt, schloss sie ihre Erzählung der vergangenen Wochen ab.

Zum Ende des Gesprächs brachte Giulia Hanna so schonend wie möglich den Tod von Bettina bei, denn sie würde es sowieso bald aus der deutschen Presse erfahren, da wahrscheinlich beide Todesopfer und die Überlebende Berlinerinnen waren. Hannas Reaktion war überraschend verhalten. Womöglich deshalb, weil sie Bettina nicht so lange gekannt hatte, mutmasste Giulia, oder da sie noch unter dem Banne des Ganzen stand.

Da sie jetzt um die Partnerschaft von Hanna und Frauke wusste, begriff sie, wie gross der Schock für Hanna gewesen sein musste, Frauke über die Felswand fallen zu hören.

Giulia rief ihre Mails ab und vergrösserte das Foto, das die drei Frauen zeigte. Bettina war tatsächlich die Grösste und sass in der Mitte auf einem grossen Stein. Sie lächelte verhalten. Wahrscheinlich einen Meter achtzig gross, schätzte Giulia die Braunhaarige. Sie hatte freundliche Augen, eine gerade, aber kräftige Nase und ein markantes breites Kinn. Sie schickte das Bild mit einem Kommentar versehen an den Verteiler der Soko Bergfrieden.

Sie druckte Vergrösserungen aus, schnitt jede der drei Frauen aus und hängte die Fotos an die Magnettafel, versehen mit dem entsprechenden Namen und Signalement, soweit ihr dies bekannt war. In einem gezeichneten Kreis hing bereits das Bild von Silke Kornbach, das sie aus den Akten kopiert hatte. Wer es aufgenommen hatte, wusste sie nicht. Es zeigte die zierliche Silke in einer Berghütte – Kuhglocken hingen hinter ihr an der Wand. Ihre grossen Augen blickten verloren in die Linse. Duschletta hatte recht, sie wirkte wie ein grosses Maitli.

Am Nachmittag setzte sich Giulia in den bequemen Sessel im Ermittlungszimmer, auf dem Schoss Kopien der Akten zum Fall Silke. Sorgfältig las sie alles nochmals durch und machte sich weitere Notizen. Sie wollte sich gegenüber Nadia keine Blösse mit Wissenslücken geben, denn die, da war sie sich sicher, würde die Akten auswendig lernen.

Kurz vor dem Abend raffte sie sich auf und zog sich fürs Joggen um. Arkon brauchte Bewegung und sie auch. Sie lief durch den Fürstenwald und die angrenzenden Wiesen und

Felder am Waldrand entlang. Der Regen hatte auch sein Gutes. Nur wenige Leute waren unterwegs, und sie mochte den intensiven Waldgeruch, den von feuchter Erde und nassem Grün wie auch den von den Feldern. Nach einer halben Stunde kam immer dieser Effekt, der sie laufen liess – alles löste sich in der rhythmischen Gleichmässigkeit der Bewegungen auf, sodass nur das angenehme Gefühl vorherrschte, wie ihr Körper sich im Einklang bewegte, wie die Natur dabei an ihr vorüberzog.

Am Montagmorgen war wie erwartet der Fall gross in der Boulevardzeitung auf der Titelseite der gedruckten Ausgaben zu finden. Giulia kaufte sich auf dem Weg in den Hansahof ein Exemplar, bevor sie um Viertel vor acht ihr Büro betrat.

Oliver Prevost, der freischaffende Journalist vom «Schamser Boten», hatte seine Geschichte direkt an die grösste Tageszeitung gebracht. Sein Name stand als Autor über dem reisserischen Artikel. «Sännatuntschi-Morde?», prangte in fetten Buchstaben von der Titelseite. Auf Seite zwei und drei waren Fotos von Hanna zu sehen, wie sie von den Sanitäterinnen versorgt wurde. Der dünne schwarze Balken über ihren Augen sollte sie anonymisieren. Daneben abgedruckt war ein Bild der Alphütte Nurdagn, im Schweif des Blaulichts des Polizeiwagens im Vordergrund. Und wie nicht anders zu erwarten gewesen war, schrieb Prevost in seinem Bericht über die erhängte Bettina S. aus Berlin und dass sein Fotomaterial vom Tatort von der Chefermittlerin Giulia de Medici widerrechtlich beschlagnahmt worden sei und er deshalb Anzeige erstattet habe. Ein plakatives Foto von Giulia war abgedruckt worden. Es stammte aus dem Fall «Bündnerfleisch», der nicht nur Graubünden, sondern die ganze Schweiz in Atem gehalten hatte. Es zeigte Giulia seitlich von hinten bei einer Tatortbesichtigung – ihre dunkelblaue Jacke mit der weissen Beschriftung «Polizei» auf dem Rücken verdeckte ihre Waffe nicht ganz.

Giulia war nicht mal durch mit Lesen, als ihr Handy klingelte.

Erich Hartmann war dran. «Giulia, unsere Pressesprecherin hat gleich einen Tinnitus, so läuft ihr Anschluss heiss. Zeitungen und Fernsehstationen haben sich an die Geschichte gehängt, sogar RTL schickt ein Kamerateam nach Nurdagn hoch. Was in drei Teufels Namen ist los? Kommandantin Frau Stehr war soeben in meinem Büro und will einen Bericht von mir dazu haben. Kann sein, dass du noch bei ihr vorsprechen musst. Da kann ich dir nur raten, halt dich zurück. Das ist eine, die frisst Nägel zum Frühstück.»

Giulia atmete einmal bewusst tief ein, als ginge sie gleich auf Tauchstation, was im übertragenen Sinne ja stimmte. Hartmann würde noch einen Moment wettern, ehe er bereit war, ihr zuzuhören.

«Dann soll sie mir gefälligst sagen, was ich da falsch gemacht haben soll», gab sie zackig zur Antwort.

«Das kann doch nicht wahr sein. Du glaubst, eine Mischung aus Lara Croft und Mutter Teresa zu sein, und das im rechtsfreien Raum. Sternenwetter noch mal! Nun hast du wieder ein Verfahren am Hals und ich die Kommandantin, bei der heute Morgen Regierungsrat Jäggi eingefahren ist – und um wen ging's wieder mal? Dreimal darfst du raten!»

«Erich, wie wär's, wenn du erst mal meine Meinung dazu anhörst, statt einmal mehr loszudonnern?» Giulias Ton blieb bissig. «Weisst du was? Ich bring dir sogleich den beschlagnahmten Chip aus dem Fotoapparat ins Kommando, und dann schau, was der Grüseljourni da in die Medien bringen wollte. Ausserdem hat er Hausfriedensbruch begangen. Aber weisst du was? Erst fragen, dann schauen, dann poltern, das kannst du auch der Kommandantin Stehr von mir ausrichten, falls sie ins gleiche Horn stösst wie du.»

Glücklicherweise hatte sie die Chipdaten bereits vor zwei Stunden von ihrem Kollegen aus Bern entschlüsselt per Download erhalten. Der Journalist war sich zu sicher oder fahrlässig gewesen, dass sein Passwort nicht gehackt werden würde. So hatte er wie so viele Leute ein zu einfaches gewählt, ohne Sonderzeichen und nur siebenstellig.

«Weisst du, was ich mich immer wieder fragen muss?» Giulia wusste, Hartmann wollte auf seine Frage nicht wirklich eine Antwort und schwieg. «Wieso immer du? Fast ausnahmslos alle Beschwerden in solchen Angelegenheiten betreffen dich. Irgendwann ist es zu viel. Und das, Giulia, sag ich dir weiss Gott ja nicht das erste Mal. Wenn's der Kommandantin reicht, kann auch ich nichts mehr für dich tun. Ich kann nicht sagen, wie viel Kredit du bei der hast.»

«Erich.» Diesmal unterbrach Giulia ihn. «Du warst nicht vor Ort. Ich bringe dir jetzt den Chip.» Sie legte ungeniert auf. Dabei konnte sie sich lebhaft vorstellen, wie der gut getrimmte Schnauz ihres bärbeissigen Chefs vor Ärger zuckte, und lächelte dabei.

Giulia schnappte sich ihr Bike vor dem Hansahof. Erstens brauchte sie etwas Bewegung, und zweitens kam sie damit schneller durch die Stadt. Sie pedalte schwungvoll bis ins Hauptkommando der Kantonspolizei, in die Ringstrasse im Süden der Stadt, und betrat zügigen Schrittes und selbstbewusst das Gebäude, als könnte ihr niemand etwas anhaben. Einige Beamte warfen ihr vielsagende Blicke zu, als sie im vierten Stock auf das Büro von Hartmann zusteuerte. Sie klopfte und trat sogleich ein.

Kein Zweifel, sie sah es auf den ersten Blick: Hartmann war stinksauer. Er sass in seiner dunkelblauen Polizeiuniform mit dem blauen Hemd und Krawatte auf seinem Stuhl – die Jacke hing am Haken. Den soeben mit einem letzten Schluck geleerten Pappkaffeebecher warf er achtlos in den Abfallkorb, als Giulia an den Tisch trat.

Giulia wusste, Hartmann würde sich wieder beruhigen. Es war nicht das erste und auch nicht das letzte Mal, dass er sich ob ihres Verhaltens aufregte. Da hatte er eine kurze Zündschnur. In seinem Auftrag hatte sie Fakten zu liefern, Fälle zu lösen – und das tat sie konsequent, und die Falldaten legten es offen, sie war die erfolgreichste Ermittlerin im Korps der Kantonspolizei.

Giulia steckte wortlos den Chip ins Lesegerät von Hartmanns Laptop, nachdem dieser auf ihren fragenden Blick hin genickt hatte.

Hartmann schien dabei ein weiteres Mal seinem Ärger Luft zu machen, als Giulia fast schon gebieterisch ihre Hand hob und auf den Bildschirm vor ihnen zeigte, auf dem die Fotos geladen wurden. Die Bilder legten es dar: Der Fotograf hatte sich von hinten angeschlichen und dabei die Erhängte in verschiedenen Aufnahmen abgelichtet – auch Nahaufnahmen mit einem Tele vom Gesicht des Opfers, auf denen das ganze Elend zu sehen war. Das war aber nicht alles. Es fanden sich in den Dateien aber auch Fotos mit Nahaufnahmen von Giulia.

Hartmann schwieg, blickte nachdenklich auf den Monitor.

«Und? Tolle Arbeit eines Journalisten, der seinen Job ja sehr ernst nimmt und dabei glaubt, sein Passwort sei nicht zu knacken.» Ihr sarkastischer Tonfall war nicht zu überhören. «Ich glaube, ich leite die Bilder kurzerhand dem Boulevardblatt weiter, das heute gegen mich geschossen hat – mal gespannt, was der für eine Begründung liefert, meinen Arsch in Nahaufnahme abgelichtet zu haben.» Hartmann schwieg, weshalb Giulia weitersprach. «Also, halt mir diesen Schmierfinken vom Hals. Ich kann sonst für nichts garantieren. Am besten gibst du das mal dem Rechtsdienst weiter. Ich bin zwar keine Juristin, aber ich meine, deswegen kriegen wir den Typen dran.»

Hartmann strich sich über seinen Schnauz. «So sieht die Sache anders aus, Giulia. Aber das hast du ja beim Beschlagnahmen des Chips nicht wissen können», fügte er schnell an.

«Oh doch. Ich hab den Typen in meinem Rücken unbewusst gespürt. Und ausserdem, der hat einen abgesperrten Tatort widerrechtlich betreten und dabei Fotos geschossen. Komm, das schleckt keine Geiss weg, dass ich handeln musste. Also, unternimmst du was gegen den Kerl, oder willst du, dass ich dies mit einem meiner ‹Spezialeffekte› regle?» Sie zog ein fragendes Gesicht, das nur auf eine Antwort wartete.

«Giulia, ich weiss, du hörst es nicht gerne – aber pass besser auf.» Sein Ton hatte sich gemässigt. «Du weisst, du polarisierst, und du bist ein gefundenes Fressen für die Medien – wegen deines Aussehens und deiner, wie soll ich sagen, speziellen Art oder, wie du es sagst, deiner ‹Spezialeffekte›. Also biete nicht zu viel Angriffsfläche», fügte er schnell noch an. «Wir haben seit Kurzem intern neue Strukturen – mehr muss ich dazu nicht sagen.»

«Gut, hast du dies einmal mehr deponiert. Aber bis zum heutigen Tag habe ich mich bestens gehalten. Du solltest doch verstehen, dass ich mich bei meinen Ermittlungen aus dem Fenster lehnen muss. Was glaubst du denn, wie Verdächtige reagieren, wenn ich sie nicht provoziere oder wenn ich jemandem wie diesem Schmierfinken auf die Füsse treten muss? Mein Job ist es nicht, mich beliebt zu machen, sonst wäre ich im Samariterverein. Ich muss fair bleiben – okay, ich glaube, das bin ich meistens auch, soweit ein jeder sich selbst beurteilen kann, aber ich muss, Erich, ich muss herausfordern, nerven, stören, hinterfragen und hinter jedem Verdächtigen einen potenziellen Täter sehen, denn keiner, absolut keiner trägt ein Schild ‹Ich bin der Mörder, den Sie suchen› mit sich herum. Und ich weiss, ich lege meinen Handlungsspielraum manchmal grosszügig aus und selten mal darüber hinaus, aber», auch Giulias Ton hörte sich mit dem letzten Satz versöhnlicher an, «es dient schliesslich der Sache.» Giulia machte drei Schritte vom Pult weg und drehte sich wieder zu Hartmann um.

«Ja, das ist mir alles klar. Doch du bist nicht die Einzige, die Fälle löst, aber du tust es als Einzige mit so viel Nebengeräuschen.»

«Ach ja? Du redest von Nadia Caminada.» Ihr Ton wurde wieder zackiger. «Soll ich im lächelnden Kuschelmodus ermitteln gehen? Ist es das, was du willst? Ungehindert das Gesicht einer jungen Frau ablichten lassen, die wenige Stunden zuvor auf grausame Art und Weise ihr Leben verloren hat, nur um ja nicht angegriffen werden zu können? Ist es das, was du meinst? Hätte ich zu dem Typen etwa ‹Bitte› sagen sollen?» Nun war sie wütend. Ihre dunklen Augen blitzten, ihre Stimme war laut geworden.

Hartmann sagte nichts mehr, dafür redete Giulia weiter. «Erich, wenn dem wirklich so wäre, dann nimm Nadia für meinen Job oder stell dich auf die Hinterbeine und heiz dem Psychojourni mal gehörig ein. Der und nicht ich gehört in diesem Fall ins Kreuzfeuer der Medien, und dem solltest du mal was husten, denn er hat sich damit gebrüstet, dass er dich kennt – geht's darum?»

«Aha, du willst mir Vetterliwirtschaft vorwerfen? Jetzt pfeift aber das Murmeltier.»

«Ja, und hoffentlich aus dem letzten Loch. Nenn es, wie du willst, aber sieh's mal umgekehrt. Stell dir vor, ich hätte die Bilder gemacht und den Tatort auf diese Weise betreten. Also, woher kennt er dich?»

Hartmann schüttelte den Kopf, als könne er die Frechheit seiner Ermittlerin, die einige Dienstgrade unter ihm eingestuft war, nicht glauben. Er blickte zu Giulia, die wütend ihre Hände in die Taille stemmte und auf seine Antwort wartete.

«Ich bin sein Onkel.»

«Was? Und da ist der Typ nicht schlau genug und hält sich gegenüber den Medien zurück, um dich nicht auch ins Kreuzfeuer zu stellen? Sorry, aber der ist nicht schlauer als ein Meter Alpweg bei Trockenheit.»

«Nun aber langsam, der hat seine Geschichte.»

Giulia blies sich eine Haarsträhne aus dem Gesicht. «Ach so, der arme Kerl ist bestimmt kurzsichtig und hat noch nie einen Arsch von Nahem gesehen und hat deshalb mit dem Teleobjektiv meinen abgelichtet …» Sie hasste faule Ausreden, anstelle Verantwortung zu tragen.

«Weisst du was, ich werde das Ganze regeln. Wir wissen beide, dass es sich in diesem Moment nicht lohnt weiterzureden. Und ja, du hast recht, er ist zu weit gegangen und hat mich zudem belogen. Die Sache sieht nun anders aus. Ich werde erst mit meiner Schwester reden müssen und dann die Sache klären. Es ist eine nicht so einfach zu lösende Familiensache. Bist du damit einverstanden?»

«Bin ich, aber, und das frage ich dich in aller Güte: Wieso

verdammt noch mal muss ich immer erst auf die Hinterbeine steigen, bevor du selbst auf die Idee kommst, mich zu supporten, und der Nadia wirfst du alles nach? Erich, denk mal darüber nach. Und jetzt möchte ich noch gerne über den Fall als solchen reden.»

Hartmann bot ihr, da sie beide einander in der Hitze des Gefechtes inzwischen gegenüberstanden, einen Stuhl an seinem Besprechungstisch an, und als müsste er sich zwingen, fragte er: «Kaffee?»

«Mineral gerne.» Giulia setzte sich, während er eine Flasche Allegra und ein Glas aus einem Schrank nahm und eingoss.

«Also, was hast du zu berichten?» Hartmann, der fünfzigjährige Kripochef, lehnte sich in seinem Stuhl zurück und strich seine Krawatte zurecht.

«Der Fall von vor zwölf Jahren wirft Fragen auf.»

«Und wieso? Ich habe dir doch die Akten aus dem Archiv zustellen lassen.»

«Genau deswegen. Sie sind erstens unvollständig, und zweitens frage ich mich, was zum Geier dieser Marcel Strebel, der damalige Ermittler, gearbeitet hat. Ich meine, das grenzt schon an Arbeitsverweigerung, was der da geboten hat.»

«Giulia, nun mal langsam mit den wilden Gäulen. Was fehlt deiner Meinung nach, und hast du im Archiv nochmals nachgefragt? Womöglich ist ein Teil mittlerweile elektronisch abgelegt worden», sagte Hartmann in übertrieben ruhiger Weise, als wolle er von seinem zuvor unbedachten Vorpreschen ablenken.

«In der elektronischen Datenablage gibt's nichts zu der Fallnummer ausser einem Verweis, dass es eine Akte in Papierform gibt. Auf mein Drängen hin haben die im Archiv nochmals auf der Lagerposition nachgesehen, aber nichts weiter gefunden. Es müssen deshalb aktiv Akten vernichtet worden sein, denn ich finde beispielsweise nicht eine einzige Notiz zu diesem Bauer Duschletta, und dieser behauptet, mehrmals einvernommen worden zu sein.»

«Duschletta?» Hartmann strich sich seinen Schnauz glatt, als hätte er ein Kaffeeschäumchen darauf.

«Das ist der Bauer, dem die Alp damals wie heute gehört. Der hat vor zwölf Jahren die vermisste Silke Kornbach bei sich aufgenommen und für diesen Sommer die drei Berlinerinnen angestellt.»

«Und du denkst, dieser Duschletta hängt irgendwie im Fall drin?»

«Das weiss ich nicht. Er war es aber, der die Beamten damals auf die Spur der beiden kurzzeitig in U-Haft gesetzten Verdächtigen gebracht hat. Was mir mehr zu denken gibt, ist, dass er jetzt nicht von sich aus den Fall von vor zwölf Jahren erwähnt hat. Und das ist schon speziell, finde ich.»

«Na ja, es gibt Leute und Leute. Vielleicht wollte er nur vergessen. Aber du könntest genauso gut recht haben.»

«Das hat er auch behauptet – ich meine, das mit dem Vergessen. Nun ja. Wer kann mir was über diesen Strebel sagen? Was war er für ein Ermittler, und wieso hat er den Fall so sang- und klanglos ad acta gelegt, und warum hat niemand was dagegen unternommen?»

Hartmann verschränkte seine Arme und sah zu, wie Giulia ihr Wasser trank. «Zugegeben, er hatte einen speziellen Abgang, dieser Strebel. Ich war damals stellvertretender Kripochef, kannte ihn aber nicht sehr gut. Er war Mitglied der SVP, kam parteiintern vom Kurs ab, rutschte noch weiter rechts ab. Kam wegen rassistischer Äusserungen in die Kritik von allen Seiten. Aber er hatte gute Beziehungen bis in den Regierungsrat.»

«Aber seine Arbeit als Ermittler … Ich meine, gibt's da noch Personalunterlagen wie Qualigespräche oder so was?»

«Ich würde mich nicht allzu sehr auf die Person Strebel einschiessen. Der war fünfundfünfzig bei seinem unrühmlichen Abgang. Dass er sich damals so lange halten konnte, hatte wahrscheinlich mit Vitamin B zu tun – er war mit Regierungsrat Cavelty gut befreundet. Mehr sage ich nicht dazu, und das sag ich nur dir, da ich weiss, dass du bisher alles im Vertrauen Gesagte für dich behalten hast.»

Giulia konnte dieses Kompliment heute brauchen. Diese

Stärke sprach sie sich auch selbst zu – sie konnte sehr verschwiegen sein.

Hartmann fuhr fort. «Strebel war ein Minimalist, keiner mit Herzblut. Soviel ich damals mitgekriegt habe, und wenn ich mich richtig erinnere, lieferte der vor allem die letzten beiden Dienstjahre immer schlufigere Arbeit ab. Es war ihm deshalb nahegelegt worden zu kündigen. Doch was genau los war, darum hatte ich mich damals nicht zu kümmern. Aber vergiss nicht, Giulia, du darfst deine Massstäbe nicht auf andere übertragen. Du bist im Vergleich das andere Ende der Fahnenstange.» Dabei verriet sein Blick, dass auch dies als Kompliment gemeint war.

«Trotzdem, ich möchte mit ihm sprechen.»

Hartmann atmete hörbar aus, eines der Zeichen, wie Giulia wusste, wenn seine Geduld im Gespräch mit ihr strapaziert wurde. «Giulia, der muss jetzt siebenundsechzig sein. Glaubst du, so einer, der sich damals schon nicht mit der nötigen Konsequenz für eine Aufklärung eingesetzt hat, hat heute, zwölf Jahre später, Interesse, darüber zu reden, geschweige denn den Fall noch präsent? Lass es, vergeude deine Zeit nicht mit dem.»

«Das mag sein, aber ich rolle den Fall von damals nochmals auf. Ich muss wissen, was wirklich passiert ist, denn ich bin so was von sicher, dass die beiden Fälle zusammenhängen. Zu viel deutet darauf hin.»

«Über zwölf Jahre hinweg?» Hartmann lehnte sich zurück und verschränkte seine Arme.

«Auf den Tag zwölf Jahre nach dem Verschwinden von Silke Kornbach kam Bettina Stenlizer, die heute exakt gleich alt ist wie Silke damals, ums Leben, auch im Val Schams, auch eine Berlinerin, und – jetzt magst du lachen – beide besassen sie kein Handy.»

Giulia sah, dass Hartmann überlegte, und lieferte nach. «Bring mir heutzutage zwei junge Menschen, die kein Handy besitzen. Hanna hatte mir gestern am Telefon erzählt, wie sie Bettina auf der Alp im Detail erklären musste, wie so ein Ding funktioniert, als wäre diese von einem anderen Stern gekommen. Ausserdem bin ich sicher, die Bettina kam wegen dem Fall von vor zwölf Jahren hierher. Gemäss Hanna war sie es auch gewesen, die sehr schnell diese Alp vorgeschlagen hatte. Sie muss einen Plan gehabt haben.» Sie erzählte Hartmann weiter, wie Bettina die beiden jungen Frauen mit ihrer falschen Identität getäuscht und sie dazu gebracht hatte, gegenüber Duschletta die falsche Wohnadresse anzugeben, und dass Duschletta sie schwarz hatte arbeiten lassen. Auch von der aufgetischten Geschichte des brutalen Freundes, deren Wahrheitsgehalt aufgrund der fehlenden Identität noch nicht überprüft werden konnte. Woher die blauen Flecken an Bettinas Körper herrührten, die Hanna bei ihrem ersten Treffen gesehen hatte, war deshalb noch unklar.

Hartmann trommelte leise und mit nachdenklicher Miene mit den Fingern seiner rechten Hand auf den Tisch. «Warum aber tat sie das alles?», sinnierte er laut und stand kurz auf, um auf das Display seines Bürotelefons zu blicken, das läutete.

«Noch habe ich keine Ahnung. Ich hoffe, wir bekommen bald Infos aus der Forensik, und das Foto, das mir Hanna zugemailt hat, können die deutschen Behörden für die Vermisstmeldung in den Medien brauchen. Oder», sie blickte vielsagend, «das Bild könnte sonst auch per Zufall an die Medien weitergereicht werden, damit wir schneller erfahren, um wen es sich handelt.»

«Das will ich nicht gehört haben, Giulia. Die deutschen Kollegen sollen erst mal auf dem Dienstweg eine Identitätsklärung vornehmen und sonst … Na ja, du leitest die Ermittlungen. Gehe dem allem nach und pass auf, dass du nicht in ein Wespennest von damals stichst.»

«Genau das habe ich aber vor. Denn wenn ich es finde, und da ich der Meinung bin, dass sich die aktuelle Täterschaft im Dunkel der Vergangenheit versteckt hält, muss ich reinstechen, um Bewegung in das Ganze zu bringen.»

Hartmann hob beschwichtigend seine Hände. «Ich weiss, so oder so, du liebst Gegenwind. Pass also auf, dass er dich nicht eines Tages wegfegt.»

«Tue ich das denn nicht immer?» Giulia stand mit einem Lächeln auf.

Sie fühlte, wie Hartmanns Blick dabei einen kurzen Moment über sie hinwegglitt, wie ein Scheinwerfer eines vorbeifahrenden Wagens spürte sie diesen ihr folgen, als sie sein Büro verliess.

Vor dem Kommando setzte sie sich auf ihr Mountainbike, fuhr zurück in den Hansahof und setzte sich hinter ihren Schreibtisch, Nadia schien unterwegs zu sein.

Kurzerhand warf sie sich die dünne Jacke über, fuhr nach Hause und setzte sich ins private Ermittlungszimmer, dem fünfzehn Quadratmeter grossen Raum.

Sie zückte einen Stift und trat vor die weisse Magnetschreibtafel.

Einige Minuten hielt sie inne, als wäre sie eine Künstlerin, die sich zu entscheiden hatte, was für eine Art von Bild sie malen wollte, bevor sie loslegte. Ihr war klar, die allerersten Fragen, die sie zu klären hatte, waren: Warum war Silke Kornbach vor zwölf Jahren in die Schweiz geflohen? Wieso ausgerechnet zu Bauer Gion Duschletta? War das Zufall oder Kalkül?

Um Antworten zu erhalten, musste sie erst mal herausfinden, wer überhaupt die Vierundzwanzigjährige von damals gewesen war. Denn auch dazu stand kaum etwas in den Akten. Das Foto darin zeigte eine blonde, etwas hagere junge Frau mit grossen knallblauen Augen. Von Duschletta selbst hatte sie auch nicht viel über sie erfahren – ein verschüchtertes junges, aber durchaus zähes Ding, das still und zurückhaltend auf der Alp mitkrampfte bis zum Tage ihres Verschwindens, falls man denn diesem das alles glauben konnte. Giulia wusste aus Erfahrung, manchmal gab es mehrere Wahrheiten und viele Lügner im selben Fall.

Sie würde als Erstes mit den Kornbachs, den Eltern, reden, und sie wollte nicht darauf vertrauen, bis irgendwelche Beamten in Deutschland, die sie nicht kannte, die Identität dieser Stenlizer geklärt hatten – das konnte erfahrungsgemäss dauern, denn die hatten ja nicht nur diesen Fall am Hals.

In den alten Akten fand sie die Adresse der Kornbachs, doch die Telefonnummer war nicht mehr gültig. Sie konnte auch keine neue ausfindig machen. Sie sendete deshalb die Adresse per WhatsApp ihrer Freundin zu, bevor sie diese anrief.

Nach mehrmaligem Klingeln meldete sich eine klar klingende Frauenstimme. «Hey, Giulia, schön, von dir zu hören. Was läuft?»

Giulia freute sich immer, die Stimme von Lisa Tettamanti zu hören. Die zwei Jahre jüngere Ermittlerin beim BKA, dem Bundeskriminalamt in Berlin, war seit einem gemeinsamen Fall zu einer guten Freundin geworden. Sie tickten in vielem sehr ähnlich, und doch waren sie verschieden genug, um sich nur selten auf den Wecker zu gehen.

«Hey, Lisa. Schön, dich zu hören. Aber ich will nicht lange drum herumreden – es ist beruflich, und ich bin im Schuss. Hast du einen Moment?»

Giulia erklärte der deutsch-schweizerischen Doppelbürgerin, die meist im Stile der siebziger Jahre gekleidet war, was ihr Anliegen in dem Fall war, und bat sie um einige Ermittlungen dazu.

So wichtig der Fall vor zwölf Jahren, ja womöglich sogar als Lösung zur Erhängten im Gasthaus zur Rofflaschlucht war, so gut konnte es auch sein, dass der aktuelle Fall der Schlüssel zum Schloss der Vergangenheit war. Deshalb hatte Giulia sich dazu entschieden, die Fälle gleichzeitig anzugehen, und sie hoffte, dass bald die ersten Spurenauswertungen von Dr. Kaspezky vorliegen würden. Lisa, die auch die Schweizer Medien zu ihrer Morgenlektüre zählte, hatte von dem Fall um die Berlinerinnen gehört, wie sie Giulia sagte, und versprach, die Kornbachs schnellstmöglich aufzusuchen, um den Fall von damals nochmals aufzurollen. Um die Scheinidentität dieser Stenlizer zu klären, würde sie das Foto, das immerhin eine sehr gute Qualität aufwies, durch alle Datenbanken jagen und weitere Suchabfragen im Internet vornehmen lassen – dafür hatte sie die besten Spezialisten im BKA zur Hand.

10

In Südtirol, im Innerfeldtal, sass der Mitte dreissigjährige Francesco an diesem Montagmorgen im Berggasthaus «Rifugio Tre Scarperi» bei einem Kaffee und blickte gedankenverloren ins naturbelassene Tal, das auf fast siebzehnhundert Metern lag und umschlossen war von Bergen, die völlige Abgeschiedenheit boten. Die sanfte Wiese am Talboden brachte Blumen und Pflanzen in grosser Vielfalt hervor, er aber mochte am liebsten die Lärchenwiesen am Taleingang und die Drei Zinnen der Dolomiten, die wie treue Freunde bei jedem Wetter nebeneinanderstanden.

Er, der auf der Terrasse sass und in den warmen Septembertag hineinblickte, wurde von Angela aus seinen Gedanken gerissen.

«Francesco, ich wollte es dir erst nicht sagen, aber es wäre nicht recht, es nicht zu tun.» Die etwas pummelige Angela setzte sich.

Francesco, dessen Haar ganz dunkel war entgegen seinen hellblauen Augen, blickte zu Angela. In ihren Augen sah er Kummer. «Was ist passiert?» Er musste sich räuspern, als hätte er sich verschluckt. «Also, was ist passiert?»

Angela blickte sich um. Drei Tische hinter ihnen sassen einige Wanderer auf der Terrasse, blickten auf die Berge, sahen zu, wie die Strahlen der Morgensonne die östlichen Flanken herunterkletterten, und redeten miteinander, vor ihnen stand das Frühstück.

«Am Schamserberg sind zwei junge Berlinerinnen zu Tode gekommen, eine kam mit dem Schrecken davon. Genau zwölf Jahre nach … Du weisst schon», brach es aus ihr wie aus einem geplatzten Feuerwehrschlauch.

Francesco schien einen Moment nicht zu verstehen. Er legte wortlos seine Stirn in Falten.

Angela schob den Cappuccino zur Seite, stützte sich mit

ihrem Arm auf dem Tisch ab und kam mit ihrem Gesicht Francescos ganz nahe. «Tut mir so leid. Ich habe es heute Morgen in einer Nachrichtensendung gehört. Der Fall wirft Wellen auf – auch zu damals.» Sie strich liebevoll mit ihrer Hand über seinen Arm, der plötzlich kraftlos auf dem Tisch lag.

«Wieso, was ist geschehen?», flüsterte er.

«Ach, Francesco. Es hat den Anschein, als ob beide ermordet worden wären. Einzig die Dritte kam knapp mit ihrem Leben davon. Im Gasthaus zur Rofflaschlucht wurde eine von ihnen erhängt im Zimmer vorgefunden, die andere stürzte bei Vallatscha zu Tode. Gemäss Medienbericht sind beide Opfer eines Verbrechens geworden – die Erhängte exakt zwölf Jahre nach … Die andere wenige Stunden vor Mitternacht.»

«Im Schams, sagst du? Was zum Teufel machten die drei Deutschen im Schams?» Francescos Augen suchten Halt.

«Die haben zu dritt eine Alp bewirtschaftet – als Sennerinnen …»

«Nurdagn?», kam zögerlich die Frage, als wäre es verboten, diesen Namen auszusprechen.

Angela nickte.

«Puuuh …» Mehr brachte Francesco nicht heraus. Er strich sich mit seiner Linken durch seinen dünnen Bart.

«Wieso?» Mit dieser Frage durchbrach er nach langem Schweigen die Stille.

Angela wollte antworten, als ein Gast an ihren Tisch trat, weil er zahlen wollte, weswegen sie mit ihm im Restaurant verschwand. Als sie nach zwei Minuten wieder die Terrasse betrat, war der Stuhl leer, auf dem Francesco gesessen hatte.

«Marina? *Subito*, übernimm bitte das Restaurant, ich bin kurz weg», rief sie der Küchenangestellten zu, die regelmässig auch im Service aushalf.

Angela ahnte, wo sie Francesco zu suchen hatte.

Mit den ersten Sonnenstrahlen, die sich weich über die Wiesen vor dem Berggasthaus legten, fiel das Licht auch auf die kleine Kapelle unterhalb desselben. Sie fand Francesco kniend auf der vordersten der drei Bänke – vor ihm ein Abbild der

Muttergottes mit dem Jesuskind im Arm, ein Heiligenschein um beide Häupter.

Francesco drehte sich nicht um, als durch die offene Türe die milde Morgensonne in die nur zimmergrosse Kapelle fiel. Das einzige Seitenfenster mit Rundbogen und buntem Butzenglas legte ein farbiges Muster in den Raum.

Angela kniete sich neben ihn, legte ihre Hand auf seine Schulter. «Lass uns beten», sagte sie und begann leise: «Vater unser im Himmel, geheiligt werde dein Name … und vergib uns unsere Schuld …»

Nach einer Viertelstunde standen beide wieder draussen. Einer von ihnen musste zurück in den Betrieb. Marina konnten sie nur kurze Zeit allein lassen, aufgrund von deren leichter Behinderung, die es ihr erschwerte, den Berufsalltag zu bewältigen.

Francesco nahm sorgsam die Hand von Angela, als wäre diese verletzt. Die Morgensonne zeichnete weiche Schatten. «Angela, ich bin sicher, sie waren es. Eine Vergeltung und eine Vorwarnung, da ich ihnen Silke genommen habe.» Tränen flossen aus seinen Augen. «Es ging vor zwölf Jahren alles so schnell. Ich hatte keine Zeit zu denken … Ich handelte, und plötzlich war es passiert, und es gab kein Zurück mehr. Glaub mir, dass dies auf den Tag zwölf Jahre danach geschah, ist ihre Rache an mir, die wollen mich aus meinem Versteck locken oder zwingen. Damit haben sie mir eine Botschaft geschickt, und wenn sie mich in die Finger bekommen sollten …»

«Ich weiss, mein Liebster, ich weiss. Aber sie werden dich nicht finden. Und wenn Menschen aus Rache an dir töten … bist nicht du schuld.»

«Ich bin sicher, die wissen noch nicht, wer ich bin, doch dass es mich gibt, das wissen die. Angela, nicht dass ich den Tod fürchten würde. Nein, so ist es nicht, und das weisst du. Aber die fürchte ich – noch immer.» Francescos Ton änderte sich, seine Worte hatten etwas Zischendes, seine Augen funkelten wütend. Aus seinen zuvor lieblich-traurigen Augen stach beängstigender Zorn hervor. Kalter Zorn.

Angela legte beruhigend ihren Arm um seine Schultern, um diesen Zorn, diesen Hass in seinen Augen erlöschen zu lassen. «Vergiss trotzdem nicht, deine Medikamente zu nehmen. In den letzten beiden Wochen hast du sie zu oft vergessen. Sei so gut. Es ist sehr wichtig, sonst veränderst du dich.»

11

Giulia hatte nach dem Telefonat mit Lisa Tettamanti beschlossen, den Hirten, der damals den Tatort als Erster vorgefunden hatte, als Nächsten zu befragen. An jenem Tag war er nur ein Jahr älter gewesen als Silke Kornbach, und nach der Untersuchungshaft arbeitete er weiter auf der Alp Curtginatsch – jetzt als Senn.

Draussen fiel wieder Regen, die Wetterfee im Radio berichtete, dass es im Süden schön sei und der Regen im Norden noch einige Tage anhalten könne. Hin und wieder dürfe aber mit Aufhellungen gerechnet werden, bevor der erste Herbststurm im Anmarsch sei. Nach der wochenlangen Hitzedürre sei jeder Tropfen noch immer willkommen, solange es nicht zu Überschwemmungen käme, schloss die Moderatorin.

Giulia war das Wetter in den ersten Wochen des Sommers nur recht gewesen. Sie hatte die Hitze in vollen Zügen genossen. Erst als die Wiesen um Chur sich allesamt gelbbraun verfärbt hatten, wie noch nie da gewesen, wurde sie nachdenklich. Solche Bilder kannte sie bisher nur von südlich gelegenen Ländern. Und am meisten litt der Wald, wie jeder erkennen konnte – Hunderte verdurstete Bäume spickten die Bergflanken, dass es einen schauderte.

Sie schob diese Gedanken zur Seite. Nun regnete es ja seit zwei Wochen mehr oder weniger intensiv, dass die Hitze und Dürre in Vergessenheit gerieten. Sie jagte ihren Audi Q5 am absoluten Tempolimit Richtung San Bernardino bis Zillis und dort wieder den Berg hoch, in Gedanken die bevorstehende Einvernahme durchgehend. Der Nebel hockte schon wieder im Tal fest. Aufgrund ihrer Bergerfahrung ging sie vom Gas und kurvte mit angepasstem Tempo zur Alp hoch.

Bei diesem Wetter ging sie davon aus, dass sie nicht lange vor der Hütte auf diesen Samuel Hassler warten musste, falls er denn draussen unterwegs wäre. Wahrscheinlicher war, dass er nach dem Melken Arbeiten im Stall erledigte, die sonst liegen blieben. Da hier oben kein Handyempfang sichergestellt war, würde ihr auch nichts anderes übrig bleiben.

Als sie auf den Vorplatz fuhr, war Hassler damit beschäftigt, im Schutze des Vordachs Holz zu scheiten. Mit der Axt in der Hand beobachtete er, wie Giulia ausstieg, Arkon aus dem Wagen liess und auf ihn zukam.

Den fragenden Blick von ihm erwiderte sie. «Samuel Hassler?»

«Welch schöne Alpenrose will dies denn wissen?» Dabei setzte er ein Lächeln auf. «So hübsch und so neugierig?» Er stellte seine Axt auf den Boden und stützte sich mit den Händen lässig auf dem Schaftende ab.

Giulia fühlte seine Augen an ihr. «Kantonspolizei Graubünden, Mordkommission. Mein Name ist de Medici.» Sie genoss, wie sein Lächeln bei diesen Worten gefror. Da er nicht sogleich eine Antwort gab, fragte sie: «Also, wer sind Sie?»

«Ähm … ja, sicher. Ich bin der Samuel. Samuel Hassler. Der Senn hier oben.»

«Gut. Dann erlauben Sie mir, Ihnen einige Fragen zu stellen in einem aktuellen Fall.»

«Ja, ja, sicher. Ähm, muss ich mitkommen? Ich meine, auf den Posten oder so?»

«Nein, sonst hätte ich es Ihnen gleich gesagt. Lassen Sie uns in die Hütte gehen, uns an einen Tisch setzen.»

Hassler, der in Gummistiefeln die einfache Küche betrat, räumte etwas verlegen Geschirr vom alten Küchentisch zur Seite, das, dem Aussehen nach zu urteilen, schon Tage auf diesem stand, und rückte einen Stuhl für Giulia zurecht. Arkon ging neben ihr auf Platz.

«Sie wissen, warum ich hier bin?» Giulia lehnte mit einer abwinkenden Handbewegung einen Kaffee ab, als Hassler die Kaffeekanne fragend hochhielt, um auch ihr einen einzuschenken.

Hassler setzte sich, umschloss dabei die Tasse, die er auf dem Tisch abgestellt hatte, mit beiden Händen, als hielte er sich daran fest. Sein schwarzes widerspenstiges Haar war dicht und hing in Locken bis zu den buschigen Augenbrauen. Giulias erster Eindruck war: Hassler sah nach einem einfach gestrickten, verschlagen dreinblickenden Eigenbrötler aus.

«Wegen der beiden toten deutschen Frauen?»

«Nicht ganz.» Hasslers fragender Blick liess Giulia weiterreden. «Wegen der *drei* toten Frauen.»

Hasslers Blick klarte sich nicht auf. «Drei?»

«Wenn man die Tote oder zumindest Vermisste von vor zwölf Jahren dazuzählt. Sie waren deswegen in Untersuchungshaft – deshalb bin ich hier.»

Hassler blickte schweigend auf die hölzerne Tischplatte, die geputzt hätte werden sollen.

«Nun ja, Sie sind ja nicht umsonst eingebuchtet worden. Ich weiss gemäss Protokoll, dass Sie der Verschwundenen nachgestellt haben. Da frage ich mich zwangsläufig, wie Sie es mit den drei Berlinerinnen handhabten.» Giulia merkte sich, dass sie Hanna dazu noch befragen musste.

Der Senn schüttelte seinen Kopf. «Da können Sie fragen, wen Sie wollen. Ich ging denen aus dem Weg, wo immer es ging.»

«Hat Duschletta Sie dazu aufgefordert?»

«Ja und nein. Sagen wir's so, mir war es sowieso eine Lehre gewesen ... Ich meine, der Fall vor zwölf Jahren. Seither versuche ich, jedem Ärger aus dem Weg zu gehen. Es reicht mir, dass ich einmal im Güggi gehockt bin.»

«Und die drei? Bestimmt jede eine lebensfrohe Natur, frisch aus der Grossstadt, mit einem grossen Ziel vor Augen und einem Kopf voller Träume. Oder irre ich mich? Die haben bestimmt einen Abstecher zu Ihnen gemacht, um zu sehen, wie Sie so kutschieren hier oben. Oder waren Sie bei ihnen?»

«Alles stimmt. Aber ich habe das ehrlich nicht gesucht. Sie sind sich nämlich sogar vorstellen gekommen. Und wie Sie richtig sagten, es waren gesellige junge Frauen. Zumindest bis auf diese Bettina. Die wirkte prüde.»

«Prüde? Inwiefern?»

«Sie war still und so.»

«Das ist aber nicht prüde. Meinen Sie eher reserviert, zurückhaltend?»

«Ja, genau. Man wusste nicht so recht, was sie dachte, woran man bei ihr war.»

«Hat Sie Ihnen gefallen?»

«Nein. Die war sicher so gross wie Sie und ich.» Er lachte schelmisch. «Sie war halt ein Turm.» Die gelben Zähne des Siebenunddreissigjährigen stachen hervor.

«Sie finden also eine Frau, die einen Meter achtundsiebzig misst, turmhaft? Oder meinten Sie traumhaft? Sie sind ja auch so gross – aber eher klein für einen Mann. Vielleicht liegt es daran, dass Sie bestimmt keine siebzig Kilo auf die Waage bringen?» Giulia provozierte den drahtig wirkenden Älpler bewusst.

«Finden Sie, ich bin klein und mager?»

«Sagen Sie mir lieber, warum Sie die Bettina so turmhaft fanden.»

«Nun, sie war kräftig. Auch ihr Kopf wirkte wuchtig. Ein halber Mann halt. Wenn man die in den klobigen Gummistiefeln latschen sah, dabei ihre Hände im Hosensack ihrer übergrossen Latzhosen vergraben, da wirkte sie wie ein Bauer. Ich fand sie gar nicht schön.»

«Und sonst?»

«Sonst? Was meinen Sie mit sonst?»

Giulia musste ihre Abscheu zurückhalten. «Ist das alles, was Sie über Bettina sagen können – nur was zu ihrem Äusseren?»

«Nein, ich habe ja gesagt, sie war keine Gesellige. Ach ja, und sie trank keinen Schluck Alkohol und besass kein eigenes Handy.»

«Wieso wissen Sie das so genau? Ich meine beides.»

«Wir sind mehrmals an den Abenden hier an diesem Tisch gemeinsam verhockt, und die beiden anderen konnten bechern, auf Deutsch gesagt saufen wie Brauereirosse.» Er grinste wieder und wischte sich den Kaffee aus dem ungepflegten Schnauz, der zu seinem zottigen Bart passte, und zündete sich eine Mary Long an. «Und irgendwann fiel das Thema, dass wir hier oben sozusagen kaum Empfang für unsere Handys finden, da kam's raus.»

«Wer war noch bei diesen Runden dabei? Und niemanden vergessen, denn ich werde Hanna ebenfalls zu alledem befragen.»

«Da gibt's nichts zu verheimlichen. Hansmartin, die drei Frauen und ich.»

«Dieser Hansmartin. Ich nehme an, das ist der Schreiner aus Wergenstein?» Giulia tat, als wüsste sie nicht genau, was Sache war.

«Genau. Wieso wissen Sie dies?»

«Schon vergessen? Mein Job ist es zu ermitteln, und somit weiss ich auch einiges, was vor zwölf Jahren hier oben passiert ist.» Sie verschränkte die Arme.

Nachdenklich kratzte sich Hassler am Kopf, nachdem er den Hirtenhut abgenommen hatte. «Das ist lange her, und man hat uns laufen lassen.»

«Ja, das sehe ich. Fragt sich nur, warum?»

«Was soll das denn heissen?» Er schnitt einen sauren Stein und nahm einen kräftigen Zug. «Wir waren wirklich unschuldig, man wollte uns was anhängen.» Er blies den Rauch Richtung Decke.

«Im Sinne wovon unschuldig?», fügte Giulia ungewollt zu bissig an und begriff, dass Hassler nicht verstand, was sie damit provozierte. «Vor dem Gesetz oder moralisch? Aber lassen wir das.» Sie machte eine abwertende Bewegung. «So oder so, ich habe gehört, dass Sie die Vermisste damals betatscht, sie sogar geohrfeigt haben – dafür gibt's Zeugen.»

«Aha, aus dieser Richtung furzt die Geiss.» Hassler verschränkte gespielt beleidigt seine Arme. «Pah, sicher der Duschletta, der alte Saubock. Fragen Sie besser, was den und diese junge Deutsche verband – dieser Heuchler, der wie ein Berggeist da und dort auftaucht und Zwietracht sät, wo er nur kann. Der bringt noch den Pfarrer und die Nonne hintereinander.»

«Soll das heissen, er lügt? Sie hatten die Silke also nie angegangen oder geschlagen?»

«Aber hallo. So was tue ich doch nicht. Ich wäre beim Eid zwar nicht abgeneigt gewesen, bei der unter die Decke zu kriechen. Hab's einige Male versucht, denn sie hat mir gefallen, aber das andere …» Er schüttelte den Kopf.

«Wissen Sie, hinter der ersten Lüge versteckt sich meist die zweite.» Giulia merkte ihm an, dass er wiederum keine Ahnung hatte, was sie ihm damit sagen wollte. «Wieso hat sie Ihnen gefallen?»

«Sie war zart und fein und kleiner als ich und eine Scheue. Eben kein Turm.» Letzteres fügte er in trotzigem Ton an.

«Und sie hat Sie mehrmals abblitzen lassen?»

«Soll's geben. Sogar Frauen wie Sie bekommen bestimmt irgendwann mal einen Korb, auch wenn's schwer vorstellbar ist», betonte er in einem unterschwelligen Flirtton.

«Waren Sie wütend darüber, abgewiesen zu werden? Ich meine, Sie haben ja zugegeben, dass Sie es mehrmals vergebens versucht haben.»

«Wütend? Wieso? Andere Mütter haben auch schöne Töchter, und wo eine Villa ist, ist auch ein Weg.» Er grinste, und Giulia schien es, als wollte er an ihrem Gesicht ablesen, wie sein Spruch angekommen war.

«Dann sagen Sie mir jetzt, was aus Ihrer Sicht vor zwölf Jahren passiert ist», forderte Giulia ihn auf und tat so, als hätte sie das andere überhört.

Hassler rieb sich mit beiden Händen das Gesicht, als wäre es morgens in der Früh, und er müsste sich den Schlaf aus den Augen reiben. «Ich bin zwei Wochen in Untersuchungshaft gehockt. Wurde diverse Male dazu vernommen. In diesen Verhören habe ich mehrmals meine Meinung dazu gesagt. Warum lesen Sie nicht einfach diese Aussagen?»

«Ich rolle den Fall neu auf, und da muss ich eigene Einvernahmen dazu machen. Sie können es mir hier und jetzt sagen, oder ich lasse Sie nach Chur vorladen.» Sie hob die Augenbrauen, als ob er die Wahl hätte.

Hassler lehnte sich genervt ausatmend in die Stuhllehne zurück, drehte die leere Kaffeetasse in der Linken und versenkte mit der Rechten den Zigarettenstummel im Aschenbecher. «Das gibt mit Sicherheit wieder böses Blut.»

«Ich will die Wahrheit herausfinden. Also raus mit der Sprache.»

«Na gut. Der Duschletta ist der Drecksack, nicht ich. Der hat seine Finger nicht von der Kleinen gelassen, dieser senile Lustmolch.»

«Aha?» Giulia zeigte offen ihr Misstrauen.

«Sehen Sie? So fängt es schon an. Ich sage ab sofort nichts mehr. Ich will einen Anwalt.»

Giulia bereute ihren Fehler sofort. «Zugegeben, ich bin etwas überrascht, aber ich schliesse es nicht aus. Menschen sind zu allerlei und ab und an auch zu allem fähig.» Sie zurrte ihren Pferdeschwanz zurecht und sah, wie Hassler kurz mit sich rang, bevor er antwortete: «Ich weiss es übrigens von der Kleinen selbst – nur damit Sie es gleich wissen. Am letzten Abend vor ihrem Verschwinden kam sie zu mir. Ich sass in den letzten Sonnenstrahlen hoch oben am Lai Grand, blickte aufs grasende Vieh und spielte mein Schwyzerörgeli, als sie zu mir hochkam und sich wortlos neben mich setzte, und das ja nicht zum ersten Mal.» Er senkte seinen Kopf.

«Was passierte danach?»

«Sie fing leise zu weinen an.» Er hob seinen Blick, der sich plötzlich verändert hatte – Melancholie schwebte darin.

«Wie haben Sie darauf reagiert?»

Er kratzte sich verlegen am Hinterkopf. «Ich wusste erst gar nicht, was ich sagen oder gar tun sollte. Ehrlich gesagt, am liebsten wäre ich aufgestanden und davongerannt. Wissen Sie … darin bin ich nicht gut, ich meine, mit Trösten und so, das ist so eine Sache, aber nicht meine.»

«Das verstehe ich, ist nicht immer einfach. Aber Sie müssen ja irgendwie an die Informationen von ihr gekommen sein.»

«Als sie sich zu mir hindrehte, sah ich, dass ihre rechte Wange rot war, ihr Auge darüber angeschwollen – also zeigte ich darauf und fragte, was passiert sei. Erst weinte sie nur noch heftiger, dass ich mich am liebsten verkrochen hätte. Dann sagte sie: ‹Der Duschletta war's.›»

«Hat sie auch gesagt, warum?»

«Ich habe gesehen, dass ihr rotes Sännakuttali und ihr Rock mitgenommen aussahen, und fragte sie direkt, ob er ihr an die Wäsche gegangen sei. Da nickte sie und meinte, nicht das erste Mal, aber noch nie so.»

Giulia nickte.

«Was genau der Sauhund mit ihr angestellt hatte, traute ich mich nicht zu fragen. Aber geschlagen hat er sie in jedem Fall, und das andere kann ich mir denken.»

«Und wie verlief der Abend weiter? Wenn ich richtig verstanden habe, war das der, bevor sie verschwand.»

«Ja, das war er. Leider.» Seine Stimme wurde leise. «Wolken zogen auf, während wir auf die Weiden blickten. Um sie zu trösten, spielte ich mehrmals das Rheinwaldlied, das sie so gerne mochte. Darüber vergassen wir die Zeit. Der Wetterbericht im Radio hatte schon am Mittag schwere Gewitter angekündigt, doch es brach dann überraschend schnell los. In den ersten Sturmböen flüchteten wir gemeinsam hinunter nach Curtginatsch, das wir im heftigen Gewitter erreichten. Pflotschnass waren wir. Später assen wir Fondue, tranken, und ich bot ihr an, bei mir zu schlafen, da der Duschletta ja auf Nurdagn war. Ich riet ihr, am Morgen gleich zur Polizei zu gehen, um Anzeige gegen ihn zu erstatten. An dem Abend in dem Sauwetter noch ins Tal zu fahren, davon habe ich ihr abgeraten.»

«Wie hat sie darauf reagiert? Ich meine, auf beide Angebote?»

«Sie hat nur leise gesagt, dass es endlich ein Ende nehmen soll, und gefragt, ob sie allein im Nebenraum schlafen dürfe. Selbstverständlich hatte ich ihr aber mein bequemeres Bett angeboten.»

«Wann kam der Schreiner, der Hansmartin, dazu?»

«Der war schon in der Hütte, als wir ankamen. Es goss

ja in Strömen, und wir flüchteten uns in den Schermen. Wir jassten mit ihm, und er ass auch mit uns. Wissen Sie, er kam öfters der Freundschaft wegen hoch – einfach so und, da es kaum Empfang hier oben gibt, halt meist unangemeldet.»

«Und die Silke? Wie war sie?»

«Sie war noch stiller als sonst. Jasste lustlos mit. Ich hoffte, dass es sie ein wenig ablenken würde. Irgendwann, als es finster war, legte sie sich in der oberen Kammer hin und war in der Früh dann verschwunden.»

«Um wie viel Uhr bemerkten Sie, dass sie weg war?»

«Ich stelle den Wecker immer auf halb fünf.»

«Sie haben ihr Verschwinden also erst dann bemerkt? Was taten Sie auf diesen Umstand hin?»

«Den Rest wissen Sie doch sicher auch. Ich machte meine Runde wegen des schweren Gewitters am Vorabend und fand den blutigen Stein mit ihren Schuhen daneben und alarmierte die Polizei, sobald ich Empfang hatte.»

«Haben Sie jemanden bei Ihrem Rundgang gesehen, oder ist Ihnen sonst etwas aufgefallen?»

«Nein, aber das hat mich auch nicht gewundert, denn der Nebel verzog sich gerade erst, und die Wolkendecke hing schwer unter den Gipfelgraten. Aber ich vermute, der Duschletta war zu dieser Zeit bestimmt auch unterwegs, um nach seinem Vieh zu schauen.»

«Herr Hassler, ist der Duschletta bekannt dafür, dass er so jungen Frauen nachstellt?»

Hassler zündete sich eine neue Zigarette an und blies den ersten Zug schräg zur Seite hoch. «Darauf können Sie einen fahren lassen. Das war nicht das erste Mal, dass der seine Pfoten nicht von so einer lassen konnte. Aber wie so oft wird das totgeschwiegen, je nachdem, wer so was getan hat.»

«Und wer kann dies bezeugen?» Giulia versuchte ihre Zweifel nicht in ihrer Stimme mitschwingen zu lassen.

«Da müssen Sie sich nur ein wenig umhören. Sollte ja für eine wie Sie gewiss nicht schwierig sein. So, und nun lassen Sie mich bitte mit der Scheissgeschichte in Ruhe. Hat mir damals und, wie Sie sehen, auch heute Ärger eingebracht, und leider wird die Silke deswegen auch nicht wieder lebendig. Und solange *die Polizei*», er betonte die letzten beiden Wörter entsprechend mit Blick auf Giulia, «nicht endlich den Fall von damals aufklärt und den Schuldigen liefert, so lange wird ein schiefes Licht über mir und dem Hansmartin hängen.»

«Eines kann ich Ihnen jetzt schon sagen.» Giulias eindringlicher Blick fixierte ihn. «Wir werden den Fall lösen – beide Fälle, und dann, dann wird Kassensturz gemacht, und das wird übel enden für alle, die auf der falschen Seite stehen.» In ihrem Ton schwang etwas Bedrohliches mit Bestimmtheit mit. «Und noch etwas, bevor ich gehe: Was ist mit dem Schreiner? Ich weiss, er ist Ihr Freund, aber er könnte der Täter gewesen sein – wir wissen um die Geschichte mit der Prostituierten.»

«Hansmartin Cadotsch? Dass ich nicht lache. Ja, er hat die Nutte verprügelt. Aber niemand hat ihm geglaubt, dass die ihn zuvor ausgenommen hatte – wochenlang, diese Drecksau! Erst war er nur als normaler Freier dort gewesen. Hatte sich dann verliebt, und sie hat ihn deswegen abgezockt, bis er durchgedreht ist. Die hatte es mehr als verdient. Und auch das, was ich Ihnen jetzt sage, hat man mir damals nicht abgenommen, aber auch nie das Gegenteil bewiesen. Hansmartin war in jener Gewitternacht nämlich zu sturzbesoffen gewesen, als dass er auch eine Schönheitskönigin hätte … Na, Sie wissen schon. Der hat sich nach dem letzten Glas lang und breit aufs grüne Kanapee hingehauen wie eine gefällte Tanne im Rheinwald», er zeigte mit einer Kopfbewegung in die entsprechende Richtung, in der das Sofa hinter Giulia stand, «und hat noch am Morgen geschnarcht für zwei, als ich früh aufmusste, um nach dem Vieh zu sehen.»

«Sie geben ihm ein Alibi?»

«Papperlapapp, Alibi. Auch ich hatte einen Granatenrausch im Grind, und wahrscheinlich hätte mir jemand mein Bett unter dem Füttla wegziehen können, ich wäre davon nicht wach geworden. Ich sage doch bloss, der war in jener Nacht nicht fähig, der Silke auch nur ein Haar zu krümmen, egal, was er der Nutte in Chur angetan hatte. Wir becherten doch Selbstgebrannten. Er viel mehr noch als ich, und ich hatte am Morgen noch einen Nebelgrind.»

«Aber das würde konkret auch heissen, dass niemand bestätigen kann, dass Sie die ganze Nacht in der Hütte waren. Also hätten Sie Zeit gehabt, rein theoretisch, der Hirtin was anzutun.»

«Ja, ganz genau, Frau Kommissarin.» Sein Ton wurde sarkastisch. «Genau deshalb sass ich ja zwei Wochen in U-Haft, und das Gleiche gilt für den Hansmartin. Doch Untersuchungshaft allein macht noch keinen zum Schuldigen. Nur den Duschletta liess man in Ruhe, und ich frage mich noch immer, warum. Und hören Sie: Ich war so besoffen, ich weiss beim besten Willen nicht, wann in der Nacht oder früh am Morgen die Silke die Hütte verlassen hat und ob sie dabei allein war.»

«Und ungefähr?» Giulia hakte nach, sie wollte zumindest das Zeitfenster dazu etwas eingrenzen.

«Sie geben wohl nie auf, was? – Also, lassen Sie mich überlegen. Am Lai Grand sassen wir, während die Sonnenstrahlen hinter uns die Wände der Grauhörner hochkletterten und vom Rheinwald her die Wolken rasch näher kamen. Das weiss ich noch so genau, weil eben am Mittag im Radio vor dem Wettersturz gewarnt wurde. Mit dem Weg in die Hütte hinunter … Und um diese Jahreszeit ist es kurz vor halb neun Uhr dunkel …» Er murmelte noch etwas vor sich hin, Giulia liess ihn gewähren. «Also, ich denke, wir waren um kurz vor halb zehn in der Curtginatsch und assen eine halbe Stunde später das Fondue und jassten danach. Alles in allem muss sie demnach zwischen Mitternacht und halb fünf Uhr am Morgen verschwunden sein. Eher ab ein Uhr.»

«Was hatte sie getrunken?»

«Ach, die trank ja normal keinen Alkohol. Nicht mal zum Essen einen Schluck Roten. Meist nahm sie Wasser oder Schorle.»

«Aber an diesem Abend schon?»

«Sie sagen es – Weisswein, aber wie viel, kann ich nicht sagen.»

«War sie betrunken?»

«Sicher angetrunken, aber wie gesagt, ich kann mich nicht mehr so genau erinnern.»

«Aber gegessen hatte sie auch?»

«Was spielt das für eine Rolle?»

Giulia nahm Hasslers genervten Gesichtsausruck zur Kenntnis. «Lassen Sie das meine Sorge sein. Also, wie viel hatte sie gegessen?»

«Die Kleine war ein Mähdrescher. Wir haben bei Schlechtwetter immer wieder Fondue oder Älplermakkaroni gemacht. Aber an dem Abend hatte sie kaum was gegessen. Ich hatte ihr trotzdem empfohlen, mindestens ein Glas Weisswein dazu zu trinken – des Käses wegen.»

«Oder weil Sie noch Sex mit ihr wollten?»

«Sie meinen, wenn sie angesoffen war, hätte sie eher eingewilligt?»

«Exakt.»

«Sie meinen, die hätte mich erst schönsaufen müssen?»

«Kann ich mir gut vorstellen. Also, hatten Sie Sex mit ihr?»

«Nein, das habe ich doch schon zu Beginn gesagt, dass da nie was lief.» Hassler schien betupft zu sein.

Giulia hingegen musste ihr Lachen wegen seines Gesichtsausdruckes zurückhalten. Sie stand auf. «Nun gut, das wär's fürs Erste.»

«Fürs Erste?» Der Senn blieb sitzen und blickte zu ihr hoch.

Giulia zog eine Visitenkarte aus der Innentasche ihrer hellblauen Mammut-Windjacke und legte diese vor ihm auf den Tisch, als würde sie damit eine Wirtshausrechnung begleichen. «Wenn Ihnen noch etwas in den Sinn kommt … Ich melde mich sonst sowieso.»

«Das ist wieder typisch.»

«Was meinen Sie?»

«Dass der Duschletta in jener Nacht auf Nurdagn war. Er hätte entgegen Hansmartin und mir ein Motiv gehabt, und niemand fragt sich, ob er damals nicht verhindern wollte, dass Silke ihn anzeigt, und er deshalb zum Täter wurde.»

«Wer sagt das?»

«Ich, denn schon vor zwölf Jahren wollte niemand diesen Vorwurf hören, und auch Sie reden nur von Hansmartin und mir.»

«Sie wissen ja gar nicht, mit wem ich schon über was geredet habe. Aber ich nehme Ihren Hinweis auf, und er wird Eingang in die aktuellen Protokolle finden. Ich habe ja dieses Gespräch aufgenommen, und der Inhalt wird schriftlich festgehalten.»

Arkon, der ihr Aufstehen sofort bemerkt hatte, hob seinen Kopf. Hellwach blickten seine Augen Giulia an, die ihm mit einer feinen Kopfbewegung signalisierte, dass es Zeit war zu gehen.

12

Lisa Tettamanti hatte sich eine Stunde nach Giulias Anfrage auf den Weg gemacht. Sie fuhr bei dreissig Grad in ihrem Dienstwagen im Südwesten Berlins in den Bezirk Steglitz-Zehlendorf. Vor einem ansehnlichen Haus mit Vorgarten, dessen Grundstück direkt zum Schlachtensee hin gelegen war, parkierte sie und drückte die unbeschriftete Klingel.

Eine etwa Sechzigjährige öffnete die Türe. Ihr Kleidungsstil glich dem einer Inderin. Ihr graues langes Haar trug sie offen, über der Stirn ein Band in Regenbogenfarben, in der Mitte ein glänzendes Sonnensymbol. Sie hätte gut in eine Hippiekommune der Siebziger gepasst, dachte Lisa bei deren Anblick.

«Ja, ich bin Greta Kornbach», antwortete sie auf Lisas Frage mit einem seltsamen Lächeln, das etwas Abgehobenes in sich barg, «doch bitte ich Sie, mich Corona zu nennen.»

«Corona? Ist das ein Künstlername?», fragte Lisa. Kornbachs Blick und ihr Lächeln veränderten sich nicht auf diese Frage, die sie unbeantwortet liess.

«Darf ich hereinkommen? Ich möchte mit Ihnen kurz etwas bereden, das nicht auf einer Türschwelle besprochen werden solllte.» Lisa zückte ihren BKA-Ausweis.

Greta Kornbach machte einen Schritt zur Seite, und nachdem Lisa eingetreten war, schloss sie langsam die Türe hinter sich.

Umsichtig formulierte Lisa den Grund ihres Besuchs, bedacht, nicht zu sehr alte Wunden aufzureissen.

Greta Kornbach verzog keine Miene, hörte regungslos zu und zeigte Lisa mit einer Handbewegung an, ihr weiter ins Haus zu folgen.

Im Innern des Gebäudes roch es nach Räucherstäbchen und Leder. Es fehlten sämtliche Möbel in den Räumen. In einem, der vermutlich das Wohnzimmer darstellte, lag rücklings ein fast nackter Mann, der nur ein Tuch um seine schmalen Lenden gewunden hatte.

Greta Kornbach blieb unvermittelt zwei Meter vor diesem stehen und verharrte, als müsste sie auf eine unsichtbare Weise erst in Kontakt mit diesem treten.

Lisa, die ihr flammend rotes Haar offen unter einem schnittigen Hut trug, beobachtete die Szene zurückhaltend amüsiert, bis langsam Leben in den drahtigen Mann kam.

«Orgo, das hier ist BKA-Hauptkommissarin Lisa Tettamanti. Sie möchte mit uns sprechen.»

Lisa leitete ab, dass Orgo Karlheinz Kornbach sein musste, der mit seinem langen Haar und dem Bart eher wie ein Yogi aussah. Er erhob sich gänzlich und begrüsste Lisa mit dem Namaste-Gruss. Sie kannte diesen Gruss von ihrer Indienreise und wusste, dass er «Ich verbeuge mich vor dir» bedeutete. Dabei wurden die Handflächen aneinandergelegt und in Brusthöhe gehoben, der Kopf wurde leicht gesenkt. Je nach sozialem Stand des Gegenübers wurden die Hände entsprechend höher gehoben, bisweilen sogar mit gestreckten Armen über den Kopf, wie sie schon festgestellt hatte. Sie nickte ihm freundlich zur Begrüssung zu und lehnte dankend den Tee ab, den er aus einem tönernen Gefäss in Gläser füllte, die schmierig aussahen und auf dem Boden standen. Stattdessen ergriff sie das Wort.

«Es tut mir leid, dass ich über das Verschwinden Ihrer Tochter Silke von vor zwölf Jahre reden muss.» Sie beobachtete deren gleichbleibenden lächelnden Gesichtsausdruck. «Vor zwei Tagen, am zwölften Jahrestag des Verschwindens Ihrer Tochter, ist drei jungen Berlinerinnen an fast derselben Stelle auch Schlimmes widerfahren. In diesem Zusammenhang ermittelt meine Schweizer Kollegin und hat mich gebeten, Sie nochmals zum Verschwinden Ihrer Tochter zu befragen.»

Wortlos nahmen die beiden im Schneidersitz auf einer dünnen Matte Platz. Lisa zog es vor, weiterhin zu stehen, auch wenn dies seltsam wirkte.

«Was möchten Sie denn wissen?» Karlheinz Kornbachs Stimme klang leise, fast singhaft, und er schien die Gelassenheit in Person zu sein.

Lisa hatte sich die Fragen von Giulia gemerkt und die Zusammenhänge erklären lassen. «Warum ist Ihre Tochter damals in die Schweiz gegangen und hat Zuflucht bei diesem Bauern gesucht?»

Greta Kornbach antwortete, ohne dabei das Lächeln zu verlieren. «Aurora, wie wir sie mit geistigem Lichtnamen nennen dürfen, wurde damals fehlgeleitet. Die Welt hat sich ihr übermächtig übergestülpt. Ein Licht ging verloren an diesem Berg – in dieser Welt –, Dunkelheit blieb zurück.»

«Das heisst konkret?» Lisa mochte die Atmosphäre in dem Raum nicht, und der Gestank der Räucherstäbchen biss in der Nase.

«Sie glaubte, einen Weg ausserhalb des Lichts gehen zu müssen, und hat ewige Dunkelheit geerntet», antwortete Greta Kornbach.

«Was meinen Sie mit dem Licht?» Lisa wurde es bereits zu bunt mit den beiden Hippies, die ihr etwas von Bewusstseinserweiterung erzählen wollten und wirkten, als hätten sie sich ins Wachkoma gekifft.

«Sie selbst sind eine blinde Seele, wie ich leider erkennen muss. Wie sollten wir Ihnen das Licht beschreiben, oder können Sie einem Blinden die Farbe Rot erklären?» Karlheinz Kornbach blieb regungslos sitzen. Nur sein Mund hatte sich bewegt. Lisa glaubte, dass der Typ nicht mal blinzelte.

«Vielleicht suchte Ihre Tochter ja eine andere Lichtquelle da draussen? Hat sich eingeengt, manipuliert gefühlt.»

Lisa, die eine charismatische Persönlichkeit war, wusste genau, in welche Richtung das Ganze steuerte. Mit solchen Leuten zu sprechen war schwierig, diese sprachen Aussenstehenden jegliches Beurteilungsvermögen ab. Es gab nur deren Lehre, alles andere war Irrlehre und somit falsch.

«Unsere Tochter hat selbst entschieden, und wir halten Reisende nicht auf.» Karlheinz Kornbach erhob sich so unvermittelt, als hätte jemand einen Euro in einen dieser Schaukel-Münzautomaten gesteckt, die vor den Kaufhäusern stehen, um die Kinder zu bespassen. «Und nun möchte ich Sie bitten zu gehen.»

«Sagen Sie, interessiert es Sie denn nicht, was mit Ihrer Tochter vor zwölf Jahren tatsächlich geschehen ist?», fragte Lisa.

«Was soll es ändern? Verloren ist verloren, sobald sie sich vom Licht entfernt hat. Was nützt da ein gefundener Körper? Ihr Grab ist doch überall und nirgends.»

«Haben Sie noch weitere Kinder?»

«Nein, haben wir nicht. Wir sind nur noch zu zweit, und nun verlassen Sie bitte unser Refugium oder Sie zeigen uns einen Durchsuchungsbefehl.» Karlheinz Kornbach wies mit einer ruhigen, gleitenden Bewegung der Hand zur Türe. Immer noch sein freundliches Lächeln aufgesetzt.

«Letzte Frage.» Lisa streckte den beiden ihr Handy mit dem Foto der drei Berlinerinnen vors Gesicht. «Erkennen Sie jemanden?»

Sie erhielt ein gemeinsames «Nein» zur Antwort.

«Sie haben mir mehr beantwortet, als ich gefragt habe. Danke für Ihre Zeit, Sie werden bestimmt noch von uns hören.» Lisa drehte sich um und verliess das Haus.

Draussen in der Hitze kam ihr das Gespräch in diesem seltsam leeren Haus unwirklich vor. Die zwei steckten tief in sektiererischen Zwischenwelten. Wenn sie damals schon so gewesen waren, dann hatte sie einen möglichen Grund gefunden, warum Silke auf und davon war.

Während Lisa eine halbe Stunde später am Schlachtensee im warmen Uferbereich im Schatten einer Trauerweide sass, telefonierte sie mit Giulia und teilte ihr ihre Meinung mit. Zuvor hatte sie sich beim Einwohnermeldeamt und in einer Datenbank von Interpol rückversichert, dass die beiden tatsächlich nur diese eine Tochter hatten.

«Weisst du, Giulia, was ich mich frage? Sind die als Folge

ihres Verlustes so geworden, oder verloren die beiden ihre Tochter aufgrund ihrer sehr seltsamen Weltanschauung? Ich meine, so was geschieht ja nicht einfach mal so.»

«Oder es gibt noch einen anderen Grund, den wir einfach noch nicht kennen», antwortete Giulia.

***

Giulia hatte somit keine Antwort auf Lisas im Moment noch rein rhetorisch gemeinte Frage geben können. Mit einem liebevollen «Danke» und einem schönen Gefühl dabei hatte sie aufgelegt.

Lisa war ausser Giulias Vater und ihrem Bruder Massimo der einzige Mensch, dem sie zu einhundert Prozent vertraute. Die Frau hatte es drauf. Als Zielfahnderin und Profilerin hatte sie sich schon lange, und das trotz ihrer erst neunundzwanzig Jahre, einen Namen in Deutschland gemacht. Giulia durfte es neidlos anerkennen: Lisas Ausstrahlung zog schnell fast alle Blicke, nicht nur die der Männer, auf sich, wenn sie gemeinsam unterwegs waren. Es war ihre Art, diese Leichtigkeit, diese Frische, gemischt mit etwas Unnahbarem, und doch war sie für Giulia so fassbar, so echt.

Sie erinnerte sich noch bestens, als sie das erste Mal gemeinsam aus gewesen waren. Lisa trug ausser einem figurbetonten grünen Hosenanzug im Stile der Siebziger und ihrem Parfüm nichts weiter als hohe Kork-Plateauschuhe. Ihr rotes Haar glänzte, die klaren Gesichtszüge mit den Sommersprossen darin und der einen Tick zu grossen Nase, die das Besondere ausmachte, strahlten Persönlichkeit aus. Giulia fand sie sexy, widerspenstig und freiheitsliebend, mit einer grossen Portion Humor im Herzen. Zum ersten Mal in ihrem Leben fühlte sie sich von einer anderen Frau derart in den Schatten gestellt, dass es seine Zeit brauchte, bis sie damit klargekommen war. Die Freundschaft wurde aber in dieser Zeit stärker als alles andere.

Ein Anruf riss Giulia aus ihren Gedanken. Es war Hartmann, dem sie gleich den neuen Stand mitteilte. Er hielt einen Moment inne, dann beendete er das Gespräch. Keine Viertelstunde später erhielt Giulia eine SMS – Hartmann hatte zu einer dringlichen Lagebesprechung eingeladen.

13

Um Punkt vierzehn Uhr trafen sich alle Soko-Bergfrieden-Mitglieder im Kommando der Kantonspolizei an der Ringstrasse im Besprechungsraum Montalin.

Hartmann stand wie immer mit zurückgekrempelten Hemdsärmeln an der Stirnseite der u-förmig aufgestellten Tische vor der Leinwand und trank den letzten Schluck Kaffee, bevor er einmal mehr den Pappbecher zusammendrückte und in den Kübel warf.

Der kurzfristige Termin sei aufgrund neuer Erkenntnisse anberaumt worden, hatte es in der SMS geheissen. Alle sassen gespannt da, auch Kaspezky, Nadia Caminada und Hartmanns Assistentin. Draussen fiel noch immer Regen. An den vier Fensterfronten des Sitzungsraums perlten die Regentropfen ab, der Nordwind wehte in Schüben immer wieder neue heran, dass diese leise aufprasselten, als wären es feine Sandkörner. Giulia hatte kaum glauben können, dass in Berlin zur selben Zeit dreissig Grad herrschten, wie Lisa zuvor geschwärmt hatte.

Hartmann sagte: «Wie ihr wisst, hat der Fall hohe Wellen in den Medien geworfen, und nachdem ich vor einer Stunde mit Giulia de Medici gesprochen habe und unmittelbar danach mit Dr. Kaspezky, wird er noch mysteriöser. Beide haben mir Fakten geliefert, die zusammengenommen das Ganze in ein noch seltsameres Licht tauchen.»

Giulia, die zuvor den Anruf von Kaspezky verpasst hatte, da sie mit Lisa im Gespräch gewesen war, hatte vergeblich versucht, diese zurückzurufen, als bereits die kurzfristige Einladung zur Sitzung kam. Verwundert blickte sie deshalb nun Kaspezky an, die ihrerseits kurz Giulias Blickkontakt suchte.

Giulia schien es, dass Hartmann den Moment auskostete, da alle Aufmerksamkeit auf ihn gerichtet war, weil nur er die beiden Puzzlestücke zusammenfügen konnte, von denen Giulia und Kaspezky nur je eines besassen.

«Also machen wir's nicht unnötig spannend», begann er. «Wir wissen auch ohne Medienaufruf, wer die tote Bettina Stenlizer ist. Oder besser gesagt – wir wissen es fast.» Bei Giulia stieg die Spannung, liess er nun die Katze aus dem Sack? «Es ist die Schwester der vor zwölf Jahren verschollenen Silke Kornbach!»

Giulia wollte soeben etwas sagen, als Hartmann die Hand hob zum Zeichen, dass das noch nicht alles war. «Und jetzt wird's eben mysteriös. Giulia hat, wir kennen sie ja alle», er lächelte milde gestimmt in die Runde, «natürlich nicht abwarten können, was die deutschen Kollegen im Zusammenhang mit der Toten ermitteln, und hat Lisa Tettamanti, die Sonderermittlerin des BKA in Berlin, die wir aufgrund des letztjährigen Falles alle kennenlernen durften, auf die Kornbachs angesetzt. Und die wiederum hat dem Ehepaar umgehend einen dienstlichen Besuch abgestattet. Die Daten des deutschen Einwohnermeldeamtes belegen es, und die Aussagen der Kornbachs sagen das Gleiche: Die Kornbachs hatten nur ein einziges Kind, die verschwundene Silke alias Aurora, wie die Eltern diese nennen.» Er erklärte den anderen, was er von Giulia wusste.

Alle blickten sich gegenseitig verwundert an. Hartmann hob beide Hände. «Aber, und nun kommt das grosse Aber, und das schleckt keine Geiss weg: Die DNA-Untersuchung von Frau Dr. Kaspezky spricht eindeutig dagegen. Bettina Stenlizer *muss* die Schwester der verschwundenen Silke sein.» Er blickte in die fragenden Gesichter. «Und so, wie ihr euch jetzt wahrscheinlich alle fragt, frage auch ich mich: Wie zum Geier ist dies möglich? Da es sich zwingend um Schwestern handeln muss – was in drei Herrgotts Namen hatte die Stenlizer am Berg gewollt? Die kam nicht einfach so mal her. Und wieso verschweigen deren Eltern deren Existenz? Das ist ebenso wichtig zu erfahren.»

Giulia stand auf. «Also, dass Bettina Stenlizer bewusst mit falscher Identität auf den Berg ging, passt ins Bild, das ich gestern bereits als Akteneintrag hinterlegt habe. Die einzige

Überlebende, Hanna Steinemann, hat nämlich ausgesagt, dass Bettina ihre und Fraukes Wohnungsanschrift als falsche Wohnadresse bei den Verträgen für die Alp hinterlegt hatte. Sie wollte keinen Vertrag erhalten. Grund: Sie sei vor einem gewalttätigen Freund geflüchtet, wie blaue Flecken überall am Körper es anscheinend bezeugten. Die hat gekonnt verschleiert, wer sie war, woher sie kam und warum sie wirklich auf den Berg ging. Aber sie hatte mit Sicherheit einen Plan, der, wie wir alle hier wissen, fatal für sie geendet hat – und nicht nur für sie.»

Nadia, die neben Hartmann und an der Giulia und Kaspezky gegenüberliegenden Tischseite sass, meldete sich zu Wort. «Beim Verschwinden ihrer älteren Schwester war sie zwölf Jahre alt. Dass sie nun hier war, beweist, dass sie zumindest um die Existenz ihrer Schwester wusste. Die Frage stellt sich mir: Kannten die beiden sich, waren sie sich jemals begegnet, oder war diese Bettina auf der Suche nach der Vergangenheit? Gemäss Gästebucheintrag im Gasthaus zur Rofflaschlucht gab sie überdies auch den 12. Mai als ihren Geburtstag an und wäre somit exakt zwölf Jahre jünger als Silke gewesen und folglich auch genau gleich alt ums Leben gekommen. Zufall?»

Giulia antwortete: «Womöglich hat sie in den vergangenen Wochen mehr herausgefunden, als sie begriff, und wurde eine Gefahr für wen auch immer und deshalb umgebracht, auch wenn ich noch keine Ahnung habe, wie es in dem Zimmer dazu gekommen ist.»

«Aber wieso musste auch Frauke sterben, und wieso die Jagd auf Hanna, die genauso gut auch hätte tödlich enden können?», warf Nadia ein.

«Womöglich hat die Täterschaft deren Tod in Kauf genommen oder sogar geplant. Ausserdem, wer sagt denn, dass Hanna mir die Wahrheit gesagt hat? Gut möglich, dass die drei als Verbündete auf den Berg gegangen sind, der Mörder dies wusste und so alle Mitwisserinnen ausschalten wollte, was konkret heisst, dass Hanna weiter in Gefahr ist.»

«Sie meinen, Frau de Medici», wandte Kaspezky ein, «dass Hanna deshalb so schnell nach Berlin verschwunden ist, weil sie mehr weiss, als sie zugibt?»

«Gut möglich, dass die drei gemeinsam den Bluthund von damals geweckt haben und es zu spät begriffen. Ich wiederhole: Wer sagt uns denn, dass uns Hanna die Wahrheit gesagt hat? Die beiden anderen sind ja tot, sodass wir sie nicht mehr fragen können. Wir besitzen weder über Hanna noch über Frauke Hintergrundinfos, ausser dass sie ein Paar gewesen sein sollen. Lisa Tettamanti wird das ändern. Und wir wissen, dass Silke und Bettina Schwestern sind und dass ihre Eltern, falls diese denn wirklich ihre leiblichen Eltern sind, schräge Sektenvögel sind.» Giulia goss sich etwas Mineral ein und hielt die Flasche hoch, um diese weiterzureichen. Nadia hielt ihr das Glas hin.

Einen Moment herrschte nachdenkliche Stille, nur das Prasseln des Regens, der weiter an die Scheiben wehte, war zu hören.

«Ich denke, Frau Dr. Kaspezky, es wäre sinnvoll, wenn Sie uns jetzt Ihren Vorbericht zum Fall kurz darlegen könnten. So, wie ich gehört habe, wissen Sie seit heute Entscheidendes.» Hartmann drehte sich mit diesen Worten ihr zu.

Kaspezky stand auf. Die sehr schlanke Vierzigjährige trug wie immer eine dunkle Bundfaltenhose, dazu eine zu weite Bluse, die um die Handgelenke eng zugeknöpft war. Ihr etwas farbloses blondes Haar hatte sie flüchtig zu einem Knoten gebunden. Ihr maskenhaft helles Gesicht wandte sie konzentriert der Runde zu und drückte einen Knopf am Präsenter, damit das erste Bild, die Gebäude der Alp, auf der Leinwand erschien.

«Nurdagn: Das Spurenbild belegt klar, dass ein Täter, der Gummistiefel trug, vor Ort gewesen sein muss und die beiden Frauen aufgescheucht hat. Am rechten Stiefel, Grösse 43, fehlt ein Stück eines Stollens, was den Abdruck unverkennbar macht. Der Träger hat am Abend die beiden Frauen schliesslich bewusst oder unbewusst Richtung Vallatscha gejagt. Die Spur konnte aber aufgrund des Geländes und der Bodenbeschaffenheit nur vierundsiebzig Meter nachverfolgt werden.» Sie klickte auf den Präsenter, damit das passende Bild dazu auf der Leinwand erschien. «DNA konnte keine sichergestellt werden, aber viele Strohhalme, welche der Täter für seine Verkleidung benutzt hatte. Rein theoretisch könnten wir alle diese Halme auf DNA untersuchen. Doch ich habe ausgerechnet, dass dies viele Wochen dauern würde und die Kosten exorbitant wären. Ausserdem sieht es so aus, als hätte der Täter das Stroh aus dem Stall auf Nurdagn genommen, wie die aufgerissenen Ballen zeigen», fügte sie mit emotionsloser Mimik an. «Wie gesagt, das ist nur ein Vorbericht zur Hütte. Einzig dieser spezielle Stiefelabdruck in Grösse 43 ist eine Spur. Doch was diese betrifft, muss ich noch erwähnen, dass ich von Beginn an das Gefühl hatte, dass da etwas nicht stimmt.»

«Wieso? Geht's darum, dass Hanna erwähnt hat, dass dieses Sännatuntschi fast gleichzeitig überall war? Wie gesagt, wir können ihren Aussagen nicht blind vertrauen», fragte Giulia nach.

«Es waren tatsächlich sehr viele Spuren des Täters um die Gebäude vorhanden. Ähnlich einem Wollknäuel, dessen Anfang und Ende ich nicht entwirren kann – muss ich aber auch nicht mehr.»

«Das heisst?» Giulia wurde neugierig.

«Weil der Täter uns täuschen wollte, aber einen entscheidenden Fehler gemacht hat – er hatte den Regen nicht eingeplant.»

Giulia hätte am liebsten dreingeredet, damit Kaspezky auf den Punkt kam, doch sie musste abwarten.

«Durch den Regen sank der Täter ein und damit auch das spezielle Profil des Stiefels mit dem fehlenden Stollen. Ich konnte feststellen, dass die Abdrücke unterschiedlich tief in den schwammigen Boden eingedrückt waren. Konkret», sie blickte Giulia an, «waren *zwei* Täter am Werk, deren Gewicht mindestens fünfzehn bis zwanzig Kilo voneinander abweicht.»

Giulia hob den Daumen. «Das ist doch schon mal was. Deshalb glaubten die beiden, das Sännatuntschi sei fast gleichzeitig überall, weil ihnen zwei aufgelauert hatten.»

«Die Täter haben zwei gleiche Stiefelpaare getragen und glaubten, mit dem Rausschneiden des gleichen Stollens in der gleichen eckigen Form könnten sie uns täuschen.»

«Gute Arbeit, Frau Dr. Kaspezky», lobte Hartmann.

Kaspezky klickte erneut auf den Präsenter, als hätte sie seine Worte nicht gehört. Die Aussenansicht des Gasthauses zur Rofflaschlucht erschien, beim nächsten Klick die erhängte Bettina Stenlizer. «Hier bietet sich uns ein ganz anderes Bild. Wir sehen hier die weibliche Leiche: eins zweiundachtzig gross und achtundsiebzig Kilo schwer. Der Tod trat infolge von Strangulierung ein. Kein Genickbruch. Im Blut fanden sich Spuren von starken Beruhigungsmitteln – Temesta und Valium. Die Türe des Zimmers war von innen verschlossen, Fenster und Fensterläden oder, wie Frau de Medici sagt, der Pälka waren korrekt verschlossen. Mit Sicherheit, ich habe dies schon am Samstag mündlich Frau de Medici mitgeteilt, war es Mord. Gewebeanalysen bestätigen, dass der Erhängten die Handfesseln erst nach ihrem Tod abgenommen wurden.»

«Aber wie kam der Täter aus dem Zimmer? Es war alles korrekt verschlossen, wie es auch die Fotos belegen», fragte Nadia nach.

«Wie sich der Vorgang des Erhängens und des Verlassens des Zimmers abgespielt hat, entzieht sich mir und meiner Logik», kam kurz und knapp Kaspezkys Antwort.

«Konkret?», wollte Hartmann wissen.

«Erstens, die Frau war gross und schwer. Und zweitens, sie wurde lebend aufgehängt. Das geht nicht einfach mal so.»

«Sie wurde zuvor überwältigt und gefesselt, mit den Medikamenten sediert und dann erst aufgehängt», wandte Hartmann ein, ohne Kaspezky ausreden zu lassen.

«Ja, das ist möglich, aber es erklärt nicht, wie der Täter aus dem von innen verschlossenen Zimmer fliehen konnte. Er wollte das Ganze mit Sicherheit als Selbstmord tarnen. Das benutzte Seil ist ein Kletterseil, das sechzehn Zentimeter nachgab.» Sie blickte Giulia an. «Das wissen Sie als Kletterprofi bestimmt besser als ich. *Anyway*, diesen Berechnungen zufolge muss die Tritthöhe bei über einem Meter zwanzig gelegen haben. Daher auch die Bockleiter, die aus der Garage des Gasthauses stammt, wie ich in Erfahrung bringen konnte. Spuren von Gewaltauswirkung im Zimmer gab es keine, inwiefern sie die Medikamente zuerst gefügig gemacht haben, ist schwer zu beurteilen. Was ich aber sagen kann, ist, dass sie, ausgehend von den Verletzungen des Halses, noch gependelt ist, was nur zum Erhängen bei vollem Bewusstsein passt.»

Hartmann wollte etwas sagen, doch Kaspezky redete in ruhigem Ton weiter, denn sie liess sich nie zweimal dreinreden. «Am Kletterseil haben wir massenhaft DNA der Erhängten gefunden und nach langem Suchen auch geringste Spuren einer männlichen Person isolieren können – an einer Stelle des Seils und am Hals der Toten. Ich habe diese ins Rechtsmedizinische Institut nach Zürich senden müssen, da sie dort über die nötigen Apparate zur Vervielfältigung verfügen.»

«Das heisst?», fragte Hartmann.

«Die Tote hatte das Seil in den Händen gehalten – jemand anders auch –, wann, ist unklar.»

Giulia fragte bei Kaspezky nach: «Könnte es sein, dass das Opfer sich selbst den Strick umgelegt, es also doch freiwillig getan hat, und ihr jemand bei der ganzen Aktion geholfen hat?»

«Das sind mehr Fragen, als ich Antworten habe, und auch dann bleibt die Frage: Wie kam diese Person, ob Täter oder Helfer, aus dem Zimmer? Frau de Medici, da sind Sie gefragt. Mehr kann ich im Moment zum Tatort nicht sagen – das Ganze scheint mir mysteriös. Und übrigens, auch sie war barfüssig. Genau wie ihre Schwester, deren Schuhe ohne Socken bei dem seltsamen Stein gefunden wurden, wie ich den Akten entnommen habe.»

«Danke. Und was ist mit der Fundstelle der abgestürzten Frauke Lohmeyer? Gibt's da was Interessantes?», wollte Nadia wissen.

«Dazu gibt es nichts zu sagen, ausser dass die Verletzungen beim Aufprall sofort tödlich gewesen sind. Der Fundort war kein Tatort im eigentlichen Sinne, somit fanden sich auch nur Spuren der Toten, als wir diesen bei Tag unter die Lupe genommen haben.»

«Die Frage, die sich mir stellt», Giulia hob ihren Kugelschreiber, «und die nur als Vermutung beantwortet werden kann: Hat der Täter die Frauen bewusst in diese Richtung gejagt, und wollte er erreichen, dass beide zu Tode stürzen? Wäre das der eigentliche Plan gewesen, wie schon tags zuvor mit der Jagd auf Bettina, die ja nur mit Glück dem Tod entkam?» Giulia erwartete keine Antwort. Nicht selten wurden Morde so arrangiert, dass sie als Unfall abgetan werden mussten – mangels Beweisen. «Aber», Giulia fuhr in ihrer klaren Stimme weiter, «ich schlage vor, dass wir als Erstes die Diskrepanz zwischen unserer DNA-Analyse, den Aussagen der Kornbachs und den Angaben des Einwohnermeldeamtes in Berlin klären lassen, die behaupten, es gebe keine Schwester.»

«Dazu kann ich noch Folgendes sagen», begann Kaspezky. «Aufgrund von minimalen Punktmutationen zu Beginn der Embryonalentwicklung können mittlerweile sogar eineiige Zwillinge anhand ihrer DNA voneinander unterschieden werden. Somit stellen sich mir zwei Fragen: Wieso verschweigen die Kornbachs ihre zweite Tochter – falls es denn wirklich ihre leibliche Tochter ist? Dem Vater kann ja theoretisch eine Tochter je nach Lebenssituation verschwiegen werden, aber der Mutter nicht. Warum lügt mit Sicherheit die Mutter, und wie kommt es, dass es die Tochter administrativ gesehen nicht gibt? Es muss sich dafür eine plausible Erklärung finden lassen.»

Giulia nickte. «Ich erlaube mir, Lisa Tettamanti weiter auf die Kornbachs anzusetzen, um herauszufinden, was an dieser Familiensache verschwiegen wird und wieso. Eines ist klar: Etwas stimmt hier ganz und gar nicht. Oder soll ich nach Berlin fliegen, Erich, und mich selbst um eine Klärung bemühen?» Giulia wusste Hartmanns Antwort im Voraus.

«So weit kommt's noch, Giulia. Roll du mit Nadia die beiden Fälle parallel auf. Aber Vorsicht ist geboten. Jemand, der auf diese Art und Weise Bettina Stenlizer, oder wie sie denn heisst, aufhängt und Frauen zu Tode stürzen lässt, der scheut keine Gewalt, auch nicht gegenüber uns Beamten.»

Giulia platzte eine Idee in den Sinn, als hätte sie einen Wasserballon zu Boden fallen lassen. «Erich, ich habe keine Lust, jeden Tag zu den Ermittlungen ins Val Schams hochzufahren. Ich nehme deine Mahnung zur Vorsicht zur Kenntnis – aber ich muss näher ran.»

«Näher ran?» Er verzog seinen Mund.

«Ja, näher ran. Ich werde mich oben auf dem Berg einquartieren und von dort aus ermitteln. Ich muss die Gegend fühlen.»

«Jetzt komm nicht schon wieder mit deinen –»

«Erich! Bei jedem neuen grossen Fall, aber bei wirklich jedem, höre ich diesen Einwand – ich bin ich, und du bist du. Also, nur wenige hundert Meter schräg oberhalb von Nurdagn steht eine Hütte in ziemlich stotzigem Gelände. Die gehört Freunden, einem Ehepaar, mit denen ich oft schon auf Touren gewesen bin. Mit Sicherheit stellen die mir die Hütte für ein, zwei Wochen zur Verfügung, und so bin ich im Gebiet und habe ganz andere Möglichkeiten als von hier aus.»

Hartmann schwieg, dafür zeigte seine Mimik, wie missmutig er war. Giulia hakte deshalb nach. «Hör mal, ich muss den Schreiner vernehmen, die Tatorte mehrmals aufsuchen und mich im Gebiet gründlich umsehen und umhören, damit ich auch dem Geschehen von vor zwölf Jahren näherkommen kann. Und falls du Sorge um meine Sicherheit hast: Erstens bin ich bewaffnet und eine sehr gute Schützin, wie du weisst, und zweitens ist Arkon dabei. Ausserdem kenne ich die Gegend. Und wegen der fehlenden Mobilfunkabdeckung dort oben nehme ich meinen Polizeifunk mit.»

«Und Nadia?»

Nadia hob die Hand. «Wir werden das schon geregelt bekommen. Danke.» Sie nickte zustimmend, und Hartmann schien dies zu genügen.

Giulia machte nach der Sitzung sogleich Nägel mit Köpfen. Kurzerhand rief sie Ramona Camastral an, der die Hütte gemeinsam mit ihrem Mann gehörte, und holte den Schlüssel um fünfzehn Uhr an deren Arbeitsplatz ab – sie leitete mit ihrem Mann die Kletterhalle in Chur.

Zu Hause holte Giulia die geräumige und robuste hellblaue North-Face-Tasche aus dem Schrank im Gang. Aufregung stieg in ihr hoch. Sooft sie konnte, war sie in ihrer Freizeit in ihrem Maiensäss im Fondei und griff zielsicher alles, was sie für die geschätzten zwei Wochen im Val Schams benötigte. Einziger Unterschied – sie leistete sich in ihrer Hütte den Luxus eines kleinen Kühlschranks, der mit Solarstrom gespeist wurde.

Im Migros Masans machte sie die notwendigen Einkäufe – ungekühlt haltbare Lebensmittel und Hundefutter für zwei Wochen. Im strömenden Regen verliess sie Chur um kurz vor neunzehn Uhr, nicht aber ohne zuvor Lisa in Berlin anzurufen und ihr von ihrem Vorhaben zu berichten, verbunden mit der Bitte, am Fall der Kornbachs dranzubleiben. Ein offizielles Rechtshilfegesuch würde in Bälde von Hartmann eingereicht werden. Mit Nadia hatte Giulia sich darauf geeinigt, dass diese am nächsten Morgen den letztjährigen Hirten von Nurdagn, Alois Gabernig, im Vorarlbergischen befragen solle, um dessen Rolle in dem Ganzen auszuleuchten. Immerhin hatte er beim Verlassen der Alp Drohungen ausgesprochen.

Giulia fuhr den Schamserberg hoch und erreichte Casti vor halb acht. Mit Erstaunen sah sie das in der Dämmerung rot erleuchtete Zelt mit den vielen Leuten, die sich vor dem Eingang scharten. Es sah so aus, als würde nächstens die Vorstellung beginnen. Sie parkierte ihren Wagen, liess Arkon in seiner Box und zog sich ein privates Baseballcap und eine Windjacke über – es nieselte.

Vor der kleinen Abendkasse, die nicht mehr war als ein alter Baucontainer auf vier Rädern, standen die Leute Schlange. Giulia mischte sich unter die Wartenden. Eine ältere Frau sprach sie an. «Das bringt heute nichts, meine Liebe. Restlos ausverkauft. Versuchen Sie es morgen wieder, so wie ich.»

«Ausverkauft? Schön für den Veranstalter, und das so weit weg vom Schuss.»

«Das hat mit der aktuellen Situation zu tun. Die Schlagzeile, dass die einzige Überlebende ins Zelt geflohen ist, zieht wie ein Magnet. Sie wissen ja, wie die Leute sind. Steht doch überall in den Zeitungen – mit Fotos.»

«Ach ja? Wann ist das denn passiert?» Giulia tat ahnungslos.

«Sie sind wohl nicht von hier?», wunderte sich die Grauhaarige, die von Giulia auf sechzig geschätzt wurde.

«Ich bin für nur etwa zwei Wochen hier.» Und das war nicht mal gelogen, dachte Giulia schmunzelnd.

«Ach so. Wissen Sie, letzten Freitag und Samstag geschahen furchtbare Verbrechen hier am Berg und im Tal.» Sie zeigte zu den Berggipfeln, von denen langsam die Nacht ins Tal rieselte.

«Sind Sie denn von hier?»

«Ja, aus Andeer. Ich arbeite dort im Mineralbad. Margrit heisse ich. Bei dem Wetter wäre das bestimmt auch was für Sie. Wir haben warmes Mineralwasser, eine Sauna und was das Herz sonst alles begehrt.»

«Das hört sich gut an, Margrit. Danke für den Tipp – ich bin Giulia.» Sie lächelte charmant. «Sagen Sie, Margrit, sonst passiert hier oben bestimmt nie so ein Verbrechen?»

«Eigentlich ist es hier friedlich wie im Paradies.» Beide wurden sie in dem Moment von zwei stämmigen Herren ein wenig zur Seite gerempelt, als die sich durch die Menge drückten.

«Eigentlich?»

«Vor zwölf Jahren verschwand unter seltsamen Umständen eine Deutsche. Auch aus Berlin und ebenfalls hier am Berg. Aber sagen Sie mal, lesen Sie denn keine Zeitungen oder sehen fern? Sie sind ja vom Dialekt her auch eine Bündnerin. Steht seit heute in jedem Käseblatt, und sogar RTL ist mit einem Kamerateam in der Gegend.»

«Doch, doch, aber Ihre Meinung interessiert mich eben, da Sie von hier sind. Und fürchten sich nun die Einheimischen?»

«Das zu sagen wäre übertrieben, aber ich weiss von einigen jungen Frauen, die abends nicht mehr so unbeschwert aus dem Haus gehen, wenn es dunkel ist, und wenn, dann nur in Begleitung.»

Giulia wusste, es würde keinen Tag dauern, ehe bekannt würde, dass sie, die Ermittlerin, in der Hütte unweit der Grauhörner Quartier bezogen hatte. Daher legte sie nun ihre Karten auf den Tisch. «Margrit, Ihnen kann ich's ja sagen: Ich ermittle im Fall dieser Frauen. Auch in dem von vor zwölf Jahren. Mein Name ist Giulia de Medici. Ich bin Kriminalbeamtin bei der Kantonspolizei in Chur. Deshalb habe ich gesagt, Ihre Meinung interessiert mich.»

Die ältere Dame, die aussah wie eine Tante Trudy, die jeder glaubt, schon mal gesehen oder in der Verwandtschaft zu haben, blickte erstaunt auf. «Ist das die Möglichkeit? So sehen Sie aber gar nicht aus.»

Giulia zeigte lächelnd ihren Ausweis. «Das ist gut so, sehe ich nicht so aus. Und Sie heissen mit vollständigem Namen?»

«Margrit Caflisch.»

«Hier», Giulia gab ihr eine Visitenkarte, «wenn Ihnen, egal, zu welchem der beiden Fälle, etwas in den Sinn kommt, dann melden Sie sich, und wenn ich oben in meiner Hütte nicht erreichbar sein sollte, dann sprechen Sie bitte auf die Combox.»

Giulia mischte sich unter die anderen Umstehenden. Diese «Tante Trudy» würde die Botschaft, dass die leitende Ermittlerin am Berg war, streuen und Bewegung in das Ganze bringen und Unruhe säen – vor allem bei den Tätern.

Giulia streckte der Kassiererin im alten Bauwagen ihren Dienstausweis hin, dass die ihr erstaunt ins Gesicht blickte, und betrat das Zelt, das bis auf den letzten Platz besetzt war und überfüllt wirkte.

Das Licht war gedimmt, ein schweres Rot erleuchtete das Innere des Zelts, das Stimmenwirrwarr ebbte ab und verstummte ganz, ein Handy surrte auf, hektisch suchte eine Dame, drei Reihen vor ihr, es in ihrer Handtasche.

Ein schwarz gekleideter Mann mit dicker grellgrüner

Hornbrille, der sich als der Regisseur des Stücks vorstellte, begrüsste die Anwesenden mit den Worten, dass sie sich trotz der furchtbaren Umstände und der Medienberichte über diese «Sännatuntschi-Morde» entschieden hätten, das Stück aufzuführen. Das Interesse der Zuschauer sei riesig, und die Karten für die nächsten beiden Wochen seien alle ausverkauft, bis auf die wenigen, die noch an der Abendkasse zu ergattern seien, falls jemand nicht komme. Die Kunst habe schliesslich auch die Aufgabe, in schweren, herausfordernden Momenten für den Menschen da zu sein, und so bekomme das Stück einen erweiterten Sinn. Mit dem Namaste-Gruss und einer angedeuteten Verbeugung verliess er die Bühne – das Stück begann.

Nach fünfundsiebzig Minuten war die Vorstellung zu Ende. Den Gästen hatte es, dem brandenden Applaus nach zu urteilen, gefallen, stellte Giulia fest. Die Stimmung beim anschliessenden Apéro in den wegen der Schlechtwetterperiode aufgestellten Partyzelten war seltsam aufgeladen.

Giulia entdeckte in der Menge schnell die grüne Brille des Regisseurs, der von mehreren Journalisten umringt war, die ihn interviewten. Vom Lokalfernsehen bis hin zur nationalen TV-Station schien das Interesse sehr gross zu sein – und tatsächlich hielt auch eine RTL-Reporterin ihm ein Mikrofon hin.

Giulia wartete im Hintergrund, als sie bemerkte, dass sie abgelichtet wurde. Sie drehte sich zur Seite: Ein kleiner, rundlicher Pressefotograf hatte ein Bild von ihr geschossen, was sie diesem nicht verwehren konnte.

Nun gut, dachte sie, dann mischen wir den Laden etwas auf. Kaum war das Interview zu Ende, hielt sie dem Regisseur ihren Dienstausweis unter die Nase, dass es die umstehenden Journalisten sehen mussten. «Giulia de Medici, ich bin die leitende Ermittlerin im Fall der sogenannten ‹Sännatuntschi-Morde›. Tut mir leid, ich störe Sie nur ungern in diesem Moment, Herr Loher, aber ich möchte Sie morgen gerne einvernehmen. Können Sie um halb elf Uhr hier sein?»

Auch Helmut Loher schien zu bemerken, dass alle Blicke auf sie beide gerichtet waren, auch die Kameras. Er bejahte schnell und verdrückte sich mit den Worten, dass er sich um seine Gäste zu kümmern habe. Giulia solle sich doch auch noch etwas vom Apéro nehmen.

Die erwarteten Fragen der Journalisten, warum sie dienstlich an diesem Anlass und wie dies im Zusammenhang mit den Verbrechen zu werten sei, beantwortete Giulia damit, dass die Pressesprecherin der Kantonspolizei für Statements zuständig sei, sie könne aber eines sagen: Die Ermittlungen würden mit Hochdruck vorangetrieben, und es gebe wichtige Erkenntnisse und Hinweise, denen nachgegangen werde – auch im Fall vor zwölf Jahren. So hatte sie es mit Hartmann und der Pressesprecherin abgesprochen.

Draussen in einem der Partyzelte nahm sie dankend eine weisse Plastikschale mit Gerstensuppe und Bauernbrot entgegen, denn sie hatte heute zu wenig gegessen, und verzog sich in ein dunkles Eck. Sie hatte bemerkt, dass vor allem die beiden Reporter von RTL sie im Auge behielten. Eine Viertelstunde später, sie wusste, sie hatte genug Markierungsspuren hinterlassen, setzte sie sich in den Wagen und fuhr den Berg hoch, eingefangen von der Kamera aus Deutschland.

Auf dem letzten Parkplatz, fünfzehn Minuten Fussweg von Curtginatsch entfernt, stellte sie den Wagen ab. Sie war sich sicher, niemand war ihrem Wagen gefolgt. Ursprünglich hatte sie geplant, noch vor dem Eindunkeln in der Hütte anzukommen – nun herrschte längstens schon Nacht.

Arkon sprang freudig aus dem Fahrzeug. Giulia schulterte die schwere Tasche, die wie ein Rucksack getragen werden konnte, setzte ihr Cap auf, kontrollierte ihre Waffe und verliess sofort den Alpweg, um durch die Dunkelheit die Alpweiden hochzulaufen.

Sie war eine halbe Stunde unterwegs, als sie sich eingestehen musste, dass sie in dieser Dunkelheit keine Ahnung hatte, wo sie steckte. Sie genoss aber das Abenteuer, die Spannung, die in der Luft lag. Der Regen, der beim Hochfahren stärker geworden war, hatte etwas nachgelassen, und zu ihrem Erstaunen riss die Wolkendecke etwas auf, und fahles Mondlicht füllte die

Umgebung. Fast unwirklich mutete das kalte silberne Licht des Vollmondes an, das sich ins Hochtal ergoss. Wo zuvor pechschwarze Nacht geherrscht hatte, die sogar ihre Beine verschluckt hatte, als wäre sie durch eine dunkle Flut gewatet, lag nun ein silberner Glanz über der Hochebene. Sie erkannte die Konturen der beiden Alpen unter sich, der helle Vollmond warf matte, friedliche Schatten, als schliefe die ganze Welt.

Giulia blickte an den Bergkämmen über sich empor und liess ihren Blick in die Richtung schweifen, in der die kleine, trutzige Hütte stehen musste, denn mit Sicherheit würde sich die Lücke in der Wolkendecke gleich wieder schliessen. Sie beeilte sich deshalb, die nur wenige hundert Meter entfernte Hütte anzulaufen, sich die Richtung einzuprägen. Die Felsen rechts über ihr schimmerten glänzend kalt, das Moor unter ihr lag ruhig da, einige Nebelschwaden zeichneten sich hell darin ab. Nur vereinzelt drang träges Glockengeläut zu ihr, wenn sich die schweren Grinder der Tiere bewegten.

Auch wenn sie sich beeilen sollte, musste sie im Aufstieg einen Moment innehalten und ihren Blick über diese ruhende Landschaft legen. Wieso ans Ende der Welt reisen, dachte sie, bevor man das hier erlebt hatte? Sie ging in die Hocke, Arkon drückte sich an sie. Sie tätschelte das treue Tier. «Ist das nicht wunderschön, mein Guter? Sind nicht wir die Könige der Nacht?» Er blickte kurz zu ihr hoch, stupste sie mit der Schnauze, dass sie ihm über den Kopf streichelte. «Ist ja gut, mein Lieber. Bist ein braver Hund, ein guter Hund.»

Langsam schoben sich die Wolken beim Piz Beverin wieder ineinander, wie nebulöse Puzzleteile. Die wiederkehrende Dunkelheit verschluckte erneut alles. Giulia wollte dennoch ihre starke LED-Taschenlampe nicht einschalten. Sie trug diese weiter in der Hand, die Stirnlampe lag in der geschulterten North-Face-Tasche.

Endlich erreichte sie die Hütte, die rückseitig fast in den ansteigenden Berg gebaut war.

Im Licht ihrer Taschenlampe schloss sie auf, klopfte ihre Bergschuhe aus und stellte sie im Innern neben die Türe. Heimeliger Duft von Holz und kalter Asche aus dem gusseisernen Herd in der Küche empfing sie. Ein Sonnenkollektor speiste eine Batterie – eine LED-Birne tauchte den einzigen Raum im unteren Stock in mattwarmes Licht.

Sie packte das Nötigste aus, schlüpfte in ihre neongrünen Crox und öffnete das Fenster im oberen Stockwerk, das ebenfalls nur aus einem Raum bestand, in dem eine einfache Bettstatt eingebaut war, in der sechs Leute, wenn sie sich aneinanderzwängten, Platz zum Schlafen fanden.

Sie prüfte ihr Handy – kein Empfang, wie erwartet. Sie setzte mit ihrem Funkgerät einen Funkspruch zum Test ab, die Zentrale der Kantonspolizei meldete sich prompt.

Mit einer Handvoll Späne, die in einem Holzharass neben dem bereits in Scheite geschlagenen Holz in der Küche lagerten, entfachte sie ein Feuer im Herd und suchte die kleine Pfanne, um darin Milch für eine Schokolade zu kochen.

Am Fenster sitzend, das einzige Licht gelöscht, damit die Scheiben nicht sie selbst reflektierten, trank sie gegen Mitternacht das heisse Getränk. Sie fühlte sich glücklich und traurig in einem – aber vor allem lebendig und frei. Das hier, genau das hier empfand sie als unbezahlbar und als ein Privileg, für das sie Opfer zu erbringen bereit war. Ausserdem mochte sie diese Einsamkeit auf Zeit, Orte der Abgeschiedenheit, an denen man nur sich selbst begegnete. Sie war sich sicher, Menschen, die nur Menschen an ihrer Seite brauchten, um nicht allein zu sein, sollten zuerst lernen, allein zu sein. Sie zog die Beine auf der Holzbank an und stellte die warme Tasse mittig auf ihre Knie und umschloss sie mit beiden Händen, um diese zu wärmen. Nur die Restglut im Ofen warf durch den Spalt in der Feuerungsklappe einen rotorangen Schein.

Arkon hatte sich neben ihr zu Boden gelegt und schlief. Seine Pfoten zuckten, als würde er im Traum etwas nachjagen. Trotzdem, er war die beste Alarmanlage, die es gab, auch dann, wenn er schlief, denn seine Instinkte blieben dabei hellwach. Er würde Eindringlinge entweder riechen oder hören, und sie wünschte keinem, Arkon aggressiv zu erleben. Sie hatte in den Trainings gesehen, wie mutig und kraftvoll er war und auch mitten im Trieb gehorsam aufs Wort blieb. Dennoch, ihre Waffe würde heute griffbereit neben ihr liegen.

Gegen halb ein Uhr, nachdem sie die Türe und die Fenster kontrolliert hatte, legte sie sich in die Bettstatt, deren Rahmen berindete Holzstämme bildeten, darin die fünf aneinanderliegenden Matratzen auf die Lattenroste gelegt. Sie hatte, wie sie es in jeder Berghütte tat, in der sie die Wahl hatte, den Fensterplatz gewählt, auch wenn der manchmal zugig war.

Es war sehr still, nur leise war der Regen zu hören. Sie konnte wie immer die unmittelbare Nähe der Felsen, der Berge erfühlen, von denen eine unsichtbare Kraft, einer Schwerkraft ähnlich, ausging. Die Berge sprachen mit ihrer Grösse, ihrer Gelassenheit in einer Art mit ihr, in der sie sich aufgehoben, sich als Teil des Ganzen fühlte. Eingebettet zwischen diese Riesen, deren Kraft und Macht und Gelassenheit oft unterschätzt wurde, fühlte sie sich aufgehoben wie bei keinem Menschen sonst. Mit diesem Gefühl von einsamer Geborgenheit schlief sie ein.

14

Um kurz nach halb sieben setzte sich Giulia auf und blickte durch das kleine Fenster ins Tal. Der Wetterbericht hatte recht behalten: Der Morgen zeigte einen Himmel, durchzogen von orange gefärbten Schönwetterwolken, wie für Anfang September typisch. Die Herbstnacht war hier, auf fast zweieinhalbtausend Metern, kalt gewesen. Raureif überzog die kargen Wiesen und bemoosten Felsen neben der Hütte.

In einer leger sitzenden Trainerhose und einem ihrer Wohlfühlpullis, der zwei Nummern zu gross war, stand sie am Herd und feuerte ein. Sie mochte das Geräusch, wenn sie das letzte Scheit durch die Feuerungsklappe zwängte, diese mit einem Blick auf die züngelnden Flammen schloss und dabei den Riegel einrasten hörte. Mit einem Kaffee setzte sie sich an den Tisch. In der Nacht musste sie kurzfristig Empfang gehabt haben. Eine Spam-E-Mail hatte sie über ihren privaten Account erhalten und eine Mahnung von Zalando.

Die Hütte stand zuoberst in einer langen und stotzigen Bergflanke direkt unterhalb des aufschiessenden Felsbandes auf einem schiefen Zwischenboden. Der Brunnen, der von einer Quelle gespeist wurde, plätscherte munter – Eis hatte sich über Nacht auf der Wasserfläche gebildet. Dahinter im felsigen Hang befand sich die Holzklappe zum Naturkeller. Diesen hatten die ersten Bewohner der Hütte vor vielen Jahrzenten gegraben, und er konnte noch immer zur Lagerung verschiedener Lebensmittel genutzt werden, da die Temperatur, vor allem über die warmen Monate, fast gleichbleibend kühl blieb. Nur das Plumpsklo, das am äussersten Eck stand, war erst zwei Jahrzehnte alt. Die Hütte verfügte weder über fliessendes Wasser, geschweige denn über einen Anschluss an die Kanalisation.

Giulia trat nach draussen in die ersten Sonnenstrahlen, die hier oben, lange bevor sie die Talsohle erreichten, sanft ihr Licht spendeten. Sie setzte sich auf die steinerne Tischplatte, die Füsse auf die Sitzbank gestellt, und blies spielerisch ihren Atem in die kalte Luft. Ihr Blick verlor sich dabei in der Weite des Beveriner Naturparks. Rechts unter ihr schimmerten die nass glänzenden Dächer der beiden Alphütten, die einen halben Kilometer Luftlinie voneinander entfernt lagen – nur getrennt durch die trichterförmige Geländesenkung des Fundognbachbettes, das oberhalb im Gelände mittels einer kleinen Brücke überwunden werden konnte.

Sie stellte sich vor, wie die Berlinerinnen in dieser Weitläufigkeit der Landschaft in dunkler Regennacht um ihr Leben hatten laufen müssen. Sie sah auf die Felsen bei Vallatscha und wurde nachdenklich.

Aus der Hütte holte sie ihren Feldstecher und setzte ihn an: Nurdagn und Curtginatsch rückten nahe heran, dass sie auch einzelne Personen hätte unterscheiden können. Das Vieh graste friedlich in der Morgensonne, den mobilen Melkstand von Curtginatsch entdeckte sie weiter oben. Zwei Personen waren bei der Arbeit. Sie spiegelte mit dem Feldstecher hinüber zum Lai Grand am Fusse der Grauhörner, der sich auf selber Höhe wie sie befand, bevor sie wieder die Hütte betrat, in der sich der Geruch und die Wärme des Ofenfeuers angenehm ausgebreitet hatten.

Sie hatte Zeit und nahm die gusseiserne Pfanne aus dem alten Küchenschrank. Gestern nach dem Ankommen hatte sie Bramata in Milch eingeweicht und briet diesen nun mit Butter goldbraun knusprig. Draussen am Tisch ass sie die Polenta mit Zucker, dazu gewärmtes Apfelmus aus der Dose, als Arkon vor ihr Platz machte und sie bettelnd anblickte.

«Ach, Arkon, mein Lieber. Wie konnte ich dich vergessen?» Sie brachte ihm sofort den Napf mit dem Trockenfutter, das er zwischen den Zähnen aufkrachend zermalmte und gierig verschlang.

Bei Giulia kam ein Gefühl von Freiheit auf, während sie ihr Frühstück gemütlich ass, als sei sie in ihrem Maiensäss in den Ferien oder auf einer Bergtour unterwegs.

Beim Zähneputzen über den Brunnentrog gebeugt, dessen dünne Eisschicht sie mit den Händen aufgebrochen hatte, begannen ihre Gedanken sich über den bevorstehenden Tag zu drehen. Sie wusch sich mit dem eisig kalten Quellwasser das Gesicht und knotete danach ihr Haar zu einem Pferdeschwanz zusammen. Am kleinen Spiegel, der in der Küche stand, schminkte sie sich dezent, bleckte ihre weissen, formschönen Zähne, die sie einer Zahnspange in der Jugendzeit zu verdanken hatte, die sie damals so gehasst hatte wie einen faustgrossen Pickel auf der Nase.

Ihr Papà kam ihr bei diesen Erinnerungen in den Sinn. «*Cara mia*, das muss sein. Glaub mir, die schiefen Zähne würdest du später mehr bereuen als jetzt diese Zahnspange», hatte er ihr mit einem Lächeln auf Italienisch gesagt und ihr dabei über ihr Haar gestreichelt. Wie es ihm im Moment wohl ging?, fragte sich Giulia. Seit ihre Mutter vor wenigen Monaten in Genua an Krebs gestorben war, führten ihr Vater Lorenzo und ihr Bruder Massimo das kleine Familienhotel an der Küste allein. Gestern hatte sie kurz anrufen wollen, um zu sagen, dass sie die nächsten beiden Wochen schwer zu erreichen sei, doch wie so oft hatte sie es zur Seite geschoben und dann vergessen.

Zügigen Schrittes lief sie eine halbe Stunde später durch die in der Sonne liegenden abschüssigen Bergweiden. Was für ein Kontrast zur letzten Nacht. Wenige Minuten nach zehn kam sie bei ihrem Wagen an.

Unten in Casti wartete sie bis zwanzig vor elf auf dem Vorplatz des Zeltes. Helmut Loher kam nicht, und ihre Ungeduld drängte sie dazu, etwas zu unternehmen. Doch womöglich hatte sie der Regisseur in der Anspannung, es hatten ja einige Journalisten um sie herumgestanden, falsch verstanden, mutmasste sie, und kam erst um elf. Abgesehen davon war er ein Künstler, und bei denen konnte man nie so recht wissen, wie sie gestrickt waren. Vielleicht war seine Unpünktlichkeit auch so etwas wie sein persönliches Manifest gegen die Knechtschaft der Schweizer Pünktlichkeit, um Menschen wie ihr das zu sagen, sinnierte sie spasseshalber.

Giulia nutzte die Zeit, um sich mit Nadia abzusprechen, die auf dem Weg ins Vorarlbergische war, um Alois Gabernig zu befragen. Lisa hingegen war, so wie sie sie kannte, bestimmt auch schon unterwegs, um herauszufinden, was mit diesen Kornbachs nicht stimmte und wieso das Einwohnermeldeamt keine Daten zur zweiten Tochter führte.

Als der Regisseur um zehn nach elf noch immer nicht aufgetaucht war, schaute sich Giulia auf dem Gelände etwas um und sah, dass eine Plache bei einem Seiteneingang etwas offen stand.

Sie betrat das mittlerweile in der Sonne liegende Zelt, über dem aber schwere Wolken hingen, als ihr Blick erstarrte: Auf der Bühne hing im matt gedämpften Licht der Regisseur am Gerüst der Scheinwerfer, als wäre es seine letzte Inszenierung.

Schnell ging sie auf diesen zu, dessen Zehenspitzen fast den Boden berührten, doch er war bereits tot, musste sie feststellen. Obwohl Kaspezky, kaum wäre sie hier, seine Körpertemperatur messen würde, hielt Giulia die Hand an seine Brust, die sich starr anfühlte und kalt. Der Mann war schon einige Stunden tot, die Totenstarre hatte weitgehend eingesetzt.

Sie verstand gar nichts mehr. «Wieso?», flüsterte sie gedankenversunken in die Leere des Zelts. Sie drehte sich langsam um die eigene Achse, die Hand an ihre Waffe gelegt, als würden Augen sie bedrohlich anstarren. Die Stuhlreihen standen allesamt verwaist da, es roch nach feuchter Erde und dem nassen roten Teppich, der von den vielen Schuhen von gestern Abend noch schmutzig war und nach verschüttetem Alkohol roch.

Was genau war hier passiert und wieso? Was auch immer es war, das konnte kein Zufall sein, dessen war sie sich sicher.

Vor dem Zelt rief Giulia Hartmann an. Die Sonne warf ein Licht-Schatten-Spiel zwischen den Wolkenlücken hindurch und tauchte die Gegend in eine seltsam friedliche Stimmung.

Hartmann war genauso erstaunt wie Giulia und schickte sofort die erforderlichen Einsatzkräfte nach Casti hoch.

Giulia ging zu ihrem Wagen, holte Arkon und legte ihn vor dem Eingang auf Platz, dass er wusste, dass er sofort bei jeder

Person sein tiefes Bellen drohend zu erheben hatte, um den Eingang zu verteidigen.

Was verdammt geschah hier oben?, fragte sie sich und massierte ihren Nacken. Sie war sich einzig sicher, auch ohne es zu wissen, dieser Tote musste einen Bezug zu den anderen Fällen haben. Die Frage war nur, welchen?

Casutt und ein weiterer Beamter der Kantonspolizei Thusis bildeten die erste Streife, um den Tatort zu sichern, bis vom Kommando aus Chur die Spezialeinheiten eintrafen. Giulia briefte die beiden kurz auf dem von Pfützen durchsetzten Kiesplatz. Sie zogen daraufhin Absperrbänder, kontrollierten die wenigen Fahrzeuge, die vorbeifuhren, und notierten auf Giulias Geheiss deren Nummernschilder.

Kaspezky erschien mit ihrem Team um zwölf Uhr fünfundzwanzig.

Zu Giulias Erstaunen hatte sie einen gefüllten Coffee-to-go-Becher für sie dabei. «Können Sie behalten», sagte sie trocken, sie habe gestern zwei erhalten, und streckte ihr einen hin.

Der Kaffee war tatsächlich noch heiss und schmeckte Giulia. Die beiden tranken diesen, während sie auf dem Vorplatz standen und sich über den aktuellen Stand unterhielten.

Kaspezky und ihre Mitarbeiter zogen ihre weissen Overalls über und betraten das Zelt. Giulia blieb am Seiteneingang der offenen Türe neben Arkon stehen und blickte eine Viertelstunde hinein, bevor sie sich auf den Vorplatz zurückzog.

Sie sah, wie Kaspezkys Mitarbeiter sorgsam den Erhängten samt Seil um den Hals zu Boden holten und ihn auf eine schwarze Plane legten. Kaspezky durchsuchte seine Taschen und nahm den gesamten Inhalt heraus: Portemonnaie, ein Feuerzeug mit dem Schriftzug der Landi in Thusis, ein angebrochenes Pack Zigaretten der Marke Gauloises bleu, ein ausgeschaltetes Handy, Ricola-Kräuterzuckerbonbons und einen Kugelschreiber.

Einen Abschiedsbrief, der sofort hätte Klarheit schaffen können, trug er nicht auf sich. Gemäss seinem Ausweis war er deutscher Staatsangehöriger, stammte aus Berlin und war vierundfünfzig Jahre alt. Sein Name: Helmut Loher, wie Giulia zuvor schon klar war.

Nach nicht mal eineinhalb Stunden kam Kaspezky auf Giulia zu, die zwischenzeitlich mit Arkon eine Runde gedreht hatte und auf dem Vorplatz auf die Ergebnisse wartete.

«Frau de Medici. Auf den ersten Blick klar ein Selbstmord. Der Stuhl, auf dem der Tote vor dem Erhängen gestanden haben muss, steht noch, Restspuren seiner dreckigen Schuhe sind mit blossem Auge auf der Sitzfläche erkennbar.»

«Kann man schon etwas zum Todeszeitpunkt sagen? Ich habe gestern Abend zuletzt mit ihm gesprochen und für halb elf heute Morgen eine Einvernahme abgemacht.»

«Anhand der Todesmerkmale und der Restkörpertemperatur von sechsundzwanzig Grad und unter Berücksichtigung der Zelttemperatur und seiner Kleidung und der Voraussetzung, dass er kein Fieber hatte – ungefähr vor acht Stunden, also um fünf Uhr. Möglich, dass er erst kurz vor dem Erhängen auch sein Handy ausgeschaltet hat, was bei Selbstmördern nicht selten der Fall ist. Die Daten dazu wird uns bestimmt der Provider durchgeben.»

Bevor der Tote in einem schwarzen Leichensack im Leichenwagen weggebracht werden konnte, fanden sich zwei Leute von der Presse ein sowie das zweiköpfige Kamerateam von RTL, das in der Gegend geblieben war.

Lohers Lebenspartnerin, eine der Schauspielerinnen im Stück, erschien in dem Moment, als der Leichenwagen im Fokus der Kamera langsam wegfuhr. Sichtlich aufgewühlt kam sie auf Giulia zu. «Sind Sie diejenige, die hier das Sagen hat? Ich habe gehört, dass mit meinem Freund was passiert ist.» Sie strich sich aufgeregt ihr schulterlanges Haar zurück.

Giulia hätte sich gewünscht, dass die Profis vom Care-Team vor Ort wären, die den Auftrag bereits gefasst hatten, an der Wohnadresse des Opfers zu klingeln, um dessen Lebenssituation zu überprüfen und Hinterbliebene zu informieren.

So stand Giulia der fassungslosen Mirta Dörig, einer achtunddreissigjährigen Schweizerin aus dem Appenzellischen, gegenüber, die seit fünf Jahren mit Loher in Andeer wohnte, wie sie im Laufe des Gesprächs erfuhr.

Giulia versuchte, ihr das Unglaubliche vorsichtig näherzubringen und ihr zu vermitteln, dass viele Fragen im Moment leider keine abschliessenden Antworten ermöglichten, ausser ebendiesem so tragischen und traurigen Umstand, wie sie ihren Lebenspartner vorgefunden hätten.

«Wissen Sie, ob er in einer sehr schwierigen persönlichen Situation gesteckt hat, die so etwas erklären könnte?», fragte Giulia.

«Im Gegenteil», antwortete Mirta. Er habe sich mit Leib und Seele dem neuen Stück hingeben können. Die beiden Vorstellungen nach der tragischen Premiere seien ein riesiger Erfolg gewesen, das Stück sei äusserst gut angekommen. Man müsse nur die heutige Kritik auf der Kulturseite der Tageszeitung lesen. «Nein», betonte sie nochmals, «das Stück hatte ihn bereits bei der Planung und Gestaltung mit Schaffenskraft erfüllt, und die ist der Lebensinhalt eines jeden Künstlers.»

Casutt nahm die Personalien von Mirta Dörig auf, nachdem Giulia ihr erklärt hatte, was nun mit dem Leichnam geschehen würde, und nachfragte, ob sie mit jemandem vom Care-Team sprechen wolle oder privat Unterstützung bekomme.

Um vierzehn Uhr fünfzehn beschlossen Kaspezky und Giulia, die wenigen Fahrminuten den Berg hoch nach Wergenstein zu fahren. In dem dreissig Häuser zählenden Dörflein gab es das nächstgelegene Restaurant, das sich im Hotel Capricorns befand. Das Wetter schien zu halten, trotz des Sonne-Wolken-Gemischs, sodass sie draussen auf der Terrasse mit Sicht übers Tal Platz nahmen. Beim gemeinsamen Mittagessen besprachen sie den Fall, als Giulia einen Anruf von Nadia erhielt. Diese berichtete ihr, sie sei im Vorarlbergischen bei Alois Gabernigs Mutter vorstellig geworden und habe Folgendes erfahren: Ihr Sohn sei für diesen Sommer in Bayern auf der Feichtenalm, dem Zinnenberg bei Sachrang, und werde gewiss nicht vor dem

Herbst wiederkehren. Es stimme schon, habe die Mutter ihr gesagt, der sei «nicht so a fleissiga Kerl, noch nie gwen, sonst aber gwiss a brava Bua». Es habe dem Alois schon zu denken gegeben, als man ihn zwei Wochen vor Alpabfahrt «zum Taifel gjagt» habe, und das nur, weil er besoffen am Morgen verschlafen habe. Zugegeben, das sei schon öfters passiert. Den Alplohn hätten sie ihm zudem nur gekürzt ausbezahlt. Nun sei er als Hirt angestellt, das sei bestimmt für alle besser so.

Nadia, die sich auf der Rückfahrt befand, erwähnte zudem, dass die Mutter ihr die Adresse und die Mobilnummer des Alpmeisters gegeben habe, da der Alois kein Telefon besitze. Der Alpmeister seinerseits habe nur Gutes berichten können: Der Alois sei seit Beginn jeden Tag auf der Alm und habe den Berg nicht ein einziges Mal verlassen und schaffe recht.

Giulia dankte Nadia. Somit konnten sie wenigstens einen der Verdächtigen aus dem Fokus nehmen.

15

Seit Wochen brütete die Hitze über Berlin, die sich in diesem Rekordsommer nicht wie in der Schweiz endlich vertreiben liess. Die Temperaturen stiegen an diesem Nachmittag wieder über dreissig Grad, und das, obwohl es bereits der 4. September war. Laut Wetterbericht würden auch die nächsten Tage weder Abkühlung noch Regen bringen.

Lisa Tettamanti stand wie tags zuvor an der Türe der Kornbachs und klingelte – vergebens. Die Kornbachs verfügten weder über einen Festnetzanschluss noch über eine Handynummer, wie sie mittlerweile recherchiert hatte. In keiner der Datenbanken, zu denen sie als Sonderermittlerin des BKA Zugriff hatte, gab es verfügbare Daten über dieses Ehepaar, ausser den Personalien und dieser Wohnadresse. Auch im Internet fand sie rein gar nichts über sie.

Lisa zog sich vom Haus zurück und parkierte ihren Wagen im Schatten eines der grossen Bäume und blickte auf die Hauseinfahrt. Nach einer halben Stunde wurde es ihr trotz der heruntergelassenen Seitenscheiben zu heiss. Sie stieg aus und stellte sich unter einen der Laubbäume, die die Zufahrtsstrasse säumten.

Nach eineinhalb Stunden Warten kamen drei Personen in einem klapprigen blauen Bus vorgefahren und verschwanden im Haus. Sie sahen aus, als wären sie einer indischen Hippiekommune entsprungen. Ihre luftige Kleidung war in den Farben Orange, Grün, Gelb und Rot gehalten. Unter ihnen befanden sich aber weder Karlheinz noch Greta Kornbach, wie Lisa durch ihr kleines Fernglas feststellte. Mit grosser Sicherheit wüssten die drei aber, wo die beiden steckten. Deshalb passte Lisa den Moment ab, in dem eine der beiden Frauen aus der Haustüre kam, um ums Haus in den Garten zu gehen, und sprach sie an.

«Hallo. Rufst du mir bitte Corona oder Orgo? Sie erwarten

mich. Sorry. Bin zu spät, musste noch was erledigen.» Lisa lächelte und begrüsste die Frau mit dem Namaste-Gruss, der zögerlich erwidert wurde.

Meine roten Haare werden diesmal eher nützen als schaden, dachte Lisa, während die Angesprochene etwas überfordert dreinblickte.

«Dann bist du zu spät gekommen. Wie heisst du denn?»

«Zu spät? Ich heisse Lisa.»

«Ich meine deinen richtigen Namen.»

«Ach so – Rainbow.» Etwas Besseres fiel Lisa auf die Schnelle nicht ein. «Und du bist?», lenkte sie geschickt auf ihr Gegenüber.

«Bluehour.»

«Tut mir leid, Bluehour, um die Verspätung. Erreiche ich sie noch? Ich konnte unmöglich früher. Das ändert sich, sobald ich einen anderen Job bekomme.»

«Ach, du bist eine Outsiderin?»

«Irgendwoher muss ich ja Geld einbringen», versuchte Lisa eine wenig aussagende Antwort zu geben, da sie nicht wusste, was eine Outsiderin war.

«Sie kommen bald in die Quelle, soviel ich weiss. Wir holen nur noch die letzten Sachen und fahren dann auch los.»

«Könnt ihr mich mitnehmen? Ich helfe auch beim Laden, falls ihr Hilfe braucht.»

«Ist nicht mehr viel. Vor allem die Steine hatten sie nicht alle selbst mitnehmen können, sie hatten das Gewicht unterschätzt. Aber danke.» Die Frau lächelte und legte dabei ihre Hand auf Lisas Schulter, die nur ein T-Shirt und Jeans trug. Die Waffe hatte sie im Auto gelassen, da die dünne Jacke darüber in dieser Hitze mit Sicherheit Misstrauen ausgelöst hätte. «Dank dir, Rainbow. Weisst du denn, wo die Quelle ist?»

«Nein. Corona hat mir gestern versprochen, mich heute mitzunehmen. Wir waren im leeren Wohnzimmer, haben etwas Zeit miteinander verbracht, und Orgo lag auf der Matte neben dem grossen Sonnensymbol und meditierte», versuchte Lisa Vertrauen zu schaffen.

In dem Moment traten die beiden anderen aus dem Haus. Ein drahtiger Mann um die dreissig mit einem so lichten Bart, als hätte jemand jedes zweite Haar davon ausgerissen, und eine blutjunge Frau, wahrscheinlich knappe zwanzig, schätzte Lisa. Der Mann, den Bluehour als Neon ansprach, verstaute einige Schachteln im Wagen, kam dann auf Lisa zu und wollte wissen, um was es gehe, bevor er ihr antwortete: «Rainbow, komm heute Abend um acht Uhr nochmals her. Bis dann haben wir mit Orgo und Corona gesprochen. Versteh mich bitte richtig, die Quelle ist nicht für jedermann bestimmt, und in ihrer Abwesenheit kann nur die Erste Hand entscheiden, aber die ist auch nicht hier.»

«Verstehe. Deshalb haben die beiden mich ja herbestellt. Sie wollten mich mitnehmen.» Misstrauen strahlte ihr weiter entgegen. Sie fühlte, auf diese Weise kam sie nicht weiter. «Kein Problem, ich werde heute Abend da sein, bis dann ist auch mein Rad wieder fahrtüchtig.» Sie wünschte den dreien einen schönen Tag und zog sich zurück.

Im Wagen rief Lisa die Zentrale an und bat um Verstärkung.

Innert fünfzehn Minuten war ein Zivilfahrzeug vor Ort und folgte in gebührendem Abstand dem Bus, der nur wenige Minuten danach losfuhr. Abwechselnd hefteten sich Lisa in ihrem dunklen BMW und der weisse Škoda an die Fersen des blauen Busses, der vom Alter her ein Modell aus den späten Siebzigern hätte sein können. Er hinterliess eine stinkende blaugraue Abgasfahne, und Lisa hätte sich nicht gewundert, wenn er während der Fahrt Teile verloren hätte.

Die Fahrt führte sie aus Berlin heraus. Die Landstrasse, die sich mitten durch die Weite verlassener Felder und Wiesen zog, brachte sie in die Nähe von Ludwigsfelde. In der Ahrensdorfer Heide bog der Bus in einen staubigen Feldweg ab.

In dieser menschenleeren Gegend, die nur von der Landwirtschaft und Natur geprägt war, mussten sie bei der Beschattung vorsichtig sein, um unentdeckt zu bleiben.

Mit dem Fernglas erkannte Lisa, dass der Bus vor einem grossen Bauerngehöft gehalten hatte und seine Insassen mit dem Ausladen begannen. Sie mussten daher bei der Quelle angekommen sein. Sie gab den Befehl, mit beiden Wagen vorzufahren.

Es stellte sich heraus, dass das Gehöft aus mehreren Gebäuden und Stallungen bestand, und es war umschlossen von mächtigen, schattenspendenden Bäumen eines Kastanienhains, der die meiste Sicht von aussen verwehrte. Ein verträumt wirkender Weiher, in dem Enten schwammen und der trotz der prekären Trockenheit erstaunlich viel Wasser hatte, lag auf der Rückseite, an seinem Ufer stand eine uralte Trauerweide.

Die Beamten parkierten ihre Wagen so, dass sie den schmalen Feldweg versperrten, auf dessen einer Seite ein Bächlein in seinem Graben folgte, die andere war gesäumt von eng stehenden Pappeln.

Lisa erkannte es sofort: Der Gutsbetrieb war das Domizil einer Kommune, wie auch immer die geartet sein mochte. Aufgrund der weitläufigen Gärten, Felder und Tierstallungen ein Hof zur Selbstversorgung vieler Menschen. Sie sah Hühner, Ziegen, Schafe und Kühe, Pferde und zwei Esel, während sie durch die Hofanlage gingen. Der Hitze wegen trug sie keine Jacke und ihr Holster deshalb sichtbar über ihrem T-Shirt, es gab auch nichts mehr zu verbergen. Zu ihrer Identifizierung dienten die Oberarmbinde und der auf dem Rücken mit einem Klettverschluss befestigte Schriftzug «Polizei». Zudem hatte sie den LED-Schriftzug in ihrem Wagen eingeschaltet, der rot aufblinkend auf der Vorder- und Heckscheibe zu erkennen war, dass allen klar sein musste, wer sie waren.

Lisa war bekannt dafür, dass sie auch im Dienst aussergewöhnliche Motive auf ihren Shirts trug. Was als verdeckte Ermittlerin nur hilfreich sein konnte, wie sie fand. Heute war es die Rolling-Stones-Zunge auf dem weissem T-Shirt. Ihren Kopf schmückte ein formschöner Trilby-Hut, den sie in den warmen Monaten fast täglich aufgesetzt hatte.

Es wurden ihnen misstrauische Blicke zugeworfen. Doch keiner sprach sie an, bis Lisa auf jemanden zuging. «Wo finden wir Corona oder Orgo?» Bewusst hatte Lisa eine junge Frau ausgesucht, die in ihrer ganzen Erscheinung ein schwaches Selbstvertrauen aussendete.

«Ich weiss nicht. Die sind doch noch in der Schweiz. Sollten aber bald zurückkommen», kam die zögerliche Antwort.

«In der Schweiz? Seit wann?» Lisas charismatische, verbindliche Art liess die Frau weitersprechen.

«Letzte Woche reisten sie ab. Am Donnerstag, glaube ich, und sollten dieser Tage wieder eintreffen. Genau weiss ich das aber nicht», murmelte sie verschüchtert, als ein Mann, komplett in hellgrüne Stofftücher gekleidet, zügig heranschritt.

«Rede nicht mit ihnen!» Er wollte sie mit einer missbilligenden Handbewegung wegschicken.

«Stopp!» Lisa hob die Hand und gleichsam ihre Stimme. «Das haben Sie nicht zu entscheiden. Mein Name ist Tettamanti. Ich bin Zielfahnderin beim BKA, und ich werde hier sagen, wann ich mit der Frau fertig gesprochen habe.»

«Ach ja? Sie wissen schon, dass Sie hier auf privatem Gelände sind? Wo ist Ihr Durchsuchungsbefehl?», forderte er mit einer arroganten Mimik und Körpersprache.

«Den benötigen wir nicht, wenn wir eine flüchtende Person suchen und Befragungen durchführen. Und nun weisen Sie sich umgehend aus, oder wir stellen Ihre Identität auf dem Revier in Berlin fest.»

«Ich muss meine Papiere erst holen.» Er warf Lisa missbilligende Blicke zu.

«Dieser Beamte hier begleitet Sie.» Lisa deutete auf den Fahnder zu ihrer Rechten.

«Und nun wieder zu Ihnen. Wie heissen Sie?» Lisa blickte die verschüchterte junge Frau an, die nicht wusste, wem sie jetzt zu gehorchen hatte. Doch kaum war ihr Aufpasser weg, antwortete sie: «Liora.»

«Ein schöner Name. Ist das Ihr bürgerlicher Name?»

«Nein, der ist Paulina Heilmichel.»

«Und wie alt sind Sie?»

«Zweiundzwanzig, das heisst in drei Wochen dann.»

«Und wann sind Sie hier beigetreten?»

Liora blickte sich um, denn von allen Seiten wurde sie angestarrt. «Ich bin hier geboren worden.»

«Und was genau ist das hier?»

«Wir nennen es die Quelle. Es ist unser Zuhause.»

«Sieht mir mehr nach einem übergrossen Bauernhof aus.»

«Ist es auch. Wir versorgen uns mit allem selbst. Es ist eben unsere Quelle.»

«Und spirituell gesehen – wie werden Sie da versorgt?»

«Wir sind alle Kinder des Lichts. Corona und Orgo leiten das alles hier. Sie stehen uns vor. So wie bei euch der Pfarrer.»

«Und die beiden sind demnach letzte Woche in der Schweiz gewesen.»

Liora wirkte nervös. «Hören Sie, ich darf Ihnen keine Auskünfte mehr geben. Sie haben ja selbst gehört, was die Erste Hand gesagt hat. Und so habe ich zu gehorchen.»

«Erste Hand? Sie meinen den unfreundlichen Typen von vorhin?»

«Der wollte mich nur schützen. Aber das verstehen Sie nicht. Corona und Orgo sind Das Eine, und ihre Nächsten sind die Zwölf Hände. Und er ist die Erste Hand der zwölf, also hat er jetzt das Sagen, bis Das Eine zurück ist, und es ist gut, dass ich so geführt werde.»

Lisa fand, das hörte sich nach tiefem Psychosumpf an, und hätte am liebsten gesagt, dass doch Hände nur dem zu gehorchen hätten, dem sie angewachsen waren.

«Liora, ich sage Ihnen nun etwas dazu: Wir wissen, dass Orgo und Corona in Graubünden im Val Schams gewesen sind», suggerierte Lisa ihr vor. «Es ging doch um ihre Tochter Silke oder mit eurem Namen Aurora – und auch das wissen wir», legte Lisa nach, da sie glaubte, auf der richtigen Spur zu sein.

Liora nahm wie von Lisa erhofft eine Verteidigungsposition ein. «Das Eine kann nichts dafür – Aurora war verlassen vom Licht, und dann kann Böses daraus erwachsen. Wir sind wie Pflanzen. Wir brauchen Licht und Wasser und einen guten Nährboden, und wenn jemand nicht gut für uns sorgt, wächst Unkraut darüber.»

«Von welcher der beiden Töchter reden Sie jetzt?» Lisa versuchte die Frage in aller Selbstverständlichkeit zu stellen, als gäbe es darüber keinen Zweifel.

Lioras Gesicht zeigte Verwirrung. «Töchter? Das Eine hatte nur die eine Tochter, und nach nunmehr zwölf Jahren ist ihr Lebenslicht endgültig erloschen. Sie haben Aurora nicht mehr gefunden, das Tor ist nun geschlossen, wie uns die Erste Hand gesagt hat.»

«Sie meinen das Tor im Val Schams?»

«Die Steinpforte dort und das goldene Tor zur geistigen Welt. Sie ist nun verloren für alle Zeit. Das Eine wird Schmerzen leiden müssen deswegen, wir alle haben Schmerzen deswegen.»

«Ich verrate Ihnen ein Geheimnis, Liora. Am zwölften Jahrestag des Verschwindens von Aurora wurde die zweite, möglicherweise exakt zwölf Jahre jüngere Schwester im Val Schams umgebracht. Es muss seit einiger Zeit bei euch eine Frau fehlen, die auch an einem 12. Mai Geburtstag hat. Und diese Frau, das hat ein Bluttest ganz klar bewiesen, ist die jüngere der beiden Töchter von Orgo und Corona alias Karlheinz und Greta Kornbach. Sagen Sie mir, wie heisst die Vermisste?»

Liora hielt die Hände vor ihr pausbackiges, von der Hitze und Anspannung gerötetes Gesicht, das nicht zu ihrem asketischen Körper passte. «Das kann nicht sein! Das ist unmöglich.» Entsetzen formte sich in ihrem Gesicht.

«Also sagen Sie mir, Liora, welche Person fehlt bei euch, womöglich erst seit Kurzem?» Lisa zog ihr Handy aus der Gesässtasche und streckte ihr das Foto hin, welches Hanna Steinemann auf der Alp gemacht hatte.

Ein Erschüttern ging durch den Körper der jungen Frau, dass sie einen Moment wankte.

«Ich sehe es Ihnen an. Sie haben sie erkannt. Nun raus mit der Sprache! Wie heisst die junge Frau?», insistierte Lisa.

«Das ist … das ist Lumina …» Liora hielt ihre Hand fassungslos vor ihren Mund. «Sie ist meine zwei Jahre ältere Schwester.»

«Ihre Schwester?» Lisa verstand nicht. «Wie ist das möglich?»

Liora musste sich sammeln. «Sie ist meine Schwester, aber nicht die Tochter vom Einen», brachte sie verstört heraus.

«Das kann nicht sein.»

«Doch.» Liora kämpfte mit den Tränen. «Wir beide sind im Haus der Schwalben aufgewachsen. Die Siebte und Achte Hand sind unsere Eltern: Grey und Hikari.»

Lisa glaubte ihr anzusehen, dass sie nicht log, aber etwas stimmte hier ganz und gar nicht.

«Wie ist ihr richtiger Name?»

«Habe ich doch gesagt. Paulina Heilmichel.»

«Nein, ich meine den von Ihrer Schwester Lumina.»

«Sie heisst Heike Heilmichel. Den Lichtnamen bekommen wir ja erst mit zwölf – beim Lichtfest am 21. März. Von da an hiess sie Lumina.»

«Und an welchem Tag hat Heike oder, wie ihr sie nennt, Lumina Geburtstag?»

«Am 12. Mai.»

«Also doch. Wie Silke-Aurora.»

«Ja.»

«Und Sie, Liora, wann haben Sie Geburtstag?»

«Am 25. September. Wieso?»

Lisa machte eine kleine Handbewegung zu einem ihrer Kollegen. Dieser verschwand im Dienstwagen. Fünf Minuten später kam er zurück und flüsterte ihr etwas ins Ohr. Sie hörte konzentriert zu, nickte mehrmals kurz und überlegte danach einen Moment.

Lisa flüsterte etwas zurück, als in dem Moment die Erste Hand in Begleitung ihres Beamtenkollegen mit dem Ausweis zurückkam.

Lisa sah sich das Dokument an, das er ihr vorzeigte. «Soso, Hannes Pischolek alias Erste Hand.» Sie reichte den Ausweis dem Kollegen weiter, der soeben vom Wagen zurückgekommen war, um eine weitere Abfrage zu starten.

Wortlos wartete sie mit den anderen im Schatten der grossen

Blutbuche, bis sie das Tablet mit den Abfrageergebnissen in der Hand hielt: Hannes Pischolek hatte vor fünfzehn Jahren eine einjährige Haftstrafe wegen eines Wirtschaftsdeliktes verbüsst und war seither straffrei geblieben. Alle Angaben, wie auch die Wohnadresse, die mit der vom Hof hier übereinstimmte, waren korrekt.

«Wollen Sie mich freiwillig durch das hier alles führen, oder sollen wir in wenigen Stunden mit einem Hausdurchsuchungsbefehl und drei Dutzend Mann einfahren und alles auf den Kopf stellen?», fragte Lisa.

Pischolek, der seine Haare glatzenhaft kurz geschnitten trug und in weiten grünen Pumphosen und einem langen dünnen hemdartigen Oberteil, das bis zur Mitte der Oberschenkel reichte, herumlief, fügte sich. Mit einer Handbewegung signalisierte er, dass der Rundgang beginnen könne.

Fast schon, so dünkte es Lisa, erklärte er mit jeder Minute zunehmend stolzer das Konzept des Betriebes, das der Schweine-, Rinder- und Hühnerzucht, der Milchkuh- und Mutterkuhhaltung und der biolandwirtschaftlichen Zweige. Lisa, die vegetarisch lebte, beeindruckte der grosse Garten, der die über achtzig Leute vielseitig ernährte. An der Strassenabzweigung hatte sie einen kleinen Hofladen gesehen, in dem die Produkte verkauft wurden – vom Bienenhonig bis hin zum Schweinesteak, vernahm sie nun. Letzteres erstaunte Lisa, hatte sie doch gedacht, das seien alles Vegetarier wie sie. Waren sie nicht, aber sie legten Wert auf die tiergerechte Haltung und auf die Art, wie die Produkte hergestellt wurden, erfuhr sie.

Der Betrieb mitsamt den Gärten war noch viel grösser als auf den ersten Blick eingeschätzt. Viele Reihen Sträucher mit Brombeeren, Himbeeren, Stachelbeeren sowie Obstbäume reihten sich im Hinterland der Stallungen.

In den aus roten Backsteinziegeln oder Holz erbauten Gebäuden gab es eine Bäckerei und einen Schlachtraum, sprich Metzgerei, wo wöchentlich das Fleisch verarbeitet wurde. Körbe wurden geflochten, und in der Schreinerei wurde Holz verarbeitet. In der Schlosserei, in der auch eine Schmiede untergebracht war, stand ein kräftiger Mann in Latzhose und mit nacktem Oberkörper an der Esse und bearbeitete das rot glühende Eisen mit kräftigen Hammerschlägen. Lisa warf in jedes Haus, jeden Lagerraum und Schuppen einen Blick. Es gab acht Wohngruppen, verteilt auf drei Häuser, die spartanisch eingerichtet waren. In dem grössten stallähnlichen Gebäude, bei dem das Dach fast ebenerdig hinuntergezogen war, eröffnete sich ein Saal, in dem bestimmt über hundert Menschen Platz fanden. An der weissen Wand hinter der knapp meterhohen hölzernen Rednerbühne stach gross ein Auge innerhalb eines Prismas hervor. Ein Klavier stand auf dem Podium, ein Schlagzeug und mehrere Notenständer daneben, eine Gitarre lehnte an der Wand. Im Dach war ein dreieckiges Fenster eingelassen worden, an einem Platz ganz rechts aussen. Das irritierte Lisa.

Die Erste Hand schien Lisas fragenden Blick nach oben zu erkennen. «Das ist unser Gotteslicht.»

«Das kleine Fenster dort oben? Wieso?»

«Immer zur Sonnenwende wirft die Sonne exakt ihr Licht auf das Prisma mit dem Auge.» Er zeigte mit der Hand auf die Wand hinter dem Podium. «Dann reflektiert das Auge das Licht und legt es wie einen Strahlenkranz über alle hier im Saal. Das sind unsere heiligsten zwei Tage, dann halten wir unsere beiden Lichtmessen ab. Am 21. März erhalten dabei die Zwölfjährigen ihre Lichtnamen, am 21. September danken wir jedes Jahr für die Ernte.»

«Aha.» Lisa nickte. «Und was bringt ihr für Opfer dar?»

«Opfer? Sie meinen, wie ein Lamm oder so?»

«Es gibt verschiedene Arten von Opfern.»

«Der Herr des Lichts ernährt uns und beschützt uns vor dem Unbill dieser Welt da draussen. Wir folgen ihm aus Überzeugung und müssen keine Opfer erbringen. Er liebt uns so, wie wir sind, und wir haben unsere Lebensweise nach ihm ausgerichtet.»

Lisa fand diese seltsame Kirche oder welchen Namen der Saal auch immer verdient hatte, passend, um weitere Fragen zu stellen. «Und wenn jemand nicht mehr hier sein will?»

«Dann kann er gehen – jederzeit. Oder haben Sie eine Mauer gesehen?», fragte die Erste Hand.

«Die meisten Mauern, die Menschen einsperren, sind unsichtbar, und einige davon bauen wir uns sogar selbst.»

«Wenn jemand geht, ist er verloren, doch das haben ja nicht wir zu entscheiden.»

«Verloren?»

«Die Finsternis in der Welt ist gross und übermächtig. Ohne Führung wird die Verführung erst in die falsche Richtung leiten, dann ins Verderben.»

«Das hört sich nach Erpressung an.»

«Was sagt ein katholischer Pfarrer, wohin ein Mensch kommt, wenn er sich vom Glauben abwendet?» Die Erste Hand wartete Lisas Antwort nicht ab. «Richtig, ins ewige Fegefeuer, in die furchtbare ewige Verdammnis. Und dafür dürfen die Katholiken auch noch Kirchensteuern zahlen. Sagen Sie mir, wo ist hier der Unterschied?»

«Sie meinen, deshalb ist Aurora vor zwölf Jahren in den Schweizer Bergen zu Tode gekommen?»

«Es gibt einen Herrn des Lichts und einen Fürsten der Finsternis. Sie hat entschieden, uns zu verlassen. Ihr Licht wurde dabei gelöscht. Eine Kerze im Wind ist der Dunkelheit geweiht.»

«Letzte Frage: Wieso verschwand vor zwölf Jahren ausgerechnet die Tochter von Orgo und Corona, und das in der Schweiz, im Val Schams?»

«Das verschliesst sich mir. Sie wurde hier hinten, im kleinen Geburtshaus, geboren, wurde hier beschult und mit aller Liebe von uns allen, die wir damals auch schon da waren, grossgezogen, aber eines Tages war sie plötzlich weg. Niemand hatte sie gehen sehen, zu niemandem hatte sie zuvor ein Wort dazu gesagt. Die Bestürzung war riesig. Irgendwann kam dann die traurige Meldung aus der Schweiz.»

«Und Sie wissen keinen Grund, der sie zu ihrer Flucht getrieben haben könnte?»

«Nein.»

Lisa war sich sicher, dass der Typ log.

«Vor wenigen Tagen gab es wieder eine Tote im Val Schams zu beklagen, und wir wissen nun, um wen es sich handelt.» Sie zeigte auch ihm das Foto. «Dass Lumina Aurora zwölf Jahre später folgte, hat mit Sicherheit hier seinen Ursprung genommen. Wir wissen übrigens auch, dass sie die Schwester von Aurora ist.»

«Lumina ist tot, sagen Sie?» Die Erste Hand konnte entweder seine Irritation darüber nicht verbergen, oder er versuchte Lisa damit zu täuschen und ging gar nicht darauf ein, dass es sich um die Schwester von Aurora handeln sollte.

«Sie wurde ermordet!» Die drei Worte von Lisa schienen in dem stillen grossen Saal, der nach Holz duftete, nicht verklingen zu wollen.

Die Erste Hand schwieg, sein Blick ging zum Prisma hoch, als bekäme er dort Hilfe. «Lumina ist die Schwester von Liora, die Tochter von Grey und Hikari. Sie irren sich. Das hat Liora Ihnen doch sicher zuvor auch gesagt.»

«Licht kann allerlei aus dem Dunkel holen, auch Lügen. Bluttests belegen – die beiden sind Schwestern. Und noch was: Sowohl Aurora wie auch Lumina sind an einem 1. September und somit im gleichen Alter im selben Tal zu Tode gekommen», hielt Lisa fest. «Wir sind sicher, es war Mord. Also, haben Sie dazu noch etwas zu sagen?» Lisa taktierte. Mittlerweile hatte zwar Kaspezky gemäss Giulia den exakten Todeszeitpunkt mittels Leichenschau ermittelt und hielt auch aufgrund dieser fest, dass es Mord gewesen sein musste – doch die von innen abgeschlossene Türe gab ein grosses Rätsel auf und deutete klar auf Selbstmord hin.

Die Erste Hand schüttelte nur den Kopf. Der Rundgang ging weiter. Er konnte seine Irritation vor Lisa kaum verbergen. Ihr fiel zudem auf, dass es nirgendwo ein TV- oder ein Radiogerät gab. Sie erfuhr, dass jegliche elektronische Kommunikation der Welt draussen vorbehalten sein sollte. Die Medien seien des Teufels, der Blätterwald der Zeitschriften die List der Dunkelheit. Sie hätten ihre Bücher und Musik, die für ihre geistige Gesundheit wichtig seien.

Auf dem bescheidenen Spielplatz, der im Schatten einer riesigen Buche lag, sassen einige junge Mütter. Eine stillte ihr Baby. Mit komplett entblösstem Oberkörper sass sie im Schatten und streichelte durchs Haar des kleinen Wesens. Ein wunderschönes natürliches Bild in dieser Umgebung, fand Lisa. Eine andere spielte mit ihrem Sprössling im Sand, ein Vater kickte einem Knirps einen Fussball zu.

Es gab auch eine Art Verwaltungsbüro, in dem eine Frau mit grosser, dicker Hornbrille auf der Nase hinter ihrem Schreibtisch sass und von Hand Schreibkram erledigte – Computer logischerweise Fehlanzeige. Lisa erfuhr, dass es auch keinen Telefonanschluss gab, niemand besitze zudem ein Handy. Alles, was nicht persönlich zu regeln sei, werde auf dem Postweg erledigt. Das sei früher auch nicht anders gewesen und entschleunige ungemein den Alltag, schärfe den Blick fürs Wesentliche, mache die Seele frei fürs Göttliche, lasse das schöpferische Hintergrundrauschen zu.

Während des Gesprächs fuhren in einem weissen VW-Bus Orgo und Corona hinter die beiden Dienstfahrzeuge, die noch immer den Weg versperrten, wie Lisa durchs Fenster erkannte. Das Eine wurde rasch von seinen Anhängern umringt, die dem Paar in einer Traube folgten, während es auf die Verwaltung zuging.

Orgo wollte Lisa und ihre beiden Kollegen sofort vom Privatgrundstück wegweisen, dies mit der Begründung fehlender juristischer Grundlagen, als draussen drei dunkle Busse vorfuhren und zwei Dutzend uniformierte Beamte ausspuckten.

Die Erste Hand blickte Lisa an. «Sie haben mir doch die Wahl gelassen, alles zu zeigen oder eine Hausdurchsuchung. Was soll das nun? Sie haben mich angelogen.»

«Ich bin mit meinen Antworten genauso flexibel wie Sie. Im Unterschied zu Ihnen habe ich Sie aber nicht falsch eingeschätzt», gab sie trocken zur Antwort.

Lisa wunderte sich nicht – das Erstaunen der Anhänger schien gross zu sein: Orgo hielt Coronas Hand, bevor beide getrennt voneinander abgeführt wurden und in zwei verschiedenen Bussen verschwanden, nicht ohne Lisas Blick vorwurfsvoll zu erwidern.

Lisa erhob ihre kräftige Stimme: «Wir hier sind alles Beamte des Bundeskriminalamtes und führen jetzt eine Hausdurchsuchung durch. Dazu gehört auch, dass wir von jedem Einzelnen die Personalien aufnehmen und ihn oder sie kurz befragen. Dazu fordere ich Sie auf, jetzt in den grossen Lichtsaal zu gehen. Dort erfahren Sie mehr.»

Einige der Bewohner stimmten ein Lied an, das von Frieden und ewigem Licht handelte. Singend, mit ausgebreiteten Armen und zum Himmel zeigenden Handflächen, folgten sie gemächlich der Anweisung. Es dauerte seine Zeit, bis alle, auch die Arbeitenden von den umliegenden Feldern, den Gärten und Ställen, im Saal waren.

Jedem der zehn Beamten wurden acht Bewohner zugeteilt. Nach etwas mehr als einer Stunde war der Vorgang über die Bühne gegangen, und bis auf Orgo, Corona, die Erste Hand und Liora wurden alle wieder entlassen. Während die Beamten minutiös alle Gebäude durchsuchten, wurden die Festgenommenen in verschiedenen Fahrzeugen nach Berlin ins BKA gefahren und als Erstes erkennungsdienstlich erfasst. In ihrem Fall gehörte dazu auch eine Blutprobe. Einen Anwalt zuzuziehen lehnten die vier mit der Begründung ab, dass der Herr des Lichts mit seiner Wahrheit über allem stehe. Lisa forderte deshalb einen Amtspsychiater an, der bestätigte, dass die vier vernehmungsfähig waren.

Das alles hatte viel Zeit gekostet. Lisa kam dies aber gelegen, denn sie würde deshalb bis zum nächsten Tag mit den detaillierten Einvernahmen zuwarten können – und konnte sich zuvor mit Giulia absprechen. Zudem wusste sie aus Erfahrung, dass eine Nacht in einer Zelle des BKA für die anschliessenden Befragungen so manches erleichterte.

Es war Abend geworden, die Sonne schien flach über die Dächer Berlins, dass die Häuserzeilen lange Schatten warfen, die Hitze hatte schnell nachgelassen, der Herbst lag fühlbar in der Abendluft.

Lisa sprach Giulia eine Nachricht auf deren Combox. Falls sie in den nächsten zwei Stunden nicht zurückrufe, werde sie die Zentrale in Chur bitten, ihr per Funk auszurichten, sich so rasch als möglich bei ihr zu melden.

Lisa fuhr mit ihrem Dienstwagen nach Falkensee, das etwas ausserhalb von Berlin lag. Am Rande der Kleinstadt bewohnte sie eine Altbau-Dachwohnung, welche sie von ihrer Oma geerbt hatte und die mit vielen Erinnerungen verbunden war. Als sie ein kleines Mädchen gewesen war und viel Zeit mit Oma verbracht hatte, da ihre Mutter in einer Fabrik arbeiten musste, hatte ihr Oma nach dem Mittagessen meist einen Keks gegeben und ein Glas Milch hingestellt, bevor sie Lisa zum Mittagsschlaf schickte. Oma zog dann die dunklen Vorhänge zu und kam erst eine Stunde später wieder.

Lisa war in dieser Zeit oft gar nicht müde, hörte auf das Ticken der Pendeluhr im Wohnzimmer oder auf das Motorengeräusch, wenn ein Traktor oder ein Auto vor dem Haus durchfuhr. Diese Stunde dauerte manchmal ewig, und manchmal schlief sie beim Warten darüber dann doch ein.

Nun blickte Lisa auf den angrenzenden Wald hinter der Zufahrtsstrasse, in dem Oma oft mit ihr spazieren gegangen war. Sie hatten Wildkräuter und manchmal Beeren oder auch Pilze gesammelt, dabei wuchs in Omas grossem Garten hinterm Haus schon so vieles.

Lisa hing diesen Gedanken nach und blickte über die Weite des Landes. Die Vögel zwitscherten, ein Passagierflugzeug zog einen dicken orangeroten Kondensstreifen im schwachen Abendrot. Obwohl Berlin nicht in Sichtweite war, konnte sie die Nähe, die Lebendigkeit zur Stadt fühlen, die so anders war als alle anderen Städte Deutschlands.

Hier war ihr Zuhause, hier fühlte sie sich eingebettet, als gehörte sie dazu.

16

Die Sonne beschien an dem Abend nur noch die höchstgelegenen Weiden und Kronen der Grauhörner und verblasste mit jedem Schritt mehr, den Giulia den Berg hochging. Sie dachte nach. Die Schlagzeilen in den Online-Ausgaben zum Tod des Regisseurs hatten hohe Wellen geschlagen. Wie auch immer dieser Prevost es geschafft hatte – ein Foto zeigte den Toten im Zelt hängend, auch wenn es, um den Lesern nicht zu viel zuzumuten, grösstenteils verschleiert war, lag die Ausweglosigkeit dennoch greifbar in der Luft.

Giulia fragte sich genervt, ob Hartmann der Redaktion die Bilder des Schmierfinks noch immer nicht hatte zukommen lassen. Warum sonst liessen die diesen weiter gewähren?

Sie hatte sich am Nachmittag ein wenig in Andeer umgehört, war im Heilbad gewesen und hatte diese «Tante Trudy»-Frau befragt, sprich Margrit Caflisch. Andeer war mit seinen knapp eintausend Einwohnern auch nicht mehr als ein Dorf und hatte wie so manch kleine Gemeinde in Graubünden schon vor Jahren mit noch kleineren Nachbarsgemeinden fusionieren müssen, um die Anforderungen gemeinsam stemmen zu können. Giulia stellte im Gespräch fest, dass Margrit sehr gut vernetzt war. Sie hatte seit Jahrzehnten ihre Nase überall drin und ein Gedächtnis wie ein Elefant. Dazu erzählte sie gerne, genoss die Aufmerksamkeit, die Giulia ihr in einer langen Kaffeepause geschenkt hatte.

So erfuhr Giulia hinter vorgehaltener Hand, dass dieser Duschletta sich tatsächlich gerne mit jungen Frauen umgab und dass besonders Deutsche es ihm angetan hatten. «Weiss der Kuckuck wieso», sagte Margrit, dabei hatte Graubünden «dia schönschta Maitla», glaubte sie zu wissen. «Aber, Frau de Medici. Kein Wunder hing der Haussegen der Duschlettas damals khörig schief, nachdem das junge Ding aufgetaucht war und auch noch einziehen durfte.»

Giulia, die aufpassen musste, ihre dienstliche Schweigepflicht nicht zu verletzen, entgegnete, dass sie vernommen habe, dass die alte Bäuerin ein grosses Herz gehabt hatte und sie es gewesen sei, die die Deutsche aufgenommen hatte.

Als Margrit das hörte, begann sie herzhaft zu lachen, schob, als dieses in ein Schmunzeln überging, ein Stück Schwarzwäldertorte in den Mund und kaute kopfschüttelnd weiter. «Brida als grossherzig zu bezeichnen wäre so, wie das Steueramt als Wohlfahrtsinstitut zu benennen.» Sie lachte wieder, dass ihr Tränen in die Augen traten. «Das muss auch nicht unter uns bleiben, Frau de Medici, das weiss ein jeder hier im Tal. Die hatte Haare auf den Zähnen, dass sich der Teufel zweimal überlegt hatte, die zu holen. Aber das, was ich Ihnen jetzt sage ...» Sie streckte bei jeder ihr wichtig scheinenden Information ihren Kopf etwas näher zu Giulia, die es ihr gleichtat. «Die hatte die Kleine an dem Abend nicht mal reinlassen wollen.»

«Ist nicht wahr?» Giulia versuchte, die Spannung bei Margrit aufrechtzuerhalten.

«Ja, ja. Auch das weiss ich noch. Die beiden haben, nachdem die Kleine im Haus war, vor der Türe so laut gestritten, dass der alte Jakob im Haus nebenan alles mit angehört hat, und seine Frau ist meine Tante.» Sie nickte wichtigtuerisch. «Nein, nein, die Brida hockte auf jedem Rappen und war abweisend wie ein angebundener Hofhund. Aber», sie griff den linken Arm von Giulia und rückte noch näher an sie heran, dass Giulia den Kirsch im Kuchen riechen konnte, «diese Kleine hatte doch nicht aus Zufall nur beim letzten Haus im Ort geklingelt. Die kannte Duschletta, das ist schon mal sicher, denn sie hatte bei niemandem sonst geläutet.»

Giulia spielte bewusst verwundert mit ihren Gesichtszügen. «Wie kommt's?»

«Also, die kam damals, glaube ich, Ende März. Ein Jahr mit viel Schnee zwar, aber trotzdem hatte Duschletta sie im Mai bereits nach Nurdagn hochgebracht.»

«Weil seine Frau auf den Tisch gehauen hat?»

«Nicht deswegen allein. Alle, die die Kleine bis Ende August zu Gesicht bekommen haben, behaupten das Gleiche: Die spindeldürre Kleine nahm zu – ihr Bäuchlein wuchs prächtig.» Nun lehnte sich Margrit zurück und schien den Moment auszukosten.

Giulia wusste natürlich sofort, was gemeint war, und war tatsächlich überrascht, denn in diesem Fall hatte sie bisher weder was gehört noch gelesen. «Schwanger also?»

«So ist es. Sie konnte im August noch nicht sehr weit sein, so im Fünften wahrscheinlich.»

«Und der Vater?»

«Das ist eben die Gretchenfrage, die damals hinter vorgehaltener Hand auf und ab diskutiert wurde. Aber ich weiss es nicht. Ich war ja nicht dabei.» Margrit lachte. «Dass der Duschletta sich derart für die Kleine eingesetzt und sogar die bärbeissige Brida gegen sich aufgebracht hat, soll schon was heissen. Mehr sage ich dazu nicht.»

«Und dann verschwand die Kleine auf diese mysteriöse Weise», stellte Giulia fest.

Margrits Blick wurde traurig. «Furchtbar, so was, und das mit einem Kind im Bauch. Und noch immer stehen wir vor demselben Rätsel wie damals.»

«Vor zwölf Jahren schlugen deshalb die Wogen hier bestimmt hoch.»

«Das können Sie laut sagen. In jeder Beiz im Tal war dies wochenlang das Stammtischthema schlechthin.»

«Und was glauben Sie, was ist passiert?»

Margrit schüttelte den Kopf. «Ich weiss es nicht. Es ist noch immer ein grosses Rätsel. Aber ich bin sicher, jemand hat die Kleine dort oben mit dem gefundenen Messer umgebracht und die Leiche irgendwo in der Weite verschwinden lassen. Felsspalten gibt's ja genug. Und ich bin mir sicher, das Ungeborene war der Grund für die Tat.»

«Und haben Sie einen Verdächtigen?»

«Nur eine Verdächtige. Aber Tote soll man ruhen lassen.»

«Die Brida? Aber wie soll die die Leiche weggebracht haben? War die so kräftig?»

«Kräftig war sie alleweil und gross auch. Aber wer sagt denn, dass sie es allein getan hat? In solchen Talschaften wie unserer hat man immer Verbündete, ausser man ist ein wahrhaftiger Aussenseiter.»

«Und wieso nicht der Duschletta, falls er sie nach deren Ankunft im März geschwängert haben sollte?»

«Den habe ich nach dem Verschwinden dieser Silke einige Male gesehen. Der litt wie ein geprügelter Hund, das sage ich Ihnen. Der magerte ab und alterte über Nacht sozusagen. Nein, der war es bestimmt nicht.»

«Und die beiden, die man damals festgenommen hat? Der Hirte und der Schreiner?»

«Der Cadotsch ist ein rabiater Siach. Seine Tat an der Hure in Chur kennen wir hier alle, ist eben ein Tal. Was, wenn die alte Duschletta ihn dazu gebracht hat? Für Geld würde der so was mit Sicherheit tun. Der wäre auch kräftig genug, die Kleine wegzutragen, und kennt jeden Fleck dort oben. Dreck am Stecken hat der alleweil, und dass er zu allem fähig ist, hat er ja in Chur hinlänglich bewiesen. Aber der Hirt, der Hassler – nein. Das ist zwar ein Wiebari, der jedem Rock nachläuft, aber sonst ein Lieber, wenn auch ein wenig zurückgeblieben.»

Giulia liess das Gespräch abflauen und bedankte sich nachdrücklich, nicht ohne die Bitte zu wiederholen, dass Margrit jederzeit anrufen solle, wenn ihr noch etwas in den Sinn komme. Sie betonte, dass sie auf der Hütte oben keinen Empfang habe, aber einmal am Tag den Berg so weit runtersteigen werde, um Nachrichten zu empfangen.

Margrit würde das Gespräch mit Sicherheit nicht für sich behalten, wusste Giulia, so würde alsbald ein jeder über ihre Vor-Ort-Ermittlungen Bescheid wissen und in welcher Hütte sie zu finden war. Womöglich hatte jemand weitere Informationen für sie, die dieser loswerden wollte, und das ungesehen von anderen – und es war gut möglich, dass sie auch die Täter anlocken würde.

Giulias Gedanken kehrten wieder zurück ins Hier und

Jetzt, und ihr Blick hob sich vom Pfad hoch zur Hütte über ihr, die sie in der nächsten Viertelstunde erreichen würde.

Morgen wollte sie hinunter nach Nurdagn gehen, um Gian-Reto zu befragen, der bei der Suchaktion dabei gewesen war und im Moment Duschletta aus der Patsche half, indem er auf dessen Alp nach dem Rechten schaute, anstatt der Mutter im Gasthaus zur Rofflaschlucht zu helfen. Heute war sie beim Hochfahren ausserdem vergebens in Wergenstein bei der Schreinerei von Cadotsch gewesen. Sie war verschlossen, und er war auch nicht in seiner Wohnung darüber anwesend gewesen.

Als Giulia sich der Hütte auf dreissig Meter genähert hatte, spürte sie Veränderungen in der Haltung von Arkon. Er verspannte sich, nahm Witterung auf und zeigte mit Hinlegen an, dass etwas nicht stimmte. Sie hatte ihn gelehrt, in solchen Momenten nicht zu bellen, um mögliche Tatverdächtige nicht zu vertreiben.

Giulia, die der Wärme wegen ihre Jacke um die Taille gebunden hatte, zog die Waffe aus dem Holster und entsicherte sie. Mit hellwachen Sinnen näherte sie sich der Hütte, als sie entdeckte, dass fast das ganze Türblatt dunkelrot war. Sie gab Arkon ein Zeichen, der daraufhin die Hütte umrundete, doch er scheuchte niemanden auf.

Sie schabte etwas von dem Rot mit ihrem Sackmesser weg und zerrieb es zwischen Daumen und Zeigefinger. Der typische Eisengeruch verriet es ihr – es war Blut!

Giulia blickte sich um. In der Tiefe und Weite der Landschaft war niemand zu sehen. Mit ihrem Jackenärmel drückte sie die Türfalle hinunter – die Türe war verschlossen. Sie schloss auf und betrat mit gezogener Waffe die Hütte, die im langen Schatten der Berge lag. Die Sonne beschien nur noch die obersten Gipfel der Grauhörner, ein sanftes, mildes Rot verabschiedete den Tag. Niemand war eingebrochen, stellte sie erleichtert fest. Die beiden Fenster waren verriegelt, und das Türschloss war nicht so einfach zu knacken, denn sie selbst hatte ihren Freunden zu diesem geraten.

Sie merkte, dass Arkon ihre Anspannung spürte. Er kam nahe zu ihr, zeigte mit seiner Körperhaltung an, dass er da war, sie mit seinem Leben beschützen würde. Sie tätschelte seine kräftige Seite. «Bist ja mein Bester.»

Sie funkte Kaspezky an, um zu erfahren, wie sie aus Sicht der Forensik vorzugehen hatte. Auf deren Geheiss nahm sie einen spurenfreien Beutel, von denen sie vorsorglich einige mitgenommen hatte, schnitt mit der Klinge ihres Taschenmessers, die sie zuvor sorgsam gereinigt hatte, ein Stück Holz aus der Türe und versiegelte den Beutel. Morgen würde sie diesen mittels einer Streife an Kaspezky schicken.

Sie fotografierte mit ihrem iPhone die Türe, ehe sie sich daranmachte, ihren Znacht zuzubereiten.

Schnell wurde es draussen kühler, dann kalt, der Herbst lag untrüglich in der Luft, merkte sie, als sie am Brunnen mit einem Topf Wasser holte. Sie mochte diese Abende, diese Frische, dieses Herbfeine, das etwas von Abschied in sich trug und doch so lebendig war, wenn auch mit einem Schuss Melancholie darin verwoben.

Sie zog eine warme Jacke über und setzte sich mit einem Teller dampfender Älplermakkaronen, die sie mit viel geriebenem Käse und gebratenen Zwiebeln darüber angerichtet hatte, an den Steintisch draussen. Das warme Apfelmus aus der Büchse hatte sie mit etwas Zimt verfeinert. Arkon, den sie zuvor gefüttert hatte, lag zu ihren Füssen. In Gedanken den Tag Revue passieren lassend, ass sie, die kleine Petroleumlaterne spendete ihr weiches Licht in der Dämmerung. Sie blickte über die Landschaft, wie die höchsten Gipfel die sich herabsenkende Nacht berührten, und sah dem Vieh zu, das in einer Gruppe verstreut unter ihr im Hang in der Weide graste – sein helldunkles Schellengeläut füllte leise die Luft.

Die Lichter im Tal begannen zu schimmern, die Kälte prickelte wohltuend auf ihrem Gesicht. Weit unter ihr lag Casti mit dem rot leuchtenden Zelt, in dem eine weitere Vorstellung des «Sännatuntschi reloaded» stattfand, als wäre nichts geschehen.

Giulia mochte diese Einsamkeit in den Bergen, die irgendwie zwar wehtat, aber mit so viel Freiheit verbunden war, dass sie intensiv schön war. Manchmal gab es dabei Momente, in denen sie sich ausserhalb ihres Lebens fühlte, losgelöst vom Alltag, von allem, als würde sie zu einem Teil des Ganzen hier oben werden: der Felsen, der Wiesen und Matten, der Bergseen, die sich wie Augen des Himmels öffneten, wenn die Wolken aufrissen und ein Sonnenstrahl in ihr dunkles Wasser fiel und dieses damit in Licht verwandelte oder wenn eine Nebelkrähe, der Eiseskälte und Sturmwinden trotzend, um die Felsen zog und nicht nach dem Gestern und noch weniger nach dem Morgen fragte. Das fand sie befreiend.

Mit einer heissen Schokolade in der Hütte liess sie den Tag ausklingen. Sie warf einen letzten Blick auf das kleine Feuer im Küchenofen, das in den letzten Zügen züngelte, legte ein Scheit nach, schloss die gusseiserne Feuerungsklappe und verzog sich in den Schlafraum.

Krachende Schüsse schreckten Giulia auf. Sie blickte aufs Handydisplay: null Uhr vierzig. Sie konnte noch nicht lange geschlafen haben. Arkon hatte sich sofort erhoben und stand mit der Schnauze Richtung Türe, als noch ein Schuss fiel. Schwierig zu sagen, wo diese abgefeuert wurden, fand Giulia. Die Felswände über ihr warfen diese widerhallend zurück. Sie glaubte aber, erkannt zu haben, dass es Schüsse aus einer Faustfeuerwaffe waren.

Giulia schlüpfte in ihre Jeans, griff nach ihrer Waffe und spähte aus dem Fenster neben der Bettstatt. Auf der rechten Hangseite, fast auf selber Höhe mit ihr, brannte etwas lichterloh.

Schnell schnallte sie ihr Halfter über ihr T-Shirt, schlüpfte in ihre Trekkingschuhe und zog eine Softshell-Jacke über. Die Taschenlampe trug sie ausgeschaltet mit, den kleineren Feldstecher in der Hülle am Gurt eingeschlauft.

Sie traversierte unter dem sternenübersäten Nachthimmel aufs Feuer zu. Im Licht des abnehmenden Vollmonds erkannte sie unter sich die beiden Alphütten Curtginatsch und Nurdagn, in denen Licht brannte, was um diese Zeit bestimmt nichts Gutes verhiess.

Nach einer halben Stunde hatte sie etwa zwei Kilometer zurückgelegt. Durch den Feldstecher erkannte sie zwar nicht genau, was wenige hundert Meter vor ihr brannte, es sah aber aus wie eine Art Höhenfeuer.

Schneller konnte sie in dem schwierigen Gelände nicht gehen, auch wenn der Mond sein kaltes Licht auf dem Hang vor ihr auslegte und ihre Augen sich gut zurechtfanden. In etwa fünfzig Meter Entfernung zum Feuer witterte Arkon jemanden und legte sich hin, die Nase weiter hochgestreckt. Plötzlich erblickte Giulia im Widerschein der aufschiessenden Flammen schattenhaft eine Gestalt.

Sie ging vorsichtig näher, die Waffe griffbereit und Arkon direkt neben sich, dann knipste sie ihre starke Stablampe an, richtete den Strahl auf die Person und forderte sie auf, langsam auf sie zuzukommen, mit der Warnung, dass sie ihre Waffe im Anschlag halte und ein Polizeihund in Angriffsposition neben ihr stehe.

Mit erhobenen Händen näherte sich die dunkle Gestalt und blinzelte, als Giulia ihr ins Gesicht strahlte: Es war Gian-Reto Cantieni. Giulia liess die Waffe sinken und gab Arkon Entwarnung.

«Auch ich wurde durch die Schüsse geweckt. Als ich den Widerschein des Feuers hoch über Nurdagn sah, habe ich mich sofort auf den Weg hierherauf gemacht. Wollte doch wissen, was los ist.»

Arkon knurrte plötzlich.

Giulia liess den Lichtstrahl ins Dunkel schweifen, als eine halbe Minute später Hassler in diesem erschien, der die Schüsse unten in Curtginatsch gehört und ebenfalls den Feuerschein entdeckt hatte.

Das Feuer belegte es: Jemand hatte sich die Mühe gemacht, viel Holz heranzuschaffen und es im Halbkreis um den altarförmigen Stein, auf dem Silke vor zwölf Jahren gelegen hatte, aufzuschichten. Mit Brandbeschleuniger hatte er es entzündet, wie der kleine Kanister bezeugte, der am Boden lag.

Giulia schüttelte verwundert den Kopf. Jetzt hier draussen Spuren von damals zu vernichten käme mit Sicherheit niemandem mehr in den Sinn, denn da gab es mit Bestimmtheit keine mehr. Wind und Wetter hatten nach zwölf Jahren alle verwischt. Was bezweckte der Brandstifter damit? War es eine Drohung, dass das nächste Mal die Hütten brennen würden?

In dem Moment erkannte sie die Falle!

Ihr Blick ging sofort zu den beiden Alphütten hinunter.

«Scheisse – Nurdagn brennt!», stiess sie aus und schreckte Gian-Reto und Hassler gleichermassen auf.

«Verreckta Siach no mol!» Gian-Reto lief sofort in die Dunkelheit, Hassler folgte ihm.

Giulia nahm ihr Funkgerät aus der Jackentasche und meldete der Zentrale das Feuer auf der Alp.

Bange warf sie einen Blick hinüber zur Bergflanke, an der im Dunkeln ihre Hütte lag – kein Feuerschein war zu erkennen. Die Erleichterung währte nur kurz. Sie überlegte einige Minuten, was sie tun sollte, womöglich war ihre Hütte als nächste dran, wenn nun alle wie Schafe nach Nurdagn hinunterliefen, doch ihr Bauchgefühl liess sie genau das tun.

Nach zehn Minuten, in denen ihre Augen angestrengt einen Weg durch die schwarzen Weiden suchten – sie setzte bewusst ihre Taschenlampe nicht ein, denn der Täter sollte keinen Anhaltspunkt haben, wo sie sich befand –, erkannte sie die Blaulichter im Tal; bestimmt die von der Feuerwehr Andeer.

Ausser Atem blickte sie wiederholt auf die Gebäude Nurdagns unter ihr. Es brannte gottlob nur der Stall. Als sie unten ankam, sah sie den Hassler vor dem lodernden Gebäude stehen. In diesem Moment rannte Gian-Reto unter Einsatz seines Lebens mit den beiden angstvoll tief muhenden Kühen zum brennenden Tor hinaus. Hinter ihm stürzte krachend und funkenschlagend ein schwerer Balken ins Innere.

Das war mehr als nur knapp gewesen. Ausser Atem ging Gian-Reto zum Brunnentrog und übergoss sich Arme und

Kopf mit dem kalten Wasser. Es roch nach verbranntem Haar. Nur kurz hielt er inne, bevor er hinunter zum Schopf eilte, mit mehreren Militärdecken zurückkehrte und diese in den Brunnentrog tauchte. Giulia begriff sofort, was er damit vorhatte, und half mit. Zusammen legten sie den beiden Kühen die Decken über. Noch immer ertönten ihre aufgeregten Muh-Rufe, gemischt mit ihrem Glockengeläut. Gian-Reto versuchte, sie zu beruhigen, und führte sie weiter weg vom brennenden Stall.

Giulia schickte inzwischen den Hassler nach Curtginatsch hinüber, um dort nach dem Rechten zu schauen. Der setzte sich auf Gian-Retos Quad und gab Gas.

Der Stall auf Nurdagn war verloren, das war sofort zu erkennen, als hinter der Bergflanke von Curtginatsch die blauen Blinklichter der Feuerwehr auftauchten. Giulia ging mit Arkon ums Haus, das der Täter, warum auch immer, verschont hatte. Gian-Reto wischte sich mit beiden Händen das Wasser aus dem Gesicht, in dem anstelle seiner sonstigen Freundlichkeit Anspannung und Fassungslosigkeit geschrieben standen. Er schloss die Hüttentüre auf, damit sie in die beleuchtete Küche treten konnten.

Giulia forderte ihn auf, seine Arme und sein Gesicht genauer anschauen zu lassen. Vor allem die Arme hatten einige Brandwunden abbekommen. Giulia nahm seine Hand, um vorsichtig den Arm auch von den Seiten zu betrachten, als sie seine Blicke fühlte, die sie mit einem einen Tick zu langen Augenaufschlag erwiderte. Seine markant männlichen und dennoch von Weichheit durchzogenen Gesichtszüge konnte sie nicht verleugnen, und sie fand es bemerkenswert mutig, wie er sich für die beiden Kühe, die nicht mal ihm gehörten, eingesetzt hatte.

Ihre Blicke verharrten einen Moment, ehe Giulia fast ruppig seinen Arm losliess. «Das muss verarztet werden. Haben Sie Bepanthen oder so was hier? Wenn nicht, die Feuerwehr hat bestimmt etwas im Notfallkoffer dabei.»

«Danke, Frau de Medici. Ich werde Ihren Rat befolgen. Haben Sie meine Türe gesehen?»

«Wieso? Ist sie voller Blut?»

«Dann haben Sie dies beim Reingehen also doch bemerkt?»

«Ich war mir nicht sicher, es war zu dunkel, aber meine wurde ebenfalls mit Blut beschmiert.»

«Ja, so fand ich meine heute Abend auch vor und dachte mir, dass jemand Unfug treibt. Dem Hassler seine ist auch nicht besser, wie er mir beim Runterlaufen gesagt hat.»

Giulia schwieg, während Gian-Reto, der einen halben Kopf grösser war als sie, ein Glas Wasser trank und ihr auch eines anbot, das sie gerne entgegennahm. Damit trat sie vor die Türe, um kurz nach oben zu schauen – zu ihrer Hütte, die weiterhin in der Dunkelheit lag.

Die vierköpfige Mannschaft im Mowag, einem für diesen Einsatz am Berg konzipierten kompakten Löschwagen, traf gleichzeitig mit einem Begleitfahrzeug ein, in dem zehn Mann der Andeerer Feuerwehr sassen. Sie mussten sich damit begnügen sicherzustellen, dass der Stall kontrolliert niederbrannte, und die Alphütte und das kleinere Nebengebäude gegen Funkenflug schützen.

Giulia konnte nichts mehr tun und verabschiedete sich gegen drei Uhr von Gian-Reto, dessen schöner Mund ihr noch einige Schritte lang vor dem inneren Auge verhaftet blieb, als sie sich auf den Weg zu ihrer Hütte machte. Curtginatsch würde sie morgen aufsuchen.

Als sie endlich ins Bett kroch, setzte sie sich nochmals kurz auf und blickte aus dem Fenster zu den beiden Alpen hinunter, zu den glutroten Resten des Feuers auf Nurdagn. Die schwarzen Matten ruhten. Die Lichter im Tal, die wie Nuggets aus einem seichten Fluss schimmerten, beruhigten sie. Erschöpft legte sie sich hin, hörte, wie Arkon neben ihr auf seiner Decke schnaufte, und fiel dann in einen unruhigen Schlaf, der sie gefangen nahm, als wäre er ein Netz, in dem sie zappelte.

17

Das Altweibersommerhoch hatte sich breitgemacht. Am nächsten Morgen war der Himmel blitzblank geputzt, und vor Giulias Hütte lag Raureif, der die Matten dick überzuckert hatte. Ihr Atem wölkte sich, als sie am Brunnen, der eine dünne Eisschicht trug, nur in BH und Trainerhose das Gesicht und den Oberkörper wusch. Ihre Haare rochen stark nach Rauch, merkte sie, also wusch sie auch diese mit dem eiskalten Wasser.

Man konnte anderer Meinung sein, dachte sie, als sie danach, mit einem Handtuch um den Kopf gewickelt, am Tisch draussen frühstückte, doch einen heissen Kaffee am Morgen in dieser Bergluft zu trinken war mit keinem anderen Kaffee dieser Welt zu vergleichen.

Die Ereignisse der letzten Nacht wirkten in der Morgensonne unwirklich. Sie betrachtete das eingetrocknete Blut an der Türe, als müsste sie sich versichern, nicht geträumt zu haben. Ausserdem fühlte sie sich müde.

Um neun Uhr, die Haare waren noch nicht ganz trocken, lief sie in der Morgensonne mit Arkon zur Curtginatsch-Hütte hinunter. Auch hier war Blut an der Türe, eingesogen und dunkel wie an ihrer Türe. Ein rotes Kreuz war zudem auf einen der Fensterläden aufgemalt worden. Da Hassler nicht anwesend war, machte sie sich auf den Weg nach Nurdagn.

Der sauer-dumpfe Brandgeruch des zerstörten Stalles schlug ihr schon von Weitem entgegen. Die Feuerpolizei war vor Ort und damit beschäftigt, die Brandruine zu inspizieren.

Gian-Reto Cantieni war im Gespräch mit einem der Männer, als Giulia ankam. Sichtlich erfreut unterbrach er das Gespräch und kam auf sie zu.

Sie bat ihn, mit ihr über die Ereignisse von vor zwölf Jahren zu reden, die Untersuchung zur Brandstiftung laufe, und man müsse im Moment sowieso abwarten, was die ersten Ergebnisse brächten.

Sie setzten sich in die Morgensonne an einen Tisch auf der Terrasse. Noch war es kühl und eine dünne Jacke angebracht, doch das würde sich schnell ändern.

Breitwillig erzählte Gian-Reto von der Suche damals, wie er sich mit einem kleinen Team, einem von vieren, auf die Suche gemacht hatte. Tagelang hatten sie sich alle angestrengt, die Vermisste zu finden – tot oder lebendig. Doch irgendwann war auch bei dieser Suche der Punkt gekommen, an den Bergretter öfters kommen, wenn sie eine vermisste Person sozusagen dem Berg überlassen müssen.

«Wissen Sie, Frau de Medici, wir haben lange überlegt, wie es möglich war, dass sie so spurlos verschwand, als hätte sie der Erdboden verschluckt. Wir haben jeden Meter, jeden Stall, jede Hütte durchsucht. Nichts.»

Auf die Frage, was er denn von den Gerüchten zu damals, sprich zu den beiden Verhafteten, meine, gab er kopfschüttelnd zur Antwort: «Ich weiss es nicht. Kaum vorstellbar, so ein Verbrechen. Ich war ja öfters auch in jenem Sommer hier oben, wenn's Gion körperlich nicht so gut ging, und ich habe nichts gesehen, was jemanden belasten würde. Klar, diese Silke war ein stilles Wasser, aber sie schien mir nicht unzufrieden zu sein.»

«Und dass Duschletta sich jungen deutschen Frauen zugetan fühlte, was meinen Sie dazu?», hakte Giulia nach.

«Ach, das dumme Knschnorr. In solchen Talschaften geht doch immer was rum, wie eine ansteckende Krankheit ist so was. Mal trifft es den einen, mal den anderen und manchmal sogar einen selbst. Ich weiss nur, der alte Mann hat nach ihrem Verschwinden wochenlang gelitten, und das ist bestimmt nicht nur mir aufgefallen. Ich musste ja deswegen damals für ihn einspringen.»

«Sie sei schwanger gewesen, hört man so ausserdem.»

Gian-Reto lachte herzhaft. «Das hat bestimmt die Caflisch rausgelassen. Die hält also noch immer an ihrer These fest.» Er hob bezeichnend dafür seine Augenbrauen. «Wissen Sie, Frau de Medici, man soll ja nicht über andere reden, wenn die nicht am selben Tisch sitzen, um sich wehren zu können.

Aber die Caflisch und ihre Geschichten kennt ein jeder im Tal. Der kann man nicht die Hälfte glauben, und die andere ist gut erfunden, pflegt meine Mutter zu sagen.»

Der Brandinspektor kam kurz an den Tisch, und Gian-Reto beantwortete ihm eine Frage, ehe er sich wieder Giulia zuwenden konnte. «Die Silke war halt spindeldürr, als sie ankam. Die hat Capuns, Maluns und Röschti in sich reingehauen, so was haben Sie noch nie gesehen. Die wurde mit den Wochen deshalb etwas fülliger und bekam einen kleinen Bauch, wie alle, die zu viel futtern. Ich kann mich erinnern, dass meine Mutter ihr deshalb Hosen meiner Schwester brachte. Aber wie gesagt, das kam vom Essen. Die war Ende August prächtig im Strumpf.» Er lachte.

«Und nun zur aktuellen Toten in eurem Gasthaus. Haben Sie die Erhängte lebend zu Gesicht bekommen?»

Gian-Reto verneinte, da er ja an dem Abend wegen der vermissten und später tot aufgefundenen Frauke im Einsatz gestanden sei. Er sei es ja gewesen, der Frau Dr. Kaspezky zur Leiche geführt habe.

Gian-Reto versuchte sich beim Erzählen nicht in Szene zu setzen, das gefiel Giulia. Aber das mit Erkki lag noch wie ein Weizenfeld, das noch nicht umgepflügt war, in ihr brach, als dass bereits etwas Neues hätte wachsen können.

Als sie aufstand, um sich zu verabschieden, und ihm die Hand reichte, blickte er sie an. «Es tut mir leid, dass ich nicht verbergen kann, was Sie in mir auslösen. Ich kenne Sie nicht, und dennoch fühle ich mich nicht fremd in Ihrer Nähe.»

«Danke für Ihre Offenheit. Ich bin dienstlich hier – ich bitte um Ihr Verständnis», gab sie in ihrem besten Beamtendeutsch zur Antwort.

«Natürlich verstehe ich das. Ich hatte auch nichts erwartet, es fühlte sich einfach richtig an, es Ihnen jetzt zu sagen. So wissen Sie nun, woran Sie bei mir sind.»

Giulia konnte und wollte ein zurückhaltendes charmantes Lächeln nicht verbergen, das dennoch signalisierte, was sie nicht zu sagen bereit war.

«Soll ich Sie mit meinem Quad zu Ihrem Wagen fahren? Ich nehme an, Sie wollen noch ins Tal? So sparen Sie sich fast zwanzig Minuten Fussweg zu Ihrem Wagen, und Sie haben ja schon einige Kilometer hier oben abgespult.» In seinen Augen lag etwas Spitzbübisches.

«Nur wenn ich fahren darf», forderte Giulia ihn heraus.

Sie setzte sich auf das Quad. Es war fast das gleiche Modell, das sie in ihrem Maiensäss besass. Gian-Reto nahm hinter ihr Platz, Arkon lief nebenher.

Giulia fuhr zügig den steinigen Weg hinunter, ihr Herz klopfte, und sie hätte sich gewünscht, dass er sie um die Taille gefasst hätte statt am Metall, und doch auch wieder nicht. Wenn sie ihre Türe noch einen Spalt weiter öffnete, gäbe es kein Zurück mehr, das wusste sie. Ihr Lächeln vorhin war eigentlich schon zu viel gewesen.

Sie stieg ab, dankte und übte sich in Zurückhaltung. Wenig später sah sie im Rückspiegel ihres Wagens, dass er stehen geblieben war und ihr nachblickte.

18

Das «Capricorns», das Hotel-Restaurant in Wergenstein, stellte Giulia für ihre Ermittlungen die kleine Bibliothek zur Verfügung. Hartmann hatte dies arrangiert, stand in der Mail seiner Assistentin, die Giulia in der Nacht, als sie irgendwann kurz Empfang hatte, erhalten und nach dem Aufstehen mit einem Schmunzeln gelesen hatte. Sie mochte Bücher, im Raum roch es danach, und auch sonst war er mit allem ausgerüstet, was sie brauchte: ein Telefon und schnelles Internet mit WLAN, stellte sie erfreut fest, als sie sich umsah.

Die Brandstiftung heizte die Boulevard-Berichterstattung weiter an, da sich nun täglich, so schien es, die Ereignisse im Val Schams überstürzten. Die Online-Ausgaben führten die ersten Bilder bereits um zehn Uhr auf ihren Titelseiten.

Kaum hatte Giulia Platz genommen, klingelte ihr Telefon. Lisa gab den neuesten Stand aus Berlin durch: Sie berichtete vom gestrigen Tag, der Festnahme der vier und über die bisher bekannten Strukturen dieser Sekte mit dem Namen «Die Quelle». Auch dass Paulina Heilmichel alias Liora genauso wie die tote Bettina Stenlizer, die, wie sie nun wusste, Heike Heilmichel und mit Lichtnamen Lumina hiess, nirgends registriert waren, als gäbe es die zwei jungen Frauen nicht. Ebenso dass Paulina Heilmichel felsenfest behauptete, Heike sei ihre Schwester gewesen. Sowohl Kornbachs als auch Paulina und deren Eltern sei Blut abgenommen worden, und nun lägen die Resultate vor.

«Und jetzt halt dich fest, Giulia. Greta und Karlheinz Kornbach, die innerhalb der Sekte nur Das Eine genannt werden, sind, wie wir alle wissen, die Eltern der verschwunden Silke-Aurora. Die erhängte Bettina-Lumina ist auch zweifelsfrei ihrer beider Tochter und somit die Schwester von Silke. Liora, in deren Familie Lumina aufgewachsen ist, innerhalb derselben Kommune wohlgemerkt, ist deren Halbschwester!»

«Echt jetzt?» Giulia verstand und verstand doch nicht alles.

«Na ja, meine Liebe, Karlheinz Kornbach alias Orgo hat deren Mutter geschwängert. Ganz einfach. Liora ist ein Kuckuckskind.»

«Du meinst, der Typ hat fremdgevögelt?»

«Tja, das muss ich noch rausfinden. Bei einer solchen Gemeinschaft weiss man nie, wie die sexuell eingestellt ist, welches Paarungsverhalten die vorgibt.»

Giulia lachte. «Aber, meine Liebe, da stellt sich mir und bestimmt auch dir die Frage, warum Bettina-Lumina nicht bei ihren Eltern aufwuchs, obwohl sie sozusagen Tür an Tür wohnten. Und wieso Bettina-Lumina und Liora nach der Geburt nicht den Behörden zur Registrierung gemeldet wurden.»

«Ich habe keine Ahnung. Alle Verhafteten samt der Ersten Hand, diesem Pischolek, verweigern jede Aussage dazu. Ich muss die erst etwas weichkochen. Aber ich habe noch was für dich.» Lisa lächelte, dass Giulia es hören konnte. «Die Durchsuchung des Betriebs hat nichts zutage gefördert. Er ist ein Vorzeigebeispiel eines Ökohofs, der es schafft, nicht nur seine Betreiber zu versorgen. Noch habe ich weder einen Grund für das Verschwinden von Silke gefunden noch ein Motiv für die Bluttat. Auch nicht dafür, wieso Bettina zwölf Jahre später auf denselben Berg gegangen, womöglich geflohen ist. Schwierig zu sagen, was sie alles über ihre verschwundene Schwester wusste – und ob sie überhaupt wusste, dass es ihre Schwester war.» Sie lächelte wieder hörbar, und Giulia wusste, sie spielte gerne mit ihrer Ungeduld, und verkniff es sich reinzufragen. «Und nun komme ich zum Kernpunkt. Orgo und Corona waren zum Tatzeitpunkt letzte Woche im Val Schams.»

Ein gedehntes «Ooookay» war Giulias Antwort darauf. «Gute Arbeit.»

«Ich weiss», entgegnete Lisa. «Aber da müssen wir uns im selben Atemzug fragen – wieso? In den nächsten Stunden konfrontiere ich alle nochmals mit den Fakten. Mal schauen, ob Corona vom Seitensprung Orgos weiss. Und was Liora betrifft, muss ich ein wenig behutsam sein. Immerhin erfährt die erst jetzt, mit knapp zweiundzwanzig Jahren, wer ihr wirklicher Vater ist und dass die erhängte Lumina nur ihre Halbschwester war.»

«Ein mögliches Motiv zu dem Fall von vor zwölf Jahren hätte ich aber zu liefern.» Giulia berichtete Lisa, dass Silke möglicherweise schwanger gewesen war. Kein Wort davon stand in den Akten, und auch Duschletta hatte nichts davon erwähnt, dass dieses Gerücht, wahrscheinlich auf ihn bezogen, verbreitetet worden war. Bevor Giulia das Gespräch beendete, musste sie Lisa noch von der Begegnung mit Gian-Reto erzählen. Wem sonst ausser ihrer Freundin hätte sie dies anvertrauen können.

Lisa, die all ihre bisherigen Bindungen ausnahmslos als «Lebensabschnittspartner» bezeichnete, mahnte Giulia zur Vorsicht. Da es sich ja höchstens um eine Bettgeschichte handle, könne, nein müsse diese warten, bis der Fall durch sei, erst dann könne Giulia sich Gian-Reto schnappen, falls sie dann noch wolle. Bei Liebe würde es sich sicher anders darstellen, aber nur wegen Sex allein lohne sich das Risiko mit Sicherheit nicht.

Giulia hatte Lisas Antwort schon bei der Fragestellung gewusst, sie hätte an ihrer Stelle ja das Gleiche gesagt. Sie wusste ebenso, dass Lisa recht hatte, doch es musste einfach mal ausgesprochen werden.

Nachdem Giulia sich unten im Restaurant einen Kaffee geholt hatte, rief sie Duschletta an. Aufgrund der neuen Erkenntnisse, vor allem wegen der angeblichen Schwangerschaft, wollte sie ihn erneut befragen, an der Fassade kratzen, unangenehm werden. Er hob auf dem Festnetzanschluss ab. Sein Rücken bereite grosse Probleme, daher liege er auf dem Kanapee und mache keinen Wank, vernahm Giulia. Seiner Stimme nach zu urteilen, ging es ihm tatsächlich schlecht. Morgen in der Früh solle sie kommen, ab sieben Uhr, wenn's gehe, da er meist ab fünf Uhr in der Früh auf sei, bat er sie. Giulia war's recht, denn sie hatte bis jetzt nicht die Zeit gefunden, Strebel, den ehemaligen Ermittler von damals, zu befragen. Das würde sie nun nachholen. Doch zuvor würde sie die wenigen Schritte zur Schreinerei von Cadotsch laufen – sie hatte durchs Fenster seinen beschrifteten alten Volvo-Kombi soeben vorfahren sehen.

Cadotsch stand in seinen braunen Arbeitshosen vor dem Holztor seiner Schreinerei und wollte gleich wieder in den Volvo steigen, als Giulia mit Arkon neben sich auf ihn zuging.

Sie stellte sich vor, nahm dessen Ablehnung zur Kenntnis und forderte ihn auf, einige Fragen zu beantworten.

In der kleinen Schreinerei herrschte eine Unordnung. Die Fensterscheiben waren zudem staubig und dreckig, mit grossen, alten Spinnennetzen oberhalb verhängt, die drei Maschinen voll von Sägemehl. Es roch nach Holz und Leim. Abschnitte lagen am Boden verteilt, das Büro war überfüllt mit schlecht beschrifteten Ordnern, ein fleckiger Taschenrechner lag auf einer Offerte auf dem Tisch, eine leere Tasse Kaffee und angebrochener Kaffeerahm daneben.

Cadotsch setzte sich auf den Bürostuhl, dessen Sitzfläche ein Loch im Stoff hatte. Der einzige Stuhl daneben war vollgestellt. Cadotsch war gross und kräftig. Seine Hände waren ungepflegt wie sein krauses Haar. Missmutig verschränkte er die Arme, lehnte sich zurück und bot Giulia keinen Platz an.

«Sie habe ich schon erwartet. Man hört ja so einiges von Ihnen.»

Giulia war sich sicher, er spielte auf den Zeitungsbericht an, in dem ihr mit einer Anzeige gedroht wurde aufgrund der Chip-Entfernung.

«Sie sind bei uns kein Unbekannter, und deshalb bin ich hier.» Sie verschränkte die Arme im Stehen.

«Na, wen wundert's? Nun werde ich bestimmt für alle Zeit mit dem alten Fall in Verbindung gebracht werden.»

«Sie meinen *Fälle*. Und was den neuen Mordfall betrifft – ja, ich bringe Sie damit in Verbindung, aufgrund der alten Fälle.»

«Sie haben ja bereits mit dem Hassler geredet, und er hat Ihnen doch gesagt, wie's vor zwölf Jahren gewesen ist, und mehr sage ich dazu nicht mehr.»

«Tja, mir wäre auch lieber, ich müsste nicht in einem alten und nun neuen Mordfall gegen Sie ermitteln. Und ich sage es Ihnen direkt: Dass damals Blut des Opfers an Ihrem Lederarmband gefunden wurde, macht Sie für mich zu einem der Hauptverdächtigen.»

«Denken Sie, was Sie wollen. Ich weiss es ja auch nicht, wie das gekommen ist, habe es auch damals nicht gewusst. Wäre ich an dem Abend nicht dort gewesen – sie wäre dennoch tot, denn ich habe nichts damit zu tun, ausser dass ich in der fraglichen Nacht ein Zimmer neben ihr sturzbesoffen meinen Rausch ausgeschlafen habe und am Morgen, als alle bereits weg waren, aufgewacht und zeitig hier heruntergefahren bin.»

«Das mit der Prostituierten gibt mir ebenfalls zu denken. Es sagt doch viel über Ihre Gewaltbereitschaft aus.»

«Und da kommen Sie ohne Verstärkung in meine Schreinerei? Ich muss ja zum Fürchten sein.»

«Na ja, ich glaube, mein Freund hier ist mehr als nur eine Verstärkung, und ich weiss mich zu wehren.» Giulia blickte zu Arkon, der neben ihr stand und mit Sicherheit die Situation richtig erspürte. «Also, wie konnten Sie so eine brutale Tat an dieser Frau, dieser Südamerikanerin, vollbringen?»

Cadotsch schwieg.

«Sie wollen nichts mehr dazu sagen?»

«Ist mein gutes Recht.»

«Dem ist so. Ich werde Sie entsprechend immer wieder nach Chur vorladen müssen und bei Nichterscheinen festnehmen lassen. Und das ist nicht mein gutes *Recht*, sondern Pflicht. Besprechen Sie sich mit Ihrem Anwalt – bald. Ich melde mich wieder. Womöglich mögen Sie dann mit mir reden.»

Giulia stand auf, streckte ihm ihre Karte hin, die er ignorierte, weswegen sie sie auf den Schreibtisch legte, bevor sie die Schreinerei verliess.

Nun gut, sie hatte zumindest den Tarif durchgegeben, sie würde Cadotsch morgen anrufen und ihm ein weiteres Mal auf den Zahn fühlen.

Unterwegs nach Chur ass sie in einem Restaurant zu Mittag und klingelte kurz vor halb zwei Uhr an dem bescheidenen zweistöckigen Haus unterhalb der Psychiatrischen Klinik Waldhaus. An dieser Adresse wohnten die Schwester von Strebel und, wie sie mittlerweile herausgefunden hatte, auch ihr Bruder.

Strebel, der damals Mitte fünfzig gewesen war, musste nun siebenundsechzig sein. Seine Schwester war fünf Jahre älter, wie aus der Polizeidatenbank hervorging.

Gertrud Strebel, so hiess die Schwester, öffnete mit vorgelegter Kette. Bestimmt hatte ihr Bruder dazu geraten, dachte Giulia bei dem Anblick. Giulia wies sich aus und erklärte, dass sie den Bruder sprechen müsse. Gertrud bat sie mit leiser Stimme herein, als schliefe jemand. Sie führte Giulia in die bescheidene Stube. Giulia setzte sich auf ein altes mattgrünes Sofa mit abgewetztem Samtbezug. Die Zeit schien im Raum stehen geblieben zu sein.

Zwei Minuten später schob Gertrud einen Rollstuhl vor Giulia. Darin sass ein alter Mann. «Das ist mein Bruder Marcel.»

Giulia, die alte Menschen sehr mochte, erhob sich und streckte ihm die Hand entgegen, als ihr der Blick des Alten auffiel, der irgendwo im Nirgendwo hing.

«Was ist los mit ihm?», fragte sie direkt.

«Mein Bruder leidet unter Alzheimer – im Endstadium.» Gertruds Blick wirkte müde und traurig.

«Ach, das tut mir leid zu hören.» Giulia war damit sofort klar, dass sie keine Antworten mehr erwarten konnte. «Seit wann leidet er schon darunter?»

«Während der letzten beiden Dienstjahre bereits hatte sich die Krankheit immer mehr bemerkbar gemacht. Marcel hat alles getan, um diese zu verschleiern, wollte nicht wahrhaben, was geschah, auch wenn der Druck auf der Arbeit stetig zunahm. Dauernd hat er etwas verlegt oder vergessen, dass ich Hilfe holen musste, was mit viel Unverständnis seinerseits und Leid verbunden war.» Sie legte liebevoll ihre Hand auf seine Schulter. Kurz hob er den Blick zu ihr, in dem grosse Ratlosigkeit zu schimmern schien. «Aber eben», fuhr sie mit einem

Seufzer fort, «er kündigte im grössten Druck ohne Angaben von Gründen und liess sich über den Vertrauensärztlichen Dienst krankschreiben. Grosse Scham hatte ihn weiter dazu getrieben, der Aussenwelt alles zu verheimlichen, zu vertuschen, so gut es eben ging. Sogar mir wollte er weiter was vormachen. Als er den eigenen Haushalt irgendwann nicht mehr erledigen konnte, habe ich ihn zwangsweise dazu gebracht, zu mir zu ziehen, und viel zu spät ist er ins private Altersheim Serenga in Chur eingetreten. Nun wird er zweimal die Woche hergebracht, für wenige Stunden nur, doch ich hoffe, ihm dabei ein gutes Gefühl zu schenken.»

Giulia schämte sich ein wenig für ihre voreilig gefolgerten Gedanken über die angelegte Akte. Auf diese Idee wäre sie niemals gekommen, und sie sprach eine Entschuldigung aus.

«Schauen Sie, Frau de Medici, das ist wie bei Alkoholkranken. Die haben ebenfalls eine unglaubliche Energie, um zu verschleiern, das Umfeld zu manipulieren, und ehe es dann kracht, ist der Schaden schon angerichtet. Machen Sie sich also bitte keine Vorwürfe.»

«Aber wieso hat ihn niemand bei uns intern unterstützt, es gemerkt?»

«Er hatte tausendundeine Ausrede, und als es zu offensichtlich wurde, hat er sich krankgemeldet und später selbst gekündigt. Nun zahlt die IV.»

Giulia hatte nicht viel Gutes über den Mann gehört, doch als sie ihn nun geistesabwesend im Rollstuhl sitzen sah, überkam sie ein seltsames Gefühl. Das Leben war ja so kurz, und es bedurfte nur einer Wendung in die falsche Richtung, und aus war die Maus. In diesem Fall hatte das Schicksal die damalige Akte von Strebel somit auf tragische Weise geschlossen.

Sie schwieg in Gedanken versunken, und die alte Pendeluhr, die neben dem Bild eines Hirsches hing, der an einem Weiher stand und mit in den Nacken gelegtem Haupt in Richtung Wald röhrte, teilte die Zeit, die unerbittliche Zeit – ticktack, ticktack.

Da Giulia sowieso in Chur war, fuhr sie kurzerhand nach Hause und duschte ausgiebig. Jedes Mal war sie dankbar, dass einfach heisses Wasser aus dem Hahn kam. Sie roch nach Rauch und auch etwas nach Schweiss. Das war immer so. In den Bergen nahm sie diesen Geruch nicht wahr, doch kaum zu Hause, störte sie dieser.

Sie kaufte frisches Brot, das sie am meisten auf dem Berg vermisste, und fuhr zurück. Das Val Schams lag bereits im Schatten, als sie es erreichte. Gian-Reto kam ihr angenehm in den Sinn.

Später stand sie in der Kälte im Dunkeln vor der Hütte, deren erdgeschossiges Fenster heimelig warm erhellt leuchtete. Der Brunnen plätscherte leise, sie glaubte nach einigen Minuten ein Geräuschmuster darin zu erkennen. Leise vernahm sie Glockengeräusch. Noch ein, zwei Wochen, falls kein früher Wintereinbruch käme, dann würde das Vieh ins Tal getrieben. Jedes Jahr freute sie sich auf den Alpabzug, den sie bisher vom Wegrand unterhalb ihres Maiensässes aus erlebt hatte – wenn die festlich geschmückten Tiere als Zeichen dafür, dass es keine schlimmen Unfälle gegeben hatte, an ihr vorbei ins Tal zogen und die Sennerin aus dem Allgäu einen Juchzer ertönen liess.

19

Giulia war dankbar, hielt das Hoch weiterhin an, wie sie am nächsten Morgen mit Blick in den Himmel feststellte. Täglich bei Dauerregen den steilen Auf- und Abstieg unter die Füsse zu nehmen, hätte sie nach einigen Tagen bestimmt genervt.

Um neun Uhr klingelte sie in Casti wie vereinbart an der Haustüre von Duschletta, der aber nicht aufmachte. Sie polterte an die Türe. Fehlanzeige. Auf dem Festnetzanschluss erreichte sie ihn nicht, und sein Natel war ausgeschaltet. Sein weinroter Subaru Justy stand aber vor dem Stalltor, wie sie zuvor schon gesehen hatte. Weit konnte er deshalb nicht sein, sowieso nicht wegen seines verzwickten Kreuzes, wie er gestern gesagt hatte. Sie lief zwischen den wenigen Häusern hindurch, spähte um das eine und andere Hauseck und fragte eine betagte Frau nach ihm, die, ganz in Schwarz gekleidet, Gemüse in der Hand hielt.

Sie solle oben in der kleinen Kirche nachschauen, riet diese ihr. Da sei der Gion in den letzten Tagen auffallend oft hochgelaufen, auch wenn er so schlecht zu Fuss gewesen sei.

Giulia ging deshalb den kurzen, aber stotzigen Weg zum Kirchlein hoch. Die alte Türe war unverschlossen, sie schob sich hinein. Arkon liess sie draussen auf Platz.

Sonnenlicht fiel durch das bunte Butzenfenster, das den guten Hirten mit seinen Schafen zeigte, der das schwächste Lämmlein über den Schultern trug.

Sie ging langsamen Schrittes durch die drei schmalen Bankreihen zum Altar, wo eine erloschene Kerze stand, an die ein Briefumschlag gelehnt war, der ihr beim Hereinkommen sofort ins Auge gestochen war.

Sie zog dünne Handschuhe aus ihrer Jacke und nahm den Brief in die Hand – ihr Name stand darauf.

Verwundert öffnete sie ihn.

Werte Frau de Medici,

seit ich Sie zum allerersten Mal gesehen habe, wusste ich, dass nun alles enden würde. Der weisse Hirsch war das letzte Zeichen, auf das ich diese langen zwölf Jahre gewartet habe – vor dem ich mich gefürchtet hatte. An meinen Händen klebt das Blut von Silke Kornbach, einer wunderbaren jungen Frau. Sie haben mit mir jetzt den Schuldigen an deren Tod gefunden. Ich bin alt, habe alles verloren ausser meinen Kindern und kann nicht in ein Gefängnis. Ich habe es Ihnen angesehen, Sie sind auch ein Kind der Berge und werden meinen Entscheid sicherlich verstehen. So bin ich nun vor den Herrgott getreten in der Hoffnung auf Seine unermessliche Gnade, denn Er allein kann in mein Herz sehen und so meinen innigsten Wunsch erkennen, dass doch alles niemals geschehen wäre.

Gion Duschletta
Casti, 5. September, 22:30 Uhr

Giulia las den Brief zweimal. Das zweite Mal setzte sie sich dazu auf eine der steinharten Holzbänke.

Das hatte sie nicht erwartet. Sie nahm ihr Handy und rief Hartmann an, der genauso verwundert war wie sie.

Einmal mehr hiess es nun zuwarten, bis die Verstärkung anrückte, was über eine Stunde dauerte.

Mit im Team war auch Nadia Caminada.

Die Türe von Duschlettas Haus wurde aufgebrochen, die Räume durchsucht, doch er war nicht zu finden.

Giulia zog es allein hinauf zur Felsnase vor der kleinen Kirche. Es war mehr ein Gefühl als eine Ahnung, das sie dazu veranlasste. Vorsichtig näherte sie sich der Abrisskante und spähte in die Tiefe. Sie konnte mit blossem Auge im Tobel darunter keinen Körper erkennen. Der Hubschrauber und die Bergrettung mussten her, um Gewissheit zu schaffen.

Deshalb stand innert zweier Stunden auch Gian-Reto auf Platz, zusammen mit seinem Team. Als Bergrettungsprofi versuchte er, seine tiefe Betroffenheit nicht zu zeigen, doch Giulia sah sie ihm dennoch an.

Während der nächsten Stunden wurde die ganze Umgebung durchkämmt, exponierten Stellen besonderes Augenmerk geschenkt – doch Duschletta blieb unauffindbar.

Die detailliertere Hausdurchsuchung, an der auch Giulia und Nadia gemeinsam teilnahmen, erbrachte ausser einem typengleichen Benzinkanister wie dem, der bei beiden gelegten Feuern benutzt worden war, nichts. Giulia drängte sich deswegen dennoch nicht der Verdacht auf, dass Duschletta die beiden Brände selbst gelegt haben könnte. Mit seinem schlechten Rücken hätte er nie und nimmer das viele Holz zum Altarstein hochtragen können.

Nadia hingegen war da kritischer. «Was, wenn der Bauer gar keinen so schlechten Rücken hatte? Wer sagt uns denn, dass dem so war? Womöglich litt er emotional unter etwas anderem und drückte es so aus. Ich hatte so einen Fall mal in Zürich.»

Giulia gab ihr grundsätzlich recht. Sie selbst war es ja, die immer wieder mahnte, niemandem etwas zu glauben, was nicht bewiesen war – und das durch Fakten. Aber sie war es auch, die stark auf ihren Instinkt und ihr Bauchgefühl setzte. «Du hast recht. Ich leitete es von meinen persönlichen Beobachtungen ab und hatte bisher keinen Anlass zu zweifeln, dessen Arzt zu konsultieren, um die Diagnose bestätigen zu lassen. Sei du deshalb so gut und kläre das.»

«Mache ich, denn falls seine Schmerzen erst nach dem Verschwinden von Silke aufgetaucht sind, könnte dies der Grund dafür sein. Manche Menschen müssen nach aussen hin ihr inneres Leiden sichtbar machen. Als Sühne sozusagen, um sich für etwas zu bestrafen und Reue zu zeigen.»

Giulia nickte anerkennend, denn so weit hatte sie bisher noch gar nicht gedacht.

Die Hausdurchsuchung des verwaisten Bauernhauses hatte

Giulia zudem seltsamerweise bedrückt. Es war dem Innern anzusehen, wie alt das Haus war, wie viele Generationen unter diesem Dach aufgewachsen waren. Früher, vor vielen Jahren, hatten bestimmt neben einem Haufen Kinder auch der Hunger und die Not mit am Tisch gesessen. Und nun endete alles so, in einer Zeit, in der die Läden übervoll waren. Das empfand sie als traurig und irritierend zugleich.

Draussen, mit Blick auf das Bauernhaus, hing sie ihren Gedanken weiter nach. Der Fall liess sie seit dem letzten Samstag kaum strukturiert an etwas dranbleiben. Ihr schien es, als sässe sie in einem Zug und müsste eine vorbeirasende Landschaft malen.

Nadia, die noch immer neben ihr stand, als hätte sie ihre Gedanken gelesen, sagte: «Lass mich doch im Fall mehr mitarbeiten. Er ist so vielschichtig, und täglich kommt etwas Neues hinzu. Du bist damit nicht allein.»

Giulia blickte sie an. Die Frau hatte etwas derart Entwaffnendes an sich, dass Giulia seit Beginn auf Distanz gegangen war. Nadias Gesicht war perfekt, aber nicht überschminkt. Sie trug sogar etwas Lipgloss, ihre Jeans war keinen Millimeter zu weit und doch so, dass es nicht billig aussah. Kein Zweifel, sie war eine sehr schöne, sportliche Frau. Trotzdem verstand Giulia nicht, wie man sich für den Dienst so aufhübschen konnte. Das war doch für besondere Momente reserviert, oder holte die Frau dann noch mehr aus sich raus?

Giulia gab sich einen Ruck. «Nadia, ich kann Unterstützung sicherlich sehr gut gebrauchen. Kannst du neben Duschlettas Gesundheitszustand auch dem Spurenbild dieser Gummistiefel nachgehen? Ich bin ja zu beidem noch nicht gekommen.»

«Das ist eine gute Idee, wäre auch einer meiner Vorschläge gewesen.»

«Möglich, dass wir die Stiefelmarke anhand des Sohlenprofils in der Datenbank ausfindig machen können, und bleib bitte auch am Fall des Brandes dran. Und versuche herauszufinden, wo und wann genau sich Orgo und Corona hier aufgehalten haben. Die waren bestimmt auffallend gekleidet. Okay?» Hartmann hatte recht, dies hier war kein Wettkampf, auch wenn sie es noch immer irgendwie so empfand.

«Bestens. Ich halte dich auf dem Laufenden. Kaugummi?» Nadia streckte gut gelaunt Giulia eine kleine Schachtel hin, die nickend einen herausklaubte.

Giulia fühlte in diesem Moment eines klar. Es war Nadias angepasstes soziales Verhalten, weshalb sie sich im Hintertreffen gefühlt und eine Abwehrhaltung eingenommen hatte. Doch negativ darauf zu reagieren, das war eigentlich nicht ihr Stil und entsprach auch nicht ihren Wertvorstellungen und machte das Ganze zudem nicht besser. Egal wie Nadia war, sie selbst würde weiter mit all ihren Ecken und Kanten ihren Weg unbeirrt gehen, denn jeder Mensch konnte doch nur einen authentischen Weg unter seine Füsse nehmen, ohne sich zu verdrehen. Sollte sie auf diesem verlieren, dann war es ein ehrliches Scheitern, mit dem sie umgehen könnte. Deshalb hatte auch Nadia das Recht, dass Giulia sie in den Fall so einbezog, wie es sich gehörte, fand Giulia. Wer konnte denn schon wissen, was für eine Geschichte hinter deren Beliebtheitsfassade steckte? Und falls Nadia ihr am Ende des Tages tatsächlich mit ihrem Gesamtpaket den Rang im Kommando ablaufen sollte – dann sollte es so sein.

«Nadia?»

Kaugummikauend drehte Nadia sich Giulia zu. «Ja?»

«Teamwork?»

«Das will ich doch meinen.» Nadia lachte, hob den Daumen und lief weiter. Giulia blickte ihr noch einige Sekunden hinterher. Sie selbst war es gewesen, die Reibungsverlust in die Ermittlungen gebracht hatte. Sie atmete einmal tief durch. Sie fühlte sich nun befreit.

Kurz vor neunzehn Uhr klinkte sich Giulia aus dem Suchtrupp aus, denn sie erwartete einen Anruf von Lisa, und für den brauchte sie Ruhe und Zeit. Deswegen fuhr sie kurzerhand hinauf nach Wergenstein, ins «Capricorns». Lisa rief erst gegen halb acht an. Sie hatte ihr kurz vor sieben eine SMS geschickt, dass es später werde.

Giulia hatte ihr privates Notebook aus dem Wagen geholt und verband dieses mit ihrem Handy, damit sie mit Lisa skypen konnte. Sie musste sie sehen, die Frau war so erfrischend.

Lisa trug einen ihrer kompakten Hüte, als sie Giulia begrüsste. «Hey, da geht ja was, ich seh's dir an. Wie geht's dir, meine Liebe?»

«Ehrlich gesagt, es geht wirklich was, aber ich strample mich mehr ab, als dass ich gehen würde.» Giulia lachte zurück.

«Aber das brauchst du doch, sonst wäre es dir zu langweilig, und ausserdem habe ich News für dich. Die vier haben ihr Schweigen gebrochen – zumindest teilweise. Vielleicht lag es am zu wenigen Sonnenschein in den Zellen», sagte sie leicht sarkastisch. «Also hör mal, Orgo und Corona haben nach dem DNA-Beweis zugegeben, dass Lumina ihre Tochter war, die bis zwölfjährig wie alle, die in der Sekte aufwuchsen, einen weltlichen Namen trug. In ihrem Fall Heike Heilmichel, da sie bei dem Ehepaar Heilmichel aufwuchs.»

Giulia machte sich Notizen, obwohl Lisa ihr auch eine Abschrift zumailen würde.

«Und jetzt, Bella, wird's interessant: Diese Lumina kam exakt zwölf Jahre nach Aurora zur Welt, und das ebenfalls an einem 12. Mai. Das war für Das Eine das Zeichen, dass diese zweite Tochter dem Herrn des Lichts gehört und für ganz Grosses bestimmt sein musste. Sie übergaben sie dem bis dahin kinderlosen Paar Grey und Hikari, der Siebten und Achten Hand der Kommune, die sie grosszogen.»

«Sorry, Lisa, aber das ist ja voll verrückt. Richtig krank, so was.» Giulia schüttelte den Kopf.

«Wem sagst du das. Aurora war damals zwölf, und anstelle einer kleinen Schwester bekam sie nach deren Geburt eine Gehirnwäsche, dass sie zwar eine Lichtschwester bekommen habe, die aber nicht mit ihr im selben Haus aufwachsen dürfe.»

«Aber wenn Lumina so auserwählt war, warum zogen

ihre Eltern sie nicht selbst auf? Sie sind ja die Führer dieser Gruppe.» Giulia erkannte keine Logik hinter dem Ganzen.

«Ich glaube, das Besondere an ihr sollte sein, dass sie auf eine Art ein Opfer werden sollte, eine Brücke zum Herrn des Lichts, und deshalb wurde Abstand gesucht. Als Beispiel nenne ich da meine Oma.»

Giulia lachte herzhaft. «Deine Oma? Na, dann bin ich mal gespannt.» Giulia hatte schon einige, auch wilde Geschichten über Lisas Oma gehört. Diese musste eine ganz besondere Frau gewesen sein, die sie selbst leider nicht mehr kennengelernt hatte.

«Als sie noch gelebt hat und ich, wie du weisst, so oft bei ihr gewesen bin, durfte oder musste ich die Kaninchen füttern. Erst verstand ich nicht, warum ich denen keinen Namen geben sollte, bis ich begriff, was für Fleisch hin und wieder neben meinem Kartoffelbrei und den weich gekochten Rüben in der würzigen Bratensosse lag.»

«Ach du Scheisse!» Giulia verkniff sich ein lautes Lachen und biss sich stattdessen auf die Unterlippe.

«Ja, ja, lach du nur.» Lisa tat beleidigt. «Ich habe mich natürlich nicht daran gehalten. Es war dann der Moritz – ich wusste es aber erst nach dem Essen, als ich im Stall nachschaute. Na ja, und seither esse ich kein Fleisch mehr.»

«Okay, du glaubst, Das Eine wollte keine zu tiefe Bindung zu Lumina, da sie irgendwann ein Moritz werden würde – natürlich in anderer Form.»

«Das befürchte ich. Deshalb wurde sie auch nie registriert. Ein zwar nicht namenloses, aber papierloses Kind, das niemand ausserhalb dieser Sekte vermissen oder suchen würde, wenn es im Kindsalter verschwände.»

Giulia schauderte es.

«Was sie genau mit ihr vorhatten, darüber schweigt Das Eine eisern. Kein Wunder. Aber es geht noch weiter. Dieser Orgo und die Pflegemutter Hikari kamen sich in dem Sinne näher, dass er diese schwängerte. Nur zwei Jahre nachdem Corona Lumina zur Welt gebracht hatte, gebar Hikari Orgos dritte Tochter, Paulina Heilmichel, die Halbschwester der beiden anderen, die als Zwölfjährige während des Lichtfestes den Namen Liora erhielt. Und die wusste all die Jahre nicht, wer ihr leiblicher Vater war – bis heute.»

«Puh, wie hat sie reagiert?»

«Ungläubig. Die versteht von DNA-Beweisen und vielem modernen Zeugs rein gar nichts. Die wurden intern beschult, und die Schulbehörde im nächsten Dorf hat die Leistungsziele abgenommen – wieso auch immer. Die haben weder Radio noch TV noch Zeitschriften in der Kommune. Ausser ihren Büchern geht da gar nichts. Nun, nach diesen neuesten Erkenntnissen wird die Kommune als solche nun ihr jähes Ende finden. Schlimm und gut für die Kinder in einem.»

«Wieso aber Aurora vor zwölf Jahren weglief, das kam dabei nicht raus? Geschweige denn ein Motiv – wie ihre mögliche Schwangerschaft?», fragte Giulia.

«Nur immer den gleichen Blödsinn höre ich vom Einen wie ein nerviger Leierkasten: Sie habe sich vom Licht entfernt, sei schon immer ein Freigeist gewesen, habe die Welt sehen wollen und habe Finsternis geerntet. Von einer Schwangerschaft Auroras will niemand etwas gewusst haben. Aber weisst du, was ich mich frage? Womöglich lebte Aurora in der Kommune tatsächlich nicht das Lichtleben, das vom Einen und ihren Zwölf Händen befohlen war, und hatte sich mit einem Mann eingelassen. Ich meine, die Lust und erst recht nicht die Liebe lassen sich so einfach unter Verschluss halten.»

«Und du meinst, dass sie damals deswegen gröber gemassregelt wurde – gar misshandelt? Denn solche Mitglieder gefährden oft die erzwungene Stabilität in einer Sekte. Ich weiss nur von dieser Hanna Steinemann, dass Bettina überall blaue Flecken aufwies, als sie sich kennenlernten. Bettina behauptete zwar, die seien von einem gewalttätigen Freund gewesen, doch das glaube ich nicht. Sie war noch jungfräulich, wie Dr. Kaspezky im Bericht festgehalten hat. Könnte Ähnliches nicht auch Silke damals zugestossen sein? Und sie lief deshalb eines Tages in ihrer Not weg?»

«Möglich. Und wenn das mit der Schwangerschaft stimmt, wurde sie entweder kurz vor ihrem Verschwinden im April oder kurz nach ihrer Ankunft in der Schweiz geschwängert. Fragt sich nur, von wem, falls man dem Gerücht Glauben schenken will. Schade, dass man damals mit dem auf dem Altarstein gefundenen Blut nicht auch noch einen Schwangerschaftsnachweis gemacht hat, wie es heute Standard ist.»

Giulia schoss ein schlimmer Gedanke durch den Kopf. Lisa musste es an ihrem Gesicht abgelesen haben. «Was ist los, Giu?»

«Oh mein Gott!» Sie hielt den Zeigefinger an ihre Lippen und dachte angestrengt nach. «Was, wenn Lumina und Liora nicht die einzigen Namenlosen in der Sekte sind oder waren?»

Lisa begriff sofort. «Du meinst, Tote oder Verschollene sprechen nicht?»

«Ja. Wer sagt uns denn, dass da nicht noch mehr Kinder geboren wurden, die auserwählt worden sind und nun namenlos irgendwo begraben oder verschwunden sind? Das Eine hat ja bewiesen, dass es über Jahre hinweg zwei Mitglieder vor den Behörden verstecken konnte, wieso nicht noch mehr? Womöglich sind dies die einzigen, die überlebt haben, warum auch immer.»

«Hey, daran wollen wir beide jetzt am besten gar nicht denken. Doch du hast recht. Was mich diesbezüglich hingegen ein wenig beruhigt, ist die Tatsache, dass die beiden Identitätslosen ihre Kindheitsjahre überlebt haben.»

«Fragt sich aber nur, wie und ob mit ihnen das Ganze sozusagen aufgehört hat.»

«Da hast du recht. So oder so, Silke muss kurz nach dem Lichtfest, in dem die damals zwölfjährige Bettina ihren Lichtnamen Lumina erhalten hat, in die Schweiz geflüchtet sein. Womöglich finden wir auch da einen Zusammenhang. Im Moment hat's noch viel Raum für Spekulation. Die vier bleiben deshalb wegen Verdunkelungsgefahr in Haft. Von der Ersten Hand habe ich übrigens am wenigsten erfahren, nur die Namen der anderen Elf Hände, die wir ebenso in den nächsten

Stunden, das heisst noch diesen Abend, einvernehmen werden. Darunter auch die Pflegeeltern von Liora, Grey und Hikari. Morgen werde ich mich dann auch bei den sogenannten ‹normalen› Mitgliedern umhören. Wenn die wissen, dass die Machtstrukturen durchbrochen sind, reden die bestimmt einfacher, denn, und davon bin ich überzeugt, es gibt in jeder Gemeinschaft Unzufriedene, die nur darauf warten, mal Dampf abzulassen. Erfahrungsgemäss braucht es dazu nur Zeit.»

«Das finde ich gut, danke. Ich werde mich meinerseits um den Fall des Regisseurs kümmern. Ich meine, der hängt sich nicht per Zufall in diesen Tagen auf, vor allem nicht, da sein ‹Sännatuntschi› so ein Erfolg wurde. Wir werden dranbleiben, und irgendwann knacken wir den Fall. Und ich muss abwarten, dass wir erfahren, was mit dem alten Duschletta geschehen ist.»

«Giulia?» Lisa lächelte.

«Ja?»

«Du hast es drauf.» Sie schickte ihr einen Kussmund zu, den Giulia erwiderte.

20

Der Abend senkte sich über die Dolomiten.

Francesco lag in den Armen von Angela. Das Fenster im Wohnzimmer ihrer kleinen Wohnung stand einen Spaltbreit offen. Kühler Abendwind wehte in Schüben den Duft von Frühherbst herein. Von der Terrasse des Gasthauses drangen leise die Stimmen der Gäste hoch.

«Ich liebe dich, Francesco, egal, was auch immer sein wird.» Angela strich ihm durchs schwarze Haar und küsste seine Nasenspitze. «Ich weiss, die neuen Berichte machen dir Angst, aber sie rücken im Moment der Quelle auf die Pelle.» Ein etwas gedrücktes Lachen ertönte. «Na komm schon, lach mit. Hört sich doch wirklich lustig an, weil es sich reimt. Die Bildzeitung brachte heute einen grossen Bericht – es hat sogar Verhaftungen gegeben.»

«Ja, das ist gut. Aber im Val Schams scheint nicht nur der Feuerteufel zu tanzen, wenn man den Online-Berichten glaubt», wandte Francesco ein, ohne seine geschlossenen Augenlider zu öffnen, während Angela ihm weiter durchs Haar streichelte. «Jemand hat versucht, Nurdagn abzufackeln, und diese Giulia de Medici muss eine wie ein zweiter Schatten sein, wenn man den Medien Glauben schenken will. Die macht mir Angst. Hast du auf dem einen Foto diesen Blick von ihr gesehen? Was, wenn sie es rausfindet? Sie wohnt immerhin sogar auf dem Berg, so angefressen ist die vom Fall.»

«Vergiss es, die ist auch nur ein Mensch. Und falls sie auch nur eine Ahnung hätte, dann wären die nicht nur auf diese Art in Berlin eingefahren.»

«Eben drum. Alle dort werden nicht dichthalten. Egal, was passiert, es wird welche geben, die reden. Vergiss nicht, es ahnte zumindest einer, was mit mir los war.»

«Da wirst du recht haben, dafür wird aber endlich das Ende nah sein, die Quelle versiegen, und du kannst es Heike sagen.»

«Wie es ihr im Moment wohl ergeht? Meinst du, sie denkt noch an mich, so wie ich an sie?»

«Ich denke, sie wird dich niemals vergessen können, wie du sie auch nicht.»

«Glaubst du, der Tag wird kommen, an dem ich sie in meine Arme schliessen kann?»

«Vor drei Tagen hätte ich noch gesagt, es sei unmöglich. Doch nun … Ja, Francesco, ich glaube daran.»

Francesco blieb mit geschlossenen Augen liegen. Angela streichelte ihn weiter, langsam beruhigte sich sein Atem.

21

Giulia erreichte, nachdem sie sich zwecks Informationsaustausch mit Nadia in Casti getroffen hatte, im Stockdunkeln ihre Hütte. Sicherheitshalber kontrollierte sie zuerst die beiden Fenster und die Türe, bevor sie eintrat. Der Mond war noch nicht aufgegangen. Erst fünf Tage waren vergangen, seit sie die Tote im Gasthaus Rofflaschlucht gefunden hatten, und der Fall stellte sich mit jedem Tag komplizierter dar, weitete sich aus wie das Wellenmuster, wenn sie einen Stein in einen Bergsee warf. Bis in die Dunkelheit hatten die anderen nach Duschletta gesucht, doch er blieb verschwunden.

Womöglich hatte er sich dort das Leben genommen, wo Silke seit zwölf Jahren unentdeckt geblieben war, falls er sie damals weggeschafft hatte, überlegte Giulia. Sein Geständnis warf mehr Fragen auf, als es beantwortete. Der Fall war alles andere als gelöst. Das war vor drei Stunden auch Lisas Meinung am Telefon gewesen.

Giulia konnte nicht genau sagen, warum, aber sie fühlte sich frustriert. Womöglich lag es daran, dass sie nicht gerne die Kontrolle über etwas verlor und dass das soeben geschah. Hartmann, mit dem sie zuvor auch noch telefoniert hatte, hatte erfreut aufgenommen, dass sie und Nadia ein Auskommen gefunden hatten. Es gebe sonst zu viele Baustellen auf einmal, hatte er lobend gemeint. Und er habe seinen Neffen mit den Fotos konfrontiert, damit sei nun Schicht im Schacht für ihn, die Zeitung werde eine Berichtigung bringen. Weiter hatte Hartmann die Ermittlungen aus Deutschland als «wichtigen Schritt zur Lösung» bezeichnet. Giulia schien es, dass er nur einmal so gelöst im Umgang mit ihr gewesen war, das war im letzten Fall «Bündner Treibjagd» gewesen, als sie im Kantonsspital gelandet war.

Giulia hatte der Kälte wegen als Erstes in der Hütte eingeheizt. Das Knacken der brennenden Scheite liess sie ein wenig entspannen. Die Wärme machte sie müde. Arkon spürte ihren Zustand und stupste sie liebevoll mit seiner kräftigen Schnauze, die so weich und sanft war und dennoch in Sekundenschnelle zur tobenden Waffe werden konnte.

Der Berg war so verwirrend, fand Giulia: Die Toten, der Brand, die blutigen Türen, verschwundene Menschen und inmitten dieser schönen Natur dieser Gian-Reto, der sie auf seltsame Weise nicht losliess.

Sie sass bis gegen Mitternacht im Widerschein des Feuers an dem kleinen Tisch und blickte nach draussen ins Dunkel. Sie ertappte sich dabei, dass sie seit der Brandnacht auf jedes noch so leise Geräusch achtete. Es stimmte, was man sagte, der Berg schärfte nach wenigen Tagen die Sinne auf spezielle Weise.

Giulia fühlte sich einsam, als sie ins Bett kroch. Der Mond war mittlerweile aufgegangen und warf sein kaltes Licht über die Berglandschaft. Arkon lag zu ihren Füssen und schlief. Sie dachte an Mamma, dann an Papà und Massimo und stellte sich vor, wie das kleine Familienhotel am Strand ausserhalb von Genua in diesem Moment aussah.

In der Morgendämmerung wurde sie von lautem Glockengeläut geweckt. Verschlafen setzte sie sich auf und strich ihr Haar nach hinten. Eine Kuh mit ihrem Kalb stand vor dem Brunnen, dessen plätschernder Wasserstrahl die dünne Eisschicht noch in Schach zu halten vermochte. Ein frischer Kuhfladen dampfte im zarten Licht des Morgens. Ein so friedliches Bild, fand sie, als die Mutter auch noch das Kalb ableckte. Als Kennerin der Berge wusste sie, dass viele den Fehler machten, Mutterkühen, die ihre Kälber schützten, achtlos zu nahe zu kommen. Immer wieder gab es deswegen verletzte oder gar tote Wanderer.

Sie würde nicht wieder einschlafen können. Deshalb feuerte sie im unteren Stock ein, nachdem sie die kalte Asche ausgeputzt hatte, und kochte sich einen kräftigen Kaffee. Hunger verspürte sie noch keinen.

Sie fühlte sich alles andere als schön an diesem Morgen. Das wäre ihr sonst auf jedem Maiensäss so was von egal gewesen – doch sie würde heute Gian-Reto befragen. Die innere Anspannung war zudem auch noch nicht verflogen. Sie zog Leggings und eine Softshell-Jacke über und schlüpfte in leichte Lauf-Trekkingschuhe, die sie für diesen Zweck gekauft hatte. Arkon wedelte freudig, Giulia setzte sich ein Basecap auf, die Kopfhörer ins Ohr und die Trinkflasche in die Halterung.

Sie lief unterhalb des lang gezogenen Felsbandes Richtung Grauhörner, während der Morgen sich wie eine Alpenrose entfaltete. Im Rhythmus ihrer Musik und inmitten dieser Bergkulisse lief sie so lange, bis sie am Lai Grand ankam, just in dem Moment, als die ersten Sonnenstrahlen in den smaragdgrünen See fielen, hinter dem sich die Geröllhänge hoch hinauf zu den Grauhörnern zogen.

Ihr Atem dampfte im Sonnenlicht. Giulia setzte die Trinkflasche an. Die von Reif überzogenen Weiden unter ihr schimmerten im Sonnenlicht. Ihr kam der erste Morgen in den Sinn, als sie letzten Samstag hier hochgefahren war. Er schien so weit weg zu sein.

Sie stand auf einem hüfthohen Stein direkt am Ufer und versuchte mit ihrem Blick die Gesamtheit der Landschaft einzufangen: Schellengeläut klang friedlich zu ihr hoch, aus dem Kamin von Nurdagn kräuselte Rauch, das Vieh weidete gemächlich, die Häupter gen Boden gesenkt.

Die Septembersonne vermochte zu dieser frühen Stunde nur milde ihr Gesicht zu erwärmen. Sie konnte verstehen, dass dies Silkes Lieblingsplatz gewesen war, womöglich auch der ihrer Schwester Heike. Hier oben schien man zu schweben, vom Leben abzuheben. Alles rückte in einen anderen Blickwinkel, eine andere Zeit.

Giulia fühlte sich plötzlich sehr emotional. Sie vermisste ihre Mamma Sophia und konnte nicht sagen, warum ausgerechnet in diesem Moment. Mamma hatte Pasta gemocht, hasste Sport und vermisste im Engadin an jedem Tag das Meer. Ihre ausgesprochene Herzlichkeit, ihr sonniges Gemüt waren bekannt gewesen. Als Giulia Kind war und auch später als Jugendliche hatte ihre Mamma ihr an den Abenden manchmal eine heisse Schokolade gemacht und sich mit ihr an den Tisch gesetzt. Oft ergaben sich da die schönsten Gespräche.

Vor Giulias Augen verschwamm die Berglandschaft, Tränen rannen über ihre von der Sonne gebräunten Wangen. Es herrschte ein Gefühlswirrwarr in ihr, das sie nicht benennen konnte. Sie fühlte sich wie eines der doofen Hühner in diesen kitschigen Filmen, die alles hatten und doch ständig weinten. Es fühlte sich nach glücklicher Traurigkeit in einem an. Sie war frei und einsam wie ein Bergadler zugleich und wollte es doch gar nicht ändern. Erkki hatte ihr mal gesagt, sie sei wie der Wind in Graubünden: leise und zart und dann berauschend kraftvoll und voller Energie und erfüllt mit dem Duft des Berglebens. Sie hatte angefügt, was er aus Rücksicht nicht gesagt hatte: mal bissig kalt, mal gleichgültig lau. Er hatte gelacht und ihr recht gegeben, dass sie ihm ein Kissen an den Kopf warf, was schliesslich schmusend auf dem Sofa geendet hatte.

Der aktuelle Fall machte ihr mehr zu schaffen, als sie zugeben wollte. Was, wenn das mit den identitätslosen Kindern tatsächlich wahr sein sollte? Sie vertrug fast alle Verbrechen – doch wenn Kinder im Spiel waren, wurde es bedrängend verstörend. Sie war durcheinander. Ausserdem war es verrückt. Sie vermisste Erkki mit seiner nordischen Ruhe und Gelassenheit, und verwirrend fühlte sie ein körperliches Verlangen nach diesem Gian-Reto. Sie war nicht verliebt. Da hatte Lisa schon recht. Es war mehr eine Art körperliches Schwärmen, und seit sie sich von Erkki getrennt hatte, hatte sie keine Nähe zu einem Mann zugelassen.

So oder so, in diesem Moment wäre es schön gewesen, den Moment an dem kleinen See mit jemandem teilen zu können. Sie zückte ihr Handy und machte einige Aufnahmen und ein Selfie mit dem Lai Grand und den Grauhörnern im Hintergrund.

Langsam beruhigte sich ihr Innerstes. Sie versuchte die Umgebung und den Ort mit Silkes Augen vor zwölf Jahren zu sehen. Versetzte sich in die junge Frau und sah sich weiter um, bevor sie zurücklief.

Sie benötigte eine Stunde, bis sie ihre Hütte wieder erreicht hatte. Sie fühlte sich nicht grandios, aber stabiler.

Nach einem kräftigen Frühstück schlüpfte sie in ihre Jeans, lief hinunter zum Wagen und fuhr nach Wergenstein, ins «Capricorns».

Lisa hatte ihr Bilder von Corona und Orgo gemailt. Diese wollte sie nun ausdrucken und zusammen mit den Fotos von Silke und Heike Gian-Reto zeigen, um herauszufinden, was er in dem Zusammenhang zu sagen wusste. Das war aber nur der eine Grund, der andere war simpel, sie musste ihn sehen.

Auf der Toilette im «Capricorns» hübschte sie sich etwas auf, wie sie dazu zu sagen pflegte. Nur sehr dezent, denn er sollte nicht glauben, dass er leichtes Spiel mit ihr habe, aber der Pferdschwanz sass, und dezente Schminke musste auch her. Ihr dunkler Teint und ihre gesunde Haut brauchten nur wenig Unterstützung. Einen Spritzer Parfüm an die Halsseiten und unter die Achseln, und los ging's hinauf nach Nurdagn.

Ab Mittag brannte die Sonne in diesen ersten Septembertagen heiss an die Berghänge. Einige Tagestouristen sassen auf der Terrasse von Nurdagn oder betrachteten den abgebrannten Stall, dessen kohlrabenschwarze Reste noch immer einen säuerlich-herben Geruch verströmten.

Giulia hatte ihre Waffe im Wagen gelassen und betrat die Terrasse. Gian-Reto hatte Unterstützung erhalten in Person einer bestimmt schon über fünfzigjährigen Frau. Diese servierte den Gästen die Getränke und die einfach gehaltenen Menüs.

Als er Giulia erblickte, stellte Gian-Reto das Tablett vor einem der Gäste ab, wischte sich die Hände am Geschirrtuch ab und steuerte auf sie zu. «Was für eine schöne Überraschung! Willkommen. Darf ich Ihnen was bringen?»

«Nein danke, ich bin dienstlich hier», rutschte es Giulia ein wenig zu zackig heraus.

«Ach so. Wie kann ich in diesem Fall helfen?» Er zeigte auf die Hüttentüre, da die Terrasse voll war, und vergass das Tablett auf dem Tisch.

Nachdem sie sich im Innern gesetzt hatten und Gian-Reto Apfelmost eingeschenkt hatte, legte sie die Bilder vor ihm aus. Sie mochte sein von der Bergsonne gebräuntes Gesicht mit den kleinen Lachfältchen, die seine leuchtenden Augen umspielten. Ihr gefiel, wie er die Bilder in seinen Fingern hielt, während er sich diese ansah.

Als er zu Karlheinz und Greta Kornbach in ihrem auffallenden indischen Kleidungsstil kam, war er sich sofort sicher, beide erst letzte Woche, am Freitag, gesehen zu haben, in Casti, zusammen mit dem Regisseur Helmut Loher. Er erzählte, dass er die Gerstensuppe, die seine Mutter notabene am besten im ganzen Val Schams und Rheinwald kochen könne, für die Premiere hochgebracht habe. Er sei zu früh dran gewesen und war ins Zelt reingeplatzt. Als er dabei die Kornbachs gesehen hatte, war er davon ausgegangen, sie gehörten zu der Schauspielertruppe, und habe sich nichts weiter dabei gedacht. Giulia dankte ihm und sagte, dass er ihr wirklich weitergeholfen habe. Sie konnte diese Information Lisa weitergeben, die diese in den weiteren Verhören nutzbringend einsetzen konnte. Denn nun war bestätigt, dass die beiden am Schicksalstag hier am Berg gewesen waren und nicht nur in der Gegend. Ausserdem erinnerte sie sich, dass auch Helmut Loher die Gäste mit diesem Namaste-Gruss begrüsst hatte, von dem Lisa ihr erzählt hatte. Dies bekam nun plötzlich einen anderen Wert.

Der Gesprächspegel der Gäste drang gedämpft in die Alphütte, als Giulia vor der Türe stehen blieb und sich von Gian-Reto verabschieden wollte. Dieser nahm ihre Hand in die seine, und das, so schien es Giulia, zusammen mit seinem ganzen Mut, denn sein Blick verspannte sich dabei. «Wissen Sie, ich weiss, ich darf das nicht tun, aber wenn Sie in mein Innerstes sehen könnten, welches Bergfeuer darin lichterloh brennt, seit ich Sie das erste Mal gesehen habe, könnten Sie womöglich verstehen, dass ich es tue. Na ja, ich bin nicht so der grosse Redner. Was ich sagen will: Für Sie würde ich das höchstgelegene Edelweiss aus noch so steiler Felsenwand pflücken.»

Giulia, die sich höchstens als realistische Romantikerin beschrieben hätte, sah, wie er nach Worten rang, und das machte das Gesagte zu etwas Besonderem. «Ein Edelweiss wäre doch was Schönes. Ich denke, da hätte niemand etwas dagegen, wenn ich eines im Dienst annehmen würde, wenn, ja wenn dieses nicht streng geschützt wäre.» Sie lächelte ihn an und zog langsam ihre Hand aus seiner. Mit einer im Dienst gelernten Atemtechnik schaffte sie es, ihr Herzklopfen zu verbergen. «Deshalb würde mir ein schönes Foto davon auch reichen oder eine der letzten in diesem Jahr blühenden Alpenrosen, die sind auch sehr hübsch.» Sie lächelte bewusst das Lächeln, das Männerherzen schwach werden liess, und ging, sie wurde nämlich im Zelt in Casti erwartet, denn in diesem fand um vierzehn Uhr ein Treffen der gesamten Theatergruppe statt, wie sie gestern erfahren hatte.

Das Klischee, dass Künstler oft zu spät eintrafen, stimmte in Casti wahrlich nicht. Giulia betrat um zwei Minuten vor zwei das Zelt. Alle sassen bereits in einem Kreis von Stühlen auf der Bühne.

Mirta Dörig, die Lebensgefährtin von Helmut Loher, war auch anwesend – sie spielte eines der Sännatuntschis. Unter Tränen sprach sie in die Runde: «Helmut hätte mit Sicherheit gewollt, den Erfolg, wie auch immer dieser geartet ist, nicht abreissen zu lassen. Das Stück muss deshalb weiter aufgeführt werden. Er hat schliesslich sein ganzes Herzblut die letzten beiden Jahre in die Inszenierung gesteckt.» Dörig nestelte ein Nastuch aus ihrer grossen Tasche. «Dass die Medien die Weiterführung derart kontrovers diskutieren, lässt das Interesse der Zuschauer erst recht nicht abreissen und gibt uns auch den Auftrag weiterzumachen. Wisst ihr», ihr Blick glitt durch die Runde, «für mich ist der Tod von Helmut eine Katastrophe ...» Und mit kaum mehr verständlicher, tränenerstickter Stimme schloss sie: «Aber immerhin hält das Stück die Leere in mir etwas in Schach und das Gedenken an Helmut aufrecht.»

Betroffenheit, Stille – vereinzeltes Nicken.

Nachdem Mirta Dörig, die wie eine Ballerina gekleidet war, sich gefangen hatte und ihre Tränen mit dem Taschentuch weggewischt hatte, sagte sie: «Lasst uns die Flagge des Regenbogens über dem Zelt hissen, als Zeichen, wo nun Helmut ist. Er glaubte felsenfest an ein Leben nach diesem Leben – im Land jenseits des Regenbogens.»

Minutenlang wurde über das Für und Wider diskutiert, ob das Stück weiter aufgeführt werden sollte oder nicht.

«Lasst uns nun abstimmen. Falls jeder persönlich dazu ‹Ja› sagt, soll es so sein, ansonsten werden wir erst in der nächsten Saison unser Zelt wieder aufschlagen», schlug die alte Kassiererin mit ihrer etwas heiseren Stimme vor.

«Ich möchte nicht pietätlos sein, doch von was würden einige von uns leben?», wandte ein dicklicher Kerl ein, der im Stück den fetten Börsenmakler verkörperte. «Ich meine, wir alle haben sehr viel an Zeit reingesteckt und wollten mit dem Zelt auf Tour gehen. So hart es klingt – nun kennt unser Stück fast jeder, auch viele ausserhalb der Schweiz, und da wir wissen, was Helmut alles für den Erfolg, den er ja so sehr suchte, getan hat, können wir seinen Namen so ehren. In diesem Sinn hebe ich meine Hand.»

Blicke suchten und trafen sich in der Runde, eine Hand nach der anderen hob sich, kaum hatte Mira Dörig ihre gehoben – somit war es beschlossene Sache, das Stück würde weitergehen.

Giulia, die interessiert die ganze Zeit in der Runde gesessen hatte, fand, dass es nun Zeit war, ihre Fragen zu stellen, wegen denen sie überhaupt hier war.

Alle neun am Stück Beteiligten waren anwesend, doch niemand hatte auch nur einen blassen Schimmer, wieso Helmut Loher diesen Schritt getan hatte, sowieso nicht in dem Moment, als der Erfolg ihm für die ganzen Mühen recht gab.

Die Fassungslosigkeit stand allen ins Gesicht geschrieben,

auch der alten Kassiererin, die auch als Stellvertreterin von Loher geamtet hatte und nun die Leitung trug. An deren Mimik erfasste Giulia aber kleine Veränderungen, die sie nicht mit Logik hätte beschreiben können, aber ihr Gefühl sagte ihr, dass die Frau etwas verbarg. Um diesem Umstand genauer auf den Grund zu gehen, stellte sie ihr direkt einige Fragen, platzierte sie bewusst vor den anderen in den Fokus. Nach mehreren Fragen hintereinander erkannte Giulia, dass sich eine fassbare Nervosität bei dieser ausbreitete. Immer wieder liess die Frau die Blicke in die Runde schweifen, als suchte sie Hilfe. Und nun liess Giulia die Bombe platzen. «Wer von euch kann mir sagen, warum die Eltern der vor zwölf Jahren verschwundenen Silke und der am letzten Samstag erhängt aufgefundenen Bettina vor der Premiere hier mit Helmut geredet haben?»

Leises Raunen und gegenseitiger Blickkontakt folgten. Giulia reichte ein Bild der Eltern in die Runde, gefolgt von dem der jungen Frauen. Kopfschütteln.

«Letzten Freitagnachmittag ungefähr um halb vier waren die Eltern hier auf dem Gelände – hier im Zelt. Ich gehe nicht davon aus, dass Herr Loher vor einer Premiere allein zu dieser Zeit hier anwesend war, und wie Sie aus den Bildern erkennen, waren die Eltern nicht zu übersehen. Also, kann sich nun jemand an die beiden erinnern oder kann mir sagen, wie Helmut Loher zu den Eltern stand? Kannte er diese? Er war ja auch Deutscher, auch ein Berliner.»

Der Licht- und Tonmann meldete sich zu Wort. «Die drei Berlinerinnen hatten wir zu der zwei Tage zuvor stattfindenden Vorpremiere eingeladen, wie übrigens alle hier in Casti und oben in Wergenstein. Die drei sind auch gekommen, ebenso wie erstaunlich viele der Einheimischen. Daher erkenne ich diese drei auf dem einen Foto», antwortete er. «Aber die Eltern habe ich nie gesehen. Auch nicht die eine Frau auf diesem Bild.» Er zeigte mit dem Finger auf das Foto, das Silke von vor zwölf Jahren zeigte.

«Echt jetzt? Niemand will die Eltern am letzten Freitag

hier gesehen haben?» Giulia blickte bewusst misstrauisch in die Runde. «Und dies, obwohl, so nehme ich an, alle von euch mehr oder weniger zu der Zeit hier waren?» Giulia blickte misstrauisch jedem Einzelnen ins Gesicht. Es kam ihr vor wie damals in der Schule, wenn der Lehrer fragte, wer das Lösungsheft am Vortag geklaut hatte. Natürlich war's wieder der Renzo gewesen wie immer, und alle wussten sie es, aber alle schwiegen, da er jedem die Lösungen gegeben hatte.

«Na gut, dann bitte ich all diejenigen die Hand zu heben, die am letzten Freitagnachmittag um etwa sechzehn Uhr nicht hier waren, dies mit der Angabe, wo genau sie waren, damit wir von der Polizei dies nachprüfen können.»

Wieder herrschte betretenes Schweigen – niemand hob die Hand.

«Also wart ihr alle hier. Und niemand will die Eltern gesehen haben?» Sie stemmte die Hände in die Hüften. «Wer ausser eurer Truppe war sonst noch vor Ort?» Giulia liess nicht locker.

«Gian-Reto Cantieni mit der Suppe und die Dame vom Partyservice mit den Häppchen und den alten Duschletta habe ich gesehen.» Dörig legte ihren dicken Wollschal neu um ihren Hals.

«Sonst niemand?»

«Doch, jemand von der Feuerpolizei war auch da», erwiderte die Kassiererin. «Der machte die Abnahme, dann ging er gegen siebzehn Uhr.»

Seltsam, dachte Giulia, an die konnten sie sich erinnern, aber an ein so auffallend gekleidetes Paar nicht. Was hatte die Truppe zu verbergen? Sie fragte noch nach, ob irgendwo eine Webcam das Zelt online zeige, was viele Veranstalter bereits nutzten. Doch Fehlanzeige.

Sie verschwand mit einem seltsamen Gefühl im Bauch. Sie bekam es nicht los, dass die Truppe ein schlechtes Gewissen drückte. Etwas stimmte da nicht. Die verbargen etwas.

Giulia war sich ausserdem noch nicht sicher, ob der Selbstmord von Loher tatsächlich auch im Zusammenhang mit dem

Geschehen auf dem Berg stand. Gut möglich, dass das Leben Loher von anderer Seite her an die Wand gedrückt hatte. Nicht selten kollidierten zwei Ereignisse zeitnah, dass eine falsche Kausalität davon abgeleitet wurde. Immer wieder musste sie sich bei jeder Ermittlung sagen: Alles ist möglich, und nichts kann wahr sein.

22

Francesco war am Boden zerstört. Er mochte nicht aus der Dienstwohnung im «Tre Scarpi» kommen, um wie jeden Nachmittag um sechzehn Uhr einen kleinen Imbiss für die Gäste vorzubereiten. Auf Geheiss von Angela musste Marina einspringen.

Am Boden lag eine deutsche Boulevardzeitung, die auch in Südtirol verkauft wurde. Der Artikel berichtete von einem Suizid oder möglichen Mord an einer Berlinerin in der Schweiz, daneben war das Foto abgedruckt, wie Heike zwischen zwei anderen Frauen auf einem Stein sass.

Angela setzte sich wortlos neben ihn auf die Bettkante und legte ihre Hand auf seinen Rücken.

Es dauerte Minuten, ehe Francesco sich erhob. Seine Augen schienen müde, er war blass, und dunkle Augenringe umschlossen die Augenpartie. «Die haben Heike umgebracht.»

Stille.

In resigniertem Tonfall fuhr er leise fort: «Kannst du dir das vorstellen? Es musste ja erst so enden, bevor endlich die Behörden einschreiten. Aber du wirst sehen, Das Eine wird es einmal mehr schaffen, ungestraft davonzukommen. Ich bin mir sicher, die waren dort und suchten nach mir, und dabei fiel ihnen Heike in die Hände, die, so bin ich sicher, auch nach mir gesucht hat. Jetzt wird sie nie erfahren, was tatsächlich passiert ist, und das macht mich fertig. Das sind Bluthunde, die werden auch mich finden und dann …»

«Diese Angst habe ich nicht mehr. Ich habe im Fernsehen gesehen, wie die Polizei eine Grossrazzia auf dem Hof durchgeführt hat. Das Jugendamt wurde eingeschaltet, und Verfügungen wurden erlassen, und Das Eine sitzt in Haft. Und wenn die rausfinden, was dort wirklich geschehen ist, war es der letzte Tag und gleichzeitig das Erlöschen dieser Heilsbringersekte und somit die Erlösung vieler.» Angela drehte sich um und blickte gedankenverloren aufs Innerfeldtal, in dem die untergehende Sonne den Tag verabschiedete.

So furchtbar Heikes Tod auch war, so konnte Francesco womöglich endlich mit allem abschliessen, hoffte sie. Ihre Gedanken kreisten zurück, zurück in den Herbst vor zwölf Jahren. Sie schüttelte mit geschlossenen Augen ihren Kopf – es war auch heute noch unglaublich, was damals auf dem Berg geschehen war. Wie Silkes Tod Francescos Leben erst ermöglicht hatte – auch wenn der Preis dafür hoch war. Sie fragte sich, ob deshalb nicht sie beide auf eine Art und Weise auch am Tod von Heike schuld waren, wenn auch nur indirekt.

23

Lisa stand kurz nach sechzehn Uhr auf dem Gelände der Kommune. Die Leichenspürhunde hatten angeschlagen.

Am späten Vormittag hatte sie mit der überlebenden Hanna und deren Eltern gesprochen, ebenso mit den trauernden Eltern von Frauke Lohmeyer. Das junge lesbische Paar hatte einen Sommer auf einer Alp verbringen wollen, sich ihrer Liebe versichern, die Beziehung vertiefen, denn Hochzeitspläne schwebten im Raum. Es war für Lisa kein Zusammenhang mit der Sekte feststellbar, die beiden waren ohne ihr Zutun in den Strudel der Ereignisse hineingerissen worden, dessen war sie sich nach diesen Gesprächen sicher.

Nun blickte Lisa mit einem unguten Gefühl auf die Szenerie vor ihr. Sie sah zu, wie ein Fahrzeug ums andere die Kommune verliess, darin Familien oder Einzelpersonen, denen eine neue Bleibe zugeteilt worden war. Das weitere Schicksal der Kinder beschäftigte sie. Im Moment waren sie zwar gut versorgt, doch es war bestimmt eine Belastung für die kleinen Menschen.

Für die Tiere war eine Notlösung gefunden worden. Nach tierärztlichen Kontrollen wurden sie in Transporter verladen und an die umliegenden Höfe verteilt. Der Hof und die Umgebung wurden systematisch auf mögliche Gräber hin durchsucht, und tatsächlich dauerte es nicht lange, bis kurz vor Sonnenuntergang die erste Leiche ausgegraben wurde.

***

Giulia hatte bereits ihre Alp in Sicht, als sie bemerkte, dass das Funkgerät nicht an war. Sie stoppte kurz und schaltete das Gerät ein, als sich sogleich Nadia meldete. Sie fragte nach dem Weg und werde eine halbe Stunde später an dem kleinen Parkplatz auf über zweitausend Metern ankommen, mehr Details werde sie Giulia dann vor Ort bekannt geben.

Eine halbe Stunde später funkte Nadia sie nochmals an, weil sie glaubte, sich verirrt zu haben, Giulia erklärte ihr nochmals den genauen Weg.

Giulia stand im T-Shirt draussen, die Sonnenbrille in die Haare geschoben, Arkon neben ihr, als sie Nadia den steilen Hang unter sich hochsteigen sah. Sie streckte beide Arme hoch, winkte und rief ihr zu.

Giulia reichte ihr zur Begrüssung eine kühle Apfelschorle, die sie extra für Nadia ins kalte Brunnenwasser gelegt hatte.

«Komm, setz dich erst mal und trink was. Prächtig hier oben, gell?» Giulia versuchte ihre Ungeduld zu bremsen. «Schau, da unten ist die erste Alp, die Curtginatsch, und dahinter liegt bereits Nurdagn mit dem abgebrannten Stall.» Sie reichte Nadia den Feldstecher und biss in ihren Apfel. Kauend erklärte sie weiter: «Und ganz rechts von uns, unter den steinernen Gipfeln der Grauhörner, da liegt der Lai Grand. Und dort erkennst du das Zelt, an dem du vorbeigefahren bist. Du kennst ja alles aus den Akten.»

Nadia suchte konzentriert das Gebiet ab und war beeindruckt. «Die Gegend hier ist wunderschön. Wo ist denn der Piz Beverin?» Sie nahm einen Schluck Shorley.

«Schräg hinter uns.» Giulia deutete in die Richtung. «Aber deswegen bist du ja nicht gekommen, nehme ich an. Also, was gibt's so Wichtiges?»

Nadia blickte Giulia an.

«Schau.» Nadia legte drei grosse A4-Farbaufnahmen, die zwei Männer zeigten, vor Giulia auf den Steintisch. Der träge Wind hob die Blätter immer wieder etwas an, dass Giulia sie beidseitig mit den Handflächen ruhig hielt, während Nadia sagte: «Ich habe wie besprochen versucht, die Käufer der Stiefel ausfindig zu machen. Die Stiefel, deren Abdrücke wir bei der Hütte gefunden haben. Diese beiden Männer hier haben sie gekauft – in der Landi in der Innerschweiz, im Abstand von fünfzehn Minuten. Wie die Ausfahrtskamera des Parkhauses zeigt, fuhren sie danach gemeinsam weg. Schau mal auf dem nächsten Bild das GR-Nummernschild an.» Nadias blondes

Haar leuchtete in der warmen Abendsonne, die noch immer zu wärmen vermochte.

Giulia blickte nickend auf die Bilder. «Den einen kenne ich. Respekt, das hast du gut gemacht. Wie kam's?»

«Anhand des Stiefelprofils fand ich in der Datenbank nur ein Modell. Dieses verkaufen drei Ladenketten in der Schweiz. Ich habe von jeder eine Systemabfrage verlangt, die die Datenbank nach diesem Typ und der Grösse 43 durchforstet. Niemand hatte zwei Paar aufs Mal gekauft, kam dabei heraus. In zwei Filialen wurden aber mehr als zwei Paare an einem Tag verkauft, entsprechend habe ich jede einzelne Transaktion analysiert und bin so den beiden auf die Spur gekommen. Sag, wen erkennst du?»

Giulia deutete auf die linke Person und erklärte: «Das hier ist Probst, das ist der Licht- und Tonmann des Theaters vom Sännatuntschi. Mein Bauchgefühl hat mich also einmal mehr nicht getäuscht.»

«Giulia, ich frage mich soeben, wie wir am besten vorgehen. Wir müssen uns mit Hartmann absprechen, dann können wir den Typen sofort in Polizeihaft nehmen und verhören. Danach kannst du mit dieser jungen Staatsanwältin, dieser Bezzola, die den Fall betreut, dies besprechen, die wird entsprechend U-Haft anordnen oder eben nicht. Was meinst du dazu?»

«Ich denke, das ist der korrekte Weg und somit ein Go.»

Giulia deutete aufs Funkgerät. «Das ist dein Erfolg, regle du dies mit Hartmann.»

Es war erst kurz vor halb sieben, als Nadias Funkspruch Hartmann erreichte, der sofort grünes Licht für die Aktion gab.

Giulia stand auf. «Lass uns den mal holen gehen.» Sie zog ihr Holster an, das auf der Steinbank neben ihr gelegen hatte.

Nadia checkte ihre Waffe und zog ihre Jacke über. Es war kühler geworden, kaum waren die letzten Sonnenstrahlen weiter hoch in die Felsenregion gezogen, um dort zu verglühen.

Ein stattlicher Steinbock erhob sich im Gegenlicht über den

beiden im samtrosa Abendschein, er schien von der Felswand auf sie hinunterzublicken.

«Giulia?»

Giulia wandte ihr Gesicht Nadia zu.

«Das hier oben ist Freiheit pur. Dennoch ... hier oben so allein, ohne Handyempfang – ich würde nach drei Tagen durchdrehen. Wie hältst du das aus, und das im Wissen, dass sich üble Gestalten hier rumtreiben?»

Giulia zeigte auf Arkon. «Ich bin nicht allein, und der hält mir jeden Teufel vom Leib.»

***

Die Dämmerung stand zur Schwelle der Nacht, als die beiden zwei Stunden später ihre Wagen auf dem Vorplatz des Zeltes abstellten. Nadia war Giulia hinterhergefahren und hatte ihren Dienstwagen gleich neben Giulias parkiert. Sie hatten draussen darauf gewartet, dass die Vorstellung zu Ende ging. Nun strömten die Zuschauer heraus in den überraschend milden Septemberabend und scharten sich um die Apérozelte.

Giulia und Nadia drängten sich nun durch die vielen Gäste. Es roch nach Gerstensuppe, Zigarettenrauch und Kaffee. Im Zelt blieb Giulia vor einem jungen Mann stehen – es war der Licht- und Tonmann des Ensembles.

«Guten Abend, Herr Probst. Hätten Sie eine Minute für uns?»

«Natürlich. Um was geht's denn?» Er lächelte verhalten.

«Das hier ist Nadia Caminada. Gemeinsam ermitteln wir in einem Mordfall. Wir möchten Ihnen gerne etwas zeigen. Wo können wir uns in Ruhe eine Minute hinsetzen?»

Probst führte sie hinter den Vorhang der Bühne, auf der ein kleiner runder Tisch stand, darauf leere Kaffeetassen und ein angeschnittener Gugelhopf. Giulia bat ihn, sich zu setzen. Er blickte sich um. «Wo bleibt Ihre Kollegin?»

Giulia blickte sich überrascht um. «Wahrscheinlich kurz aufs WC.»

Sie legte ihm die Beweisfotos auf den Tisch. «Das sind zweifelsfrei Sie und Ihr Komplize.» Sie zeigte auf den stämmigen Kerl, der neben Probst im Wagen sass.

Probst tat erstaunt, dann erhob er sich wie der Blitz und rannte ab der Bühne, als im selben Augenblick Nadia, die sich vor der Bühne ins Halbdunkel des Zelts zurückgezogen hatte, ihn mit ihrem Taser traf. Wie ein Wurm krümmte sich Probst, als hätte er eine zwischen die Beine bekommen. Giulia stand breitbeinig neben ihm, ihre Waffe gezogen.

Nach einigen Minuten hatte Probst sich so weit erholt, dass er sich aufsetzen und seine Arme hinter den Rücken zu strecken vermochte. Nadia fackelte nicht lange und liess die Handschellen klicken. Giulia hatte Casutt bereits avisiert. Er fuhr vor und führte Probst nach Chur.

«Und nun?» Nadia blickte Giulia an. «Ich bin sicher, wir gaben ein perfektes Sujet für die Presse ab – zwei Beamtinnen mit einem verhafteten Kerl in deren Mitte.» Sie lachte.

«Ein Traum für jeden Mann.» Auch Giulia lachte. «Probst wird sich erst einen Anwalt nehmen, und morgen werden wir ihn am besten gegen Mittag vernehmen.»

«Wieso erst dann, müssen wir nicht davon ausgehen, dass der Zweite im Bunde die Verhaftung mitkriegt und einen Abgang macht?»

«Wie du sagst, der bekommt mit Sicherheit mit, dass sein Partner oder wie auch immer man diesen nennen will, verhaftet wurde, und muss annehmen, dass dieser redet. Darum stellen sich ja gewisse Täter, weil der Druck, das Ungewisse, das wie ein Damoklesschwert über ihnen hängt, grösser wird als die zu erwartende Strafe.»

«Aber wir könnten ja trotzdem diesen Probst schneller dazu bringen, uns den Namen des anderen preiszugeben, ohne diesen sogleich festnageln zu müssen. Dann hätten wir beide Optionen.»

«Probst soll bewusst eine Nacht in der Zelle schmoren. Das ist meiner Erfahrung nach ätzender als jede Frage. Ticktack, ticktack, und das mit einem unguten Gefühl im Bauch und dem Blick auf die Zellenwand. Der andere läuft uns nicht mehr weg.»

«Da hätte ich dich anders eingeschätzt.» Nadia war erstaunt.

«Du meinst, weil Geduld nicht meine Stärke ist?» Giulia lächelte.

«Exakt.»

«Diese Art von Geduld habe ich mir aufgezwungen zu lernen.»

«Und was jetzt?» Nadia streckte Giulia eine Kaugummipackung hin, Giulia klaubte einen heraus.

«Jetzt nehmen wir die Kassiererin, die Stellvertreterin von Loher, ins Visier. Die scheint mir nicht sauber zu sein. Ich habe seit gestern ihr Telefon angezapft.»

«Ich habe weder eine Info noch eine Genehmigung in den Soko-Unterlagen gesehen», wunderte sich Nadia.

«Nadia, dies habe ich mit einer, wie soll ich sagen, guten Freundin bei der Swisscom entschieden, die mir immer wieder mal hilft. Weisst du, aus einem Bauchgefühl heraus unterschreibt mir keine Staatsanwältin einen Antrag, aber so kommen wir nicht weiter. Und ich sauge die Daten ja erst ab, wenn's konkret wird.»

«Ich verstehe.» Nadia nickte. «Das ist das, wovor Hartmann mich gewarnt hatte.»

«Na ja, ich nenne das ‹alternative Ermittlungsmethoden›. Aber du kannst einfach weghören, und ich erwähne es auch protokollarisch nicht, da es tatsächlich nicht gesetzeskonform ist. Aber sind wir ehrlich: Es schadet der Kassiererin ja nicht, falls sie nichts damit zu tun hat. Ich habe im Moment nur den SMS- und Anrufticker eingeschaltet. Darin sehe ich, welche Nummern sie anschreibt, wen sie anruft und umgekehrt.»

«Du liest jede SMS mit?»

«Ja. Falls sie Nacktbilder von sich verschicken sollte, habe ich mehr Probleme damit, diese zu sehen, als sie, denn sie wird es ja nie erfahren.» Giulia lachte.

«Wie hat Sigron bei solchen Spezialaktionen reagiert?»

«Er hat beim ersten, zweiten und dritten Mal genauso reagiert.» Sie zuckte mit den Schultern.

«Das kann dich deinen Job kosten.»

«Die Bösen heissen so, weil sie Böses tun. Ich werde ein Teufel sein, um die zu holen, wenn es denn sein muss. Warum, glaubst du, ist meine Aufklärungsrate so hoch? Ich bin flexibel, und die Bösen erwarten doch nicht allen Ernstes, dass ich mich um jedes Gesetzesdetail kümmere, um sie aus dem Verkehr zu ziehen. Wie gesagt, du kannst weghören, mich melden oder jetzt auch nach Hause gehen und mich allein machen lassen. Ich nehm's dir kein bisschen übel.»

Nadia schwieg einen Moment. «Deinen Ruf hast du wahrhaftig nicht gestohlen.»

«Nein, das weiss ich, harte Arbeit. Doch hat man mal seinen Ruf, wird's einfacher.»

«Soll ich ehrlich sein, Giulia?»

«Wenn du meine Reaktion darauf erträgst ... Du weisst, die kommt nie in homöopathischen Dosen.»

«Ich find's schräg, aber ... na ja.» Nadia blickte zu ihr hinüber.

«Na, dann los. Du hast sowieso nichts zu befürchten. Reden wir kurz mit der Kassiererin und streuen wir Unruhe, um zu sehen, was passiert.»

Die beiden sprachen sich kurz ab, und Nadia suchte in der Menge die Kassiererin, die sich mit einer Handvoll Theaterschaffenden in eine Ecke verzogen hatte.

Nadia bat darum, sie kurz unter vier Augen sprechen zu dürfen. Dabei informierte sie sie, dass Giulia mit einem Beamten auf dem Weg sei, einen weiteren Täter zu verhaften, der im Zusammenhang mit den Tötungsdelikten nun bekannt sei.

Giulia hatte recht, stellte Nadia beim Gespräch fest. Die Frau wirkte nervös, fast schon konfus, als Nadia sie aufforderte, ihr ihre Handynummer zu geben, damit sie bei Fragen sofort zur Verfügung stehe. Damit wollten die beiden ihr ausserdem vermitteln, dass ihre Nummer ihnen bisher nicht bekannt war, um sie so in Sicherheit zu wähnen.

Giulia war unterdessen ein Stück weit ins Tal gefahren, parkierte an einer Stelle, an der sie guten Empfang hatte, und wartete ab.

Kaum kam Nadia mit ihrem Wagen bei Giulia angefahren und war bei ihr zugestiegen, schickte die Kassiererin prompt eine SMS.

***

Die sind auf dem Weg zu dir. Sie haben vor einer halben Stunde Probst geholt. Die wissen Bescheid. Was sollen wir tun? Hilf mir, ich habe Angst.

Was?!?!?!?, kam umgehend die Antwort zurück.

Ja!!!!!

Eine Minute lang herrschte Stillschweigen.

Carla, ich rufe meinen Anwalt an und stelle mich. Die holen mich ja sowieso, sobald ich zu Hause bin.

Jörg, dann wandern wir beide hinter Gitter.

Bleibt mir nichts anderes übrig. Der Probst wird reden wie ein Wasserfall – es ist sowieso vorbei. Auch für dich.

Halt mich einfach da raus.

Ich täte das ja, aber der Probst … und ausserdem, es kam ja von dir aus. Was soll ich denen sonst sagen, wieso?

Giulia und Nadia lasen alles mit, sahen, dass die beiden online blieben, jedoch minutenlang, ohne zu schreiben – ein Zeichen dafür, dass sie am Anschlag waren, und das war gut so.

Carla? Bist du noch da …?

Ja, bin am Überlegen. Wenn wir alle wie besprochen das Gleiche behaupten, kämen wir womöglich davon. Mit der Betonung auf «kämen». Ich habe die Nummer des schwarzhaarigen Teufels aus Chur bekommen. Ich glaube, ich rufe sie an …

Diese de Medici?

Ja, und seit Kurzem hat sie einen blonden Quälgeist an ihrer Seite. Die scheint aus demselben Holz geschnitzt zu sein. Ich stelle mich auch.

Okay, Carla. Tue ich auch, aber nur mit Anwalt.

Ich habe Angst, Jörg.

Carla, meinst du, ich gehe gerne hinter Gitter? Scheisse, bei mir klingelt's an der Türe, ich glaube, sie sind schon da.

Lösch den Chat und lass dich nicht in die Ecke drängen …

Giulia und Nadia schauten sich vielsagend an.

«Na, da haben wir ja beide tolle Komplimente erhalten: schwarzer Teufel und blonder Quälgeist. Mal was anderes. ‹Miststück› habe ich schon gehört», sagte Giulia.

«Und ich ‹blondes Gift›, von einer Inhaftierten.»

«Dann warten wir mal auf den Anruf von dieser Carla. Scheint alles schneller Fahrt aufzunehmen, als ich gedacht hätte», kommentierte Giulia.

Auf der Fahrt nach Casti hoch rief bereits Carla Brunner an.

«Es ist Zeit, Frau de Medici, Klartext zu reden. Ich bin in den Fall verwickelt und möchte im Beisein meines Anwalts dazu aussagen.»

Nadia durchsuchte Brunner in der Garderobe des Zeltes routinemässig, bevor sie mit ihr hinten im Q5 Platz nahm. Giulia sass am Steuer und blickte auf die von den Xenon-Scheinwerfern erhellte Strasse. Sie fuhr genauso gerne bei Nacht wie bei Tag.

Unterwegs erreichte sie ein Anruf, den sie im Ohrstöpsel entgegennahm. Ein Jörg Davatz aus Mathon werde sich morgen früh um acht Uhr im Kommando in Chur stellen, vernahm sie aus der Einsatzzentrale des Kommandos.

Probst und Brunner sassen in Zellen des Kommandos, als sich Giulia und Nadia kurz vor Schliessung des McDonald's Burger und Pommes holten und diese zu später Stunde im Hansahof verdrückten. Kauend und Cola trinkend besprachen die beiden die Strategie für den kommenden Tag.

Sie würden bereits um neun Uhr mit den Einvernahmen beginnen, da von den dreien Geständnisse zu erwarten waren.

Gegen halb zwei Uhr in dieser Nacht, Giulia hatte nur eine kurze Runde mit Arkon gedreht, schloss sie zu Hause die Türe auf und wie immer sofort hinter sich zu. Sorgsam legte sie ihre Waffe zur Seite und stellte sich eine Viertelstunde unter die Dusche. Was für ein Privileg, warmes Wasser zu haben, dachte sie schon wieder.

Weder Nadia noch ihr war klar, wie die drei in den Fall verwickelt waren, welchen Zusammenhang das möglicherweise mit dem Selbstmord von Helmut Loher hatte – wie tief die im Ganzen steckten. Dass die Kornbachs mit dem Regisseur geredet hatten, deutete auf eine Verbindung zwischen diesen dreien hin. Ausserdem stammten Kornbachs wie Loher aus Berlin.

Sie kochte sich eine heisse Schokolade. Sie vermisste dabei das Knacken der Holzscheite im Feuer, den Geruch von Asche und von altem Holz.

24

Am nächsten Morgen begannen die beiden Einvernahmen gleichzeitig um Punkt neun Uhr.

Nadia Caminada sass Probst gegenüber, der, noch sichtlich geschockt vom Taser und der Nacht in der Zelle, redete, dass der Protokollführer kaum mit Tippen nachkam.

Giulias Einvernahme dauerte ebenfalls nur eine knappe Stunde. Die füllige Mitfünfzigerin mit den blauvioletten Strähnen im Haar und der dunklen Schminke um die Augen insistierte: «Bitte glauben Sie mir … glauben Sie uns. Das Ganze war nur als Werbeaktion für das Sännatuntschi-Stück gedacht gewesen. Wir hätten im Nachhinein die Sennerinnen reichlich entschädigt.»

«Wie kam's?», fragte Giulia trocken, ohne eine Miene zu verziehen.

«Helmut Loher ist diese wahrhaftige Schnapsidee anfangs Sommer gekommen, als wir während eines gemeinsamen Ausflugs von den Berlinerinnen bewirtet wurden und einen Kirsch zu viel kippten. Die Aufführungen in den letzten Jahren von Loher waren ‹kulturell› gesehen zwar eine Bereicherung, wie die lokale Presse schrieb, dennoch mit den wenigen Besuchern ein finanzieller Reinfall. Und diese zugegeben aussergewöhnliche Promo-Aktion für das Sännatuntschi hätte ja funktioniert – bestens sogar, wäre die Frauke dabei nicht zu Tode gestürzt. Wie hätten wir solches auch ahnen können?»

Carla Brunner tat unschuldig, fast als wäre sie zum Opfer geworden, fand Giulia. Sie hörte weiter nur zu. Wasserfälle soll man rauschen lassen, hatte ihr ein Ausbildner in der Polizeischule gesagt.

«Probst und Davatz hatten diese Bettina Stenlizer beim Zäunen aufgescheucht. Verstehen Sie mich bitte nicht falsch – es war fast ein glücklicher Umstand, dass alles so lief. Probst hatte ihr beim Zäunen aufgelauert, mit dem Lärm, den sie beim

Einschlagen der Pfosten machte, war es auch kein Problem, sie in dem dichten Nebel zu finden. Davatz tränkte derweil den Altarstein mit dem Tierblut. Beide waren als Sännatuntschi verkleidet und hatten sich mit einer stinkenden Paste eingerieben.»

Giulia unterbrach sie nun doch: «Sie wussten also, um welchen Stein es sich vor zwölf Jahren gehandelt hatte?»

«Ja, sicher – um den ‹Altarstein›, wie er seit der Tat vor zwölf Jahren heisst. Es sollte die Medien zu Spekulationen verleiten, um darüber zu berichten. Wo war ich stehen geblieben?»

«Bei Probst und dem ‹Aufscheuchen› von Bettina, wie sie es nannten.»

«Ach ja, Probst verlor die Sennerin im Nebel aus den Augen, ohne ihr einen Schrecken einjagen zu können, und liess es gut sein. Doch der Zufall wollte es, dass diese dann direkt Davatz in die Arme lief und so an den blutigen Opferstein kam. Und dieser Schreck sass gehörig, wie er uns danach erzählte. Er war ihr nur einige Meter mit erhobenem Messer gefolgt und hatte sich, so erzählte er es uns am Abend, vor Lachen kaum auf den Beinen halten können.»

«Und dieser Unfug reichte nicht aus?»

«Eben nicht! Als wir uns am nächsten Tag umhörten, stellten wir fest, dass Bettina das Ganze offenbar einfach so hingenommen hatte, und doppelten am Abend auf der Alp nach, damit es mit Sicherheit an die Presse gelangte.»

«Aber da war doch die Premiere?», hinterfragte Giulia.

«Wir planten es so, dass die beiden auf den letzten Drücker in Casti ankamen, dass die Vorstellung losgehen konnte. Den Rest wissen Sie ja. Als diese Hanna ins Zelt geflüchtet kam, brach auch für uns eine Welt zusammen.»

«Und doch gingen die Vorstellungen munter weiter», hielt Giulia fest.

«Das hätte uns doch nur verdächtig gemacht, wenn wir ausverkaufte Vorstellungen abgesagt hätten.»

«Und der Loher?»

«Der kämpfte schon lange mit Depressionen. Ich glaube, eine Künstlerkrankheit. Das Sännatuntschi hat ihn am Leben gehalten, und als das Unglück passierte, schaffte er es nicht mehr. Leider.» Sie zuckte mit den Schultern, als hätte sie etwas Unbedeutendes nicht wiedergefunden.

Alle drei sagten wie aus einem Mund das Gleiche, stellten Nadia und Giulia fest. Sie beteuerten, nichts von Lohers Verbindung zu den Eltern der beiden Toten gewusst zu haben, und hielten daran fest, dass es ein ausgearteter Streich gewesen sei, um Aufmerksamkeit zu erreichen. Das war ihnen ja zur Genüge gelungen.

Staatsanwältin Bezzola würde aufgrund der Protokolle dennoch einen Antrag auf Untersuchungshaft beim Zwangsmassnahmen-Regionalgericht Plessur stellen, bis detaillierte Einvernahmen erfolgt waren.

Bereits um elf Uhr traten Giulia und Nadia vor dem Kommando in die Sonne. Gemäss Wetterbericht sollte es der letzte heisse Tag in diesem Jahr werden.

Giulia fand, es war an der Zeit, ein wenig Abstand zu finden, um nachzudenken. Das alles ging im Gesamten nicht auf. Zu viele Puzzlestücke fehlten, und ob die drei die Wahrheit gesagt hatten, stellte sie ebenso in Frage.

Sie schlug Nadia vor, mit ihr die Tatorte aufzusuchen und danach auf ihre Alp zu kommen. Deshalb fuhr Giulia Nadia zu deren Wohnung in Masans und wartete, bis diese mit einer kleinen Sporttasche und ebenfalls ein Baseballcap tragend wieder zustieg.

Gegen Mittag fuhren sie Richtung San Bernardino. Die Temperatur zeigte nochmals über dreissig Grad an, und das an diesem Samstag, dem 8. September. Zusammen begutachteten sie als Erstes den Tatort im Gasthaus zur Rofflaschlucht.

«Nadia, ich sage es offen und ehrlich.» Giulia drehte sich in dem Zimmer, in dem die Tote gehangen hatte, im Kreis. «Ich verstehe nicht, wie das abgelaufen sein soll.»

«Du meinst, wie der Mörder nach seiner Tat aus dem Zimmer kam, obwohl alles verschlossen war – und das von innen?»

«Genau. Ich habe die 3D-Aufnahmen des Scanners etliche Male angeschaut, in alle Ecken gezoomt. Der Türschlüssel steckte von innen, einen Zweitschlüssel gab es nicht, und das Fenster war korrekt geschlossen, wie man auch auf den Aufnahmen erkennen kann. Davor die geschlossenen Läden. Also – wie kam der raus? Denn der musste rausgekommen sein.»

«Was, wenn sich Dr. Kaspezky irrt und die Fesseln nicht erst nach dem Tod abgenommen wurden, sondern davor? Dass schon davor etwas geschah und das Opfer sich aus Not in dem Zimmer das Leben nahm?»

«Ich bin keine Rechtsmedizinerin. Ich habe Kaspezky exakt diese Frage auch gestellt. Sie ist sich aufgrund der Gewebeuntersuchung zu einhundert Prozent sicher, dass die Fesseln erst nach dem Tod abgenommen wurden, um den Mord zu verschleiern. Und der glaube ich das. Wenn nur geringste Zweifel bestünden, würde sie es sagen. Du wirst sie auch noch kennenlernen, sie ist fachlich ein Ass, und ich sag dir auch, warum. Im positiven Sinn ist sie ein Freak, selbst ein lebender Tatort auf zwei dürren Stelzen. Genau und hochintelligent.»

«Also, dann muss jemand hier irgendwie rausgekommen sein», folgerte Nadia.

«Schau, gemäss dem Bericht unseres Schlossspezialisten wurde das Türschloss weder von aussen noch von innen manipuliert und wäre mit dem innen steckenden Schlüssel auch nicht von aussen aufschliessbar gewesen. Sie haben das Schloss komplett auseinandergenommen – keine Spuren einer Manipulation. Das Schloss und somit die Türe können wir mit Sicherheit vergessen.»

«Okay, es bleiben somit nur noch das Fenster und die Wände.»

Zusammen nahmen sie das alte Fenster in Augenschein, das man mit dem früher typischen T-Griff auf- und zumachen konnte. Das Fenster schloss richtig, auch wenn es nicht dem neuesten Energiestandard entsprach. Die beiden Läden vor dem Fenstersims waren geschlossen und mit einem Riegel am mittleren Fensterrahmen arretiert. Der konnte deshalb nur von innen geöffnet und verriegelt werden, wenn das Fenster offen stand. Kaspezkys Team hatte auch in diesem Bereich alles auf frische Kratz- oder Abriebspuren untersucht und nichts gefunden.

«Verdammt noch mal, was übersehen wir? Es hat kein Dachfenster, die Wände sind massiv, der Schlüssel war, wie die Untersuchung danach zeigte, im Schloss nach ganz rechts gedreht. Wie kam der raus?» Giulia lief im Zimmer hin und her. «Ich mache irgendwo einen Denkfehler. Ich sag's dir. Das ist doch wie bei diesen Gesellschaftsstrategiespielen … Wenn man dann die Lösung hört, denkt man: Ist ja logisch, warum bin ich nicht selbst darauf gekommen?»

«Ich weiss, was du meinst. Sowohl die Türe als auch das Fenster können mit Sicherheit ausgeschlossen werden. Beides würde man von aussen auch mit Hilfsmitteln nicht wieder so schliessen können. Ganz ehrlich, Giulia, ich habe mir schon Stunden darüber den Kopf zerbrochen, ich weiss es nicht.»

«Weisst du was? Lass uns das restliche Gebäude und die Umgebung anschauen. Hier im Zimmer kommen wir nicht weiter.»

Nachdem sie auch den Keller und die anderen wirtschaftlich genutzten Räume im Gasthaus unter die Lupe genommen hatten, zog es sie auf den alten Steg in die kühle Schlucht, als aufgeregt und kreidebleich eine Touristin aus dieser herausgerannt kam. Es war eine Chinesin, die kein Wort herausbrachte. Ihr Begleiter, der ihr folgte, sprach in derart gefärbtem Englisch, dass Giulia und Nadia nur heraushören konnten, dass etwas Schlimmes in der Schlucht geschehen sein musste, woraufhin sie tiefer hineineilten. Die schroffen Wände der Schlucht verschluckten sie rasch. Die angenehme Kühle nahmen sie nur vage wahr, unter ihnen rauschte das Wasser. Sie folgten dem Steg, der in die linke Felsenwand geschlagen war, bis zu einer Stelle, an der er unter einem Wasserfall hindurchführte. Das Licht war stark gedämpft, der Lärm des tosenden Wassers verschluckte alles. Hier stand eine Handvoll gestikulierender Touristen und versperrte den schmalen Steg.

Nadia und Giulia verschafften sich Platz. Nur wenige Meter unter ihnen, an einer dunklen Stelle, die die Sonne wahrscheinlich niemals beschien, lag eine männliche Wasserleiche mit stark durchgebeugtem Rücken zwischen zwei Felsen eingeklemmt. Ihr Gesicht, das immer wieder überspült wurde, liess Giulia erschaudern: Es war das von Duschletta, wie Giulia an dessen Bart erkannte.

«Jetzt haben wir den Duschletta doch noch gefunden.» Giulia musste der Kollegin fast ins Ohr brüllen, damit diese sie verstand.

Giulia fing zoomend mit ihrem iPhone die Szene so gut ein, wie es ging, und setzte in genügendem Abstand zum Tosen des Wasserfalls den Bergungsablauf in Bewegung. Es würde nicht einfach werden, die Leiche dort rauszuholen, liess Giulia die Einsatzzentrale wissen.

Die beiden warteten einmal mehr, bis Casutt, der, so schien es, immer im Dienst stand, den Fundort sicherte, bis die Bergungsmannschaft eintraf.

Als Giulia und Nadia nach einer Stunde wieder aus der dämmrigen und kühlen Schlucht in die Hitze und nun auffallende Stille dieses Mittags traten, war es ihnen, als kämen sie aus einer anderen Welt an die Oberfläche, was irgendwie ja auch stimmte.

Auf direktem Weg fuhren sie danach den Berg hoch, brachten ihre Sachen in Giulias Hütte und trafen erst gegen drei Uhr am Lai Grand ein.

Oben angekommen, sprang Arkon sofort ins Wasser und hatte seine wahre Freude am Nass. Sie hingegen setzten sich auf einen Stein, mit Sicht über die Weiden unter ihnen und die umliegenden Gipfel um sie herum.

Sie schwiegen, hingen ihren Gedanken nach, bis Nadia sich Giulia zuwandte. «Inmitten der Berge bist du zu Hause, das fühlt man.» Nadia, die wie Giulia eine Sonnenbrille trug, liess den Blick wieder zurück übers Panorama schweifen.

«Ja, das ist so. Die Berge, sie haben ja so unterschiedliche Gesichter und sind dennoch so unbeständig beständig, wie es nur Berge sein können.»

«Ich kann's verstehen, nur die Einsamkeit wäre auf die Dauer nichts für mich», gestand Nadia.

«Stille kann bedrücken, schieben oder gar quälen, sie kann aber auch formen, leiten und Kraft schenken. Alles zu seiner Zeit – das scheint mir wichtig. Ich mochte schon als Kind diese Stille auf einer einsamen Passanhöhe. Meine Eltern gingen nie wandern, sie vermissten das Meer, und wir verbrachten deshalb in der Zwischensaison die Ferien am Mittelmeer. Aber ich war schon früh mit Andrina, meiner damals besten Freundin, in den Bergen im Engadin unterwegs. Deren Eltern waren beide Bergführer. Fast jedes Wochenende waren wir unterwegs, und mit vierzehn stand ich bereits auf dem mächtigen Piz Bernina. Meine Mutter hat an diesen Tagen zu Hause bestimmt tausend Rosenkränze gebetet.» Giulia lachte etwas melancholisch.

«Sag mal, warum bist du denn nicht Bergführerin geworden?»

«Bin ich doch. Ich habe die Ausbildung dazu gemacht. Ich wollte zur Bergrettung und hab mich dann umentschieden, zur Alpinpolizei zu gehen. Du planst, und das Leben lacht.» Sie nahm ihr Cap ab, öffnete den Pferdeschwanz, schüttelte ihr Haar und strich es seitlich nach hinten. «Früh entdeckte ich aber auch das Langlaufen im Engadin, dann kam die Freude am Schiessen beim Biathlon dazu, und so landete ich im Leistungssport.»

«Das weiss ich. Stell dir vor, ich habe damals sogar einige Läufe von dir gesehen. Du warst hervorragend.»

«Die Leistungsspitze in der Schweiz war vor zehn Jahren nicht so dicht wie in anderen Ländern. International gesehen konnte ich aber dennoch vier Siege einfahren, als mich zwei Verletzungen zurückwarfen und ich deshalb meine Pläne ändern musste. So setzte ich als Fünfundzwanzigjährige alles auf die Karte Polizei, mit meiner Bergführerinnenausbildung in der Tasche.»

Beide blickten wieder über die Weite. Das Schellengeläut wehte mit warmen Windwogen zu ihnen herauf, leises Brummen eines Kleinflugzeuges verebbte langsam in der Ferne.

Giulia war nachdenklich. «Bist du auch viel in den Bergen unterwegs?»

«Bestimmt weniger als du, aber ich nehme regelmässig an Bergläufen teil. Weisst du, ich muss einfach laufen. Es ist, als wäre es das Pendel in meinem Leben, das mich zu takten hilft.»

«Schön gesagt. Siehst du den markanten hellen Stein da unten?» Giulia deutete mit dem Finger in die Richtung und wechselte somit das Thema.

«Ja, das ist doch der Altarstein, den wir zuvor angeschaut haben.»

«Genau. Und jetzt schau dich hier oben mal genau um. Stell dir vor, du wärst ein kräftiger Mann und müsstest dein Opfer so schnell als möglich irgendwo hier oben verschwinden lassen, aber du musst es tragen. Was würdest du tun?» Sie reichte ihr den Feldstecher.

«Hm.» Nadia stand auf und blickte sich lange um.

«Und dies in der Wetterlage wie im Protokoll beschrieben», fügte Giulia an.

Nadia liess sich Zeit. «Über die Berge ging's nicht. Schnee lag ja wegen des Kälteeinbruches bis fast auf unsere Höhe. Man hätte Spuren gesichtet, und kräftemässig wäre es ein Unsinn gewesen und überhaupt … wohin, wenn man oben ist?»

«Richtig.» Giulia nickte.

«Hinunter nach Nurdagn oder Curtginatsch und das Opfer mit einem Fahrzeug wegbringen?»

«Möglich, eher unwahrscheinlich. Erstens konnte die Spur noch zweihundertfünfzig Meter den Berg hoch nachverfolgt werden, dann verlor sie sich im vom Regen gesättigten Boden. Zweitens wäre das Risiko, beim Runtertragen von Hirten oder dem Senn entdeckt zu werden, zu gross.»

«Du meinst damit den Hassler, den Cadotsch, Duschletta oder dessen Frau Brida?»

«Ja.»

«Und was, wenn alle unter einer Decke steckten?» Nadia blickte weiter durch den Feldstecher.

«Daran habe ich auch schon gedacht. Sie alle hätten sogar ein Motiv gehabt.»

«Eben, und sie hätten sie gemeinsam problemlos transportieren können.»

«Zwei der vier sind tot und können somit nicht mehr befragt werden. Die beiden anderen streiten es ab. Dass dieser Cadotsch, der Schreiner, irgendwie an der Sache beteiligt war, halte ich aber für sehr wahrscheinlich. Wer weiss, vielleicht war er sogar der Täter. Das Blut auf seinem Lederarmband ist nicht einfach so da draufgekommen. An die These seines Anwalts von damals glaube ich nicht.» Giulia blickte Nadia an. «Ich gebe dir aber recht, wir müssen alle Varianten ins Auge fassen, auch eine Gemeinschaftstat. Gehen wir mal kurz davon aus, dass es der Cadotsch gewesen war. Weit kann er damals mit dem Opfer nicht gekommen sein.»

«Dessen bin ich mir auch sicher. Mehrere Teams haben über Tage hinweg alles abgesucht – und alles ohne auch nur einen einzigen Hinweis. Das Opfer kann ja nicht einfach so vom Erdboden verschluckt worden sein. Ausser er hätte es irgendwo begraben.»

«Diese Theorie habe ich verworfen, und ich sag dir auch gleich, wieso. Nehmen wir mal an, der hätte ein Loch gegraben. Bei dem steinigen Untergrund hätte die Zeit gefehlt, tief zu graben. Gehen wir also davon aus, dass er es nur minimal ausgehoben hatte, um den Leichnam zu verbergen. Und gehen wir auch davon aus, dass er es mit Grasnarben sorgsam wieder zugedeckt hat, dass es vom Heli und den Suchtrupps nicht entdeckt werden konnte. Tiere, und da bin ich mir sicher, hätten das Opfer ausgegraben, irgendwann wären Leichenteile oder Knochen entdeckt worden.»

«Und wenn sie sie allesamt – ich bin wieder bei einer Kollektivtat – in der Nacht vergraben haben? Wer sagt uns, dass sie nicht viel früher getötet wurde?»

«Das sagt uns niemand. Deshalb müssen wir nach Intuition

vorgehen und uns fragen, was wir glauben, und nicht, was am wahrscheinlichsten ist. Doch du hast mich auf eine Idee gebracht. Komm, ich brauch deine Hilfe.»

Nadia nahm einen letzten Schluck aus ihrer Trinkflasche und folgte ihr. Giulia blickte vor dem Loslaufen auf ihre Uhr. Eine Stunde fünfzehn dauerte es, bis sie bei ihrer Hütte ankamen, und das bei besten Wetterbedingungen.

Vor der Hütte blieb sie stehen. «Was, wenn der Täter das Opfer quasi zwischengelagert hat? In den Tagen, bis die Suche zu Ende war? Es gar nicht weggeschafft hat?»

«Du meinst ... ausgerechnet hier? In deiner Hütte?»

«Nicht in der Hütte. Im Naturkeller dort hinten im ansteigenden Berghang.» Giulia deutete darauf, während sie hinging.

«Du meinst, hier drin wurde nicht gesucht? Die haben doch bestimmt die Handvoll Hütten auf dem Gebiet auf den Kopf gestellt.» Nadia war ihr gefolgt und blickte in den etwa vier Quadratmeter grossen Raum.

«So sollte es gewesen sein. Aber alle machen mal Fehler. Jetzt stell dir vor, es wäre eine Regenwand da und Nebel und du wüsstest nichts von dieser Holzklappe im Hang.»

«Stimmt, die Holzklappe könnte übersehen worden sein. Dann lass uns mal das bisschen Raum untersuchen.»

Giulia hatte ihre starke Lampe aus der Hütte geholt. Sie fasste nichts an – leuchtete an die Wände und das Gestell, auf dem Konserven standen.

«Giulia, das ist schon zwölf Jahre her. Was könnten wir denn noch finden? Was erwartest du?», fragte Nadia.

«Nichts und alles.» Giulia blickte sich weiter hoch konzentriert um, fand aber rein gar nichts. Gerne hätte sie auch die Hütte auf den Kopf gestellt, doch dazu wollte sie erst ihre Freunde fragen. Sie war sich sicher, sie würde grünes Licht bekommen.

Beim Hochfahren hatte sie noch Lisa anrufen wollen, sie aber nicht erreicht, dafür eine Mail von ihr erhalten:

Hey, Giulia

Nur kurz, bin wegen eines anderen Falles im Einsatz. Mittlerweile haben wir auf dem Gelände der «Quelle» drei Leichen geborgen – hinter der Trauerweide. Zwei davon waren nah an den achtzig gewesen, die dritte, eine Frau Mitte fünfzig, sei schwer krank gewesen. Es gibt dazu sogar Totenscheine vom Amtsarzt und eine Genehmigung für einen privaten Ruheort.
Paulina Heilmichel haben wir auf freien Fuss gesetzt – mit ihren Eltern kam sie im Süden Deutschlands unter. Um in der ihnen unbekannten Welt überhaupt Fuss fassen zu können, wurde ihnen wie auch den anderen Familien eine Betreuung zur Seite gestellt. Detaillierte Vernehmungen durch Spezialisten, auch der Kinder, ergaben, und das ist sehr gut, keinen sexuellen Missbrauch. Hingegen stellte sich heraus, dass sich nur innerhalb der Kommune Paare bilden durften, um den sogenannten Lichtbund einzugehen, was einer Ehe gleichkam. Das Eine stritt in den weiteren Einvernahmen vehement ab, den Regisseur Loher in dem Zelt getroffen zu haben, sie verneinten, ihn zu kennen, trotz der Zeugenaussage von Gian-Reto Cantieni. Sie hätten an dem Tag lediglich Sonnenblumen auf die Weide auf Nurdagn gelegt, denn sie hätten in dem Nebel nie und nimmer den Stein gefunden und so am Wegrand eine Lichtmesse im strömenden Regen abgehalten. Meine Hypothese, dass die Halbschwestern Paulina und Heike nur deshalb keine Identität erhalten hatten, um sie als Opfer einzusetzen, fanden sie der Phantasie einer dunklen Seele entsprungen – einen Grund für ihr Verhalten wollten sie aber nicht nennen, und ich kann ihnen nichts anderes beweisen.
So, das war's auf die Schnelle – wir hören uns.

Bye, Lis

Giulia stand frustriert vor der Hütte. Sie hatten zwar drei Verdächtige in Haft, die aber nur zugaben, einen Streich mit ungeahnten Folgen begangen zu haben, was fahrlässiger Tötung gleichkam. DNA-Analysen der drei würden nun zeigen, ob es Übereinstimmungen mit den winzigen Spuren am Strick und am Hals von Heike gab.

Nadia schlug vor, etwas zum Znacht zuzubereiten und danach in aller Ruhe eine Auslegeordnung zu machen. Giulia war einverstanden. Gemeinsam kochten sie am Eisenherd, den Giulia eingefeuert hatte. Nadia schnitt Zwiebeln und Knoblauch, während Giulia den Alpkäse rieb, um Älplermakkaroni zu kochen.

Draussen assen sie am Steintisch, die Landschaft lag in der milden Abendsonne. Auch Nadia langte herzhaft zu, schien sich keine Sorgen um ihre Figur zu machen. Wahrscheinlich bewegt sie sich so viel wie ich mich, dachte Giulia, als sie eine Gabel voll käsefädenziehender Makkaroni in den Mund schob.

Grundsätzlich hatten die drei Inhaftierten ja ein plausibles Motiv, fand Nadia. Das war ja tatsächlich viel kostenlose, wenn auch makabre Werbung für das Stück gewesen, das ja selbst auch makaber war. Auch das Motiv von Lohers Selbsttötung passte problemlos ins Bild. Die Brandstiftung hingegen hatten sie allesamt verneint, die auch nicht ins Bild gepasst hätte und daher noch ungelöst blieb.

Bestätigt war, dass Duschletta wie Loher den Freitod gewählt hatte. Er war mit grosser Wahrscheinlichkeit von der Staumauer des Sufnersees in den Hinterrhein gesprungen und in die nahe Rofflaschlucht gespült worden, wie die Leichenschau dargestellt hatte. In seinem Abschiedsbrief, den Nadia während des Essens als Kopie laut vorlas, war nichts angedeutet, wie und wo er den Freitod vollziehen würde.

«Warum geht er nicht auf die Tat als solche ein, wenn er sich schon als Täter bekennt?» Nadia schob sich eine weitere Gabel voll Makkaroni in den Mund.

«Darüber habe ich mir auch schon den Kopf zerbrochen. Ich gehe davon aus, dass er sich schämte. Ich meine, er hat ja einen erwachsenen Sohn und eine Tochter, da nimmt niemand gerne das Wort ‹Mörder› in den Mund. Das würde ja auch auf die Kinder zurückfallen. Der Nachwuchs eines Mörders … wer will dies schon sein?»

«Er lässt damit aber auch Spielraum für Spekulationen zu.»

«Das stimmt. Hatte er Silke geschwängert? Oder gar vergewaltigt oder sonst wie genötigt? Ich meine, sie kam schon mundtot aus dieser Sekte. Womöglich hatte sie lange wehrlos mit sich machen lassen, was andere wollten – eben wie eine Art Sännatuntschi. Ich denke da an die Aussage von Duschletta selbst, der anscheinend den Hassler Silke auf der Alp betatschen sah, und dabei habe sie wie eine Statue dagestanden.»

«Das könnte sogar stimmen, und der Duschletta merkte, dass nicht nur er von der emotional Wehrlosen so profitierte, und hat sein Revier abgesteckt.» Nadia goss beiden Wasser nach.

«Du könntest recht haben. Womöglich stand sie nach und nach allen auf der Alp sexuell zur Verfügung, und sie alle nutzten sie gnadenlos aus, denn wohin hätte sie auch gehen sollen, mit wem reden oder gar Anklage erheben?»

«Genau, und als Duschletta es noch weitertrieb, wie auch immer dies geartet sein mochte, hat sie sich womöglich Brida anvertraut, wollte Hilfe holen. Und da sind einer der drei oder alle drei durchgedreht und haben sie umgebracht und verschwinden lassen. Ich meine, niemand kennt die Gegend hier oben besser als Duschletta, Hassler und Cadotsch.»

«Vielleicht war sogar tatsächlich nur der Duschletta der Mörder, und die beiden anderen, die sie sexuell auch ausgenutzt hatten, haben die Leiche entsorgt. Daher das Blut an dem Armband von Cadotsch. Würde auch zum Inhalt von Duschlettas Abschiedsbrief passen.»

Beide hingen ihren Gedanken nach, während sie fertig assen. Aber die Frage, wer hinter der Brandstiftung steckte, war damit nicht mal ansatzweise geklärt.

Die Sonne war längst untergegangen, die Kälte floss wie eine unsichtbare Flut über die Berge hinab, dass sie sich eine wohlig warme Jacke überzogen und bei einem heissen Kaffee weiterredeten. Als es dunkel wurde, holte Giulia die Petroleumlaterne aus der Hütte. Ihre Gesichter wurden in ein weiches orangegelbes Licht-Schatten-Muster eingetaucht. Es duftete nach Herbst, nach feuchtem Gras und dem Rauch, der aus dem Kamin kräuselte.

25

In den frühen Morgenstunden zog Stunden früher als angekündigt der Sturm auf. Nadia und Giulia wurden gegen halb sechs wach, als Donnerschläge die Hütte erzittern liessen. Die Felsen schienen im Widerhall der Himmelsdetonationen zu zerbersten. Der Sturm zog derart heftig um die Hütte, dass ein an- und abschwellendes Pfeifen ertönte. Grell zuckten Blitzsalven durch den erzürnten schwarzen Himmel. Wolkengebirge schoben sich ineinander, als kämpften Himmelstitanen um die Vorherrschaft in diesem Tal. Starkregen setzte ein, und ein tiefes Schwarz verschluckte alles, als wäre jegliches Licht der Welt darin entschwunden. Arkon war deswegen nicht verängstigt, aber angespannt. Giulia hatte mit ihm bereits im Welpenalter ein Setting durchlaufen, damit er sich nicht von lauten Geräuschen oder wenn gar Schüsse fielen, beirren liess.

An Schlaf war nicht mehr zu denken. Nadia und Giulia setzten sich um das züngelnde Ofenfeuer und warteten darauf, dass das Kaffeewasser kochte. Sie beide waren Kinder der Berge, doch Giulia fühlte sich in solchen extremen Wettersituationen sichtlich wohler.

Nur sehr langsam schälte sich der stürmische Morgen aus der Nacht. Die Sicht aus dem kleinen Fenster, dessen Scheibe beschlagen war, betrug nur wenige Meter. Erst gegen halb neun liess der orkanartige Wind etwas nach, dass ein Hinabsteigen zum Wagen denkbar wurde, doch die Sicht blieb gleich null. Dazu kam, dass der Regen, mit Schneegraupel gemischt, noch intensiver fiel. Sie packten sich gut ein, zogen die Kapuzen eng ums Gesicht und wagten den Abstieg. Giulia war sich sicher, die Strasse würden sie in keinem Fall verfehlen, den Parkplatz aber mit Sicherheit nicht auf Anhieb finden.

In gebeugter Haltung stellten sie sich dem Sturm entgegen, der an ihnen riss, dass sie in den stärksten Böen wankten, als wären sie Betrunkene auf dem Heimweg. Rinnsale bildeten sich in den vollgesogenen Matten. Giulia schaltete ihren Verstand aus und folgte ihrem Instinkt, der sie in solchen Situationen immer sicher ans Ziel geleitet hatte. Nadia, die direkt hinter ihr ging, brüllte durch das Toben: «Hast du alles im Griff?»

«Ja, ich bin auf gutem Weg dahin. Keine Sorge, wir schaffen das», schrie Giulia zurück und zog die Kapuze enger übers klitschnasse Gesicht.

«Ist es noch weit?», brüllte Nadia eine Viertelstunde später, da der Sturm die Worte von den Lippen riss.

Giulia schüttelte beruhigend den Kopf und hielt an. Sie fasste Nadia an der Schulter. «Stell dir das hier alles im Sonnenschein vor. Siehst du das Tal unten, die Strasse, das Licht? Es ist derselbe Weg wie gestern.»

Giulia konnte verstehen, dass sich Menschen bei einer solchen Wetterlage eingeschlossen fühlten, orientierungslos gefangen in einer bedrohlichen Bergwelt, was diese dann zweifelsohne auch war. Doch man konnte mit dem Sturm gehen oder gegen ihn kämpfen. Sie versuchte immer Ersteres.

Zehn Minuten später fanden sie die Strasse, die plötzlich wie aus dem Nichts auftauchte. Giulia war sich sicher, dass sie sie oberhalb des Parkplatzes erreicht hatten, und lief deshalb talwärts.

Sichtlich erleichtert setzte sich Nadia nur wenige Minuten später auf den Beifahrersitz und schob die nasse Kapuze zurück. «Ich bin beeindruckt. Hast du einen Kompass verschluckt, oder was?» Sie lachte.

«Frag mich das, wenn ich mich in Zürich wieder mal verfahre.» Giulia lachte zurück.

Die Fahrt hinunter ins Tal forderte Giulia mehr ab. An einigen Stellen mussten sie anhalten und fussballgrosse Steine oder, unterhalb der Baumgrenze, Äste von der Strasse räumen, über die mancherorts kleine Bäche ins Tal flossen.

Auch in Chur stürmte es, als Giulia Nadia vor deren Wohnblock absetzte.

Es war der erste Herbststurm dieses Jahres, der durchs Land

zog und drei Tage andauern würde, meldete eine Radiomoderatorin. Bei diesem Wetter würde sie die Hütte erst morgen oder gar übermorgen durchsuchen können, ärgerte sich Giulia. Dennoch fuhr sie auf direktem Weg in die Kletterhalle, um Ramona Camastral zu berichten, dass oben alles so weit in Ordnung war, denn sie hatte sicherlich aus den Medien von der Brandstiftung erfahren. Gleichzeitig wollte Giulia die Erlaubnis einholen, sich genauer in der Hütte umzusehen.

Ramona begrüsste Giulia und spendierte ihr einen Kaffee an der Bar. Die Halle hatte ausnahmsweise erst seit elf Uhr geöffnet. Nur wenige Kletterer hielten sich daher im Inneren auf. Giulia war heute nicht nach Plaudern zumute und kam daher sogleich zur Sache. «Ich ermittle, wie du weisst, im Fall des Val Schams. Wir müssen uns zu einem Fall, der vor zwölf Jahren passiert ist, in einem bestimmten Gebiet noch mal genauer umsehen.»

«Und was hat das mit mir zu tun?»

«Eure Hütte liegt in diesem Gebiet, und ich würde sie gerne durchsuchen, nach Spuren von damals – mit einem Team.»

«Ach, das ist ja interessant. Was sucht ihr denn?»

«Kann ich dir auch nicht sagen, etwas Ungewöhnliches, was da nicht hingehört.»

«Das Einzige, was ich, als wir vor drei Jahren die Bettstatt oben eingebaut haben, gefunden habe, ist so ein merkwürdiges Büchlein.»

«Echt jetzt?» Giulia war sofort präsent.

«Ja. Eine Art Büchlein.»

«Ein Tagebuch?» Giulia ereiferte sich.

«Nein. Es ist eine Art Zeichnungsbüchlein mit seltsamen Abbildungen darin – aber die sind alle sehr gut gezeichnet.»

«Stand ein Name darin oder sonst ein Hinweis, der auf den Verfasser schliessen lässt?»

«Lass mich überlegen. Ja, da stand einer. Wie hiess der noch mal? War ein seltsamer Name.»

«Lass dir Zeit.»

Ramona überlegte, während sie einem Kletterer ein Getränk reichte. «Ich krieg den Namen nicht zusammen. Sorry. Ich weiss nur, der Name stand unter der Zeichnung eines wunderschönen Schmetterlings mit Menschengesicht.»

«Wo ist das Büchlein? Sag nicht, du hast es in den Abfall geworfen.»

«Hätte ich beinahe, weil die Bilder auch etwas Unheimliches in sich bergen. Aber ich habe es Silvia gegeben – einer Freundin, die so mystisches Zeugs liebt. Die war hellauf begeistert davon. Ich bin sicher, die hat es noch immer.»

Giulia liess sich sofort den vollen Namen und die Adresse von Silvia geben und rief Nadia an, um sie darüber zu informieren.

Silvia wohnte einen Stock über ihrem Coiffeurgeschäft an der Oberalpstrasse und wollte soeben in die Stadt, als Giulia an der Türe klingelte und ihr Anliegen vorbrachte.

«Ja, das habe ich tatsächlich», bestätigte sie verwundert, als sie Giulias Ausweis sah. Sie führte sie hinunter in den Salon, in das Zimmer dahinter, das sie für esoterische Begegnungen eingerichtet hatte. Dort kramte sie das Büchlein aus einem Schrank, der fast überquoll mit irgendwelchem Zeugs: Steine, Amulette, kleine Bilder, Zeitschriften, Kerzen …

Giulia zog blaue Gummihandschuhe über und klappte das Büchlein vor lauter Neugierde auf, bevor sie es in den Spurenbeutel legte.

Die nur mit Bleistift ausgeführten Zeichnungen waren sehr detailliert und wirkten dadurch verstörend lebensecht: Einziges Motiv war eine junge Frau, die sich verpuppte und als Schmetterling wiedergeboren wurde. Nur eine Darstellung war farbenprächtig gemalt – auch wieder ein Menschen-Schmetterlings-Motiv. Darunter stand in geschwungenen Worten ein Wort: «AURORA».

Giulia liess ihren Blick einen Moment auf dem Namen ruhen. Endlich, die erste greifbare Spur der damals Verschwundenen. Ein seltsamer Schauer überkam sie bei diesem Gedanken. Sie schoss mit ihrem iPhone ein Foto davon und schickte es Nadia und Kaspezky.

Kaspezky unterbrach ihren Sonntagsdienst und fuhr sofort vor Ort, wo ihr Giulia den Beutel übergab. Sie würde sofort die Spuren darin sichern und auszuwerten versuchen, versicherte sie Giulia beim Gehen.

Giulia war überzeugt, es musste das Büchlein von Silke sein – allein schon des Namens wegen. Wer dieses Büchlein dort versteckt hatte und wann, war eine andere Frage. War es Silke selbst gewesen?

Giulia rief Ramona Camastral an, die ihr den Namen und die Adresse des Vorbesitzers der Hütte heraussuchte und per SMS schickte. Es handelte sich um einen Arzt, einen Italiener, der die Hütte nur zu Erholungszwecken und überhaupt nur selten genutzt und sie deshalb auch verkauft hatte, erzählte Ramona. Sein Name war Cesare Steffanelli, wohnhaft in Mailand.

«Wir haben ihn nur zweimal zu Gesicht bekommen», sagte Ramona am Telefon.

Wie er denn ausgesehen habe, wollte Giulia wissen.

«Er war gross und kräftig. Sah gar nicht so aus, wie man sich einen Arzt vorstellt. Schwarze Haare und ein gepflegter, kräftiger Bart. Ein freundlicher Mann, der fast akzentfrei Deutsch sprach.»

«Hat er sonst noch was über sich erzählt?», fragte Giulia.

«Er sei verliebt in die Gegend hier. Mailand ist ja nicht mal zweihundert Kilometer vom Val Schams entfernt, und in zweieinhalb Stunden war er hier im Tal. Aber seine Frau habe seine Leidenschaft für die Berge leider nicht geteilt.»

«Wann genau habt ihr die Hütte gekauft?»

«Das kann ich dir genau sagen. Es war nämlich unser dritter Hochzeitstag – der 17. September, also fast genau vor elf Jahren.»

«Ist euch sonst noch was in der Hütte aufgefallen, als ihr sie übernommen habt oder beim Umbau?»

«Wir hatten nur den oberen Raum umgebaut, zu der Bettstatt für sechs Leute, wie du ja weisst. Zuvor stand da nur ein Doppelbett drin und verschwendete den ganzen Platz.»

«Habt ihr jemals Spuren von altem Blut gefunden? Dunkle, dicke Flecken oder sonst was, das euch womöglich gar nicht an Blut erinnert hat?»

«Blut?», fragte Ramona überrascht. «Du meinst, wegen dem Opfer von damals? Dass die in unserer Hütte war? Sag nicht so was, sonst gruselt's mich in Zukunft dort.»

«Ramona, das Büchlein trägt den Namen des Opfers. Es ist sehr gut möglich, dass die Frau vor der Tat dort gewesen ist. Womöglich hat sie bloss den Arzt kennengelernt – und mehr nicht. Aber mehr darf ich dir nicht sagen, und du behalt das bitte für dich. Das ist wichtig.»

«Keine Frage. Wir kennen uns ja lange genug, dass du weisst, dass ich meinen Mund halten kann. Aber es gibt mir im Moment trotzdem zu denken. Kann ich denn mit Rainer darüber reden?»

«Ja, sollst du sogar. Frag auch ihn dazu, aber verpass ihm gleichzeitig einen Maulkorb.»

Nachdenklich fuhr Giulia eine Stunde später mit Nadia, die sich zu Hause umgezogen hatte, in die forensische Abteilung des Kantonsspitals, wo sich auch Kaspezkys Labor in einem fensterlosen Raum im Untergeschoss befand. Mit diesem Mailänder Arzt, diesem Cesare Steffanelli, kam ein weiterer Tatverdächtiger ins Spiel. Was machte Silkes Büchlein, das ihr sehr wichtig gewesen sein musste, so versteckt in dessen Hütte? Was hatten die beiden miteinander zu tun gehabt, und warum hatte bisher niemand, auch keiner der anderen Verdächtigen, den Mann ins Spiel gebracht?

Kaspezky war dabei, das mit sechsunddreissig Bildern illustrierte Büchlein im A5-Format minutiös Seite für Seite zu untersuchen.

«Was ist?» Sie blickte Giulia und Nadia über den oberen Brillenrand her an.

«Frau Kaspezky. Nehmen wir mal an, das Opfer ist vor zwölf Jahren irgendwie in die Hütte gelangt – wurde getragen, hat sich selbst dahin geschleppt, wie auch immer. Blutspuren in so altem Holz, wie lange wären die noch nachzuweisen?», fragte Giulia.

«Kommt darauf an. Sind es Spritz-, Tropf-, Wisch-, Abrinn-, Abklatsch- oder Schleuderspuren? Und woraus besteht der Spurenträger? In Ihrem angefragten Fall gehen wir von Holz aus. Altem, rissigem Holz, das wahrscheinlich über all die Jahre nur mit einem groben Besen gekehrt wurde. Was genau wollen Sie von mir?» Sie blickte Giulia an.

«Dass das Büchlein in der Hütte gefunden wurde, beweist zwar nicht, dass sich die Vermisste darin aufgehalten hat, aber es legt dies nahe und schafft damit ebenfalls eine Verbindung zum Besitzer. Es wäre doch einen Versuch wert, die Hütte auf Spuren von damals zu screenen.»

Kaspezky setzte sich gerade hin. Sie war dabei gewesen, mit einer Polilight-Lampe Fingerabdrücke und sonstige Spuren im Büchlein sichtbar zu machen. Diese leistungsstarke Speziallampe war das Nonplusultra in der Spurensicherung, und Kaspezky verfügte erst seit drei Monaten über die neueste Generation, die sie seither zu jedem Tatort mitschleppte. Sie hatte sie in einer internen Weiterbildung allen Ermittlern vorgeführt, verschiedene Spurenträger dafür präpariert, und das Erstaunen war gross gewesen, wie scheinbar Unsichtbares zutage gefördert wurde, seien es Körperflüssigkeiten, Fingerabdrücke oder sonstige Spuren.

«Wir müssten dann aber mit Luminol arbeiten und bräuchten Dunkelheit, um das Ergebnis auszuwerten. Wenn wir Spuren finden sollten, können wir diese sichern und auf DNA untersuchen. Wie gross, glauben Sie, ist die Chance, etwas zu finden, Frau de Medici?»

«Kann ich nicht sagen. Falls das Opfer auf dem Weg nach oben in etwas eingepackt war, wird es kaum Spuren geben.»

«Oder der Täter wollte es erst mal wegschaffen, hat das Opfer womöglich vor der Hütte abgelegt, holte in dieser eine

Decke oder was auch immer und verpackte es erst dort oben», wandte Nadia ein.

«Da hast du recht. Das wäre denkbar. Wenn wir aber nicht von einer Kollektivtat ausgehen, war der Täter wahrscheinlich in Eile. Was wir gesichert wissen, ist, dass die Ermittler von damals Blutspuren über zweihundertfünfzig Meter weit verfolgen konnten, wenngleich nur tropfenweise nachweisbar, und deren Richtung zeigt zumindest zur Hütte.»

«Wer hat denn damals das Gebiet, auf dem die Hütte stand, durchsucht? Das war doch in Abschnitte unterteilt?»

«Das kläre ich mit der Bergrettung von damals ab. Ich kenne da jemanden, der in der Einsatzleitung gestanden hat.» Angenehm kam Giulia Gian-Reto in den Sinn.

«Wissen Sie was», sagte Kaspezky, «der Spatz hat genug Fleisch am Knochen, dass ich mit Ihnen beiden hochfahren werde. Sie können mir dabei assistieren. Mein Assistent hat sich beim letzten nächtlichen Einsatz eine Lungenentzündung geholt und wäre am liebsten nach Holland gezogen, so hat er die Nase voll von den Bergen.»

Nadia und Giulia blickten sich an. Kaspezky verzog wieder keine Miene, dass dies allein zum Lachen gewesen wäre. Doch noch hatte niemand sie lachen gesehen.

«Geben Sie mir zwei Stunden, dann bin ich bereit. Ich nehme an, draussen schüttet es noch wie aus Kübeln?» Kaspezkys spitze Nase zeigte zu Giulia.

«Das mit dem Schütten hält sich gerade noch in Grenzen, aber es stürmt, und am Berg oben wird's entsprechend heftig werden.»

«Nun gut. Es gibt nicht viel einzupacken. In zwei Rucksäcke kriege ich alles rein. Ich nehme nicht an, dass Sie bis morgen warten wollen.» Kaspezkys Frage war wiederum an Giulia gerichtet.

«Ganz ehrlich – nein. Was, wenn der Brandstifter auch ‹meine› Hütte anzündet? Womöglich wollte er im Stall Spuren vernichten, und dann haben wir nichts mehr in der Hand.»

«Das ist ein Argument.»

«Wichtig, Frau Kaspezky: Haben Sie sehr gute Bergkleidung? Sturmerprobtes?», fragte Giulia.

«Meine Frisur zum einen und Kleidung.» Kaspezky blickte die beiden wieder so an, als wäre das Gesagte nicht als Witz gemeint, und Nadia und Giulia verkniffen sich erneut ein Lachen. Kaspezkys Frisur sah nämlich öfters aus, als hätte der Wind sie gestylt.

Kaspezky redete kein Wort, während sie ins Val Schams fuhren. Auch Nadia schien ihren Gedanken nachzuhängen, glaubte Giulia zu erkennen. Arkon hatte sie bei der jungen Polizeiaspirantin gelassen, sie würde bis morgen Abend auf ihn aufpassen und war sichtlich erfreut darüber.

Weit kamen sie den Berg aber nicht hoch. Der Sturm tobte, und mehrmals war die schmale Bergstrasse von Wasser überspült, dass Giulia sie mit ihrem Audi-Geländewagen gerade so noch durchqueren konnte. Zwei Kilometer vor ihrem Ziel hatte ein kleiner Erdrutsch die Strasse verschüttet, was ein Weiterkommen verunmöglichte. Giulia stellte ihren Wagen in eine breite Ausweichstelle. Zu Fuss ging es nun weiter. Die durch den Himmel jagenden Wolken hingen so tief, dass alles verschluckt wurde. Der Wind riss an ihnen, wenngleich abgeschwächter als noch am Morgen. Giulia und Nadia trugen die beiden Rucksäcke. Kaspezky kämpfte sich wacker neben ihnen durch das Toben. Hartmann war gegen die Aktion gewesen, doch er hatte sich mit drei zu einer Stimme geschlagen geben müssen.

Giulia staunte über die Kondition und die Zähheit der dünnen Kaspezky, die wie ein Schrittmacher nun zwischen ihnen beiden ging. In dieser Düsternis ging mit jedem Schritt die Zeit, wie sie sie aus dem Tal kannten, verloren – Kameradschaft rückte an vorderste Stelle. Es schien weder heller noch dunkler zu werden. Ein Zustand anhaltender Dämmerung hatte das kleine Team verschluckt.

Nach drei Stunden näherten sie sich im letzten Licht der Hütte. Die Sicht betrug kurzzeitig fünfzig Meter, als Giulia

Feuerzungen aufleuchten sah. Sie drückte den Rucksack Kaspezky in die Hand und rannte das letzte Stück hoch, so schnell sie konnte. Das linke Hauseck hatte Flammen gefangen, eine schemenhafte Person rannte davon, liess dabei einen Kanister fallen. Giulia legte den Rucksack ab und verfolgte den Flüchtenden, gefolgt von Nadia, als die Gestalt stehen blieb und eine Waffe zog.

Giulia und Nadia warfen sich zu Boden und rollten zur Seite.

Beide griffen nach ihren Waffen, als zwei Schüsse fielen. Giulia feuerte bäuchlings mehrere Schüsse im Abstand von je einer Sekunde auf die Gestalt, um das feindliche Feuer zu unterbinden. Es zeigte Wirkung. Der Gegner stolperte und fiel kurz zu Boden, schien angeschossen zu sein, so wie er sich aufraffte, und feuerte nochmals mehrere Schüsse Richtung Giulia, während er rückwärts im Nebel verschwand.

Giulia war im Begriff hinterherzulaufen, als Nadia «Stopp!» rief. Sie kam ausser Atem auf Giulia zu. «Das ist Selbstmord, Giulia. Weisst du, wo im Nebel der steckt? Der könnte hinter jedem Stein hocken.»

Giulias Augen blitzten wütend. «Bei dir alles in Ordnung?», keuchte sie.

«Ja, nichts passiert.»

«Sehr gut. Und Kaspezky?» Sie rang noch immer um Atem.

Sie drehten sich um, eine weitere Nebelwand war hinter ihnen hochgezogen, verschloss den Blick auf die Hütte.

Sie eilten zurück.

Kaspezky hatte in der Zwischenzeit mit dem Eimer vom Brunnen den Brand, den der Täter gelegt hatte, löschen können. Der Regen hatte das Seine dazugetan, und der starke Wind hatte die Flammen nicht angeheizt, sondern erlöschen lassen.

«Ich glaube, ich habe ihn angeschossen. Ist mit Ihnen alles in Ordnung?» Giulia fürchtete sich vor Querschlägern.

«Der hat es ja darauf angelegt. Ich bin noch intakt, und ich hoffe, meine Lampe in Ihrem Rucksack auch», war Kaspezkys trockene Antwort.

«Nadia, am besten geben wir per Funk die Fahndung raus. Die sollen die Wege sperren, direkt oberhalb der Dörfer, wo der Alpweg runterführt. Spitäler und Ärzte melden sich automatisch, wenn jemand mit einer Schusswunde in den Notfall kommt», sagte Giulia.

«Lass uns erst ins Innere gehen, was, wenn der zurückkommt? Dann sind wir lebende Zielscheiben», sagte Nadia.

Kaspezky zog Handschuhe an und holte den noch fast vollen Benzinkanister, während Giulia aufschloss. Schnell verriegelten sie die Läden vor den beiden Fenstern.

Der Sturm heulte weiter, während Nadia versuchte, einen Funkspruch abzusetzen. Giulia fühlte sich zum Nichtstun verdammt, aber Nadia hatte vollkommen recht. Es wäre zu gefährlich gewesen, dem Täter zu folgen.

Nach zehn Minuten konnte Nadia endlich den Funkspruch durchbringen – die Strassensperren würden raschestmöglich errichtet, die Fahndung lief sofort an, wurde ihnen zugesichert. Der Regen und der Sturm nahmen zu, fegten scharf um die Hütte. Die Nacht brach früh herein.

Kaspezky sprühte im Schein ihrer LED-Lampe die Böden ein, achtete darauf, dass der Nebel zwischen die grossen und kleinen Spalten und Ritzen im Holz gelangte. Wegen der giftigen Stoffe darin mussten sie nach dem Sprühen die Türe und die beiden Fenster trotz des Sturmes etwas aufhalten, dass der Wind hereinschoss und den Raum auskühlte.

Nach einer Stunde Einwirkzeit, die sie mit den Gesichtern nahe an den offenen Fenstern verbrachten, schaltete Kaspezky das Schwarzlicht ein und suchte minutiös nach den verdächtigen blau fluoreszierenden Stellen.

Nichts. Nicht ein einziger Tropfen Blut war zu finden. Dafür raubte ihnen der Gestank noch immer fast den Atem.

In der Hütte war es nun eisig kalt, doch jetzt konnten sie einheizen. Der Schein des Feuers würde nun nicht mehr stören.

Nadia und Kaspezky blickten Giulia an, die die Lippen zusammenpresste und überlegte, während das Feuer allmählich wohltuende Wärme spendete.

«Lassen Sie uns in den kleinen Erdspeicher nebenan gehen. Womöglich ist sie als Erstes dorthin gebracht worden oder konnte sich dorthin schleppen, denn der ist von aussen nur mit einem Holzriegel verschlossen.»

Sie verpackten alles wetterfest in einen Rucksack, Nadia blieb zurück, während Giulia Kaspezky in dieser rabenschwarzen Nacht hinüberführte und gleich wieder zurückkam. Während der Einwirkzeit kam auch Kaspezky in die Hütte zurück, Giulia kochte über dem knisternden Feuer und im Knacken der Holzscheite Kaffee für alle, dass der Geruch von Luminol etwas verschwand.

Nach einer Stunde gingen sie gemeinsam zum kleinen Kellerraum. Giulia war angespannt.

Das Schwarzlicht brachte es hervor: Überall schimmerte das fluoreszierende Blau auf den Steinen und auf dem untersten Tablar des Gestells.

«*Wygrana!*», sagte Kaspezky auf Polnisch.

«Bingo», kommentierte Giulia den Anblick. Gleichzeitig schossen ihr viele Gedanken durch den Kopf. Weshalb war Silke hierhergebracht worden und nicht direkt in die Hütte? Um sie so vor den Suchtrupps zu verstecken? War der Arzt in diesen Tagen hier oben gewesen? Hatte Silke ihn zuvor kennengelernt? Hatte sie sich hierhergeschleppt, oder war sie vom Täter hergebracht worden? War sie da schon tot gewesen, oder lebte sie noch? Immerhin, endlich führte die Spur von damals nicht nur wieder ins Nichts.

Sie kehrten nach der Probenentnahme zurück in die Hütte.

Der Sturm wuchs beinahe auf Orkanstärke an. Via Funkkontakt, den sie nur mit viel Rauschen und Unterbrüchen reinbekamen, wurde ein grosser Erdrutsch am Alpweg gemeldet. Exakt an der Stelle, an der Giulia ihren Wagen parkiert hatte, der wohl nun samt dem Ausweichplatz weg war.

Sie hätten sowieso hier oben übernachtet, da der Wetterbericht schon am Morgen für den späteren Abend und vor allem für die Nacht den Höhepunkt der Front vermeldet hatte. Doch nun waren sie mehr oder weniger von der Aussenwelt abgeschnitten, denn bei diesem Sturm und in der Dunkelheit ins Tal zu laufen wäre ein unnötig grosses Risiko gewesen.

Es war Zeit, etwas zu essen.

Giulia hatte in den Bergen immer zünftig Appetit. Sie wusste um das aus ihrer Sicht seltsame Essverhalten von Kaspezky. Und die winkte auch wie erwartet ab, als Giulia aufzählte, was sie zubereiten konnte.

Stattdessen holte Kaspezky aus ihrem Rucksack ein Tupperware, darin einen Thonsalat mit allerlei Gemüse, der auch Giulia geschmeckt hätte. Sie aber kochte Spaghetti bolognese mit viel Parmesan darüber. Ein Essen, das auch Nadia als Sportlerin ass, vor allem vor den Läufen. Zu dritt tranken sie eine der Flaschen Roten und redeten im Licht einer Kerze und des flackernden Ofenfeuers, wobei Kaspezky sich fast nur mit aufmerksamem Zuhören begnügte.

Alle schliefen wegen des Sturmes nur mehr oder weniger tief, als gegen zwei Uhr jemand an die Türe klopfte. Im Toben des Sturms war es erst gar nicht klar als solches zu erkennen gewesen, als Giulia als Erste aufschreckte und ihre Waffe nahm. Kaspezky und Nadia setzten sich ebenfalls auf. Da war es wieder. Jemand schlug rhythmisch dreimal mit etwas Hartem an die Türe.

Giulia hatte keine Lust, durch ein Türblatt hindurch erschossen zu werden, und öffnete das kleine Fenster, dass eisig kalter Wind reinpfiff.

«Wer ist da?», brüllte sie gegen die Wettermacht. «Kommen Sie langsam hier unten hin, dass ich Sie im Licht erkennen kann.»

Humpelnd trat eine gebeugte Gestalt in den Lichtkegel. «Ich bin's, Hansmartin Cadotsch, der Schreiner. Ich bin verletzt. Brauche dringend Hilfe, sonst schaff ich das nicht mehr diese Nacht.»

«Giulia, warte einen Moment. Was, wenn das eine Finte ist? Du gehst raus, und ich nehme den ins Visier. Wenn der sich bewegt, werde ich schiessen.»

Giulia kämpfte sich mit ihrer Taschenlampe und der Waffe im Anschlag um die Hütte bis unters Fenster. Der Wind riss an ihrer Jacke und schüttelte ihr Haar.

Tatsächlich, Cadotsch war verletzt. Eine ihrer Kugeln hatte ihn im Oberschenkel erwischt. Er musste viel Blut verloren haben. Sie gab ein Zeichen, dass die anderen herunterkommen sollten.

Zu dritt schafften sie den Benommenen mit dessen schwacher Mithilfe herein. Er war unbewaffnet, wie die Durchsuchung der Taschen gezeigt hatte.

Kaspezky, die auch Ärztin war, untersuchte ihn, so gut es ohne Instrumente möglich war. «Der muss so bald wie möglich in ein Krankenhaus, sonst stirbt er.»

«Warum haben Sie das getan?» Giulia tätschelte Cadotschs Gesicht, um ihn zum Reden zu bringen. «Hey, Mann, Sie haben auf uns geschossen, verdammt noch mal! Wollten Sie uns töten? Wieso? Reden Sie, dann finde ich einen Weg, Sie ins Tal zu bringen. Ansonsten kann ich für nichts garantieren.»

«Ins Tal? Bei diesem Sturm? Und Sie als Frau?», kam leise die Antwort, und ein gequältes Lächeln huschte über sein mattes Gesicht.

«Eben drum. Sie haben keine Ahnung, wer wir sind und was wir können. Also reden Sie! Danach werde ich alles geben, um Sie runterzubringen. Wir haben ein Funkgerät hier und können eine Ambulanz unterhalb des Erdrutsches avisieren. Also, warum das Ganze? Haben Sie damals die Silke getötet?»

Er schüttelte den Kopf. Sein Haar und Gesicht waren klitschnass vom Regen, sein Gesicht käsebleich. Kaspezky schnitt in dieser Zeit zwei Geschirrtücher zu und stillte die Blutung.

«Ich habe sie nur hier hochgetragen, nachdem ich sie tot auf dem Stein gefunden hatte.» Cadotsch rang um Worte.

«Wieso, wenn Sie nicht schuld an ihrem Tod waren?»

«Wir waren an dem Abend vor ihrem Tod doch zusammen. Habe ich doch damals auch schon alles gesagt und als Sie bei mir in der Schreinerei auftauchten.»

«Ja und?»

«Man hat mich ja sofort verdächtigt wegen der Hure, die ich geschlagen hatte. Bei dieser Silke war ich leider tatsächlich nicht ganz unschuldig.»

«Was haben Sie ihr denn getan?» Giulia musste sich zügeln, jetzt war es wichtiger, ihm eine Art Verständnis zu suggerieren.

«Wir waren besoffen, und in jener Nacht schlich ich mich an ihr Bett und fingerte unter dem Nachthemd an ihr rum. Ging an ihre kleinen Brüste und so …» Er stöhnte vor Schmerzen, als Kaspezky den Verband enger zog.

«Wie hat sie darauf reagiert?» Giulia fühlte, sie waren auf einem guten Weg.

«Sie hat mich nur entsetzt angestarrt, ist dann aufgesprungen und in die Dunkelheit weggerannt. Ich werde diesen Blick von ihr mein Leben lang nie mehr vergessen.»

«Im Nachthemd?»

«Im Nachthemd. Ich dachte, die geht rüber nach Nurdagn zum alten Saubock Duschletta und gut ist. Als aber Hassler sie am Morgen mausetot auf dem Stein fand, dazu das Messer von uns, hat er mich geweckt.»

«Und weiter?»

«Dann fassten wir den Plan, sie verschwinden zu lassen. Das Wetter kam uns entgegen, ich wollte sie erst irgendwo in den Felsen verstecken oder vergraben, doch dann sah ich im Nebel die Hütte hier und legte sie in den Erdkeller, um sie später zu vergraben, während der Hassler zeitverzögert die Rettung rief.»

«Und wo haben Sie Silke vergraben?» Giulia schauderte der Gedanke daran.

«Nirgends. Ich schwör's. Die Tote war vier Tage später weg, als ich nach Abzug der Suchtrupps wieder hierherkam. Einfach verschwunden. Nur noch das Blut war auf den Steinen in dem Erdkeller noch zu erkennen.»

«Und deshalb versuchten Sie nun, diese Hütte niederzubrennen?»

«Als ich hörte, dass hier oben nach Spuren von damals gesucht wird, da wusste ich, ich musste Hütte und Keller niederbrennen, um Spuren von damals zu vernichten.»

«Und wieso den Stall unten?», fragte Giulia.

«Den Stall? Nein, wieso auch? Das war nicht ich. Das war sicher der Gabernig», beteuerte Cadotsch sogleich und verzerrte erneut schmerzverzerrt sein Gesicht.

«Und das soll ich Ihnen glauben?» Giulia schaute misstrauisch auf den auf dem Boden liegenden Cadotsch, dem es sichtlich schlecht ging.

«Wieso sollte ich lügen, wenn ich schon diese Brandstiftung zugegeben habe? So, und nun helfen Sie mir. Den Rest erzähle ich Ihnen unten, denn ich fühle mich elend.»

Giulia überlegte angestrengt. Die Zeit lief ihr davon.

Per Funk meldete Nadia die neue Situation, als Giulia eine Idee kam. Sie bat die Einsatzzentrale, eine Meldung mit ihrer Funkfrequenz auf den Bergrettungspiepser von Gian-Reto zu senden. Womöglich hatte er sein Funkgerät dabei.

Es dauerte dann tatsächlich nicht lange, und Giulia wurde von ihm angefunkt. Sie erklärte ihm die Situation, und er versprach, so schnell als möglich mit einer zusammenklappbaren Leichtmetallbahre zu kommen.

Der Sturm wollte nicht nachlassen, auch als Gian-Reto vor der Hütte erschien. Giulia warf ihm beim Eintreten im Licht der Taschenlampen ein dankbares Lächeln zu, denn das hatte er mehr als verdient.

Vorsichtig schoben sie dem Angeschossenen die Bahre unter und fixierten ihn mit den Gurten. Der Mann wog bestimmt an die hundert Kilo. Er stöhnte der Schmerzen wegen. Die vier trugen ihn zwischen sich langsam talwärts, wobei Gian-Reto die Trage vorn allein trug, damit sich die Frauen hinten jeweils abwechseln konnten. Ihre Stirnlampen warfen helle Korridore in die Schwärze der Nacht. Kaspezky, die so dünn wie eine aufgestellte Packschnur war, bewies einmal mehr, wie zäh sie dennoch war.

Es war alles andere als einfach, den Verletzten zur Strasse zu bringen, und obendrein sehr anstrengend. Immer wieder legten sie kurze Pausen ein.

Der geländetaugliche Krankenwagen stand der Orientierung wegen mit eingeschaltetem Blaulicht unterhalb des Erdrutsches, als die vier erschöpft ankamen. Der Notfallarzt versorgte Cadotsch an Ort und Stelle mit lebenswichtigem Flüssigkeitsersatz und stabilisierte den Kreislauf, bevor er wegfuhr.

Giulia verabschiedete sich etwas abseits von Gian-Reto, der auf die Alp zurückmusste, und versprach, sich zu revanchieren. Sie war nahe daran, ihn in der Dunkelheit zu umarmen, seine schönen weichen Lippen kurz zu küssen. Doch sie blieb stehen und streckte ihm die Hand zum Dank entgegen.

Die drei Frauen nahmen im begleitenden Streifenwagen Platz.

Der angeschossene Cadotsch wurde ins Kantonsspital nach Chur gebracht, notoperiert und in einem der Gefangenenzimmer hospitalisiert. Der Streifenwagen setzte erst Kaspezky, dann Nadia und schliesslich Giulia vor deren Haustüren ab.

Giulia blickte auf die Uhr: Es war kurz vor halb sechs, als sie nach einer Dusche kaputt ins Bett schlüpfte.

Sie fiel sofort in einen seltsamen traumlosen Schlaf, wie immer, wenn sie unter grosser Anspannung stand, kam dieser Zustand, der sie sofort schlafen liess.

26

Sie hatten vor der Verabschiedung vereinbart, sich um vierzehn Uhr im Kommando zu treffen. Der Sturm war mittlerweile vorbeigezogen. Der Himmel war ruhig, aber dick verhangen, und trostlos wirkender Regen fiel. Ein Einheitsgrau überzog das Land, als Giulia mit ihrem Bike ins Kommando fuhr.

Kaspezky kam als Letzte in den Sitzungsraum, sie war kurz nach dreizehn Uhr noch ins Labor gegangen.

Hartmann stand mit zurückgekrempelten Hemdsärmeln vor ihnen und trank aus einem Becher Kaffee, als wäre dies sein Lebenselixier.

«Fassen wir zusammen: Der Schreiner Cadotsch hat also zugegeben, in der Nacht des Verschwindens von Silke Kornbach diese sexuell genötigt zu haben. Sie sei daraufhin geflohen, und als Hassler sie am nächsten Morgen leblos auf dem grossen Altarstein in ihrem Blut gefunden hat, das lange Messer daneben, hat er den Cadotsch in der Curtginatsch alarmiert. Dieser trug sie eigenhändig hoch zu der Hütte und legte sie in dem Naturkeller ab. Richtig?»

Die drei nickten.

«Dies aus Angst», fuhr Hartmann weiter, «dass die Spuren seines Übergriffes ihn als den Mörder überführen würden. Und aufgrund seiner Vorgeschichte sei dies eine Kurzschlussreaktion gewesen, behauptet er. Nach Ende der Suche am Berg wollte er die Tote herausholen und irgendwo sicher vergraben. Doch dann war sie verschwunden.»

Wieder stimmten die drei zu.

«Dann frage ich mich, wenn der nicht lügen sollte, was zu bezweifeln ist: Wer ist dann der Täter? Womöglich doch der Duschletta, wie der Hassler dies ja zu wissen glaubt, oder der Hassler selbst? Und was für eine Rolle spielte dieser Mailänder Arzt? Irgendwie muss ja das Zeichnungsbüchlein in die Hütte gekommen sein. Ausserdem, wenn nicht der Cadotsch das Feuer auf Nurdagn gelegt hat, wer dann? Duschletta kann man aufgrund seines Gesundheitszustandes ausschliessen. War es der Cadotsch selbst? Hat er deshalb diesen Gabernig beschuldigt? Und wer hat die Heike auf dem Gewissen? Sorry, meine Damen, viele Fragen, und ich blicke nicht durch.»

«Der Brandanschlag auf den Stall und das Blut an den Türen ... was, wenn dies eine Art Racheakt oder eine Vorwarnung gewesen ist?», stellte Nadia die Frage in den Raum.

«Dieser Alphirt vom letzten Jahr, Gabernig, kann der definitiv ausgeschlossen werden?», fragte Giulia.

«Gemäss seinem neuen Alpmeister ist er nie weg gewesen, hat keinen Tag gefehlt und ist zuverlässig wie eine Schweizer Uhr», antwortete Nadia.

«Das macht mich eben stutzig», wandte Giulia ein. «Wenn ich den Duschletta höre, den Hassler und den Gian-Reto Cantieni, dann war das ein mistfauler Sack und unzuverlässig wie sonst was. Hat ja sogar seine Mutter dir gegenüber gesagt. Ich meine, der ändert sich doch nicht in einem Jahr, denn das sind doch Grundstrukturen eines Charakters. Nadia, fühl dem bitte mit Nachdruck nochmals auf den Zahn. Ich glaube, da stimmt was nicht. Ich habe das Gefühl, wir reden da nicht vom selben Hirten.»

Nadia nickte.

«Zurück zu Heike. Da tappen wir noch im Dunkeln. Die Eltern können wir als Tatverdächtige nicht ausschliessen. Im Gegenteil, sie waren zur Tatzeit sogar hier», informierte Giulia Hartmann weiter. «Und dann die grosse Frage, wie der oder die Täter aus dem verschlossenen Zimmer kamen, ist für mich ein Rätsel. Es muss jemand die Fähigkeit gehabt haben, durch Wände zu gehen.»

Hartmann nahm dies zur Kenntnis. «Wer den italienischen Arzt abcheckt, muss ich sicher nicht zweimal fragen. Giulia?»

«Sì, naturalmente», antwortete sie in ihrer Muttersprache. «Ich möchte morgen in der Früh gleich fahren. Er gehört zu den Tatverdächtigen. Wenn ich aber schon in Italien bin, würde ich gerne einen Abstecher nach Genua machen und erst über-

morgen zurückreisen, um meinen Vater und Bruder endlich wieder zu besuchen.»

Hartmann nickte.

«Ich bin jederzeit erreichbar. Übrigens, Erich, was hältst du davon, wenn wir den Medien zuspielen, dass wir eine Art Tagebuch der Vermissten gefunden haben? Das könnte den Täter unachtsam werden lassen. Wir wissen ja, die verfolgen den eigenen Fall meist haargenau in den Medien.»

«Ich bespreche es mit unserer Medienverantwortlichen und der Polizeipsychologin und lasse es dich wissen.»

Nadia meldete sich zu Wort. «Ich fände dies ebenfalls eine gute Idee. Wenn der Täter von damals merkt, dass Risse entstanden sind, dann holen wir ihn möglicherweise aus der Deckung.»

«Mag alles sein. Aber ich kann mir vorstellen, dass der Cadotsch wie gedruckt lügt. Vergesst nicht, Blut wurde an seinem Lederarmband damals gefunden, und auch wenn er nun zugibt, dass es vom Hochtragen kommt – eine Leiche verschwindet nicht einfach so. Ausserdem haben er und Hassler immer nur das zugegeben, was man ihnen auch schwarz auf weiss belegen konnte», gab Hartmann zu bedenken.

Am nächsten Morgen, Giulia hatte einen Ersatzwagen von der Garage in Chur erhalten, ebenfalls einen Audi Q5, aber in Knallrot, fuhr sie nach Mailand.

Des schlechten Wetters wegen wählte sie die Route durch den San-Bernardino-Tunnel und nicht über ihre Lieblingspassstrasse hinab ins südliche Graubünden, in das Tessin und bei Chiasso über den Zoll. Sie hatte während der Fahrt Zeit, sich gedanklich und emotional mit dem Fall auseinanderzusetzen.

In Mailand erwartete sie Dr. Cesare Steffanelli wie telefonisch vereinbart um zehn Uhr in seiner Praxis, die sich in einem modernen Haus am Stadtrand befand. Die Böden bestanden aus weissem glänzendem Stein, alles wirkte klinisch sauber.

Dr. Steffanelli führte eine Praxis für Endokrinologie, Hormonkrankheiten. Der Mann war gross und kräftig, nur die Haare waren nicht wie von Ramona beschrieben brandschwarz, sondern mittlerweile silbergrau meliert. In einem weissen Kittel hinter seinem Schreibtisch sitzend überschlug er die kräftigen Beine und wirkte angenehm entspannt. Sein freundliches Gesicht trug Väterliches in sich.

Giulia führte die Einvernahme auf Italienisch. Dr. Steffanelli erklärte ihr nicht mehr als das, was sie schon wusste: Schweren Herzens hatte er die Hütte aufgeben müssen und übernachtete seither nur noch selten in der Gegend und dann nur als Gast in irgendwelchen Unterkünften in der jeweiligen Bergregion.

Auf die Frage, wo er sich zum Zeitpunkt des Verbrechens aufgehalten habe, lachte er mit dem Hinweis, dass dies schon lange zwölf Jahre her sei, und stellte die Gegenfrage, ob Giulia denn noch wisse, wo sie damals gewesen sei.

«Wenn Sie damals in der Hütte gewesen sind, dann werden Sie sich mit Sicherheit noch an die grosse Suchaktion in der Gegend erinnern», entgegnete Giulia ihm mit Nachdruck. «Womöglich haben Sie auch so lange zurück noch Ihren Terminkalender verfügbar, den die meisten ja elektronisch führen, und eine Praxis, wie Sie sie leiten, bestimmt auch.»

Dr. Steffanelli nickte und blickte in Outlook nach seinem Terminkalender, der zeitlich noch länger zurückreichte. Er rief Giulia an den Bildschirm. Gemäss Kalendereintrag war er wegen einer Weiterbildung in Florenz gewesen. Giulia merkte sich das Institut, ohne dass er es wahrnehmen sollte.

Weiter verneinte er, die verschwundene Silke jemals zu Gesicht bekommen zu haben, und konnte sich keinen Reim darauf machen, wie das Bildbüchlein in seine Hütte gelangt war.

Informationen hatte Giulia von ihm wahrhaftig nur spärlich erhalten. Doch der persönliche Eindruck, den der Arzt auf sie machte, liess, obwohl er durchwegs nur positiv war, dennoch leises Misstrauen aufkommen – etwas stimmte hier nicht. Sie hatte dafür ein gutes Gespür, deshalb hatte Hartmann sie den Weg hierherfahren lassen.

Etwas ausserhalb von Mailand fand sie ein Ristorante und

ass etwas Pasta, bevor sie über den Apennin nach Genua fuhr. Sie mochte den für Schweizer Verhältnisse niedrigen ligurischen Gebirgszug, der für sie nicht mehr war als eine wuchtige Hügelkette.

Der Wald duftete nach Edelkastanien und Nadelhölzern. Die Dörfer, die im Hochsommer so verschlafen schienen, schmiegten sich wie Katzen in die weichen Rundungen der Berge.

Das Wetter zeigte sich mild, und bald glitzerte das Meer unter ihr in der nachmittäglichen Sonne in der Bucht von Genua. Sie hatte das Schiebedach offen, warme Luft strömte mit einer Brise herein, als sie die Schiffe im Hafen erkennen konnte. Als Kind war sie jedes Jahr in den Ferien mit den Eltern hierhergefahren und hatte die Schiffe einlaufen sehen, da hatte sie sich stets gefragt, woher aus der weiten Welt die kamen, wie es dort aussah, was für Menschen dort lebten. Vor allem der Hafen hatte sie fasziniert. Das rege Treiben, wenn die grossen und kleinen Schiffe ein- und ausfuhren, wenn die Ladungen gelöscht wurden. Sofort kam ihr bei diesen Gedanken auch der Duft in den Sinn, wenn im kleinen Fischerhafen ausserhalb der Stadt der kleine Kahn mit der abgeblätterten Farbe am Rumpf einfuhr und die Körbe voller Fische am Strand ausgeladen und direkt auf dem Markt verkauft wurden. Sie hatte manches Mal mit ihrer Mutter dort angestanden und war fasziniert gewesen von der kräftigen und fröhlichen Stimme des Fischers, wie er mit vielen Sprüchen und lachend seine Ware anpries und dann verpackte.

Das war lange her, und am Chaos in der Stadt änderte sich bestimmt nie was, dachte sie, als zum wiederholten Mal jemand hinter ihr hupte, obwohl sie sehr zügig unterwegs war. Sie war sich sicher, das lag einzig und allein an ihrem Schweizer Kontrollschild, denn wenn mal einer überholte, erkannte er an ihrer Geste sofort, dass auch sie von hier war. Mit Adriano Celantanos «Azzurro» in den Ohren kam sie am südlichen Ende der Stadt an, wo etwas ausserhalb gelegen das kleine Hotel ihrer Familie direkt an der Küste stand.

Sie parkierte ihren knallroten Audi Q5 unter einer der Aleppo-Kiefern, die die Strasse und das Hotel umsäumten. Der Bootsverleiher, der direkt angrenzend sein Geschäft führte, erkannte Giulia sofort, die ein sportlich geschnittenes apricotfarbenes Sommerkleid trug und mit einer umgehängten Badetasche aus Bast Richtung Hotel lief.

Sie winkte zurück. Der Fünfzigjährige überhäufte sie lautstark mit Komplimenten, was er bei jeder auch nur halbwegs hübschen Frau tat, wie Giulia wusste.

Die Liegestühle unter den aufgespannten Sonnenschirmen waren alle gut besetzt. Am kleinen, aber feinen Privatstrand herrschte rege Badestimmung, stellte Giulia erfreut fest. Papà hatte ihr gesagt, dass sie auch in der Nebensaison gut gebucht seien.

Giulia hielt einen Moment inne und blickte aufs glänzende Meer. Die Wellen rollten gleichmässig rauschend an den Strand, zurück blieb dunkler Sand. Sie mochte diese Weite, dieses Blenden, wenn die Sonne am späten Nachmittag tief stand und der Wind stärker wurde. Deshalb hielt sie mit der linken Hand ihr Sommerkleid unter Kontrolle und lief die Treppe zur Terrasse hoch. Die Kellnerin, die mit einem vollen Tablett aus dem Ristorante kam, kannte sie nicht, sie musste neu sein.

Als Giulia an Lorenzos Bürotür klopfte, die normalerweise halb offen stand, hörte sie seine kräftige Stimme im Innern. Sie trat mit einem Lächeln und einer Tafel Schweizer Schokolade in der Hand ein. Lorenzo legte ohne Kommentar den Hörer auf und riss die Arme freudig hoch. Für ihn war und blieb sie seine Principessa, das Ebenbild ihrer verstorbenen Mutter, als diese jung war, fühlte Giulia bei seiner langen, wortreichen Umarmung.

«Massimo ist nicht da. Er ist mit seiner Adriana an einer Hochzeit in Neapel. Sein bester Freund heiratet, und das Fest dauert drei Tage. Und noch was Wundervolles habe ich zu verkünden …»

Giulia wusste, er machte bei solchen Ankündigungen

extralange Pausen, er wusste um ihre Ungeduld. «Adriana ist schwanger, du wirst Tante», erklärte er freudestrahlend.

Mit geschwellter Brust lief Lorenzo mit ihr auf die Terrasse, nachdem er ihr die Tasche abgenommen und in ihr Zimmer getragen hatte, das sich im kleinen Anbau befand.

Giulia bekam ihren Lieblingstomatensalat mit Thon, Olivenöl und frischen Kräutern serviert, dazu Weissbrot und Wein.

Lorenzo redete in einem fort, und sie hörte ihm gerne zu, dabei schweifte ihr Blick hin und wieder über das Glänzen des Meers, das sich durch ihre dunkle Sonnenbrille ergoss. Auch das war ihr Zuhause – auf eine andere Art als die Welt in den Bergen.

Als die Sprache auf Erkki kam, verzog Traurigkeit Lorenzos Gesicht. «*Mamma mia*, Giulia, du bist so wunderschön – wann sehe ich dich endlich als Braut? Was ist los, *cara mia*? Der war doch ein guter Kerl.»

Er schon, aber ich nicht, hätte sie am liebsten gesagt. Die nordische Gelassenheit und ihr südländisches Temperament hätten eben nicht gereicht, meinte sie achselzuckend. *«Papà. Che cosa vuoi? Questa è la vita.»*

«Ja, was will man machen, das Leben macht manchmal, was es will, und du sowieso.» Er lächelte sie an, wie nur ein stolzer, liebender Vater es tun kann, und griff über dem Tisch ihre Hand. «Es wird der Richtige kommen, *amore mio*.»

Nach dem Essen zog sie ihren weissen und im Rippstyle gefertigten Bikini an. Es zog sie ins Meer.

Sie schwamm eine halbe Stunde, dann zog sie sich legere luftige blaue Hotpants über und ein T-Shirt und mietete beim Bootsverleiher ein Motorboot, um ihrer Leidenschaft auf dem Wasser zu frönen.

Wie immer, wenn es verfügbar war, gab er ihr das PS-stärkste. Sie sass am Steuer und gab ausserhalb der Badezone richtig Gas. Es kam ihr alles so unwirklich vor. Vor wenigen Stunden erst war sie mit dem Auto zwischen hohen Berggipfeln im

Abklingen eines heftigen Herbststurmes gefahren, und nun – Wärme, das gleissende Meer und das Gefühl, in einem anderen Leben zu sein. Sie fühlte sich gut und brauchte niemanden, der für sie das schwere Boot steuerte. Diese Freiheit war so etwas wie Selbstliebe, fand sie.

Langsam tuckerte sie an den Anlegesteg, als ihr Telefon klingelte. Es war Kaspezky.

«Haben Sie kurz Zeit, Frau de Medici?»

Giulia bat darum, in wenigen Minuten zurückrufen zu können, da die Mietzeit für das Boot sowieso gleich vorbei war. Sie setzte sich etwas abseits auf ein altes Ruderboot, dessen hellblaue Farbe abblätterte und dessen Name «Sophia» kaum mehr zu lesen war, und rief zurück.

«Hören Sie, Frau de Medici. Das Resultat der Hautschuppenuntersuchung am Hals und am Seil der erhängten Heike liegt vor. Das rechtsmedizinische Institut Zürich hat es mir soeben zugestellt. Sie konnten das wenige Material so bearbeiten, dass nun Fakten vorliegen.»

«Gut, ich bin gespannt.»

«Die Hautschuppen stammen eindeutig von Duschlettas Sohn», legte Kaspezky trocken wie immer die Fakten auf den Tisch.

«Echt jetzt? Wieso wissen Sie das? Ich meine, wie konnten Sie sie diesem so schnell zuordnen?»

«Nachdem wir die Leiche vom alten Duschletta aus dem Wasser geborgen hatten, haben wir standardmässig eine DNA-Bestimmung von diesem vorgenommen. Und nun gab es in der Datenbank sofort die familiäre Verbindung zu den Hautschuppen vom Hals der Erhängten. Sie stammen zweifelsfrei von Duschlettas Sohn.»

Giulia war irritiert und einen kurzen Moment sprachlos. «Der soll doch im Unterland wohnen, in der Nähe von Rapperswil. Was hat der mit der Toten zu tun?»

«Das weiss ich nicht, aber es sind effektiv nur seine Hautspuren auf dem Seil und an ihrem Hals zu isolieren gewesen.»

«Dann soll sich Nadia den Typen sofort vorknöpfen. Bin

gespannt, was der dazu sagt. Auf diese Verbindung wäre ich niemals gekommen. Den hatte ich nicht auf dem Radar.»

«Diesen Vorschlag finde ich passend», kam postwendend die Antwort von Kaspezky.

Giulia rief umgehend Nadia an und bat um sofortige Abklärung. Sie werde morgen, Mitte Nachmittag, bereits wieder in Chur sein, bis dahin solle sie die erste Einvernahme durchführen und sich mit Staatsanwältin Bezzola absprechen.

Das war ja ein Ding, fand Giulia, nachdem sie aufgelegt hatte. Wie und warum war der junge Duschletta in die Sache verstrickt? Die DNA-Spuren belegten, dass er mit grosser Wahrscheinlichkeit der Mörder von Heike war. Nadia würde deshalb sofort handeln müssen.

Gedankenverloren wartete Giulia den Sonnenuntergang am Strand ab, den sie oft auch mit ihrer vor wenigen Monaten verstorbenen Mamma erlebt hatte. Sie würde erst morgen auf ihr Grab gehen, sie brauchte immer etwas Zeit, um sich vorzubereiten.

Als der Abendwind abflaute, ass sie mit Lorenzo auf der Terrasse. Die Lichter an der Strandpromenade gingen an. Er schien sich etwas vom Tod seiner Liebsten zu erholen, auch wenn noch immer ein Schimmer Kummer in seinen Augen lag, empfand Giulia traurig, als sie ihn anschaute. Sie hoffte, dass er nicht zu einsam war ohne seine geliebte Sophia.

Es war bereits stockdunkel, als Giulia barfuss am Strand entlanglief. Der Sand unter ihren Füssen war noch warm, das Meer schickte leise-rhythmisch Wellen ans Ufer. Giulia fühlte sich immer, wenn sie hier war, hin- und hergerissen. Tief im Herzen spürte sie, woher ihre Familie und sie ebenfalls stammten, und auch wenn sie nur bis vierjährig hier gelebt hatte, waren dies prägende Jahre gewesen. Graubünden, das Engadin und die Bündner Berge waren in den Jahren danach ganz selbstverständlich auch ein Teil von ihr geworden, und doch waren da auch das Meer, der Süden, diese Glut und das Fernweh, wenn sie aufs Meer blickte. Mit ihrer Art kam sie hier in Italien ausserdem besser zurecht als in der Schweiz.

Hier wurden ihre «Spezialeffekte» zwar auch nicht immer verstanden, aber toleriert, und das ohne viele «*Mamma mia*».

Nadia rief gegen zweiundzwanzig Uhr an. Giulia setzte sich in den warmen Sand und vergrub ihre Füsse darin. Ihre kaffeebraune Haut duftete nach Mandelöl.

Von Nadia erfuhr sie, dass diese kurzerhand mit einem Beamten nach Rapperswil gefahren war, um Curdin Duschletta sofort einzuvernehmen. Zu ihrer Überraschung hatte dieser schnell zugegeben, am Tattag im Val Schams gewesen zu sein, sogar im Gasthaus zur Rofflaschlucht, als wäre es ein normaler Ausflug gewesen. Er habe seinen Vater auf dessen Wunsch hin zuvor zu Hause in Casti getroffen. «Giulia, ich sag's dir, da stimmt was nicht. Er wollte oder konnte nicht damit rausrücken, was sein Vater von ihm gewollt hatte, verneinte aber jede Verstrickung mit der Tat. Wie seine DNA an den Tatort und vor allem an den Hals der Toten gekommen sei, sei schlichtweg rätselhaft für ihn, hat er auf meine Fragen geantwortet. Doch ich glaube dem nicht alles.»

«Und was läuft nun?», fragte Giulia. «Ihr habt ihn aber nicht laufen lassen?»

«Nein, wo denkst du hin. Bezzola hat Schneid. Aufgrund der Tatsache, dass der Typ am Tatort war, und das auch noch im relevanten Zeitfenster, und nicht zu vergessen die DNA-Spur, hat die beim Zwangsmassnahmen-Regionalgericht Plessur einen Antrag auf Untersuchungshaft gestellt – nun sitzt er in Polizeihaft.»

«Gut, behaltet den ruhig so lange im Loch, bis ich morgen zurückkomme. Ist der Typ kräftig?»

«Ja, das ist er. Arbeitet als Zimmermann-Vorarbeiter in Rappi. Ich weiss, worauf du hinauswillst, der Typ passt absolut ins Täterprofil.»

«Die Geschichte mit dem Duschletta ist beschissen. Ich sag's dir. Der Alte, der sich das Leben nahm, gibt zuvor noch indirekt zu, der Mörder des ersten Opfers zu sein, und wir finden verräterische DNA-Spuren von seinem Sohn am Seil und am Hals des letzten Opfers. Womöglich wollte Duschletta unseren Ermittlungen zuvorkommen und damit seinen Sohn retten.»

«Da magst du recht haben. Ich meine, der hatte nicht mehr so viel zu verlieren.»

«Hey?»

«Ja?»

«Gute Arbeit, und das im Eiltempo.»

«Na ja, gewisse Eigenheiten teilen wir uns ja …»

Als Giulia am nächsten Morgen in ihrem Zimmer erwachte, von dem sie direkt aufs Meer blicken konnte, brauchte sie einen Moment, um zu begreifen, wo sie sich befand.

Sie blickte auf die Uhr – wie konnte sie bloss bis neun Uhr geschlafen haben? Im luftigen Sommerkleid betrat sie die Terrasse, um mit Lorenzo zu frühstücken.

Giulia trug ihr pechschwarzes Haar, das in der Sonne schimmerte, offen, ihre Augen steckten hinter ihrer modischen Sonnenbrille, ihre Lippen glänzten des Lipgloss wegen. Es lastete eine Schwere auf ihr. Sie wusste, sie würden anschliessend aufs Grab ihrer Mutter gehen, deshalb hatte sie sich auch schön gemacht. Und sie wusste, sie hatte deren Tod noch nicht verarbeitet – sie schob ihn weg, wenn er in den ruhigen Stunden vor ihr auftauchte.

In schicken Sandalen lief sie eine Stunde später mit Lorenzo durch die Gassen der Altstadt zur Piazza di Carignano. Dort stand die Basilika di Santa Maria Assunta. Mamma hatte sich nur ein schlichtes Kreuz gewünscht und eine weisse Madonna, die ihre Hände zum Gebet gefaltet hatte – und so war es auch geworden.

Als hätte die Kirche Giulias Trauer bemerkt, läuteten die Glocken ihr Elf-Uhr-Geläut, als wollten sie mit jedem Klang ein Stück der Trauer hinaus in die Weite des Meeres tragen, dorthin, wo auch ihre Mamma nun war.

Lorenzo legte seinen Arm um Giulia.

Stille.

Sie hatten bisher nie am Grab geredet.

«Papà?»

«Ja, *amore mio*?»

«Halt mich bitte ganz fest.»

Lorenzo schloss sie eng in seine Arme, dass sie seinen unverkennbaren Duft, eine Mischung aus Kölnischwasser, Zedern und Meer, roch.

Sein Schnauz zuckte, in seinen warmherzigen Augen schwammen Tränen. Giulias samtbraune Schultern, die noch immer nach Mandelöl dufteten, bebten. Sie begann zu weinen. Es schien ihr, als würden die Arme ihres liebevollen Vaters sie nochmals Kind werden lassen, als er sie getröstet hatte, nachdem sie sich mit einem Jungen in der Schule geprügelt hatte, oder als sie allein in einem Urlaub am Strand zu weit ins Meer geschwommen war, die Strömung unterschätzt hatte, dass er sie, schon entkräftet und verängstigt, ins Boot ziehen musste.

Mit tränenerstickter Stimme sagte sie: «Papà, ich vermiss sie so, und ihr seid irgendwie alle so weit fort.» Es schien ihr, als hörte sie das kleine Mädchen in ihr weinen.

Lorenzo küsste ihre Haare, Tränen kullerten aus seinen dunklen Augen, das Läuten der Glocken wurde leiser und klang aus, während er Giulia mit all seiner Liebe umarmt hielt.

Giulia legte ihrer Mamma den Stein, den sie vor Wochen auf dem San-Bernardino-Pass gefunden hatte, aufs Grab. Den Stein hatte sie am Rande des glitzernden Sees umrahmt von der Bergpracht gefunden – er sollte ihr diese ans Grab bringen.

Zusammen betraten sie danach die Basilika di Santa Maria Assunta, zündeten gemeinsam eine Kerze an und sassen still in einer der hinteren Bankreihen.

Lorenzo blickte Giulia an. «Ich möchte dir was zeigen und was geben. Es ist an der Zeit.»

Sie fuhren zurück an den Stadtrand und spazierten in die Hügel oberhalb ihres Hotels, in dessen Nähe auch ihr Haus stand und das nun Massimo mit seiner Frau bewohnte.

Mit dem Blick über die Bucht von Genua und Sicht über die Weite des Meeres zog Lorenzo ein Schächtelchen aus seiner Hosentasche und öffnete es vorsichtig.

«*Amore mio.* Mamma hat mir vor ihrem Tod dies hier für dich gegeben, an diesem Platz hier, an dem ich deine Mamma damals gefragt habe, ob sie mich heiraten will, und an dem sie mir vom Wunder in ihrem Bauch erzählt hat, dass sie mit dir schwanger ist.»

Giulias Augen schimmerten der Tränen wegen. Sie biss sich auf die Lippen, denn sie wusste gar nicht, wie ihr geschah.

«*Amore mio.*» Er nahm einen Ring aus dem Schächtelchen – einen schönen goldenen Ring mit einem glänzenden Stein – und steckte ihn Giulia an ihren linken Ringfinger. «Deine Nonna und deine Mamma haben ihn viele Jahre getragen, und nun soll er dir gehören.»

Giulia war überwältigt, blickte auf den Ring, den flachen Stein, der stabil eingefasst glitzerte, als läge das Meer in ihm, und umarmte Lorenzo. «*Grazie, Papà. Grazie!*»

Später als gedacht fuhr Giulia erst um kurz nach siebzehn Uhr über die Grenze bei Chiasso und sass drei Stunden später im Kommando, nachdem sie sich zu Hause umgezogen hatte, denn ihr Sommerkleid passte nicht zum rauen Herbstwetter in Graubünden. Ihren Ring hatte sie immer wieder betrachten müssen.

Nadia sass bei Hartmann im Büro. Sie sah müde aus, fand Giulia, und ihr Lipgloss fehlte. Sie selbst fühlte noch die Meeresbrise in ihren Haaren und sah, dass Nadia den glänzenden Ring entdeckt hatte, denn Giulia trug sonst nur an ihrem kleinen Finger einen schlichten silbernen, den ihr Lisa geschenkt hatte. Der erneute abrupte Klimawechsel war seltsam, fand Giulia, als sie aus dem Fenster blickte.

«Wo hockt der junge Duschletta?», fragte Giulia Nadia.

«Noch immer hier im Kommando, im Zellentrakt.»

«Anwalt?»

«Er wird von Dr. iur. Battaglia vertreten. – Hier.» Nadia reichte Giulia das Vernehmungsprotokoll, das diese las, während Hartmann drei Kaffees holte.

«Was hat der denn noch zu husten? Seine DNA ist am Opfer

zu finden. Gemäss der Isla-Bella-Tunnelkamera hat er erst gegen ein Uhr in der Nacht den Tunnel passiert, wie ich hier lese. Was er bis dahin gemacht hat, will er nicht richtig beantworten. Na ja, versuchen wir's halt mal mit den Daumenschrauben. Was meint ihr?» Ihr Blick schweifte zu Hartmann und Nadia.

Giulia betrat mit Nadia den Zellentrakt und liess den Verhafteten in einen fensterlosen Verhörraum bringen. Sie überlegte noch, ob sie ihm ihr Beileid wegen des Freitods seines Vaters ausdrücken sollte, doch sie würde es ansprechen, wenn es so weit wäre und sie es als passend empfände.

Nach wenigen Minuten Vernehmung wusste sie, dass er einer dieser Männer war, die viele Worte für nichts brauchten, alles zerredeten und dabei nichts sagten, als bauten sie ein Kartenhaus mit der Spitze zuunterst. Egal, wozu sie ihn auch befragte, es kam nichts Greifbares aus seinem Mund. Unwiderlegbare Tatsachen bestätigte er, Fragen zerzauste er so lange mit seinen Antworten, bis ein nichtssagendes Wirrwarr zurückblieb. Auch hatte er die gleiche Angewohnheit wie sein verstorbener Vater: Wenn er angespannt war, faltete er die Hände auf Brusthöhe, beliess dabei aber den rechten Daumen unter dem linken Handballen und rieb diesen langsam, anscheinend, um Spannung abzubauen.

«Wissen Sie was, Herr Duschletta, ich glaube Ihnen kaum ein Wort, und ich weiss, da bin ich nicht die Einzige.» Giulia blickte zu Nadia, die neben ihr sass. «Wir haben nun auch die Fingerabdrücke im Gästezimmer des Opfers Ihnen zuordnen können, obwohl Sie steif und fest behauptet haben, dieses nie betreten zu haben. Und nun? Jetzt, wo Sie dies wissen, behaupten Sie, dass Ihr Vater Sie gebeten haben soll, nach Bettina zu sehen, wie es um ihr Befinden steht, und Sie darum deren Zimmer betreten haben. Das können wir ja nicht mehr nachprüfen.» Giulia verschränkte ihre Arme. «Fakt eins ist, Ihre DNA ist am Seil und am Hals der Toten, Fakt zwei ist, wir haben Fingerabdrücke von Ihnen im Zimmer feststellen können, also waren Sie drin, und Fakt drei ist, Sie haben bisher zu jeder Tatsache gelogen und erst etwas zugegeben, wenn wir Ihnen die erdrückende Beweislast vorgesetzt haben. Und genau deshalb brechen wir das hier alles ab. Es reicht sowieso für mehr als nur eine Anklage. Sie und/oder Ihr Anwalt können im Laufe des Prozesses wieder Stellung zum Ganzen nehmen. Das wird einige Wochen, gar Monate dauern, bis dahin haben Sie ja genug Zeit zu überlegen, was Sie wirklich sagen wollen.»

Giulia und Nadia standen gemeinsam auf und machten Anstalten, den Verhörraum zu verlassen.

«Warten Sie, das mit dem Seil und den Spuren am Hals streite ich zwar weiterhin ab. Ehrlich, ich weiss wirklich nicht, wie das gekommen ist. Doch ich bin nun bereit, über das andere zu reden.»

«Reden tun Sie ja schon – nur sagen Sie kaum was. Hören Sie, DNA-Spuren gelten als eindeutige Beweise, da brauchen wir nicht mal ein Geständnis von Ihnen. Wir wissen, Sie waren im Zimmer – in der Tatnacht. Ich frage Sie: Warum hätte das Opfer Ihnen die Türe freiwillig öffnen sollen? Ich meine, die Frau war ja in grosser Angst, und gemäss Ihren Aussagen kannte sie Sie ja gar nicht. Oder doch?»

Er schwieg wieder.

«Sehen Sie? Deshalb hat es keinen Zweck. Wir vergeuden nur unsere Zeit.»

«Was soll ich denn sagen?» Er stand so abrupt auf, dass Nadia die Hand an den Taser legte, woraufhin er sich erschrocken wieder setzte.

«Hören Sie, mein Vater hat mich am Nachmittag angerufen. Völlig aufgelöst. Er müsse mit mir reden. Dringend! Ich solle kommen. Ich musste erst meine Arbeit auf der Baustelle fertig machen, dann fuhr ich zu ihm nach Casti in unser Haus. Mein Vater sah schlecht aus.»

«Ja, das haben Sie schon alles erzählt. Kommen Sie zur Sache, oder das war's.»

«Er sah aus, als hätte er einen Geist gesehen. Meine Eltern waren ja immer ein wenig, wie soll ich sagen … Sie glaubten an die Kraft von Steinen und an den weissen Hirsch, den jemand mal im Tal gesehen haben will, und das vor weiss Gott wie vielen Jahren. Sie wissen schon. Seit dem ersten Unglück hatte mein Vater sich verändert, und dieser Aberglaube nahm seither noch mehr zu.»

«Sie meinen, seit dem Verschwinden der Deutschen vor zwölf Jahren?», fragte Nadia nach.

«Ja. Er glaubte danach, dass deswegen ein Fluch auf unserer Alp liege und die Menschen, rechtschaffene Menschen, dazu bringe, Böses zu tun. Und als weder meine Schwester Marianne noch ich den Hof samt Alpbetrieb übernehmen wollten, brach er ganz ein.»

«Rechtschaffene wie er?», wollte Giulia wissen.

«Ja, wie er. Er wurde nie mehr derselbe, und als vorletzte Woche das am Berg passierte, holte er die junge Frau ins Tal, um den Fluch zu bannen, wie er mir an dem Abend sagte. Doch es war zu spät, wie das Unglück am nächsten Tag zeigte.»

«Aber warum hat er Sie an dem Abend zu sich geholt? Konkret.»

«Es schien mir, als habe er mir an dem Abend was sagen wollen – etwas beichten. Also liess ich ihm Zeit, als plötzlich diese Frau ins Zelt flüchtete. Wir sahen durchs Stubenfenster die Blinklichter der Rettung und der Polizei. Er zog sich sofort an und ging trotz Schmerzen zum Zelt, kam fassungslos zurück und schickte mich umgehend zu dieser Bettina hinunter. Dabei drückte er mir einen verschlossenen Umschlag in die Hand, und ich musste ihm versprechen, niemals zu jemandem ein Wort darüber zu verlieren.»

«Ein Couvert? Was war darin?», klinkte sich Nadia ein.

«Es war ein B5-Umschlag, ziemlich dick, doch was darin war, weiss ich nicht, denn ich ging wie befohlen nach dreiundzwanzig Uhr ins Gasthaus Rofflaschlucht – durch die hintere Türe und hoch zu ihrem Zimmer, wie er es mir erklärt hatte, und klopfte. Da sie nicht reagierte, drückte ich die Türfalle, um zu sehen, ob sie offen war. Da niemand darin war, ging ich hinein, sah mich etwas um, und da muss ich wohl etwas angefasst haben, als ich den Umschlag auf den kleinen Tisch legte. Daher die Fingerabdrücke.»

«Und weiter?» Nadia hob ihr Kinn.

«Ich ging hinunter in den Aufenthaltsraum und sah mich draussen um. Dann wurde ich unsicher, ob ich den Umschlag einfach so im Zimmer liegen lassen durfte. Doch mein Vater hatte mir eingeschärft, ihn auf keinen Fall anzurufen. Also versuchte ich es eine halbe Stunde später nochmals an der Türe dieser Bettina. Diesmal war sie verschlossen. Ich klopfte vergebens, dann fuhr ich nach Hause. Aber ich schwöre, ich habe sie weder gesehen noch ihr ein Haar gekrümmt. Das ist wirklich alles.» Er blickte die beiden Ermittlerinnen an, die vor dem Tisch stehen geblieben waren und ihn wortlos anblickten. Sein Ton wurde fast flehend. «Wenn Sie mir nicht glauben, dann frage ich Sie: Warum hätte ich die umbringen sollen? Es ging wirklich nur um diesen ominösen Umschlag.»

Giulia trat den einen Schritt auf den Tisch zu. «Haben Sie durch den Umschlag etwas erfühlen können? War es eher Geld oder Briefpapier?»

«Von der Dicke her hätten es Geldscheine sein können, aber sicher bin ich nicht», antwortete Curdin Duschletta. «Ganz ehrlich, ich weiss nicht, was mein Vater und das Opfer gemein hatten. Wirklich nicht.»

Eine halbe Stunde später sassen Giulia und Nadia in ihrem Büro im Hansahof.

«Und, was hältst du von seiner Aussage?» Nadia streckte ihr einen Kaffee hin und setzte sich auf den Bürotisch, der sonst Sigron gehörte.

«Offen gesagt, aus dem Typ werde ich nicht schlau. Der wirkt nicht wie ein kaltblütiger Mörder, doch das tun die wenigsten. Und das mit dem Umschlag … Ich meine, was könnte da drin gewesen sein, dass es Bettina, also Heike, noch kurz vor Mitternacht so dringend übergeben werden musste?»

«Wenn es denn wahr ist. Ich kann mir vorstellen, dass er sie umgebracht hat.»

«Motiv?» Giulia nahm einen Schluck Kaffee.

«Ich kann mir gut vorstellen, dass er und sein Vater gemeinsam irgendwie in die Geschichte vor zwölf Jahren verstrickt sind. Wieso auch immer ist etwas ausser Kontrolle geraten, und sie mussten nun auch die Schwester zum Schweigen bringen, und als es eng und enger wurde, hat der Alte den Freitod gewählt, um so abzuschliessen und den Junior aus unserer Schusslinie zu nehmen.»

«Könntest recht haben. Wir verhören ihn morgen nochmals. Vielleicht wissen wir dann mehr. Sag mal, hast du das mit dem Hirten, diesem österreichischen Gabernig, abgeklärt?»

«Nicht abschliessend, ich habe gestern und heute versucht, den Alpmeister zu erreichen, und warte seither auf einen Rückruf.»

«Melde dich, wenn du was hörst. Ich gehe mit Kaspezky nochmals das Spurenbild durch, womöglich hat sie doch noch eine Idee, wie der Täter aus dem Zimmer der Erhängten gekommen ist. Verstehst du, es muss direkt vor unseren Augen liegen. Also, ruf mich bitte an, wenn du mehr von Gabernig weisst.» Giulia ging aus dem Büro.

Draussen war es dunkel. Herbstkühle lag in der Luft. Was für ein Unterschied zu gestern Abend am Strand von Genua, dachte sie und blickte auf ihren schönen Ring, der im Licht einer Strassenlaterne glänzte.

Was die Kornbachs mit dem Regisseur zu tun hatten und ob dies im Zusammenhang mit der Tat stand, diese Frage war auch noch ungeklärt, und sie hatte vergessen, dies gegenüber Nadia nochmals zu erwähnen. Die beiden waren nämlich mit Sicherheit nicht grundlos kurz vor der Tat im Zelt gewesen.

Kaum stiess Giulia ihre Wohnungstüre auf, erreichte sie der Anruf von Nadia. Sie hatte den Alpmeister erreicht.

«Du hast eine gute Nase gehabt, Giulia», meldete sie sich.

«Echt jetzt? Du hast den noch so spät am Abend erreicht?»

«Ja, selbst schuld, wenn er zu christlichen Zeiten nicht ans Telefon geht. Aber halt dich fest, das ist nicht Gabernig, der auf der Alp arbeitet, sondern ein befreundeter Hirte, der ebenfalls eine Anstellung gesucht hat und sich unter dem Namen von Gabernig einstellen liess. Das wird dort noch mittels Handschlag erledigt. Als der Alpmeister auf mein Verlangen hin dessen Ausweis sehen wollte, murkste der erst rum, doch als der Alpmeister plötzlich mit der Polizei drohte, rückte der Hirt mit der Sprache raus.»

«Gut. Das wäre so weit nun klar. Wo aber der richtige Gabernig steckt, wissen wir noch nicht. Wir schreiben ihn zur Fahndung aus, am besten direkt via Interpol», schlug Giulia vor, und Nadia würde am nächsten Morgen die nötigen Schritte einleiten.

27

Am nächsten Morgen, stabiles, aber kühles Herbstwetter hatte sich eingestellt, die letzte Nacht war auch im Churer Rheintal kalt gewesen, weckte um sieben Uhr ein Anruf Giulia, die erst spät in der Nacht ihren Schlaf gefunden hatte.

Lisa war dran und hatte Neuigkeiten. Nachdem Frau Greta Kornbach vom Seitensprung ihres Mannes erfahren hatte und sich seines Betrugs immer mehr gewahr wurde, wollte sie plötzlich doch reden. «Diese Greta kam mir vor wie ein Luftballon, aus dem man langsam die Luft rauslässt. Mit jedem Tag in der Zelle wuchs ihre Wut auf ihren Mann, der sie hintergangen hatte. Ich habe natürlich ein wenig nachgeholfen und ein Bild eines Sektengurus mit einer Vorliebe fürs jüngere weibliche Geschlecht gezeichnet.»

«Na ja, finde ich voll legitim. Hätte ich auch gemacht», pflichtete Giulia ihr bei.

«Das weiss ich doch.» Lisa lachte. «Sie hat gestanden, dass sie tatsächlich in einer Phase des geistigen Übereifers die beiden Mädchen nicht hatten registrieren lassen, aufgrund der Erwartung, dass eines oder beide das Sprachmedium zum Herrn des Lichts werden würden. Vor allem ihr Mann glaubte, will man denn ihr Glauben schenken, dass diese weltlich unbefleckt bleiben mussten, nirgends registriert sein durften, um ein geistiges Tor zu werden oder so was.»

«Und was haben oder hat sie zu ihrem Aufenthalt in Casti, im Zelt, gesagt?»

«Sie behauptet weiter steif und fest, a) nicht im selbigen gewesen zu sein und b) Lumina nicht getötet zu haben. Sie seien auf dem Berg gewesen, da eine Seele nach dem Austritt aus dem Körper zwölf Jahre Zeit habe, sich dem Licht zu nähern, bevor die letzte Schleuse zur Dunkelheit sie aufsauge. Deshalb hielten sie eine Lichtmesse am Berg ab – nur sie beide – und legten Sonnenblumen ab.»

«Oh mein Gott, was Menschenhirne alles ausbrüten können. Wahnsinn.»

«Weisst du, ich glaube nicht, dass die was mit dem Tod ihrer zweiten Tochter zu tun haben, aber ich frage mich die ganze Zeit, warum die den Kontakt zu dem Regisseur … Wie hiess er nochmals, mir ist der Name soeben entfallen?»

«Helmut Loher», half Giulia ihr auf die Sprünge.

«… genau, der ebenfalls aus Berlin stammt … so hartnäckig verleugnen. Da muss was dahinterstecken. Das könnte der Knackpunkt sein, der aufdeckt, wie die in das Ganze verstrickt sind. Ich habe diesen Loher mal durchgecheckt. Da ist nichts ausser seiner Theaterleidenschaft, die ihn fast krankhaft angetrieben hat.»

«Lisa, weiter bin ich mit ihm auch nicht gekommen. Doch es muss eine Verbindung, einen Grund für die Zusammenkunft der drei geben.»

Kurz vor Mittag erhielten Giulia und Nadia von den österreichischen Kollegen die Meldung, dass sich Gabernig gestellt hatte.

Sie fuhren kurzerhand nach Feldkirch, wo der Hirt in einer Zelle sass und auf die Einvernahme wartete.

Die beiden hatten sich die Strategie zurechtgelegt, ihm die Morde zu unterstellen, in der Hoffnung, dass er dann die aus dieser Sicht harmloseren Straftaten zugab.

Gabernig, ein drahtiger, einfach gestrickter Mann mit Seppelhut, wirkte auf der Dienststelle wie ein Fremdkörper. Er gab schneller als erwartet zu, dass er das Feuer am Stein und das am Stall auf Nurdagn gelegt hatte, aus Wut im Ranzen gegenüber diesem Duschletta. Nur das Blut an den Türen stamme nicht von ihm, davon wisse er nichts. Seine Wut habe ihn blind gemacht, habe seit seinem unrühmlichen Abgang im letzten Jahr regelrecht in ihm gewütet, bis er auf diese dumme Idee gekommen sei. Aber mit den Toten, der Allmächtige im Himmel sei Zeuge, habe er nichts zu tun.

Giulia und Nadia nahmen dies zur Kenntnis und fuhren die

vierzig Minuten zurück nach Chur. Auch dieses Puzzlestück brachte zwar etwas Erkenntnis im Fall, mehr aber nicht.

Das Hoch würde noch zwei Tage halten, wie sie aus dem Wetterbericht im Autoradio entnehmen konnten. Die Strasse zur Hütte sei bereits morgen wieder so weit offen, dass ein Durchfahren möglich sei, hatte Giulia erfahren. Somit war auch der Alpabzug in zwei Tagen auf der gewohnten Route gesichert, bevor die nächste Schlechtwetterfront Schnee bis auf eintausendfünfhundert Meter bringen würde.

Deshalb fuhr Giulia am nächsten Tag, am Freitag, dem 14. September, zur Alp hoch. Sie wollte die Hütte anständig übergeben, und das hiess, diese zu putzen und winterfest zu verriegeln.

Kurz vor elf Uhr erreichte sie die Hütte. Arkons Energie schien kein Ende zu nehmen. Er rannte freudig umher, und voller Übermut sprang er in den Brunnen, der nur eine dünne Eisschicht trug. Giulia hörte Musik ab dem kleinen batteriebetriebenen Radio, das in der Hütte stand, und fing an zu putzen. Die Bettstatt im oberen Stock hatte sie als Erstes wieder hergerichtet und lüftete die Decken draussen neben der Hütte an der dafür vorgesehenen Stange. Sie hatte tatsächlich ihr Funkgerät vergessen, doch sie wollte sowieso am Abend zurück sein.

Während sie die Hütte putzte, hing sie ihren Gedanken zum Fall nach. Gegen vierzehn Uhr, sie ass ein Sandwich, das sie von zu Hause mitgebracht hatte, sah sie Gian-Reto den Hang hochkommen. Sie leckte sich die Mayonnaise von den Lippen und kämmte sich mit den Fingern kurz das Haar.

«Alles klar?» Gian-Reto schob seine Sonnenbrille ins Haar, während er die letzten Schritte auf sie zukam. «Morgen ist für dieses Jahr Schluss hier oben – Alpabzug. Sind Sie dabei?»

«Nein, leider nicht. Ich muss heute Abend schon wieder nach Chur runter.»

Sie blickten einander an. Keiner schien die richtigen Worte zu finden. Das seltsame Sie war schon lange überfällig, durch ein Du ersetzt zu werden, doch noch war der Fall nicht abgeschlossen.

«Kann ich Sie dazu überreden, den heutigen Abend mit mir zu verbringen? Ich kann gut kochen – also zwei, drei Gerichte immerhin.» Giulia wusste, was er damit meinte.

«Ich bin eigentlich noch immer dienstlich hier.»

«Eigentlich. Den Fall also noch nicht gelöst?»

«Nein, leider nicht. Sonst wäre …» Weiter kam sie nicht.

«Wäre …?» Gian-Reto ergriff ihre Hand.

Giulia zog sie wieder zurück. «Um wie viel Uhr denn?»

«Wäre halb acht passend? Dann ist es noch hell beim Hinunterlaufen.»

«Ich kann es noch nicht versprechen, aber wenn ich komme, dann pünktlich. Aber dann muss ich mich jetzt ins Zeug legen.»

Nachdem Gian-Reto gegangen war, setzte sich Giulia wieder an den Tisch, an dem sie zuvor gesessen hatte. Sie dachte weiter nach, ging in Gedanken nochmals die Einvernahmen durch und entdeckte etwas, das sie alle mehrmals übersehen hatten, obwohl sie oft darüber gesprochen hatten.

In diesem Moment sah sie Nadia den Weg hocheilen.

Ausser Atem kam sie oben an. «Giulia, dein Funkgerät ist aus. Ich habe Neuigkeiten – ich weiss jetzt, wie der Täter aus dem Zimmer kam.»

«Echt?»

«Ja. Und wie du gesagt hast: Es liegt klar auf der Hand.» Noch ausser Atem und freudig aufgeregt klärte sie Giulia auf.

«Ach, Mann, ich wusste es. Wieso bin ich nicht selbst darauf gekommen? Es lag ja so was von direkt vor unserer Nase. Einfach genial gelöst, sage ich da. Und ich weiss dafür, wer dies geschafft hat.» Giulia verschränkte ebenso triumphierend ihre Arme.

Giulia sagte ihr den Namen, dass Nadia vor Erstaunen ihren Mund öffnete.

«Lisa hat mich drauf gebracht.» Sie erläuterte ihre Schlussfolgerungen im Detail.

Zusammen gingen sie nochmals den Ablauf durch und nickten. Nadia ballte die Faust. «Wow. Vierfache Frauenpower, sage ich da nur.»

«Tja, und ich muss deswegen mein Date wohl verschieben.» Giulia lachte. «Doch nun haben wir beide was Besseres zu tun.»

Sie brachten gemeinsam die Hütte in Ordnung, liefen gegen fünf Uhr hinunter zum Wagen und fuhren nach Curtginatsch.

28

Giulia und Nadia traten von links und rechts auf Samuel Hassler zu. Er war gerade darin vertieft, die mobile Melkstation in Betrieb zu nehmen, und hatte sie wohl nicht kommen sehen.

«Was ist los?», fragte er mit unsicherer Stimme.

Giulia forderte ihn auf, sich mit ihnen in die Hütte zu setzen. Sie schritt voran, Hassler folgte ihr, und Nadia machte das Schlusslicht.

Zehn Minuten später trat Giulia schimpfend mit Nadia wieder ins Freie – der Senn machte sich wieder an die Arbeit.

Um sieben Uhr betraten Giulia und Nadia gemeinsam Nurdagn. Die letzten Tagesgäste hatten sich schon längst auf den Weg ins Tal gemacht, als Gian-Reto aus dem Haus kam. Er trocknete seine Hände an einem weiss-rot karierten Tischtuch ab. Erstaunt blickte er zu Giulia, dann zu Nadia, die sofort ihre Waffe zog und in stabiler Körperhaltung auf ihn richtete.

«Umdrehen und nicht mal mit der Wimper zucken, sonst sehen wir Casti durch Sie hindurch!»

Gian-Retos Gesicht gefror. Langsam hob er seine Hände und drehte den beiden den Rücken zu.

«Auf die Knie!» Nadia war höchst konzentriert.

Gian-Reto ging auf die Knie.

«Nun flach mit dem Bauch auf den Boden. Arme wie ein Kreuz abgesteckt, die Handflächen nach oben drehen!»

Wieder gehorchte er.

Giulia trat nahe an ihn heran. «Eine Hand langsam nach hinten strecken und keinen Mucks. Nun die andere.» Sie legte ihm Handschellen an.

Giulia und Nadia griffen rechts und links je einen Arm, dass er hochkommen konnte, als er Giulia einen heftigen seitlichen Kopfstoss verpasste, der voll ihr Auge traf. Sie taumelte zurück, machte aber geistesgegenwärtig wieder einen Schritt nach vorn, um ihm ihr Knie so hart zwischen die Beine zu donnern, dass er nach Luft schnappend zu Boden ging, dann drehte sie sich von ihm ab.

Die Platzwunde blutete stark. Giulia sah einen Moment lang Sterne. Nadia drückte dem am Boden liegenden Gian-Reto ihren Schuh aufs Genick und zog den Taser, denn jetzt wäre ein Schusswaffeneinsatz nicht mehr gerechtfertigt.

Giulia ging taumelnd zum Brunnen und drückte ein mit kaltem Wasser getränktes Taschentuch auf die Wunde, als der Streifenwagen aus Thusis eintraf. Casutt sass am Steuer, blickte Giulias Wunde an und beförderte danach mit seinem Kollegen den Verhafteten in den Wagen.

Nadia liess ihren Wagen stehen und fuhr Giulia auf direktem Weg ins Spital Thusis.

Ein grauhaariger Arzt nahm sich ihrer an, während Nadia neben der Liege auf einem Stuhl Platz nahm. Giulia erklärte dem Arzt, dass alles unternommen werden müsse, damit sie keine Narbe davontrug – nicht wegen des Gesichts, sondern weil sie sich sicher war, dass dies die Absicht des Täters gewesen war, um sie wenigstens so an ihn zu binden, sich an ihn zwangszuerinnern, ein Leben lang.

Er sei da nicht der Richtige, erfuhr sie von ihm, doch im Unispital Zürich kenne er eine Spezialistin dafür, und er organisierte, dass Giulia sogleich nach Zürich fahren konnte und direkt nach ihrer Ankunft behandelt wurde.

In der Nacht fuhren Giulia und Nadia ins Bündnerland zurück. Giulia trug einen Verband über dem rechten Auge, die lokale Betäubung liess langsam nach. Sie hatte Lisa noch auf dem Weg nach Zürich über den Stand informiert und sich für deren Hartnäckigkeit bedankt.

Drei Tage später, die Alpweiden lagen unter zwanzig Zentimeter dickem Schnee, fanden sich alle Mitglieder der Soko Bergfrieden im Kommando ein.

Hartmann hatte zur Abschlussbesprechung eingeladen und fasste gut gelaunt aus den Akten zusammen.

«Der Mörder von Heike Heilmichel alias Bettina Stenlizer alias Lumina, die erhängt im Gasthaus Rofflaschlucht aufgefunden wurde, konnte aufgrund zweier Gegebenheiten überführt werden. Erstens: Lisa Tettamanti fiel auf, dass ausser Gian-Reto Cantieni niemand die Anwesenheit von Herrn und Frau Kornbach im Zelt bestätigen konnte. Wir gingen aber lange davon aus, dass die Theatertruppe diese Verbindung schlichtweg verleugnete, warum auch immer. Ausserdem schien Giulia der Zeuge Gian-Reto Cantieni glaubwürdig zu sein.»

Als Giulia das hörte, ärgerte sie sich erneut, aufgrund ihrer Emotionen von dem Typen auf den Holzweg geschickt worden zu sein, während Hartmann weiterredete. «Tettamanti hatte Corona und Orgo in diesem Zusammenhang mehrere Male dazu verhört – erfolglos – und hegte daher plötzlich Zweifel, ob nicht dieser Gian-Reto Cantieni log. Sie informierte während ihres letzten Telefonats Giulia, bevor diese zum letzten Mal zur Hütte ging, um diese zu putzen.»

Hartmann senkte das Blatt, das er in der Hand trug, und blickte in die Runde. «Die weitere Frage stellte sich deshalb, warum hätte Gian-Reto Cantieni lügen sollen? Was hätte es ihm für einen Vorteil gebracht? Cantieni war vor zwölf Jahren zwar am Berg und ging schon damals als Juniorbetreiber des Gasthauses zur Rofflaschlucht in diesem ein und aus, doch niemand beschuldigte ihn oder erwähnte auch nur seinen Namen im Zusammenhang mit dem Verschwinden des jungen Opfers. Sein Name tauchte auch nirgends in den Akten auf. Ausserdem belegten die DNA-Spuren klar, dass der Mörder des letzten Opfers Duschlettas Sohn sein musste.»

Hartmann nahm das andere Blatt, von dem er weiter ablas. «Nadia hatte sich in den beiden Tagen vor der Aufklärung darum bemüht, die Lösung dafür zu finden, wie der Täter aus dem Zimmer gekommen sein könnte, als Giulia fast gleichzeitig, wie wir nun wissen, den Täter als solchen ermittelt hatte.»

Er nickte anerkennend in die Runde, in der auch Dr. Kaspezky sass. «Und somit haben wir den Fall von damals und die Zusammenhänge mit dem aktuellen Mordfall wie folgt rekonstruiert und gelöst …

29

Freitag, 1. September, vor zwölf Jahren

Der Morgen schälte das Nebelgrau aus der schwarzen Nacht, das sich träge regte wie ein müdes Gespenst, welches sich kraftlos zwischen den grossen Felsen auf dem Moor niedergelegt hatte. Nieselregen fiel so fein, als wäre er ein Hauch, der sich einem nassen Vorhang gleich herniedersenkte. Das Vieh hatte sich nach dem heftigen Gewitter der letzten Nacht auf die unteren Weiden zurückgezogen, weg von den krachenden Felswänden der Grauhörner, welche die Donnerschläge, das Zerbersten der schwarzen Wolkenberge im grellen Lichtblitzgewitter widerhallt hatten, als donnere die Felswand hernieder. Die alten, erfahrenen Tiere blieben angespannt ruhig, suchten zielstrebig das Weite. Einige der Jungen gerieten jedoch in Panik, jagten aufbockend im Aufbäumen des erzürnten Himmels blindlings durch die Hochmoorlandschaft, dass ihre Schellen Sturm läuteten. Blau-weisse Blitze durchzuckten den Himmel, liessen alles bruchstückhaft im grellen Licht erstarren, das Donnergrollen erschütterte den Boden, und als der Regen im Pechschwarz in solchen Mengen fiel, dass der grosse Bach aufschäumend, ja beinahe fauchend und mit tief polterndem Steingeschiebe zu Tale schoss, brachen sie südöstlich durch den Zaun. Mehrere tote Tierkörper lagen deshalb zerschmettert unterhalb der Felswand bei Vallatscha.

Gegen Morgen war es unheimlich still geworden, das Unwetter hatte sich grollend ins Domleschg verschoben und richtete am Heinzenberg schwere Schäden an, als schwerer Hagel dazukam.

Im bleichen Schein dieses ersten Herbstmorgens schälte sich auf zweitausendvierhundert Metern eine zerbrechliche Gestalt aus dem diffusen Licht. Dürr und zart wie ein Vogelmenschlein im weissen Kleid lag sie rücklings auf einem grossen, flachen Stein unweit der Anhöhe zum Lai Grand, in dessen sonst smaragdgrünem Wasser sich an klaren Tagen die Grauhörner spiegelten. Nicht so an diesem Morgen. Grau und regungslos lag er da, wie flüssig gewordener Stein. Seine drei Abflüsse quollen vom vielen Wasser gleichmässig über.

Einem Opfertier gleich lag die junge Frau rücklings auf dem kniehohen und altarförmigen Stein in einer Lache Blut. Ihre Augenlider flatterten wie gefangene Schmetterlinge gen Himmel, als läge nur in ihnen das bisschen Restleben, das am Verlöschen war. Eine kräftige dunkle Gestalt mit Hut zeichnete sich im Hintergrund ab. Mit fast bedächtigem Gang schritt sie durch den durchweichten Boden zum See hoch und warf ein langes Messer in den Lai Grand – mitten in die dunkelgraue Flut. Dann kam die Gestalt langsam zurück – hin zur Sterbenden. Mit ihren starken Armen hob sie den federleichten Körper auf, Blut tropfte, und trug das Vogelmenschlein der Felskrone folgend weg. Ihre schlaffen Gliedmassen hingen herunter wie ihr weisses Gewand, als trüge sie das Hochzeitskleid des Todes. Der Saum wurde dunkel vor Schmutz, während sich die beiden schemenhaft im Einheitsgrau dieses ersten Morgenlichts in der Weite allmählich auflösten, als wären sie nebulöse Berggeister.

Zurück blieb die Stille und Einsamkeit der Berge. Leises Schellengeläut von den unteren Weiden drang empor. Eine Nebelkrähe zog um die Grauhörner. Ihr krächzender Schrei blieb nicht ungehört.

Hansmartin Cadotsch keuchte, und sein Herz hämmerte gegen die Schläfen, als er endlich bei der kleinen Hütte ankam. Es war noch früh am Morgen; falls jemand in der Hütte war, schlief derjenige bestimmt noch. Bei diesem Sauwetter unternahm bestimmt niemand eine Tour, war er sich zudem sicher. Er entdeckte die Holzklappe zum Naturkeller und legte die Tote hinein. Ihr weisses Nachthemd war nass und dreckig und mit Blut beschmiert. Die nassen zerzausten Haare verhüllten das käsebleiche Gesicht grösstenteils. Mit Schrecken sah er, dass er danach voll von ihrem Blut war. Leise schloss er die Klappe und verschwand. Er würde sie in einigen Tagen holen gehen, in der Hoffnung, dass niemand sie bis dahin entdecken würde. Dann eilte er hinab zu seinem Wagen und fuhr nach Casti. Wie abgemacht würde in einer halben Stunde der Hassler den Vorfall melden. Er wusch sich, auch sein ledernes Armband, das er von seinem Vater selig hatte, und verbrannte die Kleider samt Schuhen im Holzofen.

Cesare Steffanelli, der Hüttenbesitzer, ging gegen zehn Uhr am Morgen aus der Hütte, um Wasser am Brunnen zu holen, nachdem die Bergrettung eine Stunde zuvor sein Haus verlassen hatte. Eine Vierergruppe hatte sich umgesehen – einer der Männer hatte in den Erdkeller geblickt, ein weiterer hatte einen Blick in die beiden Räume der Hütte geworfen, die beiden anderen hatten vor der Hütte gewartet, waren mit einem Funkspruch beschäftigt. Ein Hubschrauber flog zur selben Zeit ununterbrochen die Bergseite ab und zog soeben lärmend ab. Den Kessel in der Hand, hörte er am Brunnen stehend in der wiederkehrenden Stille ein leises Stöhnen, ein Wimmern.

Es schien aus dem Erdkeller zu kommen. Mit Schrecken fand er die junge Frau und trug sie sofort ins Haus. Er sah ihre aufgeschnittenen Pulsadern, die sich aber so weit geschlossen hatten, dass kein Blut mehr kam. Er musste schnell Hilfe holen, doch in dem Zustand wollte er sie nicht allein lassen, zumal sie langsam zu sich kam. Er machte ihr eine heisse Brühe, die sie langsam trank.

Die junge Frau schien am Ende zu sein – nicht nur körperlich. Die Bergrettung, die zuvor vorbeigekommen war, war fort. Wieso der eine Bergretter beim Blick in den Naturkeller nicht Alarm geschlagen hatte, war Steffanelli rätselhaft und liess ihn misstrauisch werden. Stunden später war die junge Frau mittlerweile wieder so weit stabil, dass er sie drei Stunden allein lassen und hinunterlaufen wollte, wo er Empfang hätte, um einen Rettungshubschrauber anzufordern. Doch sie flehte ihn mit matter Stimme an, dies nicht zu tun, denn es sei ihr sicherer Tod. In den nächsten drei Tagen erzählte sie ihm ihre Geschichte.

Er konnte erst nicht glauben, was ihm die junge Frau voller Angst und Verzweiflung berichtete: Sie war aus einer Sekte in Berlin geflohen – auf Umwegen hierher. Sie habe sich vor über einem Jahr in eine Frau innerhalb der Sekte verliebt. Man habe deswegen mit schweren Misshandlungsritualen versucht, sie zu «heilen», dass sie in grösster Not Hals über Kopf flüchten musste. Sie habe zuvor in ihren gesamten vierundzwanzig Jahren nie einen Schritt ausserhalb der weitläufigen Kommune gemacht und sei ziellos geflohen, bis eine Aussteigerin in Bayern sie einige Tage bei sich aufnahm und ihr die Adresse von Duschletta gab, auf dessen Alp sie schon gehütet hatte. So sei sie an einem Frühlingsabend dort angekommen. Wie die Bayerin sie gewarnt hatte, war Brida Duschletta unfreundlich, ja bösartig gewesen, im Gegensatz zu Gion Duschletta, der warmherzig und fürsorglich war. In den Bergen hatte sie sich in den kommenden Wochen etwas entfalten können und Zeit zum Nachdenken gefunden. Einer der Hirten, Gian-Reto, hatte sie aber je länger, je mehr bedrängt. Der Alte sei zwar einmal dazwischengefahren, doch als er abwesend war, da sei es passiert – Gian-Reto habe sie eines Tages mit aller Macht vergewaltigt. Sie habe im Schock erst einen Tag später dem alten Duschletta alles gesagt und ihn um Hilfe gebeten, doch die kam nicht. Am Abend vor ihrem Selbstmordversuch sei der Gian-Reto wieder über sie hergefallen, sie habe geschrien, bis der Alte in die Kammer geplatzt sei und den Gian-Reto mit Stockschlägen von ihr heruntergeprügelt hatte. Doch er hatte sie auch gleichzeitig und unmissverständlich davor gewarnt, Anzeige zu erstatten, sonst sei auch ihr Platz hier oben weg – alles sei dann verloren. Aus Verzweiflung lief sie hoch zum Lai Grand, der Hassler sei dort gewesen, und sie habe bei dem anschliessenden Gewitter bei ihm in der Curtginatsch-Hütte übernachten dürfen. Der habe zwar auch immer Annäherungsversuche gemacht, doch auf eine lustige Art und Weise. Doch in dieser Nacht kam Cadotsch in ihr Zimmer und fuhr mit seinen Fingern unter ihr Nachthemd. Das alles sei zu viel gewesen, sie hatte das Messer aus der Küche geholt und ihn in Schach gehalten. Er habe dreckig gegrinst und sich über sie lustig gemacht. Sie sei nach draussen geflohen und habe sich auf dem Stein die Pulsadern aufgeschnitten – sie wollte einfach nur sterben. Wie genau sie danach zur Hütte hochgekommen war, konnte sie Cesare Steffanelli nicht sagen.

Im Laufe der nächsten beiden Wochen, in denen Cesare sie versteckt hielt, suchte er einen Weg, sie nach Italien zu schleusen. Seine Tochter Angela hatte die Idee, das in der Öffentlichkeit unerklärbare Verschwinden zu nutzen, um Silke Kornbach alias Aurora eine neue Identität zu ermöglichen.

Angela, die in Südtirol die Hütte «Tre Scarperi» führte, nahm Silke dort auf. Aufgrund der Bilder der menschlichen Schmetterlingsmetamorphose, die sie auch dort zeichnete, kamen sie weiter ins Gespräch, bis Angela erfuhr, dass Silke überzeugt war, im Innersten ein Mann zu sein, im falschen Körper geboren zu sein. Cesare bot ihr über eine befreundete Psychiaterin Gespräche an, die dahin führten, dass drei Jahre nach dem Verschwinden aus Silke Kornbach Francesco Montanari wurde. Eine Hormontherapie, die Dr. Steffanelli betreute, machte es möglich.

So lebte sie oder er unter dieser falschen Identität in dem Berggasthaus, im Wissen, dass sie irgendwo in der Hütte das erste Malbüchlein mit ihrem Namen darin verloren hatte. Francesco und Angela verliebten sich nach und nach ineinander. Alles lief gut, bis Heike auf der Suche nach ihrer verschollenen Schwester am Schamserberg auftauchte und ermordet wurde.

Hartmann legte das letzte Blatt des Berichtes zur Seite.

«Und diese Heike, das wissen wir vom Täter selbst, hatte am Berg nach Spuren des Verschwindens ihrer Schwester gesucht und in einem kleinen Versteck im Stall mehr durch Zufall als durch gezielte Suche das Tagebuch ihrer verschollenen Schwester gefunden, in dem auch das Nachstellen und die erste

Vergewaltigung drinstand, auch mit Namen des Täters – Gian-Reto Cantieni.»

Hartmann brauchte Kaffee. Er trank fast den ganzen Becher ex. «Das gab der Täter im Verhör zu, nachdem wir sowohl das Tagebuch als auch den Umschlag von Gion Duschletta bei ihm in einem Ordner versteckt gefunden hatten. Am Tatabend kam es zur Begegnung zwischen Gian-Reto und Heike in deren Zimmer, es kam zum Streit, der darin endete, dass er sie fesselte, mit Medikamenten ruhigstellte und dann erhängte.»

Er blickte in die Runde. «Gian-Reto Cantieni verliess nach der Tat noch in der Nacht das Zimmer, nahm den Brief vom alten Duschletta mit, schloss von aussen ab und ging auf Geheiss seiner Mutter am Morgen in der Früh den Berg hoch, um Gion, dem alten Duschletta, zu helfen. Als er beim Frühstück den Anruf von seiner Mutter und Giulia mitbekam, eilte er Giulia voraus ins Zimmer, denn er hatte gemerkt, dass bei der kurzen Rangelei, ehe er die kräftige Heike fesseln und knebeln konnte, zwei Hemdknöpfe abgerissen waren. Die wollte er suchen und holen. Doch Giulia war schneller, als er erwartet hatte. Er sass somit in der Falle, eingeschlossen im Zimmer mit dem noch hängenden Mordopfer, als ihm seine Mutter unbeabsichtigt zu Hilfe kam, als sie beim Anblick der Erhängten nach dem Aufbrechen der Türe zusammenbrach. Und in der einen Minute, in der Giulia die alte Dame in ein Zimmer nebenan führte, verliess Gian-Reto Cantieni den Tatort.»

Hartmanns Handgeste deutete Giulia an, dass sie nun weitermachen solle. «Als ich die Hütte am letzten Tag putzte und Gian-Reto Cantieni mich auf ein Date am Abend einlud, fiel mir auf, dass er in seiner Anspannung genau wie der alte Duschletta den Handballen rieb, genauso wie auch Curdin Duschletta. Es brauchte einen Moment, bis ich diese Bewegung bewusst erfasste und dann Schlussfolgerungen ziehen konnte, genau in dem Moment, als Nadia oben ankam. Und da Gian-Reto Cantieni, wie jetzt bewiesen, der uneheliche Sohn von Duschletta ist, schlug die DNA-Auswertung auch bei Curdin Duschletta an, dessen DNA-Probe erst einen Tag zuvor im Beisein seines Anwaltes abgenommen werden konnte und deren Auswertung fast gleichzeitig mit der Lösung des Falls auf dem Tisch lag.»

Giulia schauderte es, und sie war froh, dass sie Gian-Reto nicht zu nahe gekommen war – wenn auch nur knapp nicht. Gut hatte sie auf Lisa und auf ihr Bauch- und Pflichtgefühl gehört, auch wenn die Verlockung zeitweise gross gewesen war.

«Ach ja, und wegen Hassler: Da der alte Duschletta von seinem Sohn Gian-Reto ablenken wollte, erzählte er schon damals die Unwahrheit, was Hassler und dessen Umgang mit Silke betraf. Der wiederum tat das Gleiche, wie er kurz vor der Verhaftung Gian-Reto Cantienis unter dem Donnerwetter von Giulia zugab. Und er war es übrigens, der, als Casutt und sein Dienstkollege beim allerersten Einsatz auf Nurdagn hochfuhren, von diesen verfolgt wurde. Seine Neugierde hatte ihn von Curtginatsch nach Nurdagn rübergelockt, die Angst aus dem ersten Fall zur Flucht getrieben.»

Hartmann streckte sich. «Nun, die Sekte ist Geschichte, den Familien wird geholfen. Dieser Francesco Montanari bekommt, so wie ich gehört habe, eine ordentliche Identität, ohne dass es seine Eltern je erfahren. Diese müssen sich für verschiedene Straftaten in Deutschland vor Gericht verantworten. Meine Damen – ich kann euch allen, auch Ihnen, Dr. Kaspezky, nur gratulieren.»

«Gibt's sonst noch was?», fragte Kaspezky trocken. «Ich muss mit einer meiner Katzen zum Tierarzt.»

An diesem Abend stand Giulia draussen auf der Terrasse. Es war kalt, die Berggipfel waren schwer verhangen von Wolken, die über der Stadt Chur im rötlich gelben Schein der Lichter in der Nacht schimmerten.

Arkon stand neben ihr. Sie hielt eine heisse Schokolade in der Hand – ihr Blick ging hin zum Ring. Es schien, als hörte sie ihre Mamma reden und sähe dabei ihr Lächeln.

Besonderen Dank:

Irène Kost – meiner Lektorin,
Sandra Wachsmuth – der Krimispezialistin schlechthin, für die spannenden Fachgespräche,
Andreas – dem Hirten auf Nurdagn, für die lieben Auskünfte in seinem so tollen Südtiroler Dialekt,
Naturpark Beverin,
Feuerwehrstützpunkt Andeer,
Staatsanwaltschaft Graubünden,
Kantonspolizei Graubünden,
Orlando Sgier

und wie immer dem Emons Verlag.

Die Erfolgsserie des Bestsellerautors Philipp Gurt:

Alle Titel sind auch als eBook erhältlich.

«Bündner»-Reihe:

Bündner Irrlichter
Der 1. Fall
ISBN 978-3-7408-0789-4

Bündnerfleisch
Der 2. Fall
ISBN 978-3-7408-0788-7

Bündner Treibjagd
Der 3. Fall
ISBN 978-3-7408-0538-8

Bündner Alptraum
Der 4. Fall
ISBN 978-3-7408-0787-0

Weitere:

Chur 1947
ISBN 978-3-7408-0629-3 (orange)
ISBN 978-3-7408-0721-4 (rot)